Reencantada

Reencantada

Lucy Jane Wood

Tradução
Nathalia Marques

ALTA BOOKS
GRUPO EDITORIAL
Rio de Janeiro, 2025

Reencantada

ALTA NOVEL é um selo da EDITORA ALTA BOOKS do Grupo Editorial Alta Books (Starlin Alta Editora e Consultoria Ltda.)

ISBN: 978-85-508-2593-9

Translated from original Rewitched. Copyright © 2024 by Lucy Jane Wood. ISBN 9781035045457. First published 2024 by Macmillan, an imprint of Pan Macmillan, a division of Macmillan Publishers International Limited. PORTUGUESE language edition published by Starlin Alta Editora e Consultoria Ltda., Copyright © 2025 by Starlin Alta Editora e Consultoria Ltda.

Impresso no Brasil – 1ª Edição, 2025 – Edição revisada conforme o Acordo Ortográfico da Língua Portuguesa de 2009.

Dados Internacionais de Catalogação na Publicação (CIP)
(BENITEZ Catalogação Ass. Editorial, MS, Brasil)

W876r
1.ed. Wood, Lucy Jane
Reencantada / Lucy Jane Wood ; tradução Nathalia Marques. - 1.ed. - Rio de Janeiro : Alta Books, 2025.
416 p.; 13,5 x 21 cm.

Título original: Rewitched.
ISBN 978-85-508-2593-9

1. Ficção de fantasia. I. Marques, Nathalia. I. Título.

04-2025/89 CDD 823

Índice para catálogo sistemático:
1. Ficção de fantasia : Literatura inglesa 823
Aline Graziele Benitez - Bibliotecária - CRB-1/3129

Produção Editorial: Grupo Editorial Alta Books
Diretor Editorial: Anderson Vieira
Vendas Governamentais: Cristiane Mutüs
Gerência Comercial: Claudio Lima

Coordenadora Editorial: Illysabelle Trajano
Produtora Editorial: Beatriz de Assis
Tradução: Nathalia Marques
Copidesque: Andresa Vidal
Revisão: Mariana Naime
Diagramação: Natalia Curupana

ALTA BOOKS
GRUPO EDITORIAL

Rua Viúva Cláudio, 291 – Bairro Industrial do Jacaré
CEP: 20.970-031 – Rio de Janeiro (RJ)
Tels.: (21) 3278-8069 / 3278-8419
www.altabooks.com.br – altabooks@altabooks.com.br
Ouvidoria: ouvidoria@altabooks.com.br

Editora **afiliada à:**
abdr ASSOCIAÇÃO BRASILEIRA DE DIREITOS REPROGRÁFICOS
ASSOCIADO CBL Câmara Brasileira do Livro

Para as garotas que cresceram sob o
encanto das bruxas e sempre souberam
que a magia estaria na ponta
de seus próprios dedos.

01

Algo macabro

Um bruxo sempre será capaz de sentir a presença de outra pessoa nascida com a persuasão mágica. Antes de qualquer apresentação ser feita, antes de qualquer magia propriamente dita ser exibida, o bruxo subconscientemente percebe a chegada de seu semelhante. Primeiro, ele consegue sentir isso em sua própria pele. Começa o formigamento, uma sensação efervescente e elétrica, desencadeando arrepios nos braços que logo evoluem para um tremor. Também sentirá uma mudança no sabor do ar, que se torna mais acentuado, doce, quase com um toque de cobre. O cheiro que vem em seguida é característico, como terra, brasas e maçãs caramelizadas crocantes, combinando-se para formar um aroma intenso e rico, que só pode ser descrito como o aconchego de um lar. E, acima de tudo, vem a sensação de comichão nas orelhas, assim como nos polegares, o que acenderá uma faísca e atiçará as brasas da intuição. O próprio som dos passos de um bruxo sussurrará que alguém está se aproximando.

Infelizmente para Belle, essa valiosa percepção de como as coisas funcionavam se mostrou completamente inútil, pois, aos

29 anos, 363 dias e algumas horas de idade, ela ainda não havia se deparado com outro bruxo. Exceto por sua própria mãe, é claro, e sua avó, que já estava do outro lado do véu há muitos anos. Houve também uma visita breve, surpreendente e um tanto constrangedora, de uma dupla de líderes do coven, que apareceram em seu décimo quinto aniversário para iniciar o longo processo de obscurecimento da jovem. Mas Belle tinha poucas lembranças disso, já que tinha achado tudo aquilo extremamente constrangedor e passou a maior parte da cerimônia escondida atrás do próprio cabelo, corando e desejando que tudo aquilo terminasse o mais rápido possível. Desde que seus poderes foram instaurados, ela não entrou em contato com o coven nenhuma vez e foi deixada à própria sorte para explorar as possibilidades da magia, como era de costume.

Crescer em meio aos feitiços pacíficos e bondosos da mãe no dia a dia significava que uma noção intrínseca de magia estava sempre à sua volta. Não houve um grande momento de reconhecimento, porque sempre esteve ali. O fluxo de magia que emanava de Bonnie envolvia Belle sempre que estava perto da mãe, e era tão normal que a jovem mal percebia o impacto.

Belle já havia deixado de esperar por um encontro com outro bruxo há muito tempo. Seu tipo era raro nos dias de hoje, e aparentemente se tornava mais raro a cada geração, e ela não tinha a menor intenção de sair à procura delas e arriscar se meter em problemas. Ela vivia tranquilamente no mundo dos não bruxos e não tinha problema algum com isso.

— Belle, quantas vezes já falei sobre os cartões de fidelidade? Você anda distribuindo eles a torto e a direito, e está me custando uma fortuna.

Violet era uma empresária impecável. Seus ternos caros tinham sempre um tom suave de azul ou roxo (um hábito de uma vida inteira que lhe rendeu um apelido curioso), e os cabelos prateados eram arrumados e modelados duas vezes por semana. Hoje em dia, ela caminhava devagar, mas com propósito, apoiada em uma longa bengala de prata, e sempre teve uma impressionante coleção de echarpes vintage. Em todos os anos trabalhando na Livraria Lunar, Belle tinha quase certeza de que nunca havia visto Violet usar a mesma echarpe duas vezes. Embora ainda supervisionasse o que acontecia, Vi há algum tempo havia reduzido sua presença na loja, aparecendo apenas uma ou duas vezes por semana para passar o dedo na poeira, apertar as bochechas de todos e garantir que Belle não estivesse fazendo algo tão tolo quanto distribuir dois cartões de fidelidade em vez de um.

— Vi — respondeu Belle por cima do ombro enquanto encaixava uma pilha de lançamentos em um lugar provisório. — São duas da tarde de uma quinta-feira e o lugar está lotado. Acho que não precisa se preocupar comigo distribuindo marcadores de papel. — Ela ficou na ponta dos pés para alcançar a prateleira mais alta que abrigava uma coleção particularmente volumosa de mitologia e, em seguida, abriu caminho educadamente através do mar de clientes em direção à sua chefe.

Violet dirigiu-lhe um olhar ligeiramente envergonhado enquanto entregava a ela alguns livros de capa dura que estavam fora do lugar.

— Bem, você sabe que eu não me importo de verdade. Eu até gostava de quando você colocava os cartões de fidelidade dentro de cada livro, como um pequeno agrado. Mas Christopher diz que, se contarmos cada moeda, as notas...

— Christopher fala demais — interrompeu Belle. Violet ergueu as sobrancelhas, e Belle cuidadosamente se controlou. — O que é ótimo, adoro as opiniões dele. Obviamente. — Ela pigarreou. — Só estou me adaptando à sua presença e às mudanças que anda fazendo.

— Mudanças que, segundo ele, já deveríamos ter feito há muito tempo — ponderou Violet.

— Certo. É só que as sugestões dele... Bem, não combinam muito com a experiência que todo mundo sempre buscou aqui na Livraria Lunar.

— Tenho plena consciência de que vocês dois têm ideias diferentes sobre o futuro deste lugar. Mas também sabem que, se dependesse de mim, eu jamais teria envolvido meu filho nisso. Que escolha vocês me deixaram? — Violet dirigiu-lhe um olhar incisivo sob uma sobrancelha erguida.

Belle suspirou.

— Qual é, Vi. Já tivemos essa discussão centenas de vezes.

— Se ao menos você parasse de ser tão egoísta e atendesse ao desejo de uma pobre senhorinha... — Violet exibia uma expressão triste, mas abriu um sorriso enquanto folheava um livro infantil sobre um internato com as pontas dos dedos, as unhas perfeitamente feitas e pintadas de vermelho.

Belle semicerrou os olhos para a chefe.

— Você não é nenhuma senhorinha. É um perigo para a sociedade.

— Não sei do que está falando. Sou só uma senhora inocente e doente que deseja apenas deixar seu querido negócio nas mãos de quem o ama mais — disse Violet. — Você poderia administrar tudo como bem entendesse, e eu poderia passar minhas tardes no teatro em vez de ficar te incomodando sobre os níveis decrescentes de estoque...

— Será que nunca vai desistir disso? — interrompeu Belle com uma irritação afetuosa. Secretamente, sentia-se tocada pelo quanto Violet queria vender a loja para ela, da qual tanto se orgulhava e se alegrava, tendo começado essa empreitada há anos.

— Só quando assinarmos os papéis. E nós vamos — respondeu Violet com um aceno confiante, agora examinando a mesa de Leituras de Outono e ajustando um livro milímetro por milímetro até deixá-lo no ângulo exato.

— E nós não vamos — corrigiu Belle. — Eu já disse um milhão de vezes: não tenho como administrar este lugar sozinha. — Ela passou pela mesa de carvalho, organizando os cartões de felicitações e a pequena seleção de buquês de flores da estação que enfeitavam a área do caixa enquanto passava. Eles eram compostos de miniabóboras e rabos de coelho em tons suaves para marcar o início de outubro, com um sutil encantamento de *Floresco Bellus* nos caules, mantendo-os sempre frescos.

— Ah, quantas vezes vou precisar repetir, Belle? Você não estaria sozinha. — Desta vez, Violet soltou um som audível de reprovação. — Jim e Monica ficam aqui a semana inteira, e aquela garota nova com o maldito piercing no nariz vem durante o fim de semana.

— Você sabe o que quero dizer. Estou falando sobre assumir o controle. Não é exatamente a minha especialidade. Eu meio que só... sigo a corrente?

— Não fiz nada de útil por aqui desde que a prensa tipográfica era considerada tecnologia de ponta. Todas as boas ideias dos últimos anos foram suas.

— Mas a loja ainda é seu bebê. Só fico por aqui garantindo que os livros cheguem, saiam, e os clientes fiquem satisfeitos. É basicamente isso.

— E o que há para fazer além disso? Nós duas sabemos que você administra o lugar praticamente sozinha. Já estou velha demais para isso e tenho coisas melhores para fazer do que ficar recomendando romances policiais para as massas.

— Não há nada de errado com romances policiais. Você só é esnobe, Vi. E sabe como eu sou, provavelmente levaria a loja à falência dentro de alguns meses.

— Menos autodepreciação, por favor. Não aguento isso. Você é uma mulher altamente capaz e inteligente em quem confio implicitamente. Praticou sua magia aqui por mais tempo do que eu gostaria de me lembrar. — Nesse momento, Belle se engasgou com o ar e começou a tossir, recebendo uma batida nas costas de Violet. — Principalmente porque isso me envelhece terrivelmente. Você só está com medo demais de correr um risco — continuou Violet — e se importa demais com o que pode dar errado. — Ela apontou uma unha afiada e brilhante para Belle.

— Você é muito boa em elogiar e insultar ao mesmo tempo. — Belle franziu a testa, voltando para o seu lugar atrás do caixa.

Violet se encostou no balcão de mármore verde e pegou um espelhinho de bolso para arrumar um fio de cabelo fora do lugar.

— É uma arte refinada. — Ela franziu os lábios. — Mas se você continuar a recusar minha oferta brilhante, sabe que não terei escolha a não ser deixar Christopher no comando. Não confiaria esse trabalho a um estranho. Se eu quiser realmente desfrutar de uma aposentadoria em cruzeiros de luxo e comprinhas, a Lunar precisa estar nas mãos de alguém capacitado. E Christopher *é* capacitado.

— É claro — disse Belle placidamente, engolindo o orgulho com um suspiro profundo. — O homem pode até não saber distinguir um livro de bolso de uma abóbora, mas entende de lucros e perdas.

Belle esperava que a música escolhida naquela manhã fosse suficiente para abafar os sons nada sutis vindos do escritório dos fundos, onde Christopher se revezava entre soltar palavrões e gargalhar pretensiosamente enquanto falava ao telefone com um associado. Ela estremeceu ao ver um cliente distraído virar a cabeça em direção ao barulho.

Christopher parecia entender *somente* de lucros e perdas, tomando decisões que partiam o coração de Belle um pouco mais a cada dia. Nos dois anos desde que Violet decidira se afastar e, ainda que relutantemente, entregar as rédeas ao filho corporativo, ele vinha gradualmente desfazendo-se das ideias que a própria Belle implementara na Lunar desde que havia começado a trabalhar lá, há quase dez anos. O precioso carrinho de café e docinhos foi o primeiro a ser eliminado pois, segundo Christopher, cappuccinos "transformam o lugar em um encontro de mães". O festival anual de livros da colheita que ela organizava em colaboração com outras empresas locais o fez rir tanto que ele chegou a genuinamente bater com a mão no joelho. Ainda mais preocupante, há alguns dias ela o ouvira discutindo em alto e bom tom sobre como os funcionários mais jovens estavam se mantendo na folha de pagamento por um fio. Essa foi a gota d'água, e Belle decidiu informar Violet sobre as decisões questionáveis dele. Mas Christopher rapidamente interveio, insistindo que ela estava sendo dramática, rindo e envolvendo Violet com seu charme, como de costume. Belle guardava para si a realidade do quão ruins as coisas haviam se tornado, como uma pedra fria e dura em seu sapato.

— De alguma forma, eu pisquei e agora o mundo lá fora é moderno, Belle — disse Violet. — Eu definitivamente não consigo acompanhar os novos tempos, mas ele vai garantir que este lugar consiga.

— Este lugar não deveria acompanhar os novos tempos — disse Belle. — Ele deve existir em sua própria bolha de aconchego, separada do mundo real.

— Quem me dera — respondeu Violet, com um suspiro. — Vejo você na semana que vem. Te ligo sobre aqueles números de agosto. — Ela se inclinou para dar um beijo no rosto de Belle, deixando a habitual marquinha de batom magenta, um leve toque de pelinhos e uma fragrância adocicada de perfume.

— Até mais, Vi — disse Belle afetuosamente, acenando enquanto ela se dirigia até o reluzente carro preto que a aguardava para levá-la até sua casa igualmente impecável. Violet era absurdamente rica, tendo vivido uma vida nos palcos como uma estrela de teatro, até ter sua carreira interrompida por uma lesão nas cordas vocais e a recuperação tê-la feito descobrir o mundo revigorante dos livros. Belle enfiou as mãos nos bolsos do avental jeans, bordado com as fases da lua na frente, símbolos da Lunar, e sua mente vagou de volta ao campo de batalha habitual.

Aceitar a oferta de Violet e realmente comprar a Livraria Lunar era um sonho que sempre pareceu grande demais. E toda vez que Violet tocava no assunto, lembrando-a da oportunidade que ela estava deixando escapar, ela se sentia recuando da ideia ainda mais.

Havia tanta coisa que poderia dar errado. Ela não fazia a menor ideia de como seria o processo, e suas economias, apesar de modestas, eram preciosas demais para serem lançadas em algo que não era garantia de sucesso, mesmo que Violet lhe tivesse feito uma oferta excessivamente generosa e sentimental. Além disso, havia a pequena questão de arriscar o trabalho que tanto adorava e pelo qual havia batalhado tanto, começando como auxiliar aos sábados até o cargo atual de gerente da loja.

Ainda assim, ela se atrevia a pensar nisso o tempo todo. Atrevia-se a se imaginar realmente abraçando a ideia, recompensando a si mesma com a coragem que um dia fora a base de todas as suas decisões. Mas nunca conseguia reunir valentia o suficiente para acender o pavio e descobrir se seria uma explosão controlada ou um incêndio devastador. E assim a vida seguia. O volante permanecia em mãos que não eram as dela, e ela continuava olhando pela janela enquanto a estrada passava rapidamente.

Uma mulher de cardigã rosa-salmão se aproximou do caixa, equilibrando uma pilha de livros ilustrados e um rolo de papel de presente das cores do arco-íris em uma das mãos enquanto uma criança segurava a outra.

— Esse é maravilhoso. Acho que é o meu favorito — disse Belle à menininha enquanto embrulhava o livro que estava no topo da pilha com papel pardo. — Foi você quem escolheu? Foi uma ótima escolha. — A menina assentiu timidamente e logo escondeu o rosto na saia da mãe.

— Obrigada por me ajudar a encontrar os certos. Vai mantê-la ocupada por um tempo. — A mulher sorriu, agradecida.

— Sem problemas. — Belle registrou o total. — Sinto muito por não ter ficado mais tempo com você, hoje está um pouco movimentado aqui. Esse clima faz todo mundo querer se aconchegar com um livro.

No momento perfeito, o clarão de um relâmpago cortou o céu escurecido, o brilho prevalecendo sobre a iluminação suave que mantinha a Lunar com uma atmosfera acolhedora, independentemente das condições lá fora. Um trovão alto reverberou logo em seguida, tão intenso que fez as janelas de vitral do andar de cima tremerem. A mulher juntou suas compras, escondeu os livros debaixo do suéter, puxou o capuz de sua filha, e então saiu relutantemente para a chuva.

Uma noite agitada tomava forma. A vida na Lunar, tão querida pelos moradores por seu charme e qualidade única, oscilava caoticamente entre calmaria, silêncio e uma atividade avassaladora. Belle frequentemente recebia uma ligação em seus dias de folga de um Jim frenético, arrancando o que sobrava de seus cabelos desgrenhados enquanto tentava simultaneamente reabastecer as prateleiras e gerenciar o caixa. A equipe reduzida vinha se esforçando para acompanhar o planejamento de Christopher, todos os dias com falta de pessoal e tarefas em excesso.

Ela olhou para a seção infantil ao fechar mais uma venda. Como sempre, estava uma bagunça total, apesar de Belle ter lançado um sutil encantamento de *Libri Liberi Ordino* para que os livros e brinquedos de pelúcia voltassem sozinhos para seus lugares quando ninguém estivesse olhando. Era uma magia segura para espalhar pelo lugar, dentre outros encantamentos que ela havia lançado. As crianças não estranhavam se um livro ilustrado ocasionalmente se guardasse sozinho e, claro, os adultos nunca perceberiam.

A hora de fechar se aproximava de forma tentadora. Enquanto Jim e Monica lidavam com a correria do fim do dia, Belle estava sobrecarregada com uma fila de clientes que era tão implacável quanto a chuva do lado de fora. Em algum lugar no fundo de sua mente, ela registrou o som do sino de latão acima da porta da frente tocando pela milionésima vez naquele dia. Esfregou os antebraços quando arrepios percorreram sua pele com a rajada de vento frio que entrou pela porta aberta.

— Gostaria de levar também a Leitura Estelar dessa semana? É um livro realmente…

Belle ficou sem fôlego por um instante. Uma sensação, como uma onda morna quebrando sobre o topo de sua cabeça, estranhamente agradável, mas intensa, percorreu seu corpo da cabeça aos pés e quase a fez perder o equilíbrio. Ela se segurou no balcão para não cair. Se não fosse por seus anos de experiência, poderia jurar... Bem, poderia jurar que era magia.

— Você está bem? — Um cliente lhe dirigiu um olhar preocupado.

Belle engoliu em seco e agitou as mãos, dispensando a preocupação.

— Ah, sim, sim. Sinto muito. Só estou um pouco tonta. O que quer dizer que está na hora de mais uma xícara de café.

Ela soltou uma risada curta e se recompôs, ignorando a sensação potente que havia surgido em um instante e desaparecido no próximo. Tinha sido um longo dia. Após deslizar a pilha de livros vendidos para dentro de uma sacola com um sorriso apressado e forçado que Violet certamente não consideraria um atendimento típico da Lunar, ela chamou o próximo cliente.

O homem esperando do outro lado do balcão a pegou de surpresa. Ela notou sua altura primeiro, alto a ponto de parecer imponente. E ele era, ela não pôde deixar de perceber, bonito de uma forma intimidadora. O tipo de beleza que a faria relatar tudo a Ariadne assim que chegasse em casa e instantaneamente se questionar por que não tinha arrumado melhor o cabelo naquela manhã. Ele usava calças com cinto, uma camisa cor de ferrugem por cima de uma camiseta branca e óculos redondos de aro fino, que ele tirou quando seus olhares se encontraram. Ele os guardou no bolso interno de um casaco comprido de couro preto, que cobriam seus ombros extremamente largos, e uma mecha de cabelo escuro e desgrenhado, na altura dos ombros, caiu sobre os olhos quando ele olhou para baixo. Um anel de prata com uma pedra cor de âmbar reluziu quando ele afastou a mecha, colocou a mão no balcão e se inclinou levemente na direção dela. Belle se forçou a desviar o olhar quase instantaneamente, incapaz de sustentar o contato visual enquanto sentia seu rosto esquentar.

— Gostaria de saber se pode me ajudar — disse ele com uma voz grave e aveludada, como caramelo queimado, e um leve sotaque londrino. — Estou procurando por algo bem específico. Um pouco especial.

Belle corou tão intensamente que as extremidades de suas orelhas começaram a formigar com o calor. Uma sensação estranha e afiada percorreu seu corpo até as pontas dos dedos quando ela os apoiou no balcão, depois os enfiou no bolso, até finalmente decidir pegar uma caneta, espirrando tinta pelo balcão.

— Desculpe, desculpe. — Ela limpou rapidamente com a extremidade da manga. — Parece interessante. Do quão especial estamos falando, exatamente? É um presente?

As laterais da boca dele se ergueram de maneira quase imperceptível.

— É, *sim,* um presente.

Belle rapidamente reuniu o pouco de compostura que lhe restava, visivelmente envergonhada pela própria reação.

— Ótimo. Parece ótimo. Você poderia dar uma olhada na nossa seção de Edições Especiais. Temos alguns exemplares autografados que podem ser ótimos presentes. Também temos alguns títulos mais populares na mesa Estelar se estiver procurando por um lançamento…

— *Malleus Maleficarum.*

Em um piscar de olhos, o rosto de Belle mudou do vermelho vivo para um branco pálido. Ela provavelmente ouviu errado.

— Desculpe, foi um longo dia, acho que estou enlouquecendo. O que é ótimo. — Ela riu educadamente, balançando a cabeça para clarear a mente. — Como é?

— *Malleus Maleficarum.* Não que eu concorde com a mensagem, é claro — murmurou ele. — Que magia é algo maligno ou errado. Mas caçar bruxas é um conceito interessante, não acha?

A visão de Belle ficou turva por um instante. *Malleus Maleficarum*, o texto mais notório da história sobre a origem da bruxaria, o infame manual dos caçadores de bruxas sobre como identificar uma bruxa.

Coincidência. Só podia ser uma coincidência. Mas então ela sentiu uma intuição, como se um interruptor tivesse ligado dentro dela. Ela se forçou a olhar nos olhos do homem novamente, e foi instantâneo. Sua pele se transformou em pura estática. Um gosto metálico inundou sua língua. Ela apoiou os antebraços no balcão, e um cheiro de fumaça de fogueira e especiarias adocicadas a envolveu. Belle percebeu a mínima contração dos músculos da mandíbula dele, acompanhada por um breve sorriso cheio de significado. A compreensão a atingiu como um balde de água fria.

Um bruxo.

Jim derrubou uma enorme caixa de papelão cheia de livros de capa dura atrás do caixa com um baque alto, e Belle voltou à realidade.

— Não se incomodem comigo — disse Jim, voltando para a seção de culinária enquanto assobiava em um tom insuportavelmente agudo.

— Escolha interessante. — Belle soltou uma risada dolorosamente desajeitada, colocou o cabelo atrás das orelhas e, inexplicavelmente, apontou "pistolas" com os dedos para o homem à sua frente. O pânico evidentemente assumira o controle de todos os seus movimentos. — Infelizmente não é algo que temos em estoque. Que pena. Sinto muito. Agradecemos a visita.

— É *mesmo* uma pena — ecoou o homem.

Foi só então que ela percebeu a língua dele pressionada firmemente contra a bochecha, formando uma covinha profunda do outro lado. Ele ergueu as sobrancelhas de maneira sugestiva, como se esperasse que a ficha dela finalmente caísse. Gesticulou para que ela também se inclinasse sobre o balcão, aproximando-se para sussurrar a poucos centímetros de seu pescoço.

— Tentei a biblioteca da Casa de Hécate, mas todas as edições tinham sido emprestadas. Disseram para procurar uma certa Belladonna Blackthorn, e que ela ficaria feliz em me emprestar sua cópia....

Ninguém nunca a chamava de Belladonna. Ela odiava seu nome completo de bruxa com todas as forças. Sempre odiou. Tanto que nem mesmo a mãe o usava mais; ele era reservado apenas para quando Bonnie desaprovava algo importante nas escolhas de vida de Belle.

O mundo girou em câmera lenta, mas, de alguma forma, Belle conseguiu colocar um sorriso profissional no rosto. Seu primeiro e único pensamento era simplesmente tirar aquele homem da vista do público. Ela passou a vida inteira se protegendo daquele exato cenário, do momento em que sua magia seria revelada ao mundo não bruxo, depois de tudo o que havia feito para mantê-la em segredo.

Monica dirigiu um olhar curioso para Belle, perguntando silenciosamente se estava tudo bem enquanto a fila começava a aumentar atrás do homem.

— Bem, é claro. — De novo o gesto de "pistolas" com os dedos. — Como sou tola, está bem aqui, nos fundos... Por aqui. É só me seguir. — Ela dirigiu um olhar desesperado para o homem, deu meia-volta e fez uma súplica silenciosa a quaisquer forças que pudessem estar observando com piedade. Qualquer coisa para esconder o assunto daquela conversa que estava prestes a começar.

Sinalizando para Monica assumir seu lugar, Belle se apressou para os fundos da loja, em direção ao armário de estoque mal iluminado, abarrotado de caixas e personagens de papelão das vitrines. Ela manobrou freneticamente um dragão de papelão para o lado e gesticulou exageradamente para o homem segui-la, afastando-o dos clientes. Principalmente de um punhado de mulheres que estavam de olho nele, observando cada um de seus movimentados desde que colocou os pés na Livraria Lunar, como se ele fosse a última bolacha do pacote. O homem a seguia de modo obediente, mas com um sorriso inconfundivelmente travesso, caminhando de maneira descontraída atrás dela, com as mãos cruzadas nas costas.

Ela puxou o cordão da luz no armário, chutou uma caixa pesada para o lado e, após um olhar preocupado para a loja, para garantir que Christopher não estava à vista, fechou a porta atrás deles. Felizmente, ela estava tão tomada de pavor que não se deu ao trabalho de se sentir constrangida por estar cara a cara com um completo estranho em uma proximidade tão íntima e calorosa.

— Aconchegante. — Um lampejo cruzou os olhos escuros dele.

— Quem é você? O que está havendo? — perguntou Belle em um tom furioso e baixo. Ela já estava começando a fazer suposições. Passou-lhe pela cabeça que a chegada dele só poderia significar uma seleção limitada de más notícias. — É sobre minha mãe?

— O quê? Não, claro que não. Nada do tipo — respondeu ele instantaneamente.

Belle sentiu um pouco da tensão em seus ombros se dissipar.

— Fui enviado pelo coven — continuou ele, baixando o olhar para ela com uma expressão grave. Como sempre fora bem alta, era raro para Belle se sentir a mais baixa no recinto.

— Isso já consegui compreender com sua introdução hilária — retrucou ela, ainda espumando de raiva.

— Eu não estava exatamente tentando ser hilário. Esperava algo mais do tipo misterioso, talvez sedutor. — Achando evidente graça da situação, o homem cruzou os braços e se apoiou em uma prateleira de mapas.

— Mas o Selcouth nunca mandou ninguém atrás de mim antes. Na verdade, nem sequer entrou em contato comigo em quase quinze anos de bruxaria. Fiz algo errado? Me meti em algum tipo de encrenca?

— Encrenca? Me diga você. — Ele sorriu, aparentemente se divertindo demais com o fato de ela estar à beira de um colapso.

Belle lhe dirigiu um olhar de clara desaprovação, depois arriscou uma espiada pela porta para checar se os chefes estavam por perto.

— Caso não tenha notado, estou trabalhando — disse ela, a voz se tornando cada vez mais aguda. — E se meu chefe me encontrar aqui com um cliente, já posso ir dando adeus à minha vida. Não tenho tempo para seja lá o que esteja tramando.

Ele fechou a cara e revirou os olhos diante da falta de colaboração da parte dela.

— Como você é estraga-prazeres. E eu não *tramo* nada. Por acaso pareço com o tipo que trama? — respondeu ele, irritado. — Veja bem, você tem ignorado nossa correspondência. — A voz dele se tornou um pouco mais suave e séria. — Sabe que não pode fazer isso...

— Correspondência? — interrompeu Belle.

O homem ergueu as sobrancelhas bruscamente.

— Certo. A carta de aniversário? Na rara ocasião em que o coven se dá ao trabalho de entrar em contato com você antes da conclusão de seu obscurecimento, é responsabilidade sua corresponder. Não pode fugir de problemas envolvendo magia, mesmo que...

— Foi mal, foi mal. — Ela ergueu a mão para interrompê-lo, encostando no casaco dele por causa do espaço apertado. — Caso ainda não tenha ficado claro pelo fato de eu estar prestes a explodir a qualquer momento, eu não faço a mínima ideia do que você está falando.

— A carta — repetiu ele com impaciência. — Sinceramente, você deveria ser um pouco mais grata. Ou eu viria aqui contatar você pessoalmente ou mandaria uma chuva de fogo infernal para chamar sua atenção. De acordo com seu registro, você vive com uma colega de apartamento não bruxa, então talvez o fogo infernal revelasse um pouco o seu segredo. Primeiro você me ignora, e agora isso.

— Eu não ignorei nada — disse ela, exasperada, começando a achar o tom dele especialmente irritante combinado com a falta de respostas. — Do que você está falando?

A expressão dele mudou e ele arqueou uma sobrancelha novamente, agora com uma pitada de ceticismo.

— Você não recebeu?

Belle o encarou.

— Envelope preto? Bordas douradas? Feitiço de presença senciente? Capacidade de se projetar à sua frente quando ignorado... — enumerou ele.

— Não me lembra nada. Talvez seu feitiço não funcione.

— O quê?

— Só estou dizendo. — Ela deu de ombros. — Nada se *projetou* à minha frente.

Ele pestanejou, parecendo incrédulo.

— É um feitiço tradicional *Vocare Attentio*, especificamente criado para correspondências do coven. Usado desde a Idade Média. É claro que funciona.

— Lamento desapontar, mas seu feitiço deve estar meio furado. Não vi nada.

O homem passou o polegar pela mandíbula definida, agora tão exasperado quanto ela.

— Ah, é claro, *com certeza* é culpa de um feitiço antigo e praticamente infalível lançado pelo estimado coven do Reino Unido. Claro que uma bruxa tão organizada e meticulosa como você não poderia ter perdido uma correspondência mágica importante. Pelo visto, você tem tudo sob controle aqui. Tudo em ordem.

Ele gesticulou ceticamente para as pilhas de livros que cobriam cada centímetro das prateleiras no pequeno e caótico armário, tudo ainda coberto por recibos, revistas literárias, boletins comerciais, marcadores de páginas e sacolas de compras.

— Sabe de uma coisa? — respondeu ela, colocando as mãos nos quadris. — Você é rude demais para alguém que supostamente representa o "estimado coven do Reino Unido" em uma visita rara e honrada. E, ainda por cima, sem ser convidado.

— O Selcouth não espera por um convite.

— Estou tentando muito, mas muito mesmo, não entrar em colapso aqui. Você poderia ser um pouco mais compreensivo.

Os dois se encararam, desafiando silenciosamente o outro a ceder.

— Sinto muito — disse o homem entredentes, por fim cedendo.

Belle recuou um pouco para acompanhar.

— Essa carta, então... se é que ela existe. O que preciso saber?

— Não posso contar. — Ele deu de ombros. — Você tem que ler por conta própria. Assim, não há como negar o conhecimento. Muitos bruxos, feiticeiros e praticantes de magia no geral têm fingido não ter conhecimento prévio sobre o julgamento ao longo dos anos. Tenho certeza de que compreende — acrescentou formalmente, girando o anel de prata no polegar e observando-a.

— Julgamento?

Os olhos dele se arregalaram por um momento, mas logo a postura despreocupada assumiu o controle novamente.

— Finja que eu não disse isso.

Belle respirou fundo, tentando manter um pouco de bom senso. Ela cruzou os braços, imitando a postura dele.

— Deixa eu ver se entendi direito. Você vem até aqui, ao meu local de trabalho, interferir na minha vida entre não bruxos, potencialmente colocando em risco minha inteira existência no caso de uma possível exposição, para me dizer que eu preciso encontrar uma carta muito importante. Eu digo que não recebi nada e, em vez de me dar outra carta ou simplesmente me dizer o que tinha nela, você quer ir embora dizendo, mais uma vez, que eu tenho que ler a carta.

Se Belle já não soubesse o suficiente sobre ele, poderia jurar ter visto uma leve coloração rosada florescer nas maçãs de seu rosto.

Sua postura calma vacilou um pouco, e uma ruga de frustração surgiu entre suas sobrancelhas.

— Você está fazendo isso parecer muito mais tolo do que eu acreditava ser no meu caminho da Casa de Hécate.

— Ah, de forma alguma, foi um prazer. Sua jornada é muito apreciada. O mistério, a sedução e a ausência de fogo infernal certamente foi notada etc. Agora, por mais encantador que este encontro tenha sido, você poderia, por favor, ir embora antes que alguém perceba que, por algum motivo totalmente insano, estou discutindo de forma extremamente suspeita com um cliente dentro do estoque?

Ele esboçou um sorriso irônico, como se estivesse tentando se conter de sorrir de verdade. Belle percebeu as rugas se formando suavemente no canto dos seus olhos escuros.

— Mas está sendo tão divertido. E me esforcei tanto para criar o clima.

A ficha caiu.

— Calma aí, essa tempestade também foi obra sua?

Ele afundou as mãos nos bolsos, parecendo um pouco constrangido.

— Talvez. Não gostou?

— Esqueci meu guarda-chuva e vou para casa andando quando meu turno terminar, então, não. — Ela agarrou a maçaneta da porta, ansiosa para sair do espaço confinado e se afastar daquela arrogância irritante dele. — Isso é tudo?

Ele suspirou, igualmente desapontado.

— Não que esta visita não tenha sido incrivelmente agradável até agora, mas pensando bem… — Ele estalou o polegar e o dedo médio da mão direita. Em uma fração de segundo, um envelope preto surgiu entre seus dedos, acompanhado de leves faíscas douradas. — Mais para não ter que fazer uma segunda visita, acima de tudo. — Ele estendeu o papel para ela. — Leia. Não ignore desta vez.

— Eu já disse que não estava ignorando nada. — Belle pegou a carta da mão dele. — Obrigada — acrescentou de forma brusca, virando o papel na mão. — Mais alguma coisa?

— Na verdade, sim. Alguma recomendação de leitura de praia? Algo leve, divertido, um pouco picante — perguntou ele, um sorriso largo se abrindo no rosto, revelando o quanto estava se divertindo ao ocupar seu tempo.

Belle lhe dirigiu um olhar fulminante. Relutantemente, ela enfiou a carta no bolso do avental, para ser lida quando não houvesse uma fila de cinco pessoas exigindo sua atenção imediata. Quão ruim poderia ser uma carta? Se fosse urgente, eles ligariam. Será que covens faziam ligações?

Ela apontou um dedo para ele.

— Não passe pelo escritório. Se Christopher vir um cliente saindo do estoque, nunca mais vou ter paz. Me siga. Mas não agora. Daqui a um minuto.

As instruções dela pareceram diverti-lo imensamente, e ele fez uma pequena reverência. Sem olhar para trás, Belle abriu a porta do armário de estoque, limpou o avental e caminhou rapidamente até o caixa. O homem ficou para trás por um momento, observando-a com atenção, e finalmente saiu atrás dela, curvando a cabeça para evitar o batente da porta.

Um pouco depois, com a fila sob controle, Belle voltou para a parte de trás da loja, com os braços cheios de livros. Ela parou, chocada. Lá estava ele, ainda pairando entre as sombras das prateleiras de Clássicos e Contemporâneos, com seus longos membros e cabelos bagunçados. Ele dirigiu uma mirada furtiva na direção dela e rapidamente voltou os olhos para o livro em sua mão quando seus olhares de encontraram, como se tivesse sido flagrado fazendo algo errado.

Belle colocou as mãos nos quadris.

— Você ainda está aqui?

— Não posso nem dar uma olhada? Vim de tão longe e você não vai me deixar aproveitar as ofertas?

— Fique à vontade. Na verdade… — Ela gesticulou para que ele esperasse um instante enquanto se dirigia a um canto adjacente. Ela voltou e o encontrou parecendo intrigado. — Uma recomendação pessoal. Essa seria a próxima leitura perfeita para você — disse ela com um sorriso meloso, empurrando a sugestão contra o peito dele. Ela percebeu um pequeno sorriso no canto da boca dele, como se estivesse satisfeito por ter conquistado a simpatia dela.

125 Truques de Mágica para Jovens Mágicos. Com brindes gratuitos para surpreender seus amigos!

— Pode até haver algo aí que melhore seu feitiçozinho de envelope. — Eles trocaram olhares intensos, o dele uma estranha combinação de raiva e um leve toque de divertimento, e o dela de completa indignação. Belle não desviou o olhar desta vez, determinada a não ceder de novo.

— Por favor, não volte mais aqui — disse ela. — Ou pelo menos me avise da próxima vez, para que eu possa fugir do país antes.

— Com licença, você trabalha aqui?

Em uma fração de segundo, o rosto de Belle assumiu uma expressão de genuína cordialidade, voltando-se para uma senhora de óculos que se aproximava dela com uma pilha de capas coloridas de romances.

— Com certeza. Precisa de alguma coisa? Vou pegar uma cesta para você.

Enquanto conduzia a mulher em direção ao caixa, listando uma série de autores, Belle não pôde deixar de notar uma movimentação em sua visão periférica. Apenas um rastro de tênues faíscas permanecia, serpenteando por entre as prateleiras, e aquele aroma crepitante de fumaça de fogueira que reacendia seus sentidos. Na confusão da chegada dele, ela tinha se esquecido até de perguntar seu nome. Provavelmente algo tão ridículo quanto ele. Gandalf? Felizmente, ela duvidava muito que visitar a Livraria Lunar se tornasse um hábito para ele.

02

O LAR DE UMA BRUXA

A magia pode ser difícil de se encontrar no mundano, mas está sempre à espreita, esperando pacientemente em algum lugar: farejando em silêncio, enroscada como um animal adormecido e pronta para ser descoberta por aqueles que a buscam com afinco. O apartamento 31 era um desses lugares encantados. Pequeno e sombrio, com portas de armário empenadas e uma das bocas do fogão — a de trás, à direita — muito temperamental, precisando de conserto há meses. Mesmo assim, a cozinha estava repleta de magia, que cobria cada centímetro dela, desde a pilha de saquinhos de chá usados no escorredor até a tigela de fazer misturas no canto. Até a manteigueira estava impregnada de magia, pois aquele era o lar de uma bruxa. Apesar de ela ser humilde.

"...falando sobre perder aquela magia em um relacionamento, sabe? Aquela magia real entre duas pessoas, encantadora o suficiente para que só possa ser considerada feitiçaria. Para muitos casais, isso..."

O rádio trocou de estação novamente.

"Gol! Aquele pé esquerdo mágico dele mais uma vez, algum tipo de feitiçaria do garoto..."

— Só pode ser brincadeira.

"Bom dia, Jane. Sim, os londrinos certamente ficarão desapontados ao saber que o período de calor fora de época acabou oficialmente para nós. A mágica daqueles dias secos e ensolarados, um final de verão completamente adorável..."

— Ah, pelo amor de...

Para quem quer que estivesse vendo a cena, o botão estava se pressionando sozinho. Por fim parando em uma estação, a música começou a tocar suavemente, acompanhada dos salpicos alegres de uma esponja que esfregava diligentemente os pratos da noite passada, que em seguida se posicionavam no escorredor. Do outro lado da bancada, um monte de correspondências se organizava por conta própria em pilhas ordenadas: uma de envelopes marrons com seus boletos, outra de folhetos chamativos de pizzarias e serviços de limpeza de janelas. A pilha mais importante estava do outro lado do cômodo, um arco-íris de envelopes coloridos que vinha se alinhando na mesinha de centro há alguns dias. Quando um envelope laranja endereçado a Belle Blackthorn pousou no topo, pronto para o aniversário dela no dia seguinte, a chaleira começou a ferver com um chiado suave.

— Juro que eu, literalmente, acabei de pagar isso — murmurou Belle, abrindo uma conta de água particularmente indesejável e imediatamente jogando-a para o lado, em cima do micro-ondas, deixando para resolver depois. Apenas os olhares mais atentos perceberiam o sutil movimento de seu dedo enquanto guiava um saquinho de chá até a caneca.

— Considerando que um membro da nossa família de três usa a própria língua para se lavar, esse gasto de água não é brincadeira — disse Belle para a gata a seus pés, que se enroscava em seus tornozelos, ronronando. — Tá bem, Jinx, tá bem. Que gulosa.

A gata foi distraída de sua busca por comida por uma faísca de magia que flutuava levemente no ar, como as asas translúcidas de uma mariposa. Ela começou a golpeá-la freneticamente com a pata.

— Preciso realmente passar um aspirador. Essa coisa se espalha por tudo.

Fora um punhado de feitiços domésticos confiáveis, Belle sabia muito bem como manter suas habilidades especiais em segredo. Não que tivesse vergonha de ser uma bruxa. Já que possuía poderes há quase quinze anos, sua casa estava repleta de sinais reveladores da verdade. Eram discretos, mas orgulhosos. Detalhes sutis o bastante para evitar perguntas indesejadas ou respostas complicadas. Havia cristais estrategicamente posicionados nos raros feixes de luz solar que entravam pelas janelas (não muitos, porque uma varanda voltada para o sul custaria o dobro do aluguel). Sua estante possuía alguns almanaques e guias de runas herdados da mãe, agora discretamente encaixados entre favoritos de sua infância e livros de receitas manchados. Frascos de água lunar, tranquilamente poderosa. Velas coloridas para todas as necessidades. Diários de trabalho com sonhos e sombras. Vários pequenos sinais de uma bruxa discreta, como sussurros espalhados aqui e ali. Mas o segredo, em grande parte, mantinha-se guardado. Ninguém jamais notava a magia, salpicada por todos os lados de sua vida como gotas de orvalho presas em teias de aranha, porque ninguém estava procurando por ela.

Para Belle, a magia era uma constante reconfortante, que a fazia se sentir em casa nas raras ocasiões em que a utilizava. Só que, trabalhando longas horas durante a semana e vivendo em uma pequena quitinete acima de um café, com o suave aroma de café expresso pairando do amanhecer ao anoitecer, misturando-se com o som ritmado das sirenes do trânsito londrino, ela descobriu que não havia muito uso para a magia prática.

Os poderes de Belle não estavam completamente dormentes; apenas um pouco sonolentos. Administrar uma livraria pequena e um tanto caótica raramente exigia feitiços criativos ou encantamentos mágicos à disposição. Agora, ela se ocupava em elaborar os horóscopos semanais para o boletim da Lunar, depois que a equipe descobriu suas habilidades surpreendentemente precisas para previsões, que exigia somente uma rápida olhada para uma bola de cristal habilmente disfarçada como um peso de papel. Ela certamente não estava perturbando a Ordem Natural ou criando muito Caos Divino quando milagrosamente consertava a copiadora quebrada ou ajudava um cliente a encontrar o livro de ficção histórica perfeito com rápido feitiço de *Lectio Adaperio*. Na verdade, provavelmente as faíscas mais intensas saíam do dedo indicador de Belle somente quando o fim do ano fiscal se aproximava. Organizar tudo com o *Pecunia Tributum* era uma magia complicada e demorada, mas a poupava de se embrenhar nos registros caóticos que ela nunca conseguia manter em ordem na Lunar, e, por isso, valia o esforço. Também era mais barato do que pagar um contador.

Belle deu um afago atrás das orelhas curiosas de Jinx e recebeu um miado em resposta.

Mesmo quando era uma feiticeira de 15 anos com poderes recém-despertos à sua disposição, ela não teve muita chance de utilizá-los com grande alarde, dado o cenário de uma cidadezinha pacata no Norte e uma escola só para meninas. Um novo corte de cabelo aqui, uma espinha desaparecida ali, alguns bolos particularmente deliciosos com glacê que mudava de cor para os aniversários dos amigos. Um ponto alto subestimado foi ter usado seus poderes para implodir um gravador de fitas para evitar o teste de resistência durante uma aula de educação física.

Naquela época, a magia era difícil de controlar e, muitas vezes, dolorosamente constrangedora. Belle sempre foi uma fonte de serenidade, estremecendo só de pensar na ideia de chamar atenção ou de causar qualquer alvoroço. E se está tentando evitar os holofotes, não é uma boa ideia ousar com sua magia no meio de um grupo de garotas adolescentes, que possuem um olhar aguçado para esse tipo de estranheza. Essa coisa de bruxa tinha sido, na maior parte das vezes, mortificante, frequentemente revelando-se por conta própria antes que ela dominasse totalmente seu poder. Por fim, ela aprendeu a controlá-la. Até mesmo a acolhê-la.

Mas a chance de sua magia florescer e se destacar só diminuiu desde então. Antes, a escolha de reprimir seus poderes fora por vergonha de ser diferente. Agora, a um dia de completar 30 anos, era mais uma questão de a magia estar se esgueirando cada vez mais para as sombras, quase imperceptível, esquecida e negligenciada com o passar do tempo.

Belle se jogou no sofá verde cheio de camadas de cobertores e uma pequena fortaleza de almofadas, que ela dividia com duas colegas de apartamento: uma humana (supostamente) e uma gata malhada. Sua colega felina deu um salto com um gorjeio agudo para o peito de Belle e se acomodou em seu ombro, satisfeita.

Não era que ela fosse chata, entediante ou sem espírito de aventura para a magia. Tivera sua própria cota de aventuras e viagens; havia feito, em grande parte, o esperado de uma garota de vinte e poucos anos. Mas à medida que a vida começava a se desenrolar como duas fitas de seda, uma à frente e outra atrás dela, Belle havia aprendido que seguir o fluxo não mágico, sem muita resistência, tendia a tornar as coisas mais fáceis. Enquanto tentava trilhar com êxito os caminhos da vida, ela se esforçava para manter a magia sob controle: cumprindo expectativas, agradando a todos e evitando causar qualquer tumulto.

E, sendo realista, o que se pode fazer com poderes mágicos, afinal?

Deitada de costas com a gata estirada sob seu queixo como uma barba quente e levemente sufocante, Belle esticou o dedo indicador esquerdo em um pequeno gesto e apontou para o bule, que rapidamente despejou seu conteúdo em uma caneca cafona, porém divertida, em formato de caldeirão. Distraidamente, ela traçou três círculos no ar com o dedo no sentido horário, e uma colher de chá refletiu seu movimento. Infundir suas intenções em ações era um dos velhos hábitos que ela havia aprendido com a mãe. Mexer no sentido horário para atrair positividade, no anti-horário para afastar a negatividade.

A caneca começou a flutuar suavemente da cozinha na direção de um porta-copos. Enquanto se aproximava pelo ar transportando o líquido fumegante, a porta do quarto do outro lado da sala de estar se abriu abruptamente e Belle deu um pulo para alcançar a caneca no meio de seu trajeto. Ela estremeceu de dor ao sentir em sua pele gotas do chá escaldante que transbordou com o movimento.

— Muito bem, estou saindo, estou saindo. Não fale comigo, já me atrasei o suficiente.

Ariadne, envolta em um casaco acolchoado e um enorme cachecol que poderia servir como edredom, saiu apressadamente de seu quarto, sempre levando apenas alguns minutos da cama à porta.

— É sério. Não se atreva a comer aquele último *croissant*. Ele está esperando por mim e é a única coisa que vai me fazer sobreviver às minhas reuniões mortais de hoje.

O coração de Belle estava disparado de adrenalina. Felizmente, Ari continuou rodopiando pela sala como um dervixe em sua dança de adoração, indo do porta-chaves à sapateira da entrada, completamente alheia ao pequeno ataque de pânico da colega.

— Nesse momento, aquele *croissant* é a única coisa boa na minha vida miserável e horrenda.

— Você está sendo ridícula — respondeu Belle.

— Vou te matar enquanto dorme.

— Está bem. Vou ficar longe do seu *croissant*. Já ouvi.

A constante distração de Ari em qualquer momento foi um dos fatores que contribuiu para que a bruxaria de Belle permanecesse em segredo por tanto tempo. Seu cabelo estava molhado e apressadamente preso em uma trança, deixando marcas úmidas no casaco enquanto ela pegava o copo de café que aguardava ao lado, cheio previamente por Belle como parte da rotina já bem sintonizada que compartilhavam.

— Acho bom mesmo. Tenho reuniões até tarde hoje, mas estarei em casa para o chá. Amo você. Fui, fui, fui, fui...

A voz de Ari foi desaparecendo no corredor depois que ela fechou a porta atrás de si. Belle suspirou audivelmente ao se deixar cair de volta nas almofadas. Algum dia sua pressão arterial aprenderia a lidar com o estresse de camuflar a magia no último segundo possível. Assoprando o conteúdo restante de sua caneca que não tinha sido espalhado pelo carpete ou por seu pijama, apoiou uma pilha de cartões de aniversário contra um vaso. Ela fez uma careta ao olhar para o relógio. Era melhor se apressar também.

Escapando de sua atenção na correria da manhã, havia um discreto envelope preto fosco, que, em sua pressa, ficou preso na corrente de ar da porta e voou da mesa. Ele escapara do bolso de seu avental quando ela fechou a loja na noite anterior, deslizando habilmente para dentro do livro de bolso na parte inferior de sua bolsa. Quando ela chegou ao apartamento 31, o envelope foi parar astutamente em cima de um cobertor dobrado na cama, mas permaneceu despercebido quando uma gata estacionou sua barriguinha peluda diretamente em cima dele durante a noite. Ele realmente havia se esforçado ao máximo naquela manhã, determinado a segui-la de volta ao trabalho no bolso de seu casaco, mas foi um pouco devagar demais e deslizou para fora de vista novamente. Escondido debaixo do sofá, ele exibia uma ilustração de uma estrela prateada, entrelaçada com três palavras.

Tonitru, Fulgur, Pluvia. Trovão, Relâmpago, Chuva.

Mais tarde naquele dia, Belle estava pressionando o polegar contra a testa em uma tentativa de estimular o cérebro que atrofiava do outro lado do crânio. A letargia das três da tarde estava se intensificando, e os *pixels* da tela do computador se embaçavam diante de seus olhos enquanto ela catalogava cópias de uma brilhante biografia de celebridade no armário de estoque. A vontade de procrastinar estava tomando conta dela. As frases colidiam umas com as outras, penduradas precariamente na beirada da tela do computador. Cafeína provavelmente ajudaria. Ou chocolate.

Belle empurrou a cadeira de rodinhas para trás e girou, olhando para fora da sala de estoque em direção à loja, na esperança de avistar algum colega de bobeira que se dispusesse a trazer um lanchinho para ela.

Seu campo de visão foi invadido por uma enorme guirlanda de outono. Uma confusão de tons vibrantes de vermelho, laranja e dourado avançou a partir da sua visão periférica, com Monica, sua colega baixinha e de cabelos castanhos, quase totalmente escondida atrás dela. Belle costumava dizer que Monica era a pessoa mais legal que ela já conhecera, coberta da cabeça aos pés por uma colcha de retalhos de tatuagens coloridas, além de um constante arco-íris de manchas de tinta por toda a roupa e pelos dedos, resquícios de seus projetos do curso de artes. Ela era meio que uma criatura mítica para os clientes mais jovens da Lunar, que sempre saíam alegres e abastecidos pelo suprimento interminável de adesivos do bolso de seu avental.

— Onde podemos colocar isso, Belle? — perguntou Monica, segurando a guirlanda a uma certa distância. — Tem um cheiro meio esquisito.

— Provavelmente só precisa ficar um pouco no ar fresco — disse Belle, sem muita convicção. — É para a porta da frente. Na caixa deve ter um gancho também. Na verdade, é melhor se certificar de que não tem nenhum rato…

— Belle Blackthorn. Como vai minha mulher-maravilha favorita?

O rosto de Monica, que espiava pelo buraco na folhagem, imediatamente assumiu uma expressão irritada ao ver o homem a quem pertencia a voz estrondosa. Subitamente dominada pela necessidade urgente de decorar o ambiente o mais rápido possível, ela estremeceu e, com um pedido de desculpas, retirou-se imediatamente. Belle dirigiu-lhe um olhar que esperava transmitir a mensagem de "traidora impiedosa". Assumindo uma expressão de profissionalismo, ela se levantou.

— Como posso ajudar, Christopher?

Sem se incomodar em se aproximar ou sequer erguer a cabeça do *pager* em sua mão, o chefe de Belle gritou por cima das prateleiras. Como sempre, ele não se importou com as várias cabeças ao redor que se viraram, frustradas, com sua falta de controle de volume em relação ao murmúrio tranquilo da loja. Sua presença corporativa na Lunar sempre parecia errada, algo fora do lugar, desconfortável como um sacolejo que desperta abruptamente alguém de seus sonhos. Belle atravessou a loja correndo para encontrá-lo na tentativa de fazê-lo falar mais baixo, derrubando uma pilha de revistas em sua pressa, com um sorriso amarelo de desculpas para os clientes.

— Se importa de atender essa ligação do banco para mim, querida? Me enrolei na academia hoje cedo e não consegui ler os arquivos que minha mãe resgatou. De qualquer forma, é uma perda de tempo, sinceramente. Ela não apareceu hoje, né? Queria que todos nós pudéssemos ser meio período. — Ele soltou uma gargalhada.

Belle sentiu seu estômago dar um nó.

— Você consegue dar conta, não é? É aquele importante, e não estão nada felizes — continuou ele em uma voz alta.

— Bem, não. Quer dizer, sim. Consigo. Mas estou no meio de um inventário e temos a sessão de autógrafos do autor esta noite, então tenho muita coisa...

— Ótimo. Obrigado, querida. O banco está aguardando na linha. Volto mais tarde. — Após receber a resposta que já sabia que receberia, Christopher começou a se encaminhar para o seu escritório, que ele, de alguma forma, conseguiu conquistar após sua chegada, sacrificando a antiga sala de descanso da equipe em prol de seu próprio espaço privado. Em nenhum momento ele olhou para a mulher durante a conversa.

Belle ergueu as sobrancelhas tão alto que elas quase se misturaram ao seu cabelo.

— Você já vai? Não tem nenhuma informação? Do que se trata?

Ela revisou mentalmente as coisas que tinha para fazer. Trabalhar no seu turno normal, é claro, mas o animador infantil também queria falar sobre a festa de Halloween. Só que ela não poderia pensar nisso até terminar as recomendações de leitura personalizadas para os clientes agendados no turno da tarde. A avaliação de desempenho de Jim estava marcada para algum horário por volta das cinco e já havia sido adiada desde a semana passada. E ela também precisaria fazer a verificação dupla das edições que Violet encomendara, além da visita agendada com um possível novo fornecedor para a seção de papelaria. Belle também queria deixar um tempinho para uma ideia que teve para as aulas de artesanato à noite…

Christopher a dispensou com um gesto de mão irritante, sua camisa apertada esticando-se sobre o peito.

— Você vai dar conta, garota, como sempre. É algo sobre previsões, talvez alguns investidores estejam escutando, os grandes nomes da família que minha mãe não quer desapontar. Apenas fale sobre a perspectiva para o trimestre. Passe qualquer feedback para mim, e, se puder, informe a eles sobre a queda geral nos lucros. Eles não vão gostar nada disso. Mas é a vida, não é? — Ainda olhando para o *pager*, ele ergueu um polegar desdenhoso por cima do ombro enquanto se afastava.

— Aham.

— Ah, e dá um jeito naquelas porcarias cor de laranja na vitrine, pode ser? Parece um brechó. No que estavam pensando? Coloquem as coisas sobre finanças na vitrine, autobiografias de negócios, guias para empreendedores e tal. Um pouco de ambição para quem precisa.

— Sério? Sua mãe aprovou — disse Belle em voz baixa, tentando engolir o ressentimento em sua voz. Ela passara dias montando a vitrine assustadora de leituras de terror adequadas para o Halloween, desenhando as letras no vidro e pendurando decorações de papelão. Forçou Ari a esculpir várias abóboras grandes com ela, deixando o apartamento inteiro com cheiro de abóbora. Elas carregaram os enfeites em grandes sacolas até a loja, para dispor entre as leituras mais assustadoras que ela conseguiu pensar. Tudo havia sido disposto sobre uma cama de gramas secas, com uma pitada de gatos pretos, morcegos, ratos de plástico e alguns chapéus de bruxa para dar o toque final. Ficava especialmente perfeito ao crepúsculo, quando a vitrine emitia um brilho quente em contraste com as noites frias.

Christopher bufou.

— A mulher já perdeu a noção, então faz sentido. Esse lugar é uma piada. Sempre digo que ela está jogando dinheiro fora com essas bobagens. Não quero ver nem um resquício disso na minha frente da próxima vez que eu pisar aqui. Sem discussão.

Assim que ele se afastou o suficiente, Belle se retirou para um canto menos movimentado da loja e deu um chute em um expositor próximo para descontar a raiva, fazendo uma mulher que lia ali perto pular da poltrona. Ela rapidamente pediu desculpas e se ajoelhou, fingindo amarrar os sapatos enquanto consertava o dano com uma série de faíscas de *Turbamentum Reversio* disfarçadas. Abaixou-se ao lado da prateleira mais próxima, pegou os últimos desenhos e papéis espalhados e pressionou as costas das mãos contra os olhos.

Monica se aproximou e se inclinou sobre ela, oferecendo uma caneca fumegante como uma espécie de prêmio de consolação. Para Monica, chás de ervas eram o remédio para tudo, sempre acompanhados de latas de biscoitos.

— Ele é um idiota. Desculpe ter deixado você sozinha.

— Você é uma traidora, mas não vou guardar rancor. — Belle aceitou a xícara com gratidão. — Mais uma vez, fazemos todo o trabalho daquele homem por ele, e ainda assim ele consegue estragar tudo.

— Não, *você* faz o trabalho dele por ele. Nós só aparecemos para ajudar quando você parece prestes a enlouquecer e/ou acabar presa.

— Não se preocupe, não é como se ele ganhasse o salário de todos nós juntos enquanto engana sua adorável mãe, escapa do escritório três vezes por semana, debocha dos best-sellers, confunde os autores com o carteiro, e ainda assim leva o crédito por qualquer coisa que já tenhamos criado ao mesmo tempo em que transforma este lugar em um deserto corporativo. Ah, não, calma aí, estamos, de fato, no inferno. E a culpa é toda minha.

— Talvez. Mas veja pelo lado bom — interveio Monica. — Pelo menos ele parou de falar com a gente olhando diretamente do pescoço para baixo. Agora ele olha para o *pager*, o que é um avanço, na minha opinião. — Belle franziu a testa. — Pense comigo: poderíamos estar vivendo em um mundo livre de Christopher, com você no comando, se tivesse aceitado a oferta de Vi. Talvez até tivéssemos os *cupcakes* da sra. Abbott de volta no carrinho de café — arriscou Monica, sem muita delicadeza, enquanto olhava de soslaio para Belle.

— Obrigada por isso.

— Sei que teve seus motivos — suspirou ela. — Mas sabe que não concordamos nem um pouco com eles.

— Bem, se serve de consolo, posso confirmar por experiência própria que é horrível recusar o seu sonho.

— Ainda não consigo entender muito bem por que fez isso — disse Monica.

— Porque não estou pronta. Eu não conseguiria. Muita coisa poderia dar errado, mais do que poderia dar certo. E, de qualquer forma, eu não mereço isso. — As duas terminaram de beber seu chá em sincronia. — Apesar que também não acho que eu mereça um cara chegando aqui e transformando meu lugar favorito no mundo em algo que está começando a parecer um barzinho pós-expediente no centro financeiro.

— Pelo menos estaríamos bêbadas — comentou Monica. — Ainda assim, prometa que não vai embora. Ninguém aqui é estranho o suficiente para almoçar comigo.

— Obrigada? — resmungou Belle, então apertou a base do nariz. — Bem, preciso fazer alguma coisa. Ele me desafia, e ainda leva o crédito pelo fato de que, de algum modo, ainda estamos no mercado apesar de todas as suas péssimas decisões. Toda vez que eu menciono isso para Vi, ela só revira os olhos e diz que ele é um empresário.

— E o que isso quer dizer?

— Acho que quer dizer que ele usa terno. Como podemos nos impor a um homem que supostamente "entende de negócios", quando somos somente as garotinhas que efetivamente vendem os livros?

— O que acha de atacarmos ao amanhecer? Ou, pelo menos, na reunião da manhã — sugeriu Monica, inclinando-se contra a parede acima de Belle, que ainda estava caída no chão em derrota. — Ou, bem, acho que deveríamos dar o fora antes que o lugar inteiro pegue fogo.

— Não vou embora, não se preocupe — disse Belle, então hesitou. — Mas talvez eu devesse ir. Será que sim? — Ela olhou para o rosto da amiga em busca de uma resposta, então suspirou pesadamente. — Não posso abandonar a Lunar. — Ela estendeu as mãos para Monica, que a levantou do chão.

— A vida sempre quer nos engolir goela abaixo, né?

Belle assentiu.

— E então, em vez de te cuspir e te dar um tempo, ela te tritura aos poucos até você virar uma massa mole do que foi um dia. Coberta de enzimas. E do suor efusivo de Christopher.

Monica estremeceu.

— Suor demais.

03

O CONVITE INESPERADO

Ariadne pegou mais uma fatia de pizza, enrolando os fios de queijo derretido em um dedo, enquanto as duas ignoravam completamente o filme de Halloween que tinham passado um bom tempo escolhendo.

— Então se demita. — Ela sempre era tão prática, tão lógica, que soava quase rude para quem não conhecia o coração gigante de Ariadne. — Eu vivo te dizendo. Seria muito fácil para você conseguir outro emprego.

— Que tal se eu fosse a esposa de um vampiro? Uma pequena rã da floresta? Guardiã sedutora do submundo em um vestido de noiva fantasmagórico?

— Todos os citados. — Ariadne assentiu. — Qualquer lugar teria sorte em ter você.

— Mas por que eu deveria me demitir? Eu amo a Lunar. É especial. Só não gosto de ser explorada repetidamente por um homem que é uma crise de meia-idade ambulante, não tem nenhum talento que eu já tenha testemunhado, além de uma habilidade impressionando em ser um estraga-prazeres e, ainda assim,

ganha o dobro do que eu ganho, enquanto leva todo o crédito...
— Belle mastigou e engoliu. — Uau, eu deveria me demitir.

— Obrigada. Agora só precisamos encontrar algo que seja digno de seu tempo e de toda a sua excelência.

— Você acha que eu sou muito melhor do que eu sou — disse Belle, mergulhando a borda da pizza no molho.

— É claro que sim. Sou sua melhor amiga. Acho você uma idiota incrivelmente excelente.

— Digo o mesmo de você.

A excelência já havia sido algo que ambas as garotas consideravam garantido. Crescendo com uma determinação levemente assustadora, ambas tinham certeza de que a maldição da mediocridade simplesmente nunca as atingiria. Não era para ser assim. Mas o tempo mudou as coisas e trouxe uma dose de realidade consigo.

Na teoria, Ariadne parecia cumprir melhor os requisitos de "sucesso". As pessoas a levavam a sério. Ela trabalhava em um escritório com janelas do chão ao teto e tinha almoços sofisticados de graça, dos quais ela regularmente levava sobras para o jantar. Recuperando-se de um relacionamento de longa data em que a chama simplesmente havia se apagado sem culpa de ninguém, ela estava até testando o terreno amedrontador dos sites de relacionamentos pela primeira vez em mais de uma década. E, para sua surpresa, estava gostando, descobrindo novos lados de si mesma. Belle vivia impressionada com a forma como a amiga enfrentava as reviravoltas do destino e sempre enxergava o lado empolgante delas.

— Faz tanto tempo que você fala sobre comprar a loja de Violet, não sei por que simplesmente não faz isso logo. É o que você sempre quis. E ela já deve ter, sei lá, uns 197 anos hoje em dia? Ela ficaria grata por isso — disse Ariadne, pegando uma fatia de pizza de abacaxi.

— Ela vive dizendo que cometi um grande erro e que basta eu dizer que sim — admitiu Belle.

— Viu só?

— Eu sei, eu sei. Mas é... apavorante demais. Se eu assumir o comando, fizer besteira e a loja falir, eu perco tudo. Investi tantos anos para chegar até aqui. Imagine só se o trabalho dos sonhos não for exatamente o que eu achava, se eu fizer a escolha errada. Tanta coisa poderia dar errado — disse Belle, esfarelando um pedaço da borda da pizza. — Não é o momento certo.

— Nunca é o momento certo. Nunca. Se for esperar que todas as estrelas e planetas se alinhem para tomar decisões que te farão mais feliz, vai esperar para sempre.

Belle suspirou.

— Já estou tão atrasada. A essa altura, já deveríamos estar construindo impérios e derrubando o patriarcado. Estava no cronograma para a semana passada.

— Eu já te falei sobre a minha epifania. Passamos da fase de achar que precisamos conquistar o mundo. Podemos simplesmente existir felizes, se quisermos. Desde que as contas estejam sendo pagas. E você estaria feliz, que é o que realmente importa. Poderia passar todos os dias recomendando ficção para idosos na sua própria livraria, lendo histórias para crianças de dedos grudentos, preocupando-se com as contas para pagar, mas amando a tranquilidade do dia a dia. Esse é o sonho, Belle.

Belle murmurou pensativamente. O que aconteceria se ela realmente se permitisse mergulhar de cabeça nisso? Sempre se sentia envergonhada ao ser confrontada com sua própria covardia dessa forma, mas o fato é que era menos decepcionante e muito menos doloroso se recusar a se entregar de corpo e alma a alguma coisa por medo de um resultado imperfeito.

— Tudo se resume a quebrar o feitiço — acrescentou Ariadne.

Belle soltou uma risadinha com a ironia.

— Ai! Mas que...? Ah, olha só, você deixou cair um cartão de aniversário.

Ariadne pegou um envelope preto levemente amassado do meio das almofadas do sofá, que cutucara levemente a parte de trás de seu braço com um canto afiado, interrompendo a conversa.

— Se tiver dinheiro aí dentro, agora é meu por direito. — Ela fechou a caixa de pizza e a colocou sobre o tapete estampado.

Talvez não fosse um feitiço totalmente defeituoso. Felizmente, só Belle percebeu naquele instante o brilho nitidamente mágico que emanava da caligrafia. *Tonitru, Fulgur, Pluvia.*

As noites de setembro em Londres tinham sido chuvosas e escuras, e a tempestade do dia anterior havia deixado o cheiro de terra molhada impregnado nas ruas e no céu, mas aquela noite estava excepcionalmente calma. Tudo lá fora parecia estar aguardando, com a respiração suspensa. A lua reluzia em tons esbranquiçados como o topo de um copo de leite.

Ariadne se retirou para a cama assim que o filme terminou, levando a última fatia de pizza para dar sorte. Belle sabia que bater na madeira, jogar sal sobre o ombro, ter patas de coelho e fazer pedidos com os cílios que caíram eram boas tradições, mas os melhores resultados que ela já tivera com magias relacionadas à sorte sempre vieram de suas próprias invenções supersticiosas e bizarras. A última fatia de pizza havia se tornado uma espécie de talismã entre elas.

Desde a visita misteriosa na Lunar, no dia anterior, Belle vinha fazendo o possível para fingir que o encontro não havia acontecido. Com o caos do dia, foi fácil de ignorar. Mas, assim que Ariadne encontrou a carta, Belle passou o resto da noite sentada sobre as mãos, tentando se concentrar na televisão, seu olhar praticamente perfurando o papel. Quem neste mundo (presumindo ousadamente que a pessoa pertencia a este mundo) havia entrado em contato em nome do Selcouth e por quê? Ela não tinha contato com ninguém no mundo mágico, nem com colegas, nem com amigos, nem com mentores idosos.

Somente quando Ariadne estava dormindo profundamente e seus roncos ritmados ecoavam pelo corredor que Belle se permitiu finalmente pegar o envelope. Ela se sentou sobre os pés e aconchegou Jinx em seu colo, puxando o cobertor para mais perto enquanto um calafrio subia pela espinha. A estrela prateada no selo parecia estranhamente familiar, pairando na parte de trás de sua mente como um sonho.

Talvez o Selcouth estivesse enviando cartões de aniversário agora — embora isso tornasse a insistência do homem misterioso na entrega um pouco exagerada. Este era um aniversário marcante, ou pelo menos era o que todos insistiam em lembrá-la com olhares dramáticos e significativos. Belle soprou os cabelos para longe dos olhos e retirou o selo com um tom intenso de roxo. Um punhado de papeis pálidos deslizou para o seu colo a partir de uma dobra elaborada e, enquanto seus olhos percorriam a carta, cada palavra se iluminava com um brilho quente perfeitamente sincronizado com sua leitura. Textos mágicos tendem a fazer isso, palavras iluminando-se como fagulhas aprisionadas em âmbar quando encontradas pelos olhos de um bruxo.

Srta. Belladonna Blackthorn,
Desejamos uma abundância dos mais felizes retornos em seu trigésimo Ciclo Orbital.

— "Feliz Aniversário" provavelmente teria sido o suficiente — murmurou ela antes de continuar a leitura.

Em conformidade com as antigas e irrevogáveis regras do Selcouth, que a reclama por direito de nascimento, temos o prazer e o orgulho de informar que em breve realizará sua visita inaugural à Casa de Hécate para a audiência do julgamento EquiBruxo e avaliação de manifestação.

Sábado, 1º de outubro, 11h30
Casa de Hécate, Cemitério de Highgate, Londres

Todos os bruxos, feiticeiros e praticantes de magia devem aderir ao julgamento EquiBruxo para devidamente marcar seus anos de existência não mágica em comparação com os anos que usufruíram dos poderes sagrados da feitiçaria. Após a audiência, um júri composto por ilustres membros do Selcouth decidirá se agiu com o misticismo e a devoção apropriados desde a concessão de seus poderes sagrados.

A esmagadora maioria dos praticantes de magia passa por seu julgamento e avaliação com louvor. No entanto, no improvável caso de que seus estimados poderes sejam considerados subutilizados, mal-empregados ou completamente negligenciados, sua magia será, infelizmente, removida de imediato e retornada ao Selcouth.

Pedimos que traga consigo para a audiência a pedra oracular que lhe foi outorgada, para a apresentação do obscurecimento do Selcouth no tribunal da Casa de Hécate, a seguir à (presumidamente) bem-sucedida audiência.

Com os melhores cumprimentos para o seu trigésimo aniversário! Saudações!

Com trovões, raios e chuva,
Caspar Strix
Equilibrador do Coven do Reino Unido
Tonitru, Fulgur, Pluvia

P.S.: O Selcouth não se responsabiliza por eventuais sensações de fadiga ou letargia subsequentes à remoção de magia em caso de possível exmagiação. Solicitamos gentilmente que todos os familiares dos bruxos permaneçam em casa, levando em consideração o infame incidente do sapo de 1962. Agradecemos profundamente a cooperação.

Belle olhou fixamente para a carta, observando as palavras elegantemente escritas no papel. Elas pareciam se entrelaçar em um grande e confuso emaranhado enquanto ela as lia. E relia.

Sua magia será removida de imediato.

— Só pode ser brincadeira.

Belle ficou encarando as folhas desdobradas, mordendo a cutícula até sangrar. Obviamente, aquilo não poderia significar o que parecia. Não poderia. Será? Ela tentou se acalmar, mas seu sistema nervoso não estava colaborando. Sábado, 1º de outubro, era o dia seguinte. Seu primeiro pensamento foi que os seus planos de aniversário estavam certamente arruinados. Mas um sentimento maior de um puro e esmagador pavor começou a tomar conta de seu corpo, uma terrível e ansiosa aflição eriçando cada uma de suas terminações nervosas como uma vassoura de talo.

Ela jogou o cobertor para o lado e pulou do sofá. Jinx, tendo sua soneca interrompida, vagou para longe, emburrada, à procura de outro lugar para se aconchegar. Belle correu até o telefone e rapidamente discou um número. O mesmo número que ela discava sempre que havia alguma crise grande, pequena ou média em sua vida.

— Atende, atende... — Ela ficou aliviada ao ouvir um clique quando o som da chamada parou, seguido por um barulho de manuseio do outro lado. — Oi, mãe.

— Oi, querida. Que bom que ligou, não queria te atrapalhar. Trouxe a cachorra para passear enquanto coleto minha água lunar e perdi meus óculos de novo em algum lugar da floresta, então talvez o sinal não esteja muito bom.

— O que os seus óculos têm a ver com o sinal? Bem, não importa. Mãe, eu recebi uma carta... — Belle foi interrompida por um gritinho triunfante da mãe.

— Ah, a carta chegou? Que alívio. Principalmente porque assim não preciso mais guardar segredo. Não faz ideia de quantas vezes quase contei sem querer. Mais importante ainda, não consigo acreditar que já sou velha o suficiente para que minha filha tenha chegado no EquiBruxo. Ah, não, Lobita, que coisa feia. Não coma isso...

Belle suspirou. Ela amava a mãe mais do que a própria vida, mas falar ao telefone com Bonnie Blackthorn era, por si só, como enfrentar um julgamento — um que põe à prova a paciência e a estabilidade mental.

— Mãe, escuta. O que é isso? Deve ser algum tipo de engano. — Belle virou a carta nas mãos, como se esperasse que, nos últimos segundos, o conteúdo tivesse se transformado em algo que faz sentido.

— Está tudo no livro, querida — respondeu Bonnie casualmente.

Belle se apoiou na parede para manter o equilíbrio, apreciando o frescor dos tijolos frios em suas palmas úmidas.

— No livro? Isso não pode estar acontecendo.

— Além disso — continuou Bonnie em um tom despreocupado, aparentemente sem se importar muito com o colapso iminente da filha do outro lado da linha. — Os anciões do coven não têm permissão para falar com você sobre isso. Por mais que eu quisesse, não podemos interferir. Não podemos pressionar você a fazer coisas especiais com sua magia. O EquiBruxo deve ser uma surpresa agradável, uma espécie de comemoração para celebrar o florescimento completo de seus poderes. Sua mãe maluca não poderia estragar tudo, te envergonhando e pegando no seu pé... Ei, Lobita, largue isso.

— Um empurrãozinho sutil na direção certa teria sido ótimo — disse Belle.

— E como eu faria isso sem ser vista como alguém que está "interferindo, guiando ou auxiliando sua bruxaria e descoberta", hein? Como o livro especificamente proíbe.

— Sei lá, mãe... Que tal "Oi, Belle. Algum plano para o seu aniversário? Já comprou um bolo? E já deu uma lida no fato de que você está prestes a ser inexplicavelmente despojada de toda a sua magia e jogada no abismo profundo do vazio?" Algo desse tipo.

Ela falou em um sussurro enfático para não acordar Ariadne, mas Belle podia sentir seu tom de voz tornando-se cada vez mais aflito.

— Belle, são as leis do Selcouth. As leis de cada coven ao redor do mundo. Você precisa explorar o próprio obscurecimento sozinha. Desde o minuto em que saiu de casa e deixou de ser considerada uma aprendiz sob o meu teto, tive que dar um passo para trás e permitir que explorasse o mundo por si mesma. E essa é a etapa final. Não há ninguém que possa guiá-la ou lhe mostrar como transformar a magia em algo seu. O obscurecimento é uma jornada própria, a responsabilidade de uma jovem bruxa de se descobrir não cabe a ninguém além dela mesma.

Ao longe, Lobita latiu com entusiasmo. Provavelmente para um pato desavisado, já que a enorme cadela, da raça lébrel irlandês, o familiar de sua mãe, tinha uma certa predileção por patos.

— Lobita, deixe esse pobre pato em paz — continuou Bonnie, confirmando as suspeitas de Belle. — Esses quinze anos da jornada de obscurecimento são sobre você e o amadurecimento de seus poderes, como eles se fundem com você de maneira espontânea. É o processo de se encontrar na magia. De entrar no embalo das coisas...

Bonnie estava tentando acalmar sua filha, mas palavras como "obscurecimento", "se encontrar" e "embalo" não estavam ajudando. Belle suspirou resignadamente e encostou a cabeça na parede. Mesmo assim, sua mãe continuou, interrompendo-se várias vezes para chamar Lobita, que tinha o hábito de correr pela floresta e sair de alguma moita carregando cuidadosamente uma criatura peluda nos dentes. Graças à capacidade de Lobita de localizar animais feridos, Bonnie mantinha sua estufa sempre cheia de esquilos, ouriços, pequenos texugos e pássaros, todos enrolados em cobertores, recuperando-se graças ao seu arsenal de poções de cura.

— Tentei deixar algumas dicas sutis, lembrar você de dar uma olhada no grimório de vez em quando, mas… Lobita! Sempre acabava me esquecendo até depois de desligarmos. Até escrevi um bilhete na geladeira para *me* lembrar de *te* lembrar das consequências, e até comecei, mas aí teve toda aquela confusão com as teias de aranha na minha garrafa grande de escamas de enguia na prateleira de cima e… Lobita, aí está você! Ah, quer parar de importunar os patos?

Belle segurou o telefone com o ombro e começou a enrolar o fio dele nos dedos.

— Então vai acontecer mesmo? — Sua voz falhou. — Vou perder minha magia? — Ela sentia o nó em seu estômago se apertar ainda mais. Sua cabeça girava.

— Não, Belle, não vai. Claro que não. Você é uma bruxa extremamente capacitada — disse Bonnie, com naturalidade. — Imagino que não tenha visto nada sobre isso no livro? Não andou dando uma lida recentemente?

Belle sabia que a mãe estava tentando soar o mais leve e despreocupada possível, sem parecer crítica e preocupada, o que, na verdade, sempre a fazia soar completamente crítica e obviamente preocupada. O livro ao qual ela se referia pairava na visão periférica de Belle. Se fosse uma pessoa, estaria arqueando uma sobrancelha e estalando os dedos para ela com um ar de reprovação.

É claro que ela não tinha lido o tal livro.

Na verdade, por vários anos ela nem sequer tocara no livro, e agora ele repousava ameaçadoramente no canto da estante como uma criatura negligenciada que se tornou grande e perigosa demais para ser manuseada. Belle sempre dizia a Ariadne que era uma antologia de poesia da universidade. Na verdade, era o grimório de seu coven, mas essa teria sido uma conversa muito mais complicada.

— Eu… devo ter pulado esse capítulo — disse Belle, mentindo descaradamente. Mentir era melhor do que decepcionar a mãe.

Ela desviou o olhar arrependido do grimório, tentando se agarrar a uma última centelha de pensamento lógico e equilibrado. Precisava desligar o telefone o mais rápido possível para se afundar silenciosamente em seu próprio desespero. Conselho de mãe era sempre bem-vindo — até não ser mais.

— Mas está tudo bem, vai ficar tudo bem. Tudo ótimo, mãe. Minha vida é obviamente... mágica o suficiente.

Belle olhou para Jinx, que estava com a pata traseira levantada em um ângulo reto enquanto se limpava de maneira nada elegante em cima de uma pilha de papéis de horas extras de Jim. À esquerda, um pacote vazio de batatas fritas, que ela e Ari tinham devorado na noite anterior, estava entre várias canecas sujas de chá. À direita, havia um cacto que provavelmente estava começando a apodrecer. Como tinham conseguido matar um cacto, uma planta teoricamente imortal, mesmo com uma variedade de feitiços botânicos à disposição, era um mistério para ela.

— Então, o que exatamente o coven espera de mim?

Belle ouviu um ruído alto e abafado na linha novamente, seguido por um xingamento distante da mãe e um som que ela reconheceu como um feitiço sendo lançado. Parecia um chiado de TV, só que mais nítido, como o estalo de um chicote.

— Desculpe, querida. Tentei canalizar um pouco de água lunar e deixei o telefone cair direto no lago. Malditos celulares. Acho que consegui salvar com um *Exsarcio Electri* rápido. Mas se ouvir ruído de água suja na linha, acho que vou precisar desligar e ligar de novo.

— Mãe, me diga. O que eu deveria ter feito com a minha vida? Não falo no sentido da crise existencial de sempre, mas no sentido mágico. O que o Selcouth espera de mim? Será que eu já deveria ter feito algo especial com a minha magia?

— Não é como se você tivesse uma lista de tarefas a cumprir, querida — disse Bonnie. — O julgamento não é um teste óbvio, com respostas certas e erradas. É um sentimento, um instinto. O julgamento examina como a Belle de verdade permite que a magia viva dentro dela, como você permite que ela floresça e como confia nela para guiar sua vida. É um dom, mas que vem com responsabilidades. E tudo isso é só uma forma de provar que você é capaz de cuidar dele.

O cacto completamente morto chamou a atenção de Belle novamente. Na realidade, quando foi a última vez que ela usou os poderes para algo mais emocionante do que... bebidas rápidas com cafeína? Será que conjurar uma mesa de última hora na sexta-feira à noite no restaurante italiano da esquina contava?

— Agora, você já viveu quinze anos como bruxa, e quinze como não bruxa — continuou Bonnie. — Eles só querem checar se seus poderes não estão sendo desperdiçados.

Essas palavras fizeram Belle estremecer.

— Mas eles são meus para que eu faça o que bem entender com eles, certo?

— Claro que são seus, mas o privilégio de mantê-los precisa ser conquistado de forma justa. Afinal, há uma quantidade limitada de magia neste mundo.

Belle afastou uma faísca errante de seus próprios poderes, que estava sozinha no balcão da cozinha, deixada lá depois que ela reverteu um pequeno mofo no pão naquela manhã.

— Basicamente, só uso magia para fazer bebidas à distância quando estou deitada.

— Não seja boba, querida. Você evoca uma magia maravilhosa todos os dias, provavelmente sem nem perceber. Você é talentosa, brilhante e fabulosa. Não tem nada com que se preocupar.

Belle não pôde deixar de sentir que a confiança inabalável da mãe em suas capacidades estava, talvez, equivocada, e não era a primeira vez que isso acontecia.

— Nada com que se preocupar... — repetiu ela, em um tom incerto, enrolando o fio do telefone em um padrão complicado.

— Você abraçou tudo isso como eu e sua avó te ensinamos. Ela tinha tanto orgulho de você. — A voz de Bonnie ficou embargada, hesitante.

Belle olhou de volta para a estante e mordeu a parte interna da bochecha até sentir um leve gosto de sangue.

— Eu conheço você, Belle. Você sempre faz tudo e qualquer coisa da melhor forma possível, com ou sem magia. Com trovões, raios e chuva. Você vai cumprir cada uma das tarefas da lista idiota daquele coven, querida, e suas manifestações vão brilhar. Tenho plena confiança em você, sempre tive.

Manifestações? De repente, o problema com Christopher, o problema do *burnout*, o problema da falta de sentido da vida, o problema de estar perpetuamente solteira... Todos esses pareceram detalhes distantes e insignificantes. Jinx ficou de pé e vomitou uma bola de pelo meio parecida com uma lesma, acompanhada de efeitos sonoros nojentos. Totalmente mágico e adequado.

Enquanto a mãe continuava a conversa, intercalando com gritos com a cadela e agora falando algo sobre *quiche*, Belle ficou na ponta dos pés e pegou o grosso grimório encadernado em couro da prateleira de cima. Na capa, viu a ilustração da estrela que ela reconhecera no envelope. Então era dali que a conhecia. *Grimório do Coven Selcouth: Conselhos para o Obscurecimento de um Bruxo.*

Seu próprio peso fez com que o livro caísse no chão com um baque. Belle ficou imóvel e se virou para a porta do outro lado, rezando para que Ariadne não acordasse com o barulho, mas um som de ronco indicou que não. Ela passou o dedo pelo título entalhado profundamente no couro envelhecido de cor violeta e abriu o livro sobre o tapete. Uma fina nuvem de poeira se ergueu das páginas.

— *Rituais Diários, Prática de..., Propriedade de Dragões, Segurança sobre..., Preparação de Poções, Guia para Iniciantes..., Conhecimento de Elixires, Julgamento EquiBruxo.* Achei. Nossa, eu deveria ter lido isso há... bem há quinze anos.

— Querida, eu prometo que você vai ficar bem. Você é minha filha, a magia corre em nossas veias como um rio por uma montanha. Mostre a eles a Belle de verdade. Gostaria de poder estar lá para vê-la arrasar.

Bonnie se deleitava com suas habilidades sobrenaturais e, sem dúvidas, nascera para ser uma bruxa. Seu chalé na tranquila cidadezinha do Norte onde Belle crescera era rodeado por flores silvestres e grama, um pequeno refúgio de flora e fauna cuidadosamente cultivado com sua paixão: Feitiçaria da Terra. Os vizinhos simplesmente a consideravam uma senhora um pouco excêntrica e amante da jardinagem, mas ela passava os dias em uma pequena estufa nos fundos do jardim com a companhia de Lobita, preparando feitiços de proteção, esperança e apaziguamento para os outros. Suas habilidades eram uma espécie de lenda sussurrada pela cidade, e frequentemente levavam os vizinhos — em sua maioria supersticiosos, movidos pelo desespero — a baterem à sua porta com bandejas de doces ou buquês de tulipas, em troca de um minuto de sua atenção e uma mistura de ervas para banho que trouxesse sorte, um chá para atrair boas energias ou uma loção específica para autoconfiança.

O pai de Belle decidira ir embora há muito tempo, duas bruxas de temperamento forte eram demais para ele, e Bonnie sempre teve certeza de que sua filha seguiria os seus próprios passos. Que Belle encontraria consolo, assim como ela, nas poções, elixires, infusões e tinturas. Na alegria e na arte da magia — sempre em sua beleza, não em seu poder.

Mas é claro que o mundo das bruxas modernas não era mais como quando ela era jovem. Sempre que sua mãe lhe perguntava sobre seu progresso com a magia, Belle a tranquilizava dizendo que se dedicaria a ela assim que se livrasse de alguma outra coisa mais urgente. Amigos, provas, prazos, encontros, viagens, trabalho...

Belle encontrou o parágrafo que procurava no grimório. Após encerrar a ligação, depois de algo sobre uma receita de risoto e alguém da escola com quem Bonnie tinha esbarrado no supermercado, Belle encostou o gancho do telefone contra a testa.

Tudo o que ela queria fazer na comemoração de sua última e preciosa noite na casa dos vinte anos era comer pizza, assistir a um filme e dormir cedo. Mas lá estava ela, mergulhando em um abismo de contemplação sobre sua própria existência inútil e o estúpido e egoísta desperdício de seu poderoso potencial durante toda a vida adulta.

Os trinta anos eram tudo o que lhe haviam advertido.

De pernas cruzadas no chão, ela folheou as páginas há muito negligenciadas. Seu estudo inicial de magia havia sido diligente, animado e ávido. Depois, com o tempo, foi diminuindo. De todas as noites, passou a semanal, que logo virou quinzenal, passando então a frequentemente, que virou às vezes e que, por fim, tornou-se raramente. Belle não conseguia se lembrar da última vez que dedicara qualquer tempo ao próprio potencial.

Com uma vaga lembrança, ela analisou as páginas cobertas de ilustrações detalhadas e meticulosas, esboçadas em tons fantasmagóricos de preto e marrom.

Julgamento EquiBruxo

Na trigésima celebração de vida no reino não bruxo, todo indivíduo praticante de magia está obrigado a submeter-se ao julgamento EquiBruxo, sendo estritamente proibidas exceções, seja por nepotismo ou outros meios. O exame, de natureza metafísica em sua decisão, investiga de forma minuciosa e íntima, através da visualização das manifestações, o histórico pessoal do portador de magia, desde a concepção dos poderes na décima quinta celebração de vida até o presente momento. Esse período é conhecido como o processo de obscurecimento, cuja finalização e conclusão são marcadas por tal avaliação. Um equilíbrio preciso entre experiência, ação, percepção e verdade será levado em consideração para julgar se o bruxo é considerado digno, por seu coven, de manter seu poder sagrado e sua posição no mundo da feitiçaria.

Se bem-sucedido no julgamento EquiBruxo e ao demonstrar comprovadamente pragmatismo, astúcia e ousadia adequados ao coven, o portador de magia receberá permissão para manter seus poderes até o último suspiro. Em caso de insucesso e se considerado indigno, o portador de magia terá seus poderes retirados com efeito imediato, sendo a magia devolvida ao Selcouth. (Ver Cerimônia de Exmagiação na página 439.)

As palavras brilharam em âmbar contra a página pálida, como que para enfatizar ainda mais a falta da jovem das qualidades mencionadas. Afundando-se no sofá, Belle apontou o dedo indicador para a chama de uma vela que queimava na lareira. Sentindo o calor familiar e reconfortante que preenchia todo o seu corpo ao segurar um feitiço na ponta do dedo, ela fez a pequena chama bruxulear, hipnotizando-se em um profundo estado de pensamento enquanto contemplava o que poderia ou deveria fazer para resolver toda aquela confusão.

Lançar qualquer magia — mesmo esse pequeno e insignificante feitiço — era como ser percorrida por uma onda terna e carinhosa. A sensação se espalhava como manteiga derretida sobre uma fatia quente de pão, da cabeça aos pés. Era como cobrir sementes incertas de primavera em terra ensolarada. Como uma sopa nutritiva no inverno. Como uma bolsa de água quente sobre dedos frios. Era reconfortante. Pensando bem, parecia certo. Uma das poucas coisas em sua vida que realmente fazia sentido.

O que o coven esperava que uma garota da casa dos vinte anos (ainda) (apenas) (atualmente vinte e nove, obrigada) fizesse com esse tipo de poder, vivendo em um bairro pacato e caro do mundo não bruxo? Ela realmente deveria estar criando uma fusão mágica de impacto mundial em seu apartamento de dois quartos? Ela precisava trabalhar. Tinha contas para pagar e amigos para manter, relacionamentos para tentar, decisões para questionar, síndrome do impostor para combater. E a quase certeza de que estava prestes a decepcionar brutalmente a mãe, já tendo falhado até agora em encontrar um marido encantador ou em produzir um herdeiro adorável, era a cereja no topo do caldeirão.

Uma memória surgiu de repente na mente de Belle. A vela se apagou com um sopro suave no momento em que sua atenção se fixou em um ponto específico. Ela rapidamente voltou à primeira página, onde se lembrou de ter escrito algo em seu décimo quinto aniversário, logo após receber seus poderes. Havia uma pergunta importante escrita no livro, questionando seu portador: *Como bruxo, o que você espera que esta nova bênção signifique para você?*

Abaixo, em uma tênue e fina sequência de letras escritas a lápis, agora desbotadas pelo tempo, seu eu de quinze anos havia respondido: *Ser especial. Gostar de mim mesma e ser confiante. Ser feliz.*

Belle sentiu uma dor no peito, cheia de tristeza e afeto por aquela garotinha. Mas essa dor também trouxe consigo uma clareza brilhante.

Ela precisava passar no julgamento.

Não apenas pela mãe ou pela avó. Ela também precisava fazer isso por si mesma. Na verdade, por si mesma mais do que por qualquer outra coisa. Por razões que lhe eram desconhecidas, histórias complicadas, ritos de passagem, todas as mulheres que vieram antes dela, o universo decidira que a magia era um destino que lhe seria concedido anos atrás. Sua magia era o elo que unia tudo, como um delicado fio de mel aderindo a cada fibra sua, ligando os pontos que crescer e envelhecer haviam traçado em uma tinta mais definitiva. Era algo precioso. Um tesouro de vidro e ouro, enterrado na areia, mas cintilando ao sol, esperando para ser descoberto e segurado firmemente em sua mão.

Esses poderes não deveriam se tornar uma mera lembrança, ser desperdiçados e abandonados. A magia fora destinada a ser dela e, pela primeira vez, Belle lutaria para provar isso.

04

PRESENTES ESQUECIDOS

Belle Blackthorn tinha oficialmente 30 anos. Aconteceu. Antes dos eventos do dia anterior, ela tinha imaginado acordar nessa manhã histórica de uma das duas formas: com o nascer do sol em seu aniversário, talvez se sentisse surpreendentemente em paz, tranquilamente confiante e esperançosa em relação a uma nova década cheia de possibilidades. Ou (tentou se convencer de que seria uma reação aceitável) talvez acordasse e percebesse que uma certa decepção havia se instaurado, a constatação de que sua vida estava tomando rumos que sua versão mais jovem não teria desejado.

Porém, nenhuma das opções se concretizou. Depois de uma noite inteira em claro, a mente de Belle estava inteiramente em outro lugar enquanto encarava o teto com olhos pesados e secos, sentindo uma mistura nauseante de determinação e apreensão diante do julgamento EquiBruxo. Ela semicerrou os olhos contra a luz que se infiltrava pelas cortinas e foi trazida de volta à realidade por uma leve batida à porta do quarto.

Começou como um sussurro suave:

— Belle... Belle... está acordada? — Uma pausa. Em seguida, uma vigorosa sacudida na maçaneta, que chacoalhou. — Está acordada? Belle? — gritou Ariadne.

Belle fez um gesto com o dedo no ar para destrancar a porta, espiando por cima do cobertor puxado até o nariz.

— Foi mal, estou morta — grunhiu Belle, cobrindo a cabeça com um travesseiro.

— É assim que se fala. Feliz aniversário! — Ari entrou no quarto sem cerimônias e cantou parabéns para ela com seu forte sotaque do Norte, tão alto que Belle tinha quase certeza de que os vizinhos viriam reclamar. De novo.

Ariadne estava parada ao lado da cama com seus braços longos e magros estendidos, com um conjunto de balões cor-de-rosa amarrados aos pulsos. Enfiados sob as axilas e entre as pernas das calças largas, havia uma seleção de presentes de formatos estranhos e o que parecia preocupantemente um bolo de aniversário enfiado em uma Tupperware, com uma faixa de aniversário enrolada nos ombros como uma echarpe. Ela parecia ridícula, a personificação da alegria. Belle não pôde deixar de soltar uma risada diante do caos de itens de aniversário equilibrados.

— Você tem mesmo 30 anos. O que diabos está acontecendo? — disse Ariadne com um sorriso enorme, movendo-se para frente e soltando os presentes das pernas, que caíram como se ela estivesse dando à luz a eles.

— Não acredito que essa maldição se abateu sobre mim. Achei que os deuses ouviriam minhas súplicas.

Belle cobriu o rosto com o antebraço em um gesto dramático de desespero, sentindo que a maldição a atingia de uma forma muito mais realista do que sua amiga poderia imaginar. Será que o Selcouth estava entrando nessa de maldições agora? Talvez fosse isso o que estivesse acontecendo, uma simples maldição amigável do coven.

— Preciso dizer, como sua amiga extremamente jovem e cheia de energia...

— Sinto muito ser a portadora de más notícias, mas você também chegará a esse marco decrépito daqui a algumas semanas.

Belle fez um gesto para que a amiga se juntasse a ela. Ari soltou tudo no chão com seu costumeiro jeito desajeitado, com os balões ainda presos de forma estranha aos braços. Um em formato de número três atingiu Belle no rosto antes de tentar estrangulá-la.

— Está decente aí embaixo? Algum cavalheiro travesso escondido? Me deixe entrar. — Ari e os balões entraram debaixo do edredom ao lado de Belle, tomando as cobertas para si. Belle se ajeitou na cama para abrir espaço.

— Nenhum cavalheiro, travesso ou não. Só Jinx.

— Talvez seja verdade que estarei me juntando a você em uma nova década — lamentou Ariadne. — Mas, por enquanto, vou aproveitar o fato de que sou sua amiga extremamente jovem e bela na casa dos vinte, e você é minha anciã decadente na casa dos trinta.

Ela envolveu Belle em seu abraço entusiasmado, aquele que sempre vinha acompanhado do cheiro doce de condicionador de baunilha dos seus cabelos cacheados e de um aperto extra reconfortante no final. A sensação desagradável de desgraça iminente desapareceu, ainda que só por um momento.

— Mas você ainda é minha anciã preferida, então tudo bem. Como está se sentindo? — perguntou Ari, pegando almofadas para colocar atrás de Belle, depois de amarrar os balões na cabeceira da cama. — Diferente? Mais velha e sábia?

— No momento, estou com fome. E desesperada por cafeína, então acho que cruzar a ponte para a velhice não mudou muita coisa.

Belle, enrolada no cobertor, os cabelos presos em um coque bagunçado demais, levantou-se com relutância e foi até a cozinha preparar duas canecas de café. Estivera temendo esse momento desde a noite passada, quando conferiu os detalhes da carta mais uma vez. Ela se preparou para a reação inevitavelmente intensa de Ari e aproveitou enquanto misturava o leite para iniciar o assunto, gritando para a amiga que a esperava no quarto.

— Tenho uma notícia que você não vai gostar, e preciso começar dizendo: por favor, não me mate.

Ela pegou duas canecas e ajeitou o cobertor sobre os ombros, então voltou para a cama com as bebidas fumegantes.

— Não vou mais poder ir com você hoje. Preciso... — Sua voz foi sumindo, hesitante. — Preciso resolver uma coisa.

Ela olhou cautelosamente por cima da borda da caneca. Ari riu, mas logo percebeu que a amiga não estava brincando e parou de acariciar a gata no meio do movimento.

— Ah, qual é? Só pode ser brincadeira. No seu próprio aniversário de 30 anos?

Belle estremeceu.

— Você não pode simplesmente não ir ao seu próprio piquenique de aniversário, sua esquisita. São os seus 30 anos! Eu fiz uma pavlova especialmente para você, pode olhar dentro daquela lancheira. Andei de metrô com balões de hélio gigantes e um deles ficou preso quando as portas se fecharam e eu quase morri. Tudo em nome da sua grande comemoração de aniversário. O que eu vou dizer ao stripper?

Belle se engasgou com o café, horrorizada.

— Certo, essa última parte é mentira, mas o resto é verdade.

Dentre todos os sentimentos, esse era especialmente horrível. Ela estava não só cancelando planos pelos quais todos estavam animados há semanas, trocando-os por algo que ela temia, mas estava também mentindo sobre o motivo para sua pessoa favorita.

— Sinto muito mesmo. Sou a pessoa mais triste do mundo. É... é coisa do trabalho.

— Por favor? Você tem que ir. — Ari parecia genuinamente chateada. Belle se encolheu contra os travesseiros. Ela puxou a blusa do pijama até cobrir os joelhos e a estendeu até os tornozelos, tentando pensar em alguma coisa que parecesse plausível.

— Sabe como Christopher é. Ele é um demônio, querendo que o inventário seja concluído, tipo, para ontem. E com aquela sua total falta de respeito em relação ao fato de que eu tenho uma vida fora do trabalho. Sabe que eu sairia dessa se tivesse algum jeito.

Ari dirigiu um olhar duro e desaprovador para a amiga.

— Não entendo sua lealdade a esse lugar, principalmente com ele no comando.

Para ser justa, Belle nunca entendera completamente o trabalho da amiga também (algo sobre pensões?). Apesar de serem amigas há praticamente uma eternidade, as duas cresceram como opostos: Belle mergulhou no mundo das palavras, enquanto Ariadne optou por sistemas e números. Confiante e instantaneamente cativante, ela levava a vida no limite entre a desorganização caótica do dia a dia e um foco aguçado e lógico quando se concentrava em algo importante. Infelizmente, isso significava que ela conseguia identificar uma mentira a quilômetros de distância, o que era um pouco inconveniente para sua melhor amiga bruxa.

— Só não cancela tudo, pode ser? — implorou Belle. — Aproveite o dia com os outros. Posso te ligar quando terminar e ver onde vocês estão. Nem vão sentir minha falta.

Ela tentou hastear uma bandeira branca. Afinal, quanto tempo poderia durar uma audiência mágica? Talvez estivesse livre na hora do almoço.

— Se isso não for a gota d'água para você mandar Christopher para o inferno e pegar a Lunar para você, então não sei mais o que vai ser. — Ariadne parecia genuinamente irritada.

O sentimento de culpa que Belle sentia se revirou em seu estômago. Ela queria desesperadamente explicar o verdadeiro motivo que estava arruinando seu aniversário. Era exatamente o tipo de situação em que Ariadne saberia oferecer uma boa dose de consolo. Mas chegar dizendo: "Eu estava tão animada para fazer um piquenique de aniversário com meus melhores amigos hoje e comer todas aquelas delícias de outono, mas agora tenho que ir ao coven para ver qual vai ser o meu destino mágico" parecia um pouco demais nesse momento.

Seus poderes eram o único segredo (apesar de bem grande) que Belle guardava de Ariadne desde que se conheceram no primeiro dia de aula. Tornaram-se inseparáveis desde que Ari foi para casa e contou à mãe sobre a garota estranha com a faixa de cabelo prateada; Belle compartilhou o mesmo encontro com Bonnie enquanto espiava o caldeirão na cozinha na ponta dos pés.

Houve um momento em que Belle quase revelou os eventos de seu aniversário de 15 anos, no dia seguinte à sua "estreia" no obscurecimento. As meninas estavam há três horas em uma maratona de filmes, e Belle passou a noite inteira afundando-se em uma espiral de angústia. Tímida e meio invisível, a Belle adolescente estava desesperada para compartilhar suas dificuldades com a aliada mais próxima, em busca de algum consolo.

Ela conseguiu se conter de contar o segredo, mesmo para a melhor amiga, ao se lembrar dos avisos das Bruxas Sábias sobre o conhecimento dos não bruxos e o perigo de compartilhar a verdade com aqueles desprovidos de poder. Bonnie também se sentara com ela e, enquanto Belle bebia uma xícara de chocolate quente aveludado e relaxante, explicou à sua filha os riscos do seu segredo capaz de abalar o mundo. Mesmo ao se tratar de pessoas próximas — *mesmo* Ariadne, dissera Bonnie — nunca era uma boa ideia. Era um fato triste que aqueles a quem você confiaria a própria vida muitas vezes poderiam ser os maiores causadores de danos quando colocados à prova. Ser capaz de guardar o segredo da magia sem poder participar dela era uma provação que até o não bruxo mais forte poderia enlouquecer ao tentar. A história já provara que os não bruxos raramente conseguiam exercer muito autocontrole quando expostos a uma proximidade tão grande com a magia. Aquela velha história de tochas e forquilhas.

— Não vou fingir que não é terrível — disse Ari, indo direto ao ponto. — Mas... — Ela suspirou e levantou um dedo. —

Não se preocupe, pois é o seu dia especial. Teremos que celebrar no seu lugar, já que somos amigos muito bons e nobres.

Belle sentiu o corpo relaxar um pouquinho.

— Bolo de aniversário de café da manhã?

Elas mergulharam na conversa usual, a maior parte indecifrável para qualquer um de fora, enquanto se empanturravam de fatias generosas de um bolo de massa branca com geleia vermelha brilhante e nostálgica, sujando os dedos com o açúcar de confeiteiro da cobertura. Por um tempo, Belle quase se esqueceu do que a aguardava.

Por fim, relutantemente, Ariadne saiu para aproveitar o aniversário de Belle sem ela, levando a pavlova amassada em um Tupperware debaixo de um braço e uma bolsa cheia de garrafas de tequila no outro. Os balões foram deixados amarrados em vários pontos do apartamento, para o horror de Jinx, que tinha certeza de que estavam ali para enfrentá-la. Belle fechou a porta atrás de Ariadne e encostou a cabeça contra a madeira, de olhos fechados. Esse tipo de mentira nunca ficava mais fácil.

Ela agitou o dedo mágico no ar, sem um alvo específico, liberando um punhado de magia acumulada que estava querendo escapar a manhã toda. Quando uma corrente de pequenas estrelas se espalhou pelo cômodo, como folhas levadas por uma rajada de vento, Belle sentiu um alívio instantâneo. A luminária de franjas começou a piscar, o lírio-da-paz que murchava revigorou-se, as cortinas se esvoaçaram dramaticamente à medida que a magia tomava conta do ambiente. O impulso de lançar magia era como uma coceira que ela nunca conseguia aliviar totalmente. Ela percorreu o cômodo, animando-se com pequenas tarefas. Reviver os girassóis murchos no vaso por mais alguns dias. Mandar a pilha de roupas lavadas para o quarto certo. Encher as tigelas da gata de ração. Trocar os balões "inimigos" por biscoitos. Jinx miou em agradecimento.

Belle se arrastou na direção do chuveiro, sentindo-se como a pior pessoa do mundo não bruxo e provavelmente do mundo mágico também. Será que o Selcouth realmente precisava realizar o julgamento bem no dia do seu aniversário? Um pouco de falta de consideração, mas, conhecendo o coven, era provavelmente uma tradição antiga que desencadearia algum tipo de maldição geracional se fosse quebrada. Além disso, Belle não achava que os medievais comemoravam muito aniversários de 30 anos. Tinham que se preocupar com disenteria e pestes. E também com as acusações de bruxaria que arruinavam a maioria dos planos de festa. Talvez sua própria situação não fosse tão terrível.

Em seu quarto, repleto de uma mistura de livros usados e amarelados com volumes novos e brilhantes, Belle se sentou na cama, perdida em pensamentos. Todos os grandes pensadores sabiam que a melhor contemplação acontecia envolto em uma toalha, com outra precariamente equilibrada na cabeça. O empurrão de Jinx em seu tornozelo a trouxe de volta à realidade.

— Preciso me organizar, não é?

Ela olhou para as roupas no guarda-roupa, a pilha alternativa jogada sobre a poltrona. Um feitiço que ela lançava todos os dias sem falta era o de trazer as roupas que ela deveria usar para qualquer ocasião que estivesse em sua agenda — seu eficiente encantamento de *Idoneus Indumentum* que a Belle adolescente aprimorara poucas semanas depois de receber seus poderes. Ele poupava muita indecisão na frente do espelho, mas provavelmente não se qualificaria como prova incontestável de seu obscurecimento.

Com um movimento de dedos, uma das suas roupas favoritas mais antigas voou em sua direção. Um vestido verde-esmeralda, adequado o suficiente para uma bruxa, mas não chamativo o bastante para atrair olhares em um trem lotado. Era confortável e lhe dava confiança. E o melhor: tinha bolsos.

Ela colocaria a capa e o chapéu de feiticeiro requisitados pelo coven em sua mochila assim que se lembrasse de onde os tinha guardado. Ao perceber a hora, secou seus cabelos molhados com um toque de mágica (*Capillus Aura*, um encantamento muito útil) e pegou um par de botas.

— Jin-Jin, me deseje sorte.

Jinx olhou para ela com sua típica mistura felina de afeto e desprezo.

Empurrando a bagunça na mesa de centro para o lado, Belle pegou a carta. A escrita, agora um pouco amassada, brilhava como brasas enquanto ela relia as palavras que já sabia quase de cor. O "*Saudações!*" no final já estava começando a irritá-la.

Pedimos que traga consigo para a audiência a pedra da verdade que lhe foi outorgada, para a apresentação do obscurecimento do Selcouth...

Ela soltou um suspiro. Quase tinha se esquecido.

Fazia muito tempo desde que vira aquela coisa. Encontrá-la agora seria simplesmente um milagre. Embora ela ainda não estivesse pronta para conjurar esse tipo de encantamento, conhecia um rápido de *Perdita Invenio* — um encantamento de achados e perdidos. Com um leve movimento de dedo, traçou um círculo de pequenas estrelas. Dentro de alguns segundos, ouviu o som abafado de algo tentando escapar.

— Ah, eu nunca teria encontrado você aí dentro.

Ao remexer no canto da gaveta da cômoda, entre garrafas, potes e incontáveis elásticos de cabelo, Belle sentiu os dedos envolverem um pequeno embrulho de seda amarrado em um nó. Ela o abriu com cuidado, revelando o broche escondido ali dentro. Ele se encaixava perfeitamente em sua palma, com uma moldura delicada esculpida em concha envolvendo a joia do tamanho de um seixo, um pedaço robusto de um vidro opaco e acinzentado. Sinceramente, era um pouco decepcionante, levando em consideração seu suposto status de artefato mágico misterioso.

Ela não o via há anos, e girou o objeto nas mãos. O vidro era sempre turvo e escuro, mas o interior se movia e girava lentamente, como fumaça atrás de um vidro, como pequenas nuvens de tempestade se formando. Tinha sido um presente de aniversário estranho de sua avó, há quinze anos.

— Quando a hora chegar, saberá apreciá-lo — dissera Alvina Blackthorn, fechando os dedos da neta em torno do presente com um toque suave. O objeto não foi explicado e, sem surpresa nenhuma, nunca foi usado, já que adolescentes geralmente não gostam muito de broches. O vidro foi esquecido, jogado em uma caixa de joias antes que ela pudesse ter a chance de perguntar mais sobre ele. Agora que a avó já não estava mais neste mundo, era uma lembrança de perguntas que nunca foram feitas, de conversas que jamais aconteceram. As perguntas de Belle sobre a pedra eram insignificantes em comparação à longa lista de outras palavras que ela tanto desejava poder dizer à avó. Ela prendeu o broche na alça do vestido.

— Vou precisar de toda a sorte que eu puder conseguir hoje.

Embora tenha sido imediatamente coberto por seus cabelos escuros, Belle, surpreendentemente, sentiu-se levemente fortalecida por uma sensação calorosa. Era algo que pertencera à sua avó, sua preciosa, carinhosa e querida avó, e, portando, uniu-as assim que repousou em seu peito. Um pequeno e silencioso lembrete de uma presença sempre amorosa.

05

Sob o salgueiro

Como se tornou evidente, e como talvez já era de se esperar de uma sede de feitiçaria, a Casa de Hécate não era fácil de encontrar. A carta fornecia poucos detalhes — Cemitério de Highgate, Londres — algo que, de acordo com Bonnie, em outra ligação frenética, era previsível. A entrada exata para a Casa de Hécate mudava de lugar regularmente a cada lua cheia para minimizar a chance de pessoas não bruxas esbarrarem nela ao acaso. Localizar o lugar por conta própria e descobrir como abrir a entrada cabia à intuição de uma bruxa, o que Belle rapidamente considerou como algo extremamente inútil e estúpido.

Ela saiu do metrô sufocante para o outono que suspirava sonolento pela cidade. Folhas se agitavam como pedrinhas ricocheteando na água, e uma brisa úmida acariciava seus tornozelos. Era um alívio após a jornada pegajosa de cruzar a cidade de uma ponta a outra. Uma garoa começou a cair do céu, ameaçando encharcá-la da cabeça aos pés em questão de minutos, então ela rapidamente abriu o guarda-chuva. A Londres chuvosa poderia ser deplorável — cabeças baixas, meias encharcadas, braços cruzados firmemente sobre o peito — mas, nesta época do ano, caía como uma luva, e o cheiro de terra molhada e chão lamacento era perfeitamente adequado ao lugar.

Belle lançou um olhar para a entrada do Cemitério de Highgate, elegante e sombria, emoldurada por um arco gótico pontiagudo. O portão de acesso estava turvo, coberto por umidade e séculos de fuligem, localizado em uma rua tranquila e pacífica, exceto por um punhado de transeuntes em capas de chuva segurando copos de café para viagem. Belle, sentindo como se estivesse com uma placa no pescoço escrito "Bruxa Perdida", e, por razões inexplicáveis, deu-lhes um aceno desajeitado como quem diz "não há nada com o que se preocupar".

Ela esperava que, quando chegasse a hora, a Casa de Hécate a chamasse. Uma voz carregada pelo vento, um dedo indicando o caminho. Já ouvira histórias de uma voz desencarnada sussurrando pelo cemitério, fazendo as pessoas olharem por cima do ombro só para não encontrarem nada nem ninguém atrás delas. Já que nenhum desses espectros prestativos estava dando o ar da graça no meio da manhã, era evidente que Belle deveria recorrer à sua própria intuição e habilidades. Parecia estar acontecendo cada vez mais — aquele momento em que ela procurava por um adulto responsável para guiá-la, mas logo a consciência de que estava sozinha em suas decisões a atingia como um soco no estômago. O mapa amassado e desgastado em sua mochila só poderia levá-la até certo ponto. A magia teria que indicar o resto do caminho, junto com algumas placas envelhecidas.

Belle tentou confiar que o instinto a estava guiando na direção certa em uma paisagem de milhares de lápides que se projetavam do solo como dentes quebrados. Anjos lamentando olhavam para os que caminhavam abaixo, um deles adormecido em serviço. Obeliscos solenes, cruzes imponentes e urnas veladas retratavam serpentes devorando o próprio rabo eternamente. Tudo estava coberto por um brilho úmido, gotas de chuva salpicadas fazendo a paisagem tremular como um filme antigo. Os minutos se passavam assustadoramente rápido no relógio de Belle, mas o tempo no cemitério parecia ter parado. Em eterna, amorosa e preciosa memória... tudo engolido pelo silêncio.

Seguindo as placas desgastadas da melhor forma que podia, ela finalmente se viu diante do imenso e escuro túnel da Avenida Egípcia, parando por um momento para tentar conter as fisgadas que floresciam acima de seu quadril. O caminho principal era ladeado por um par de obeliscos imponentes que pareciam alcançar o próprio céu. Em seguida, iniciava-se um caminho circular e sombrio, alinhado com túmulos delicados e afundados nas paredes, como pequenas casas geminadas. Os mausoléus, construídos ao redor das raízes de um cedro milenar que se erguia acima, pareciam estranhamente acolhedores, suas portas de entrada abrindo caminho para um descanso eterno frio e coberto de musgo. Sinceramente, um descanso seria ótimo.

Mais um passo e Belle sentiu. Aquela crista de onda quebrando, a pressão sobre seus sentidos que indicava a presença de outros com a persuasão mágica nas proximidades. É claro que a Casa de Hécate estaria ali — na parte mais reverenciada e carregada de energia sobrenatural do cemitério. Ela percorreu a trilha desgastada ao redor do imenso círculo, passando por antigas criptas de famílias e tumbas da elite histórica de Londres, à procura de uma possível entrada. Um zelador varria uma enorme pilha de folhas molhadas que formavam uma montanha organizada, alheio à bruxa de aparência um tanto desvairada e muito insegura.

— Por favor. Por favor. Por favor, me diga que não vou precisar invadir um túmulo. Não parece uma boa ideia.

Belle olhou para cada uma das entradas escuras dos mausoléus. Para a escuridão, para o frio congelante, para seja lá o que mais houvesse lá dentro.

— Por que uma sede de feitiçaria teria algo a ver com um túmulo? De todos os lugares possíveis. Vocês são feiticeiros. Podem escolher *qualquer lugar*. Da próxima vez, escolham um bangalô nas Maldivas, pessoal.

Ela parou ao ver o que havia surgido no meio da trilha. Deu um giro de 360 graus, e tinha certeza de que o poste vitoriano à sua frente — o único, solitário no meio do círculo — não estava lá antes. Ou será que estava? Era discreto o suficiente para passar despercebido — a menos que alguém estivesse procurando por uma entrada secreta para uma sede de feitiçaria.

Belle hesitou, incerta. O poste a lembrava das histórias de ninar que Bonnie lia para ela quando era pequena. Inevitavelmente, eram histórias de bruxas, em várias versões e mundos diferentes. Havia um poste idêntico a este no cemitério da igreja local, onde elas passeavam juntas independentemente do clima, colhendo ervas específicas, como tipos raros de capim-colchão, cardos macios, e penas oleosas para as poções de Bonnie. A mãe a lembrava, muito antes da manifestação de seus poderes, que ela jamais deveria duvidar que leões sábios, bruxas poderosas e guarda-roupas místicos eram muito, muito reais, e estavam somente à espera de serem descobertos. Nas histórias, ir além do poste de luz sempre levava a aventuras estranhas e grandes reviravoltas do destino. Sempre levava às bruxas.

— Só pode ser aqui.

Seus instintos diziam *fogo*. Belle se concentrou nas lascas de madeira apagadas dentro do poste e ergueu o dedo em sua direção; um punhado de pequenas faíscas irrompeu e deu início a uma pequena chama atrás do vidro. Imediatamente, uma luz amarelada surgiu dentro da estrutura de ferro, agradável contra a atmosfera cinzenta e úmida. A luz do poste iluminava somente um único salgueiro-chorão, que cobria as paredes opostas em uma cascata de galhos e folhas. Contra a garoa, o brilho envolvia cada uma das folhas pendentes, em um ângulo que iluminava somente aquela árvore.

Olhando por cima do ombro para garantir que ninguém estava observando a garota desvairada olhando fixamente para o emaranhado de galhos de um salgueiro, ela estendeu a mão e afastou a densa folhagem úmida, molhando as mãos. À medida que a escuridão recuava, a luz quente revelou uma porta de madeira incrustada na parede circular de pedra do cemitério. Não tinha como estar lá antes. Mesmo atrás do salgueiro, ela certamente teria percebido a porta de carvalho escuro com tiras de metal envelhecido. Ou a robusta aldrava em formato de lua celestial. Ou os intricados entalhes de estrelas no veio da madeira, junto com apenas três palavras: *Tonitru, Fulgur, Pluvia.*

06

O PRIMEIRO TESTE

É claro que a porta estava trancada.

Felizmente, Belle tinha esse feitiço em seu arsenal, tendo-o usado frequentemente quando ainda morava na casa de Bonnie. Valera a pena aprender a magia para evitar bater à porta de madrugada sempre que se esquecia das chaves. Ela agitou um dedo, lançando as estrelas de *Ostium Resigno* em direção ao pesado ferrolho. O som que ele fez ao se abrir foi acompanhado dos ruídos de um ratinho correndo para a escuridão com cheiro de mofo que emanava da entrada.

Belle soltou uma gargalhada de pura incredulidade.

Ela largou a mochila no chão e tirou o amontoado de tecido que havia guardado nela. Com a capa em mãos, ela tentou desamassá-la um pouco antes de jogá-la por cima dos ombros e prender o fecho de prata sobre as clavículas. Apesar de não ser uma escolha frequente de seu guarda-roupa, Belle tinha um carinho especial pela vestimenta do coven. O tecido esvoaçava ao seu redor e ia até o chão, preto à primeira vista, mas revelando tons escuros de ameixa, ametista e violeta ao captar a luz quente do poste. Somente ao observar a capa de perto é que se podia perceber a melhor parte — um delicado e magnífico bordado de constelações. Estrelas, luas, alinhamentos planetários e signos do zodíaco, todos bordados com fios finos e translúcidos, como se fossem feitos de teias de aranha. A capa de um bruxo era um item extremamente pessoal, o padrão desenhado de acordo com seu próprio mapa astral: a forma do céu no momento em que chegou ao mundo, a configuração celeste que o universo desenhara para dar as boas-vindas ao seu primeiro suspiro. Mesmo nos primeiros anos, quando Belle havia se sentido um tanto mortificada com tudo o que envolvia magia, ela sabia que a capa era algo digno de admiração.

De debaixo de uma garrafa de água e de um bloco de notas, Belle puxou o chapéu amassado que combinava com a capa. Apesar de ela sempre ter adorado a capa, o chapéu bem que poderia ir direto para o lixo. Ninguém ficava bem com aquela coisa. Ainda que o coven tenha decidido dar uma renovada no modelo clássico há algumas décadas, reduzindo a altura exagerada e banindo todos os detalhes cafonas de teia de aranha, o formato ainda era o pontiagudo tradicional. A aba larga pesou para baixo quando ela o desvirou do avesso e o enfiou de qualquer jeito na cabeça, soprando para o lado a franja que caía no rosto. Era ridículo. Belle apanhou rapidamente o restante de suas coisas, tomou coragem e se apressou para dentro.

Ela se viu em um corredor totalmente escuro, com exceção de algumas tochas acesas nas paredes. Elas forneciam escassas poças de luz e calor no caminho, o suficiente para distinguir vagamente uma longa extensão à frente. O corredor se inclinava em uma descida e desaparecia em um vazio inóspito. A escuridão tinha um cheiro quente, como terra queimada à noite.

— Ora, bem que isso me parece uma ótima ideia.

Ao dar um passo escuridão adentro, Belle deu um pulo de o que pareceu ser uns três metros ao ouvir a porta se fechar com um estrondo atrás dela. Com isso, o último vestígio de luz do dia se foi. O contorno do mundo exterior desapareceu, como se nunca tivesse estado ali. Ela estava sozinha.

Semicerrando os olhos na tentativa de enxergar alguma coisa, ela tentou arrancar uma das tochas flamejantes da parede, até perceber que um feitiço de *Lux Vegrandis*, que transformava a ponta de seu dedo em um pequeno foco de luz, seria uma opção um pouco mais elegante. Tateando as paredes, seguiu o caminho que serpenteava como uma cobra hibernando sob Londres.

Após apenas alguns metros de caminhada cuidadosa, o corredor inteiro estremeceu repentina e violentamente. Parecia que o chão cederia sob seus pés e que o túnel desmoronaria por completo, cobrindo-a com destroços e poeira. Belle gritou e se agarrou à parede. Morrer em um terremoto dentro de um túnel mágico subterrâneo parecia uma maneira infeliz de partir, mas bem que ela merecia.

Precisou de alguns instantes para perceber que os tremores vinham do metrô que passava do outro lado das paredes de pedra. Ela se recompôs e seguiu em frente.

Com uma crescente sensação de que aquilo talvez fosse o fim de tudo, Belle parou de repente ao bater dolorosamente os joelhos contra algo. A pequena luz em seu dedo se apagou de imediato, e ela descobriu que não conseguia reacendê-la, sua frágil magia agora bloqueada por forças maiores do que ela. Belle achou que estava vendo coisas, com seus olhos ainda se ajustando à escuridão que a envolvia, mas uma firme parede de pedra gradualmente se formou à sua frente, a pouco mais de um palmo de distância, bloqueando o caminho, como se as próprias sombras tivessem se solidificado. Um beco sem saída. Ela provavelmente passou direto por uma curva ou entrada escondida nas paredes, pela porta que a levaria ao tribunal. Com um suspiro, deu meia-volta para retornar.

O corredor sinuoso havia desaparecido. Tinha se fechado silenciosamente atrás dela enquanto caminhava. O espaço que antes parecia se estender infinitamente agora era apertado, as pedras sólidas a apenas dois metros de distância. Seu coração disparou, ricocheteando contra as costelas.

Ela estava presa. Uma única tocha emitia uma luz trêmula e fraca, que mal iluminava sua própria mão à frente. Ela engoliu em seco repetidas vezes. Sentia um nó grande e rígido na garganta. *Não entre em pânico.*

Olhou ao redor mais uma vez, analisando atentamente cada centímetro do espaço, mas não encontrou nada além do eco de sua respiração trêmula. Era necessário um feitiço, obviamente, mas as possibilidades eram tantas que ela nem sabia por onde começar.

— Se alguém estiver me ouvindo, se eu sair daqui, prometo que nunca mais vou tentar ser uma pessoa mais evoluída.

Ela respirou fundo por um momento, tentando afastar a sensação de claustrofobia que acariciava sua nuca com dedos finos e frios. Desesperada por um ponto de apoio, ela se encostou na parede à sua frente para se estabilizar. Ela estremeceu. O contato de sua pele contra a pedra fez com que uma onda de estática percorresse seu corpo, causando um choque desagradável como se tivesse encostado em uma cerca elétrica. Com um chiado de dor, Belle só pôde observar, horrorizada, enquanto as pedras começavam a se desfazer em um pó fino e poeirento sob seu toque. E, uma vez que o processo começou, não parou mais.

Areia começou a se acumular a seus pés, de forma lenta, mas constante, formando uma pilha à medida que a parede se desfazia. Algum tipo de reação em cadeia causada pelo seu toque.

— Isso não pode estar acontecendo. Por quê? Por que estão fazendo isso? Por favor, façam parar.

Ela tentou empurrar a areia que se multiplicava rapidamente de volta para o lugar, pegando-a freneticamente do chão e jogando-a de volta nos buracos da parede. Mas, tão rápido quanto as pedras se desintegravam aos seus pés, elas se reconstruíam, deixando a areia se acumular cada vez mais a sua volta. A ideia aterradora de areia movediça passou pela sua cabeça. Ela estava presa dentro de sua própria ampulheta.

— Não posso morrer aqui. Minha mãe vai me matar — disse ela, enquanto cuspia os grãos de areia que voavam contra seus lábios.

Agora, ela estava se esforçando para libertar os pés, mas a ponta de sua bota se chocou contra algo sólido, produzindo um som abafado. O topo de uma garrafa de vidro emergiu da areia. Um lampejo frenético de esperança e alívio inundou seu coração ao notar um pequeno pergaminho dentro dela. Um tesouro enterrado da vida real. Tinha que ser o feitiço certo. Uma resposta ou instruções. Alguma ajuda, *qualquer tipo* de ajuda. Desesperada, ela destampou a garrafa com os dentes, sacudiu o conteúdo para sua mão e desenrolou o pedaço de papel. A areia apertava suas pernas logo abaixo do joelho. Ela leu as palavras mais rápido do que as finas brasas que se acendiam sobre o papel.

Nenhuma alma há de passar sem propósito fiel,
Estas paredes inabaláveis aos de intento infiel.
Nem chave nem martelo podem romper a ilusão,
Transfigurando o desfecho desta direção.
Enquanto o tempo em grãos se vai sem parar,
Enfrenta os medos que sabes em tua alma abrigar.
Pragmático, sagaz, destemido e leal,
Domina teus pensamentos rumo ao destino final.

Ela disse as palavras em voz alta apressadamente enquanto apontava um dedo desesperado para a parede, aguardando a chuva de faíscas que encerraria o pesadelo no qual ela se encontrava.

Nada. A sensação de magia que ela conhecia tão bem permanecia adormecida. Nada corria por suas veias. Não sentia calor nenhum — somente um verdadeiro pânico que só aumentava, fazendo gotas de suor brotarem de suas têmporas. Aquilo não era um feitiço.

— Só pode ser brincadeira. Um enigma? Um divertido joguinho de adivinhação? Agora?

Belle gritou enquanto a areia invadia sua boca, desferindo chutes na tentativa de libertar as pernas do vasto e denso peso que as comprimia. Ela encarou o pedaço de papel, tentando forçar o cérebro a decifrá-lo. Mas cada pensamento se dissolvia antes de tomar forma. Feitiços só funcionavam a partir de um pleno entendimento do que estava sendo lançado, uma completa compreensão de causa e efeito. Ela precisava saber o que estava sendo conjurado antes que qualquer tipo de magia pudesse realmente ser liberada. Belle tentou se concentrar nas palavras, linha por linha.

Não poderia haver outra porta oculta se não tivesse uma chave que funcionasse. Ela também não teria como destruir nada — o que era frustrante, pois destruir o lugar parecia particularmente tentador. *Romper a ilusão...* então não era real? Bom saber. A parede era feita de magia de glamour, uma falsa realidade. Mas isso também não ajudava muito, não enquanto sua claustrofobia bem real insistia em acreditar no contrário.

Transfigurando o desfecho desta direção.

A transfiguração estava, de certa forma, em seu arsenal — pelo menos o básico. Geralmente transformar uma tigela de salada esquecida e murcha em uma nova e fresca. Ou um antigo par de jeans em um tamanho maior. Mas, ainda assim, o mesmo princípio deveria se aplicar quando o assunto era transfigurar paredes de pedra em outra coisa. Qualquer outra coisa.

Aquela sensação fria, as carícias insistentes do pânico, estavam de volta, mais reais do que nunca.

Na completa escuridão, um sussurro rouco chegou aos seus ouvidos.

— Eu sabia que não podia esperar nada de você.

Não era apenas uma voz. Era uma presença que se infiltrava em seu crânio, respirando dentro de seus ossos.

— Tudo o que sacrifiquei por você.

Ela a reconheceu.

— ...Mãe?

Era a voz de Bonnie, mas distorcida a uma oitava diferente, carregada de dor. Soava grave e atormentada, sufocada por lágrimas e impregnada de um desprezo denso e sufocante. Dizendo tudo o que Belle temia ouvir, tudo o que já havia temido.

Enfrenta os medos que sabes em tua alma abrigar.

— Eu te amava tanto quando você era pequena. Você era tão especial, tão inteligente e linda.

Belle levou as mãos aos lábios, abafando um soluço chocado e incrédulo.

— Era tão talentosa. E agora, olhe para você. Nunca se atreve a tentar. Não tem nada de especial, sempre ficando para trás de todos. Um peso morto. Nem nos meus piores pesadelos eu imaginaria enfrentar tamanha decepção. Tanta promessa e tanto potencial desperdiçados a cada dia. Tenho vergonha de você.

— Não é real. Nada disso é real — murmurava Belle repetidamente, com as mãos nos ouvidos, a cabeça latejando.

— Você não é minha filha.

Domina teus pensamentos.

A areia já não importava mais. Ela não conseguia se concentrar na pressão crescente que se agarrava à sua pele e se solidificava ao seu redor. A voz a arrancava do mundo físico. Bonnie soltou uma risada cruel, que logo se transformou em um grito penetrante e ensurdecedor.

E então a voz mudou.

— Como pôde mentir para mim?

Os olhos de Belle se arregalaram.

— Ari?

— E durante todo esse tempo. Você me odeia tanto assim? Não confia em mim?

— Ariadne... o que está acontecendo? — gritou Belle.

— Como pôde fazer isso comigo? Guardar um segredo tão grande e horrível de mim. Somos amigas. Melhores amigas. Somos nós.

Ela sabia que não era Ariadne. Não podia ser. Tinha que ser algum tipo de truque, um feitiço. Sabia que aquela voz, envenenada de tanto ódio, jamais poderia pertencer à sua pessoa favorita. A garota ao lado de quem ela cresceu, de semente à árvore, como dois galhos entrelaçados florescendo juntos através de décadas de estações compartilhadas.

Aquela Ariadne não era a dela. Sua voz era afiada como uma lâmina, um monstro que ecoava os pensamentos mais sombrios e profundos que Belle jamais ousara enfrentar, apenas para se proteger.

Mas o ódio furioso continuava.

— Você nunca pensa em ninguém além de si mesma. Nunca se importou comigo de verdade. Acha que é especial com essa... seja lá o que isso for. Essa magia. Mas nem sequer sabe controlá-la. Você a guarda para si, então qual é o sentido? Você nunca sabe o que está fazendo, sobre nada, nunca. Você é um completo *desastre*.

Lágrimas escorriam incontrolavelmente, molhando e aquecendo as bochechas ardentes de Belle.

— Você é estranha, egoísta. Um fardo. E escolheu tudo isso em vez de mim.

— Eu jamais faria isso, Ari! Jamais. Sempre escolheria você.

Domina teus pensamentos. Domina teus pensamentos. Não é real.

— Você jamais será amada.

— Eu sei que nada disso é real. Você não é real!

E então veio a magia.

Magia pura, sem barreiras. Fluindo de seus dedos e preenchendo o espaço de luz, tão repentina e brilhante que a ofuscou sob suas pálpebras. Caía em cascata ao seu redor como ondas de cetim, um ombro amigo caloroso vindo ao seu auxílio.

Uma incandescência percorreu as veias, o calor espalhando-se como uma banheira que se enche, transborda e inunda. Faiscas douradas espiralavam como fitas de luz do sol. E, de forma lenta, mas constante, a pedra sólida diante dela começou a se liquefazer. A derreter. Por um momento, Belle pensou que suas lágrimas estavam fazendo-a enxergar coisas além do real. Mas o arenito ondulava em tons de castanho e marfim ao redor dela, adquirindo reflexos aquosos. A parede sólida se transformou em uma cachoeira bem diante de seus olhos.

O estrondo de um trovão reverberou contra a cachoeira, fazendo todo seu corpo estremecer enquanto o brilho intenso de um raio iluminava o ambiente. Uma poderosa onda de maré atravessou o espaço reduzido junto a uma rajada avassaladora de vento. A força da água a derrubou no chão e levou a areia embora. A cachoeira também se foi. Em seu lugar, diante de Belle, pendia uma imponente cortina de veludo do chão ao teto, de um prateado escuro, adornada com borlas cor de bronze.

Belle escorregou contra a parede sólida ainda atrás de si e respirou o ar fresco e limpo em golfadas gananciosas. Ela afastou o cabelo molhado do rosto, desembaraçou-se do veludo e, apoiada nas mãos e nos joelhos, puxou a pesada cortina para o lado. O que quer que estivesse do outro lado era bem-vindo, pois não poderia ser pior do que o inferno pelo qual ela acabara de passar.

Ela enxugou furiosamente as lágrimas presas aos cílios. Havia conseguido se salvar, tinha dominado seus pensamentos. Por pouco, mas conseguiu. Havia encontrado o caminho.

Rumo ao destino final. Esta era a Casa de Hécate.

07

As irmãs Gowden

Ah. Pelo jeito, vejo que conseguiu. Alguns poderiam dizer que foi meio enfadonho, sem graça, previsível... mas quem *não* almeja o previsível quando se tem possibilidades mágicas infinitas, não é mesmo? — indagou uma voz.

Diante de Belle estava uma mulher de aparência bastante imponente. Ela se levantou o mais rápido que pôde, os membros queimando de exaustão.

— No fim, foi um sucesso, suponho — continuou a mulher em uma voz arrastada. Seus lábios estavam franzidos como se ela sentisse o cheiro de algo particularmente desagradável vindo do sapato de alguém. — Outros costumam preferir algo bem mais impressionante, sabe? Projeção astral, domínio dos elementos, criaturas míticas, algo com um pouco mais de pompa e espetáculo. Sempre apreciado após uma longa manhã; esses julgamentos EquiBruxo são um trabalho tão cansativo.

A mulher soava entediada, e abaixou o olhar desaprovador para admirar as próprias unhas longas, afiadas e pintadas de um vermelho brilhante.

— Bom, pelo menos você chegou inteira, eu diria. Mas, a julgar pela sua aparência, talvez seja melhor reconsiderar.

O contraste de seus cabelos grisalhos acinzentados com o tom de pele lembrava a Belle um pergaminho seco e desbotado. Os cabelos estavam elegantemente arrumados sob a aba do chapéu do coven, com um único cacho estilo vitoriano enrolado com uma precisão impecável e calculada. Ela ostentava maçãs do rosto acentuadas que se estendiam até as têmporas, e o batom cor de vinho criava um contraste dramático, quase espectral.

Belle engoliu o constrangimento de ser repreendida, uma mistura de mortificação e raiva que a deixou sem palavras.

— Hum, bem... desculpe por isso. Desculpe por te deixar esperando. Acho que quase morri agora há pouco, mas tudo bem.

A mulher arqueou uma sobrancelha fina e acentuada, em uma expressão de ceticismo.

— Não trabalhamos com assassinatos, srta. Blackthorn.

— Ótimo. Fico feliz em ouvir isso. Só uma pitada saudável de tortura, então? — perguntou Belle, sacudindo a água da roupa.

Com desdém, a mulher limpou uma gota que havia caído em sua lapela.

— Só experimenta os testes completos da Casa de Hécate quem não é ágil o suficiente para conjurar uma magia astuta — retrucou a mulher, como se fosse a coisa mais óbvia do mundo.

— Testes? Você chama isso de teste? — perguntou Belle, gesticulando para a cortina atrás dela. — Tenho certeza de que acabei de passar por um exorcismo.

O desprezo de Belle vacilou quando ela foi pega de surpresa ao vislumbrar a própria imagem indesejada em um espelho alto e dourado do outro lado da sala. Dizer que ela parecia selvagem seria um elogio generoso. Sua pele estava vermelha e manchada por causa das lágrimas histéricas. Areia molhada e grudenta cobria cada centímetro de seu vestido e de sua capa, ambos encharcados; ela podia sentir a areia entre os dedos dos pés. Os cabelos pendiam em mechas úmidas e embraçadas como caudas de rato.

As pernas fraquejavam enquanto ela se mantinha de pé, a adrenalina pura sobrepujando qualquer outra sensação.

A mulher olhou para Belle através do reflexo, examinando-a de cima a baixo no espelho. Com um movimento de pulso quase imperceptível, mas claramente desdenhoso, acompanhado de um revirar de olhos sem disfarce, ela lançou um feitiço que deixou Belle imaculadamente limpa e com roupas bem passadas. Um calor agradável inundou seu corpo da cabeça aos pés, e ela se sentiu mais revigorada e desperta do que se sentira em anos. Como se tivesse acordado do melhor sono de sua vida e comido a mais satisfatória das refeições.

— Obrigada — murmurou Belle. — A viagem de bate e volta ao inferno foi um detalhe interessante. Quem não gosta de um pouco de drama, não é mesmo? — disse ela, endireitando os ombros.

— Um pouco... um pouco de drama? — repetiu a mulher, enunciando cada palavra deliberadamente. — Só posso supor que esteja se referindo ao ritual sagrado do Selcouth de enfrentar seus medos mais íntimos, para levar sua magia ao limite e dar início a uma cerimônia de obscurecimento?

Belle engoliu em seco.

— Isso mesmo. Foi... ótimo. Quer dizer, agora que posso refletir sobre isso. Na verdade, eu gostei.

A mulher cruzou os braços em uma postura firme e condenatória.

— Sinto muito por tê-la desapontado até agora, srta. Blackthorn. Pensava que passaria de um reino para o outro em um pulo? O que achava que seria necessário para um processo com um nome tão adequado quanto obscurecimento? Uma festa do pijama? Pipoca com manteiga? Um castelo inflável? Podemos providenciar um palhaço para sua próxima visita, caso seja do seu interesse.

— Não será necessário — respondeu Belle rapidamente, corando. Com relutância, pensou que talvez a mulher tivesse razão. O obscurecimento estava sendo exatamente o que o nome sugeria.

— Embora talvez seja um pouco presunçoso cogitar uma nova visita — disse a mulher. Um momento dolorosamente constrangedor de silêncio e contato visual se passou. A mulher arregalou os olhos, esperando.

— Ah, sim. Eu sou… — Belle estendeu a mão.

— Belladonna Blackthorn, sim. Também está bem atrasada.

Essa mulher estava falando sério? Há apenas alguns momentos, Belle havia encarado a morte, pesadelos, o próprio inferno pessoal e, só para constar, conseguiu vencê-lo. Por fim. E agora, lá estava ela, essa mulher, preocupada com um pequeno atraso?

— Sinto muitíssimo por isso. Todas aquelas, sabe, vozes demoníacas, a areia movediça… — ela enumerou nos dedos —, a ideia de que eu morreria em um armário de vassoura de pedra, meus entes queridos declarando seu ódio eterno por mim. Tortura realmente dá uma atrapalhada nas coisas. Sem falar em como os trens estão horríveis no momento.

— No entanto, você está… — A mulher consultou um relógio de bolso dentro de sua capa. — Dezenove minutos e meio atrasada. Agradecemos a consideração. Um registro incrivelmente preciso sobre a família Blackthorn.

Belle soltou uma risadinha, mas logo percebeu que era a resposta errada.

— Não é de se admirar que a Casa tenha decidido aplicar uma punição por seu atraso. Não tem ninguém a culpar além de si mesma, srta. Blackthorn.

— Aquilo… — Belle apontou com o polegar para a câmara atrás dela — foi tudo por causa de um atraso?

— Eu presumiria que sim, levando em consideração a areia que enfeitava suas sobrancelhas — respondeu ela, como se Belle fosse uma tola completa por não saber. — Você enfrentou o Feitiço da Ampulheta. A Casa de Hécate não tem paciência com quem não cumpre horários. É uma adição perfeitamente razoável ao processo.

— Claro. Nada mais "perfeitamente razoável" do que morte por areia movediça.

A mulher franziu os lábios.

— Fique feliz por ter se lembrado de seu uniforme do coven. Em um dia ruim, a Casa é conhecida por transformar trajes inadequados em poeira, o que já resultou em algumas cenas de chegada bastante infelizes.

Belle não conseguiu esconder o horror em seu rosto.

— E o resto? As aparições fantasmagóricas traumatizantes e as vozes? Que feitiço era esse?

— Feitiço nenhum. É padrão na primeira visita à Casa — disse a mulher, indiferente. — Uma tradição reverenciada para qualquer bruxo do Selcouth sedento por uma chance de provar seu valor.

Em um gesto relutante e otimista de trégua, Belle suspirou e estendeu a mão para apertar a da mulher novamente. Ela sorriu, tentando começar sua apresentação do zero com humor após aquele primeiro encontro ridículo. Com uma fração de segundo de atraso para ser considerado educado, a outra bruxa retribuiu o gesto, estendendo os dedos finos e pontiagudos. Cada um era adornado com um anel de prata ornamentado, todos encrustados com pedras escuras e elegantes. Belle notou que, no dedo indicador, havia uma pedra de vidro com um redemoinho de fumaça nebulosa. Uma pedra da verdade.

— Sinto muito pela demora — disse Belle. — Acho que, a partir de agora, é só ladeira acima.

— Você não mudou nada desde a última vez que a vimos, há quinze anos. E está igualzinha à sua mãe.

Não foi um comentário em um tom de carinho ou nostalgia. Os gélidos olhos azuis da mulher percorreram Belle da cabeça aos pés, cheios de um desprezo evidente. Belle fingiu ignorar a frieza e continuou sorrindo, mas não conseguiu evitar que o rosto corasse. Ela agarrou as alças da mochila para evitar que as mãos pendessem de forma desajeitada ao lado do corpo.

— Como é o seu nome mesmo? — perguntou Belle. — Seu rosto não me é estranho, acho que me lembro de você da minha estreia no obscurecimento, anos atrás.

Girando o pulso rapidamente, a mulher fez surgir uma pena de escrever com plumas pretas e um pergaminho que se desenrolou suavemente, acompanhado de uma chuva de faíscas. Ambos pairaram ao seu lado com ar imponente, então deslizaram com elegância em direção à Belle e tocaram seu peito.

— Assine isto — disse a mulher, ignorando completamente a pergunta.

Belle observou o pergaminho, desconfiada.

— O que é isso?

Imediatamente, três gotas espessas e viscosas de tinta preta pingaram da ponta da grande pena de plumas escuras e caíram sobre a barra de seu vestido. Ela observou o líquido espesso se infiltrar no tecido, espalhando-se lentamente como nuvens escuras.

— Contrato EquiBruxo padrão. A Casa de Hécate não será responsabilizada por manifestações escolhidas ao acaso, nem por qualquer perda de magia resultante do desfecho de seu julgamento.

— E quanto àquela trilha de horror que eu acabei de passar? Posso processar vocês por isso?

A mulher simplesmente ficou encarando-a. Belle suspirou com resignação, pegando a pena. Assim que ela completou o "n" de Blackthorn, o contrato fugiu de suas mãos e voou para o alto. Girou em um redemoinho, depois se incendiou em chamas roxas brilhantes. Em segundos, desapareceu em uma explosão de fogo.

Um sino alto ressoou com imponência de algum lugar distante. O som pareceu tomar conta do ambiente, reverberando em um eco retumbante.

— Salva pelo gongo dessa conversa fiada, não é mesmo? — A mulher ajustou o chapéu impecável e passou a mão nas calças sob medida. — Desejo-lhe sorte, srta. Blackthorn. Desconfio que vai precisar.

Ela fez uma pausa por um momento, e Belle esperava ter entendido errado as últimas palavras da outra:

— Você não deveria ter vindo.

Ao som dos saltos agulha contra o chão de pedra, a mulher deu meia-volta e saiu por um arco no fundo da sala. Belle ficou olhando, boquiaberta, até que os últimos rastros da capa cor de ameixa desaparecessem nas sombras.

A saída daquela presença tão intimidadora foi palpável. Belle suspirou, abandonando todas as formalidades, e deixou-se cair pesadamente no comprido banco de madeira encostado à parede. O julgamento nem havia começado e ela já estava exausta com os altos e baixos de pura adrenalina. Ela quase havia se afogado — ou o que quer que fosse o equivalente disso na areia. Chegou ao limite da loucura ao som de seus próprios pesadelos ganhando vida. Liberou uma magia selvagem e instintiva que jamais imaginara possuir. E nada disso importava, pois havia acabado de ser dilacerada em uma simples conversa.

Ela olhou ao redor do saguão em que agora se encontrava. Como o corredor de entrada, o átrio era iluminado por tochas tremulantes, embora essas chamas certamente tivessem sido encantadas para um tamanho maior do que o normal, emitindo um brilho luxuoso e acolhedor. Tapetes com padrões elegantes em cores escuras de pedras preciosas se estendiam pela sala; as paredes de pedra branqueada se erguiam imponentes, um bloco imenso sobre o outro, exibindo entalhes de palavras arcaicas, luas e estrelas, além de plintos e cornijas junto ao teto. A cortina em cascata que ela havia transfigurado acidentalmente pendia com elegância; oposto a ela estava o arco por onde a mulher misteriosa havia saído. Estava sob uma enorme inscrição serifada que dizia “Casa de Hécate”.

— Srta. Belladonna Blackthorn, por gentiliza, dirija-se ao tribunal com urgência. Agradecemos a compreensão! — Uma voz surgiu e desapareceu abruptamente, como um alto-falante em uma loja de departamento.

Ela seguiu pelo único caminho possível, através do arco sombrio que levava a outra porta pesada.

Agora a Casa de Hécate realmente começava. Ela recuou alguns passos, protegendo os olhos com a mão enquanto a próxima sala se inundava instantaneamente com uma luz dourada, como o brilho de um pôr do sol, revelando algo que só poderia ser descrito como... *maravilhoso.*

O espaço era um círculo gigantesco e perfeito, uma rotunda com paredes altíssimas que se erguiam até um teto em cúpula elegante. Extensas cortinas de um veludo violeta intenso adornavam toda a extensão ao redor, junto com elegantes e enormes representações dos doze signos do zodíaco igualmente espaçados em volta do ambiente, todos imponentemente moldados em bronze. Um carneiro orgulhoso, com cerca de três metros de altura, pendia lá no alto. Um touro hercúleo, um leão régio, peixes do tamanho de baleias saltitando da água. Cada um estava posicionado acima de uma porta de madeira correspondente, como se a guardasse, doze portas ao longo da sala circular, como as gradações de um relógio.

Mas o que mais chamou a atenção de Belle foi o teto, quase fazendo-a perder o equilíbrio enquanto inclinava o pescoço e segurava a aba do chapéu para olhar diretamente para cima. Fundindo-se nas dobras do veludo, toda a extensão estava eletrizada. Um manto de eletricidade viva, semelhante à estática de televisão, crepitando e estalando enquanto faíscas voavam em todas as direções, colidindo e ricocheteando, estrelas vivas e em movimento. Arco-íris de luzes refletiam como uma bola de discoteca em seu máximo, um mosaico espelhado de cor e energia. Ela relacionou os movimentos brilhantes, como vaga-lumes, com os de seu próprio dedo ao lançar magia — mas aquilo existia em uma escala muito maior e mais hipnotizante. O teto do átrio da Casa de Hécate era revestido de magia pura, uma tapeçaria tecida a partir do precioso poder que fluía por ela todos os dias. A visão era hipnotizante.

Ela só desviou o olhar quando percebeu o chão, igualmente belo a seus pés. Sob suas botas, azulejos pintados em tons vívidos de azul-marinho, azul-celeste e cinza-ardósia se encaixavam como um quebra-cabeça intrincado, formando um piso que retratava o céu noturno, selvagem e vibrante nos mínimos detalhes, assim como as capas do coven. Um sol astrológico e uma lua caprichosa se entrelaçavam, cercados por todas as estrelas imagináveis, além de constelações e planetas, reluzindo em tons de dourado contra o azul profundo. Ela mal se atrevia a caminhar sobre ele.

O transe de Belle foi quebrado quando o alto-falante soou novamente.

— Srta. Belladonna Blackthorn. Tribunal, com urgência.

Ela havia entrado pela décima segunda porta, que jazia atrás dela com o arco e flecha de Sagitário elegantemente posicionado acima. A décima porta estava sob uma imponente balança de bronze de Libra, que oscilava. Equilíbrio, harmonia, decisão, justiça. Seu instinto lhe dizia que fazia sentido essa ser a porta do tribunal. Com passos suaves sobre o belo piso, girando para captar cada detalhe da arte, Belle atravessou o caminho até a décima porta.

Um burburinho de conversas animadas a envolveu no momento em que a porta se abriu, mas o falatório cessou assim que sua chegada foi notada. Um silêncio repentino se instalou, interrompido apenas por um ou outro pigarro. O tribunal da Casa de Hécate estava orgulhosamente à sua frente.

— Oi. Olááá, oi. — Ela acenou e então se encolheu de vergonha. — Estou aqui para a minha audiência... entrevista... julgamento EquiBruxo? — Belle fez um esforço deliberado para endireitar a postura e erguer o olhar.

— Estávamos começando a pensar que você tinha batido as botas durante o caminho.

A voz ríspida pertencia à mesma mulher que a recebera com uma frieza glacial anteriormente. Ela parecia genuinamente desapontada por suas suspeitas não terem se concretizado.

O tribunal era quase inteiramente coberto por centenas, talvez milhares, de livros antigos de cores intensas, enfileirados do chão ao teto alto e côncavo; suas lombadas, em tons de pedras preciosas, davam ao fundo o aspecto de uma colcha de retalhos colorida. Um cuidadoso mosaico de história, conhecimento e magia. O aroma inebriante de páginas envelhecidas, o mesmo aroma da Livraria Lunar, oferecia um conforto inesperado.

Ainda assim, sua atenção foi imediatamente atraída para o centro da parede mais distante, onde um esplêndido pêndulo dourado se estendia do teto ao chão. Ele oscilava pesadamente de um lado para o outro, segundo após segundo, emitindo um som grave, como o quebrar de ondas distantes. Abaixo e atrás dele, uma lareira imponente revestida de azulejos de um roxo intenso rugia com chamas que se agitavam.

À esquerda e à direita do pêndulo, havia fileiras de bancos de madeira escura. Cada um deles acomodava um grupo de bruxos e bruxas que pareciam compor o júri. Seu coven. Belle pensou que poderia haver uma centena deles, talvez mais. Estavam sentados tão próximos que seus ombros esbarravam uns nos outros, todos usando o uniforme do coven, assim como Belle, as capas com os detalhes de suas próprias constelações pessoais brilhando à luz do fogo, e as pontas dos chapéus agitando-se em todos os ângulos. Alguns seguravam papéis, conferiam o relógio, liam livros enquanto canetas e cadernos pairavam pacientemente ao lado de seus pulsos, prontos para entrar em ação. Um homem até tinha uma máquina de escrever cinza flutuando sobre o colo, fazendo tec-tec enquanto digitava por ele. Todos interromperam suas conversas simultaneamente e viraram as cabeças na direção da bruxa agitada que irrompera porta adentro. Belle pôde sentir as bochechas queimando.

— Ah, Morena, você é dura demais com os mais jovens. Seja gentil uma vez na vida.

Belle sentiu um alívio tão grande de finalmente ouvir uma voz simpática que por pouco não caiu no choro. De novo. Em vez disso, ela abriu um sorriso desesperadamente grato para a pessoa à sua frente, cujo rosto tinha um semblante gentil e acolhedor.

— Olá, querida. Belle Blackthorn, não é? Claro que sim. Você é a cara da sua avó, e da sua mãe também.

Bem em frente ao pêndulo estavam duas mulheres tão diferentes quanto água e óleo. Diante de um púlpito de madeira imponente, com o símbolo do coven entalhado no centro, elas pareciam uma dupla comicamente oposta.

À esquerda estava Morena, certamente com no mínimo 1,80 metros de altura, tão ereta quanto uma vassoura, e igualmente rígida. À direita, Belle baixou o olhar consideravelmente em direção ao rosto mais amável e arredondado que ela provavelmente já vira, mal visível por cima do púlpito. Essa bruxa parecia do tipo que daria um abraço maravilhoso. Seu cabelo grisalho, outrora ruivo, tinha um corte na altura do queixo, o que só contribuía para sua aparência acolhedora. Ao contrário de Morena, ela parecia estar se divertindo muito e, com as mãos na cintura, sorriu orgulhosamente para a nova visitante. Um tom rosado se espalhava pelas bochechas e pelo nariz arredondado, e Belle se surpreendeu ao notar um pequeno camundongo marrom sentado tranquilamente, com as patinhas apoiadas sobre o bolso da frente da capa dela. Ela se lembrou da sua chegada à Casa de Hécate, quando avistou o ratinho próximo ao salgueiro. Deveria ter percebido.

— Entre, venha. Não tenha medo, querida — disse a segunda bruxa, chamando-a com os braços.

A mulher cambaleou até Belle, as pernas curtas escondidas debaixo da saia longa, dando a impressão de que deslizava. Com um braço reconfortante, guiou Belle mais para dentro do tribunal, em direção a um banquinho de três pernas em frente ao púlpito.

— Que tal se sentar bem ali, no meio? E aí podemos começar, florzinha. — Ela abriu um sorriso radiante.

Belle mal havia largado a mochila e encostado no assento quando Morena falou novamente, a voz alta e impaciente.

— Belladonna Blackthorn, sua presença foi convocada aqui hoje conforme o costume de…

A bruxa de bochechas coradas, que já havia voltado para o seu lugar atrás do púlpito, imediatamente deu um tapinha no braço da colega de nariz afilado com um som de reprovação.

— Espere só um segundinho, Mor. Deixe a garota respirar. Vamos fazer uma apresentação apropriada. Estar aqui diante desses velhos rabugentos é uma experiência intimidante. Sem ofensas, pessoal.

Ela riu de si mesma, gesticulando para os membros do júri à sua esquerda e direita. Vários deles riram afavelmente, como se fossem velhos amigos. Morena cruzou os braços, irritada.

— Belle, gostaria de um chá, querida? Conversem entre si por um momento, pessoal — insistiu a gentil bruxa ao júri.

Antes que Belle pudesse responder, um lindo bule cor-de-rosa surgiu no ar diante dela, acompanhado por uma explosão de faíscas brilhantes, servindo chá elegantemente em uma xícara combinando, com pires, colherzinhas e um biscoito de chocolate ao lado.

— Muito gentil da sua parte — respondeu Belle. — E eu realmente sinto muito. Foi meio que… uma aventura achar o lugar. Tenho fé de que minha pressão sanguínea vai voltar ao normal um dia.

Um aroma de mel exalava do bule. A colherzinha mexeu o líquido e deu uma batidinha na borda com um tilintar. Grata pelo açúcar, Belle tomou rapidamente o reconfortante chá de camomila e se sentiu instantaneamente mais calma. Suspeitava que sua mudança de estado repentina tivesse algo a ver com uma poção calmante especialmente bem preparada.

— Sim, talvez devêssemos fazer alguma coisa sobre aquele teste de entrada — ponderou a bruxa gentil, saboreando o próprio chá ali perto. — É para ser uma referência ao que aqueles que vieram antes de nós foram forçados a suportar. Se tem uma coisa que os bruxos adoram, é uma boa dose de teatralidade. Às vezes me pergunto por que somos tão obcecados pela tradição quando o passado foi tão horrível para nós.

— Assim que terminarmos nosso piquenique e a previsão do tempo para a próxima semana, talvez fosse prudente irmos ao que interessa. De preferência antes da chegada da próxima Era do Gelo.

Morena encarava de cima do púlpito com uma expressão severa e as mãos unidas à sua frente, a paciência por um fio.

— Sinto muito. Sim, é claro. Já tomei tempo demais de vocês por hoje. — Belle estremeceu de vergonha. Por que ela sentia essa necessidade constante de ser tão educada? Ela só se atrasou porque aquelas pessoas quase a levaram à beira da morte naquela manhã, e agora lá estava ela, determinada a agradá-los.

— Não se preocupe, querida — disse a sua mais nova pessoa favorita, abanando suas desculpas para longe. — Fizemos você passar por muita coisa esta manhã. Sua agitação é compreensível. Mas, se estiver pronta, então podemos prosseguir, sem dúvida. Gostaria de se apresentar?

Não, obrigada. Belle se levantou, hesitante. Cada um de seus membros parecia excessivamente longo, como se fossem feitos de macarrão. Como é que ela normalmente ficava de pé, mesmo? Trocou o peso de uma perna para a outra. Cada par de olhos no ambiente estava intensamente fixo nela.

Ela tossiu.

— Sou Belle. Blackthorn. Belladonna, mas, bem, obviamente ninguém me chama assim porque... é longo demais. Obrigada por me receberem. Isso é incrível. Realmente... incrível. Estou fazendo 30 anos hoje. Obrigada por virem à minha festa de aniversário. Moro em Londres, sou de Libra. Gosto do meu quarto, do meu desarrumado... — Ela coçou o antebraço, percebendo que estava começando a cantar uma música. — Não sei muito bem o que dizer.

— Você só precisa dizer o seu nome, querida. É para os registros.

— Ah. Bem, Belle Blackthorn, então.

A bruxa simpática bateu duas palmas e abriu um sorriso satisfeito. Ela ergueu as mãos para o céu e, com o brilho de sua magia, fez o pêndulo enorme parar no meio do seu vai-e-vem. Dentro da lareira, as chamas também ficaram estáticas. As partículas de poeira suspensas no ar começaram a flutuar a uma fração mínima de sua velocidade normal, como se o próprio tempo tivesse parado completamente para tudo e todos no mundo, exceto aqueles presentes no tribunal. Belle se perguntou se, talvez, fosse isso mesmo o que estivesse acontecendo.

As luzes brilhantes deram lugar a uma escuridão sombria, e o murmúrio das conversas abafadas foi substituído por um silêncio completo e inquietante. Morena pigarreou de forma altiva, segurando firme as bordas do púlpito de nogueira para encarar Belle com um ar de importância. Estava claro que ela ansiava por aquele momento.

— Belladonna Blackthorn, sua presença foi convocada...

— Ora, por todos os patinhos de borracha e apitos de morcego, Morena! *Nossas* apresentações! Esquecemos! Seria de se esperar que depois de todos esses anos dessas malditas audiências...

Uma expressão tempestuosa tomou conta do rosto magro de Morena. Ela pareceu totalmente ofendida quando a pequena companheira interrompeu o início de seu discurso com uma risada alegre e a mão na testa. O pêndulo voltou a oscilar em seu ritmo lento, como um batimento cardíaco, e as luzes se acenderam como se alguém tivesse interrompido uma gravação gritando *corta*.

— Minha querida Belle, eu esqueceria minha cabeça se não estivesse grudada ao pescoço. E uma bruxa sem cabeça jamais seria muito popular entre os não bruxos. Acho que eles perceberiam que algo não está certo. — A pequena bruxa soltou uma risada. Sua tagarelice arrancou mais uma rodada de risadas generosas do júri.

— Belle, acredito que já tenha conhecido minha doce e agradável irmã, mas aqui está ela. Morena Gowden, do jeitinho que a gente conhece.

Morena ainda não tinha conseguido se recompor de sua indignação. Ela olhava para a irmã com uma expressão tempestuosa, fuzilando-a com o olhar, e provavelmente desejando poder fuzilar alguém na vida real. Belle esperava que não houvesse nenhum tipo de feitiço que transformasse olhares em armas letais, pois, se houvesse, estaria prestes a presenciar um sororicídio.

— E eu sou a melhor parte das irmãs Gowden. — A pequena bruxa deu uma piscadela. — Bronwyn Gowden — disse ela, batendo vigorosamente no peito e quase atingindo o ratinho no bolso.

08

Encontro de mentes

Belle fez um péssimo trabalho em disfarçar o que acabara de perceber, a compreensão estampada no rosto. As irmãs Gowden eram lendárias. Até mesmo ela, com seu conhecimento limitado sobre o mundo da bruxaria, reconheceu os nomes de imediato. Em sua defesa, agora elas estavam mais velhas do que nos retratos icônicos do grimório. Embora, dito isso, era praticamente certeza que as irmãs tinham feito o juramento do caldeirão, uma decisão prestigiada oferecida à elite do Selcouth, para prolongar a passagem normal de seus anos humanos em prol do aperfeiçoamento de sua magia, pelo bem de todos os bruxos. A idade era realmente só um número neste reino.

Era de conhecimento geral que as irmãs, apesar de não se parecerem nem um pouco fisicamente, eram igualmente incomparáveis em seus níveis de habilidade mágica. Em conversas casuais com Belle sobre a história do coven ao longo dos anos, Bonnie contou a inspiradora história de como as irmãs ascenderam rapidamente do anonimato à elite do coven, graças à sua evidente habilidade e seu talento natural, após a morte prematura do Sábio anterior. O tumulto tomou conta do coven, mas essas duas mulheres o reconstruíram das cinzas, unidas pelo laço da irmandade. Eram amplamente respeitadas e admiradas, até mesmo reverenciadas, por todos que as encontravam. Diziam que seu domínio das artes mágicas era excepcional, dobrando os limites habituais à sua vontade. Ela ouviu muitas vezes de sua mãe que, embora frequentemente se desentendessem sobre qualquer coisa — tradição *versus* modernização, a origem dos feitiços, leitura de borras de chá, novelas —, sempre se mantinham unidas pelo coven. Elas o guiaram através da história em meio a tempos de incerteza com uma postura inflexível. As irmãs Gowden sempre agiram em prol do Selcouth. Isso incluía, aparentemente, emitir veredítos finais sobre seu futuro nos julgamentos EquiBruxo.

— Conduziremos sua audiência hoje. Pode até ser divertido, querida. A gente se diverte por aqui, damos boas risadas — disse Bronwyn, gesticulando para as fileiras de jurados que observavam em silêncio.

— Ali está Cas, Caspar Strix. Equilibrador do Selcouth, o responsável por garantir que tudo seja conduzido de forma justa e adequada. Alguém que vale a pena bajular um pouco, hein, Cas? — Bronwyn acenou suavemente para o homem na primeira fileira à esquerda do júri. Em resposta, ele assentiu amavelmente na direção de Belle.

— Ali estão Andromeda, Felix e Wilmott. Provavelmente não tenho tempo de apresentar todo mundo, ou Morena vai acabar me enforcando. Mas se ficar para o almoço, depois que terminarmos, certamente poderemos bater um papo e eu apresentarei todos. Somos um grupo bem amigável, Belle. Ah, e ali está Elspeth, ela é a pessoa certa, caso precise de receitas de inverno. Nossa Elspeth faz uma sopa de queijo incrível.

Elspeth, com cachinhos escuros fechados sob o chapéu, acenou rapidamente para se apresentar e acenou, dizendo:

— Oláááá!

— Uau, que ótimo. Sopa de queijo parece... incrível — disse Belle, tentando parecer entusiasmada.

— E ali estão Aoife, Ike e Spottswood. E aquele belo diabinho lá atrás é Rune. Esse aí é a estrela em ascensão do coven. Acho que vocês dois já se conheceram. Talvez consiga dar um pouco de trabalho a ele, Belle — disse Bronwyn com orgulho.

Belle se sobressaltou. Ela estava se referindo a um homem sentado nos fundos do júri à direita. Bronwyn não estava errada quanto à parte do "belo". Ele estava recostado na lateral do banco com seus membros longos e sua presença marcante, emanando um ar de quem está entediado, mas com uma graça passiva. Cabelos escuros roçavam os ombros sob um casaco comprido de couro preto, uma mecha solitária caindo sobre os olhos e a sombra de uma barba levemente por fazer acentuava os ângulos do rosto. Ele brincava distraidamente com o anel de prata no polegar. Era o bruxo que tinha aparecido na livraria... é claro.

— Você é boa demais para mim, Bron — respondeu ele, dando um aceno de cabeça para Belle com uma pitada de divertimento no olhar. Rune removeu os óculos, baforou nas lentes para embaçá-las e começou a limpá-las com a ponta da camisa, tudo isso enquanto mantinha os olhos fixos nela.

— Olá, aniversariante.

Depois de alguns instantes que pareceram durar uma eternidade, Belle desviou o olhar de Rune e de seu casaco ridículo, voltando-se imediatamente para Bronwyn, escutando com atenção e decidida a não deixar os olhos se desviarem para nenhum outro lugar. Ela torcia para que o rubor que sentia nas bochechas não fosse visível sob a iluminação suave.

— É um prazer conhecer vocês. Todos vocês, finalmente.

— Este é o seu coven, Belle. Todos estão aqui, exceto sua querida mãe, é claro. Tenho certeza de que entende que família não é permitida no julgamento EquiBruxo. Nepotismo não é bem-vindo aqui. Mas aposto que Bonnie está ansiosa para saber de tudo. Estamos prontos para receber seu obscurecimento de braços abertos.

Belle deu outra olhada para o júri. Era isso. Todo o grupo de bruxas, bruxos e praticantes de magia do Reino Unido. Pelo menos, todos aqueles que foram encontrados, procurados ou que declararam sua magia abertamente. Pareciam tão poucos no panorama geral das coisas, mas mais do que ela jamais havia imaginado. Inesperadamente, ela sentiu vontade de fazer parte disso. De verdade. De conhecê-los. Alguns mais do que outros.

— Viu? A gente não morde — acrescentou Bronwyn. — A menos que você seja um biscoito, aí sinto muito, estará em uma grande encrenca.

— Fico tão feliz por ter passado tantos anos de existência celestial neste planeta para acabar definhando e morrendo enquanto espero que essa maldita audiência finalmente comece — interrompeu Morena, organizando uma pilha de papéis no púlpito. Bronwyn a ignorou, e sorriu ainda mais para Belle.

— Será mais como uma... conversa agradável. Uma reapresentação depois de quinze anos. Tudo certo, querida? Maravilha, maravilha. Vá em frente, então, Mor. — Bronwyn envolveu a irmã com um braço firme, e ela imediatamente ficou rígida e se inclinou para longe em um ângulo acentuado. — Faça seu show, todo aquele drama. Sei que gosta de fazer as crianças chorarem.

Morena revirou os olhos de forma tão dramática que Belle achou que ela conseguia ver a parte de trás do próprio crânio em detalhes vívidos. A mulher bateu palmas duas vezes com os dedos longos e finos para que o tribunal fizesse silêncio, e em seguida ergueu as mãos para o céu. Todo som e movimento pareceu cessar no ar mais uma vez, enquanto o pêndulo parava no meio de uma oscilação e o fogo era extinto no mesmo momento. A iluminação se reduziu a uma penumbra inquietante.

— Belladonna Blackthorn, sua presença foi convocada aqui hoje conforme o costume de nossa espécie sobrenatural, para que você possa ser conduzida a uma vida de verdadeira e eterna magia.

Morena estava lendo de um pergaminho que levitava à sua direita, mas ela claramente sabia todo o discurso cerimonial de cor e o recitava com um evidente entusiasmo.

— Nós a parabenizamos pelo seu trigésimo ciclo orbital no reino não bruxo. Esse marco vem acompanhado de inúmeros desafios e questionamentos sobre si mesma, sua mente e sua própria existência.

Dramático, mas não errado, pensou Belle. Seus vinte e tantos anos realmente foram repletos de inúmeros desafios e questionamentos sobre ela mesma, sua mente e sua própria existência.

— Esta, a maior e mais importante das tradições, deve marcar a conclusão do seu processo de obscurecimento e será realizada aqui, hoje, no primeiro dia do mês de Invernício. Concorda em se submeter ao seu julgamento com verdade, certeza e coragem, com trovões, raios e chuva?

Belle tinha a impressão de que Morena estava se divertindo até demais com seu papel. Ela se mexeu desconfortavelmente sobre as mãos, empoleirada no banquinho de madeira rangente, até perceber que Morena aguardava uma resposta.

— Ah, é claro. Verdade, certeza e…

— Coragem, querida — disse Bronwyn, assentindo com entusiasmo.

— Isso mesmo. — Belle se lembrou. — Sim, coragem.

Morena praticamente rosnou com a resposta de Belle, que arruinava o ritmo de seu próprio discurso, mas continuou com ainda mais vigor.

— É um fato da vida mágica, comprovado e evidenciado pela história, que bruxas, bruxos ou praticantes de magia enfrentaram desafios em sua coexistência com a sociedade não bruxa.

— Assim seja! — ecoou o júri de forma cerimonial.

— O monótono mundo dos não bruxos tentará esmagar, golpear e achatar a magia de qualquer alma que se atreva a explorar ou revelar o próprio poder.

— Assim seja! — entoaram eles novamente.

Belle achou tudo isso um pouco exagerado. Na verdade, somente trabalhar com Christopher a fazia se sentir especialmente esmagada, golpeada e achatada. O resto era aceitável. Os bruxos claramente gostavam de um bom show mais do que ela imaginara, talvez como uma compensação justa por passarem a maior parte da vida ocultando sua magia.

Um vermelho profundo e escuro cobriu o último resquício de luz do cômodo, fazendo a pele surpreendentemente pálida de Morena reluzir de forma translúcida.

— Os não bruxos, alheios às maravilhas ao seu redor, temem a natureza selvagem. Temem o poder que nosso orgulhoso e presente povo representa. Veem em nós o que não conseguem e nunca conseguirão ver em si mesmos. Envergonhados e amargurados, cientes de que sua própria magia jamais se atreveria a se revelar.

Belle franziu a testa.

— Dentro deles, a magia definha. Dentro de nós, ela brilha.

Assim seja! — ecoou o júri novamente.

Belle pensou em seus amigos. Ela diria que todos eles compartilhavam com o mundo sua própria forma de magia. Ela não achava que deveriam ser considerados envergonhados ou amargurados. Como uma bruxa que vivia seu dia a dia no mundo não bruxo, não pôde deixar de se irritar com a crítica àqueles que amava. Nem Bonnie nem sua avó jamais expressaram esse tipo de pensamento, nunca tentaram dividir os dois lados da vida.

Morena, parecendo satisfeita com sua performance, passou a mão rapidamente sobre o pergaminho ao seu lado, que se enrolou firmemente e desapareceu.

— Você realmente se dedica de corpo e alma a isso, Mor. Muito bem. — Bronwyn aplaudiu sua irmã rapidamente enquanto as luzes aumentavam. Belle reprimiu uma risada irônica.

— Se não vai seguir o protocolo, Bronwyn, então nem vale a pena fazer isso — sibilou Morena, com os lábios tão firmemente pressionados que seu batom escuro desapareceu. Mais uma vez, Bronwyn a ignorou.

— Belle, querida, se estiver pronta, vamos começar suas manifestações. Vamos nos livrar disso logo, e aí estaremos livres dessa lenga-lenga. Assim você estará liberada para ir para casa e aproveitar o resto do seu aniversário. Tem bolo? Eu sempre adorei aqueles...

— Esse é mesmo o momento para isso? — interrompeu Morena bruscamente.

— Ah, e eu trouxe minha pedra da verdade — lembrou Belle, mexendo no broche que estava preso na alça de seu vestido, tentando soltar o fecho com dedos nervosos. Ela se aproximou do púlpito e estendeu a mão para entregá-lo a Bronwyn, que o recebeu na palma da mão. Belle poderia jurar que a bruxa mais velha prendeu a respiração ao pegá-lo, com os olhos fixos na pequena pedra. Belle percebeu o que provavelmente era a própria pedra de Bronwyn pendurada por uma corrente em seu pescoço, embaçada e cinzenta por trás do vidro.

— Não sei muito sobre essa coisinha — disse Belle com carinho. — É importante?

— Importante? Ah, bem, talvez... — A voz de Bronwyn foi diminuindo enquanto ela examinava a pedra.

— Eu preciso dela, para as, como é o nome mesmo... manifestações?

Morena soltou uma risada curta e sarcástica, assustando Bronwyn. Um murmúrio desconcertante se espalhou entre os jurados, que trocaram olhares e começaram a cochichar inquietos. Para a vergonha de Belle, palavras como "ingênua" e "patética" se destacaram entre os sussurros.

— Bem, srta. Blackthorn. Este momento histórico e prestigioso claramente não tem tanta relevância para você. Nunca se deu ao trabalho de memorizar o grimório, pelo visto? Caso contrário, saberia que uma pedra da verdade desempenha um papel sagrado nos momentos finais dos ritos de obscurecimento. Mas duvido que seja algo com que precise se preocupar. Talvez devêssemos esquecer toda essa cerimônia. Eu realmente não estou com paciência para isso hoje. — Morena massageava as têmporas, irritada.

— Ora, Mor, por favor. — Bronwyn suspirou. — Não finja que você tem algum pingo de paciência, hoje ou em qualquer outro dia.

— Na verdade, acho que fui bastante paciente enquanto vocês duas tagarelavam sobre...

— Você é tão paciente quanto um gato na hora do banho. E está longe de ser fofinha ou peluda, então não vai se safar dessa, sinto muito.

— Bronwyn, eu avisei que não seria fácil. — Morena explodiu. — É evidente que não há nenhuma bruxaria natural na srta. Blackthorn. Nenhuma habilidade notável se mostrou, nenhum instinto sobrenatural se desenvolveu...

— Madame Sábia e Madame Sábia.

Uma voz grave e rouca ecoou do júri, reverberando pelas estantes de livros que forravam as paredes, sobressaltando as duas irmãs e Belle ao mesmo tempo, assim como vários membros do júri. As luzes e o pêndulo se libertaram dos efeitos do feitiço, voltando ao normal. O homem que Bronwyn apresentara mais cedo como Caspar se levantou com confiança do primeiro assento das fileiras à esquerda. Grossos *dreadlocks* com mechas prateadas caíam até os cotovelos, contrastando com a capa, que combinava com o terno bordô. Seu rosto bonito e envelhecido parecia irritado com a discussão delas, mas sua postura continuava completamente altiva e calma. Ele claramente tinha muita prática em interromper discussões das irmãs Gowden.

— Madames Sábias, por favor — repetiu ele, gesticulando para que elas se acalmassem. — Seria injusto envolver a srta. Blackthorn nessa cerimônia sem fornecer mais detalhes. Ela está claramente ansiosa. Talvez o honorável júri conceda algum tempo para uma discussão adicional.

Belle, querendo sumir do mapa naquele momento, interrompeu.

— Ah, não, de verdade... não quero causar nenhum...

— Por favor, srta. Blackthorn — disse Caspar com uma voz gentil, mas firme. — Não estamos com pressa; o tempo espera pelos praticantes de magia, se assim desejarmos. Gostaria de convidá-la a me acompanhar, e talvez Bronwyn teria a gentileza de se juntar a nós por um momento? — Suas palavras não eram uma sugestão.

— E o que espera que façamos, Strix? Que todos nós esperemos aqui pacientemente enquanto você joga conversa fora? É de tirar qualquer um do sério — disse Morena.

— Sim, por favor, Mor. Não vamos demorar! — disse Bronwyn. — Ah, Rune, venha também, querido.

Rune bateu nas coxas da calça, ficou de pé e caminhou pelas fileiras. Belle fez o possível para ignorar o sorriso levemente zombeteiro estampado em seu rosto, como se soubesse que ela ficaria irritada com sua presença.

— Por que ele tem que vir também? — Belle seguiu Caspar pouco à vontade, tentando acompanhar seus passos apressados em direção aos fundos do tribunal.

— Rune Dunstan. Uma espécie de protetor. Recém-ordenado, mas certamente à altura. Demonstra um nível de habilidade mágica esperado de alguém de uma ou duas gerações à sua frente — explicou Caspar, passando por uma porta secreta por entre as estantes, que pareceu se materializar do nada com um rápido movimento de sua palma. Bronwyn marchava atrás deles para alcançá-los, enquanto Rune caminhava ao lado dela com as mãos nos bolsos, conversando em voz baixa.

— Eu realmente sinto muito por tudo isso. Vocês têm uma tarde cheia? — perguntou Belle, tentando mascarar o constrangimento com educação.

— Ateneu da Casa de Hécate. Por acaso, também é meu escritório — anunciou Caspar.

Rune fechou a porta atrás de si e se encostou à lareira, cruzando os braços à frente do corpo. O trio restante ocupou cada um uma das poltronas de espaldar alto de Caspar. Belle admirou o retrato em uma grande moldura dourada acima da lareira: uma imagem de Caspar posando orgulhosamente ao lado de uma bela mulher e duas bruxas de cabelos cacheados mais ou menos da idade dela, que Belle reconheceu entre o júri, provavelmente a família Strix. No quadro, aos pés do grupo, havia ainda uma balança imponente e uma enorme espada.

Com um elegante agitar de mãos, Caspar conjurou fogo na lareira, e a luz quente refletiu na vasta coleção de telescópios brilhantes espalhados pelo cômodo. Enormes rolos de mapas detalhados do céu, envoltos em cabos de madeira, estavam empilhados contra as paredes. Uma mesa de centro, que parecia um globo dourado aberto ao meio, exibia um modelo planetário e estava coberta por uma seleção de cristais de tons frios cuidadosamente organizados. A especialidade mágica de Caspar era evidente.

— Sinto muito por interromper seu dia especial, Belle. A energia do tribunal parecia precisar de um ajuste — disse Caspar. — Só achei melhor fazermos uma pausa para garantir que estamos todos em sintonia. É meu papel garantir que tudo ocorra de forma justa, o que muitas vezes exige um reequilíbrio das coisas.

O som do fogo estalando acompanhava suas palavras.

— Daí o título — disse Belle.

— Exatamente. Como equilibrador, tesoureiro e vigilante do Selcouth, estou aqui, junto com Rune, é claro, para mantê-la segura e bem, além de garantir que tudo ocorra de forma justa e equilibrada. Para assegurar que o trabalho mágico seja conduzido de acordo com o protocolo, e que o júri esteja plenamente alinhado com a verdadeira natureza de sua situação, coisas desse tipo.

Caspar parecia o tipo de pessoa que teria todas as respostas, inclusive para perguntas que ela ainda nem havia pensado em fazer. Belle assentiu, esforçando-se para não se deixar dominar pela sensação de estar sobrecarregada. Olhou para Rune e percebeu que, apesar de sua postura desinteressada, ele a encarava fixamente, mas desviou o olhar para o fogo assim que seus olhos se encontraram.

— E qual é o seu papel em tudo isso? — perguntou ela, sentindo-se irritada, incapaz de abandonar o tom combativo que havia marcado o primeiro encontro deles na Lunar.

— Está interessada? — perguntou ele de volta, arqueando uma sobrancelha enquanto girava o anel no polegar.

— Rune — disse Bronwyn em tom de advertência. Ele revirou os olhos.

— Guardião do Selcouth. Não foi algo que eu me ofereci para fazer, mas Bronwyn insistiu para que eu aceitasse.

— Bem, quem mais poderia nos proteger? Ruddy Elspeth? — respondeu Bronwyn.

— É uma função protetora — continuou Rune. — Eu monitoro o uso de magia no coven, identifico sinais de alerta, assim como atividades incomuns, e fico de olho em qualquer um que tente lançar feitiços que não deveria.

— Também atua como mensageiro particular do coven? — perguntou Belle.

— Só para você — respondeu ele, inclinando levemente a cabeça.

Caspar pigarreou, rompendo o clima de tensão no ar.

— A questão é que alguns dos nossos anciãos esquecem que os membros mais jovens do coven não testemunharam centenas de julgamentos, como eles fizeram. Esquecem rápido demais como é estar no ponto mais crucial e vulnerável do obscurecimento. Por isso, estou determinado a garantir que tudo prossiga de forma justa. Para qualquer pessoa, é claro, mas especialmente para a filha de uma grande amiga.

Belle ergueu as sobrancelhas, surpresa.

— Ah, você é amigo da minha mãe?

Caspar sorriu de forma afetuosa, um sorriso que se estendeu calorosamente até os olhos.

— De fato. Estudamos juntos na universidade. Enfrentamos nossas audiências do EquiBruxo lado a lado e ambos nos especializamos em Feitiçaria da Terra. Bonnie se entregou à natureza do solo, enquanto eu encontrei meu abrigo entre os céus.

— Belle, querida — disse Bronwyn, com um tom ligeiramente condescendente, difícil de achar reconfortante. — Talvez seja melhor esclarecermos logo as coisas, antes que o feitiço se volte contra o feiticeiro. Lagartos saltitantes, eu e meus trocadilhos terríveis. Nem faço de propósito. — Bronwyn se ajeitou na poltrona acolchoada, os pés quase não tocando o chão. — Vai ficar tudo bem, isso eu prometo a você. Mas, como seus anciãos, é nosso dever lembrá-la oficialmente de que existe a possibilidade de que este veredicto mude... bem, mude tudo.

— Isso deve fazer você se sentir melhor — comentou Rune, fingindo inocência quando Bronwyn lhe dirigiu um olhar de reprovação.

— Posso não ter demonstrado tanta habilidade ou talento especial — disse Belle. — Mas também nunca fiz nada de terrível. Nunca causei desequilíbrios, nunca mexi com o tempo, a morte ou o amor verdadeiro. Não quebrei nenhuma das regras de ouro.

Caspar arrumou seu blazer bordô, passando a mão nas lapelas.

— O que certamente conta a seu favor.

Belle franziu a testa.

— Como vocês decidem se eu sou... digna? Se eu sou o suficiente?

— O julgamento começa com a recitação do encantamento EquiBruxo pelo coven — explicou ele. — O pêndulo nos fundos da sala, acredito que tenha notado, não é simplesmente decorativo. É uma poderosa força de grandeza. Ele está posicionado no ponto exato do nexus. Não quero te subestimar, Belle. Você conhece essa palavra?

— Nexus? É um ponto de cruzamento. Cheio de energia elementar — disse Belle, aliviada por saber a resposta.

— Exatamente. Terra, ar, fogo e água se fundem nessas exatas coordenadas. E a teoria da magia diz que nada é mais poderoso do que isso. Cruzamentos nas próprias linhas de energia mágica.

Belle assentiu com entusiasmo.

— Nas mãos erradas, a presença do nexus pode ser manipulada para a magia sombria também. É por isso que o coven se estabeleceu na Casa de Hécate e uma das razões pelas quais o lugar é protegido pelos desafios desagradáveis que você enfrentou mais cedo. O pêndulo é um poderoso recurso que utilizamos exclusivamente para esta cerimônia tradicional e sagrada do obscurecimento, a fim de selar a magia em seu lugar apropriado de forma definitiva. O coven só recorre às habilidades do nexus quando muitos de nós estamos reunidos, por questões de justiça e segurança. Caso contrário, é melhor deixá-lo em paz.

— Aquele pêndulo detém o acesso ao próprio tempo — disse Bronwyn. — Ele restaura o equilíbrio mágico, indispensável para completar o obscurecimento, selar a magia em seu devido lugar e integrar um bruxo plenamente ao coven.

— O nexus também nos permite manipular o tempo conforme necessário, e é assim que suas manifestações serão mostradas — acrescentou Caspar.

— Ele convocará os elementos para mostrar momentos cruciais do seu passado — disse Bronwyn. — Marcos importantes da sua vida que fizeram de você quem é, e ocasiões em que usou sua magia de forma notável para benefício próprio ou de outrem. Os seus destaques, por assim dizer, querida.

— O júri irá revisar a seleção de manifestações criada pelo nexus e, a partir dos conselhos de Bronwyn e Morena, decidirá se o seu passado e o seu presente atendem às expectativas do Selcouth, com verdade, certeza e coragem — disse Caspar.

Belle engoliu em seco, sem se sentir muito verdadeira, certa e corajosa. Pensando bem, talvez nunca tivesse visto nenhuma dessas qualidades em si mesma.

— O que poderia dar errado? — disse Rune, jogando para o alto algum tipo de orbe que pegara dos mostruários de Caspar e pegando-o de volta com um sorriso despreocupado. Ela o ignorou.

— Obrigado, Rune — disse Caspar, com um tom seco. — Mais uma vez, devemos enfatizar que uma exmagiação, uma remoção completa da magia, não acontece há... bem, muito tempo. Vou precisar verificar os registros. Certamente não durante o meu tempo de vida. Nem o seu, não é, Bron?

— Só ouvi falar de um único banimento. Mas as circunstâncias eram diferentes. Você não vai quebrar esse recorde, Belle — continuou Bronwyn. Ela se inclinou para frente e deu um tapinha na mão de Belle, que ainda agarrava nervosamente o braço da cadeira.

— Eu disse que não há nada com o que se preocupar, hein? — cantarolou a anciã. — Você vai cair nas graças do seu coven e, depois disso, é só chocolate e pasta de amendoim.

Belle tentou esboçar um sorriso. Mergulhar de cabeça no fogo com a venda removida não era muito reconfortante quando as chamas ainda roçavam seus pés.

— É só que, neste momento, eu não estou realmente e inteiramente convencida de que meu histórico de uso de magia vai estar à altura. Quer dizer, para deixar claro, eu nunca fiz nada de ruim — explicou Belle, gesticulando. — Tentativas de dominação mundial nunca estiveram nos meus planos. É só que eu sou meio que... uma bruxa dos bastidores, acho. Uma espécie de figurante?

— Nada disso! — gritou Caspar alegremente, com seus *dreadlocks* balançando contra a capa enquanto ele ficava de pé. Deu um tapinha nas costas de Belle, fazendo-a tossir, e tirou fiapos invisíveis das calças cuidadosamente bem passadas. — Tudo o que estamos fazendo é um levantamento, uma análise sobre o que você conquistou, as escolhas que fez, as responsabilidades que assumiu, uma celebração de seus marcos.

Apesar de suas boas intenções, as palavras de Caspar fizeram Belle se sentir ainda mais enjoada.

Ele abriu um sorriso radiante para ela e gesticulou para que se encaminhasse à saída.

— Espero que compreenda que é tudo parte do protocolo. — Ele claramente considerava o assunto encerrado.

Bronwyn pegou as mãos de Belle e as apertou com firmeza.

— Você estará fora daqui em um piscar de olhos.

Belle se levantou, segurando a capa ao seu redor, e seguiu Caspar e Bronwyn de volta ao tribunal. Rune se apoiou no batente sobre a porta e estendeu a mão para o ombro da jovem enquanto ela passava por baixo de seu braço. Belle olhou para a mão dele como se fosse um objeto estranho, e então seus olhares se encontraram novamente.

— Já que ninguém mais por aqui parece ter dito isso direito — murmurou ele —, feliz aniversário, Belle.

09

As manifestações de Belle

Obrigada pela consideração de voltarem a nos agraciar com sua presença. Ouvi dizer que o sol está deixando de queimar, e o julgamento final deve se abater sobre a humanidade a qualquer momento. — Morena estava remexendo em uma pilha de papéis sobre o púlpito, espiando por cima de um par de óculos de leitura enquanto comentava sobre o retorno deles ao tribunal.

— Dizem que a terceira vez dá sorte, srta. Blackthorn — continuou ela, cada palavra carregada de sarcasmo. — Mas, caso queiram continuar com o papo furado, que tal eu pegar meu tricô? Ajuda a passar o tempo.

— Vamos lá, Morena. Não seja assim — advertiu Caspar.

Com a breve pausa, o júri pareceu ter voltado a apresentar uma postura mais neutra, e havia ligeiramente menos olhares críticos na direção de Belle. Bronwyn assumiu seu lugar ao lado da irmã impaciente, e Belle, com pesar, voltou ao seu banquinho instável. Quando Rune retornou ao seu assento, ajeitando o tecido das calças para se abaixar, Belle ficou surpresa ao notar que ele assentiu levemente para ela, sem nenhuma expressão no rosto, mas que ela entendeu ser algum tipo de encorajamento. Belle retribuiu o gesto e se esforçou ao máximo para ignorar completamente a pequena sensação calorosa de agradecimento que surgia no peito.

Ela remexia no fecho de sua pedra da verdade, o broche novamente preso ao vestido.

— Não há necessidade de buscar seu tricô, obrigada. Estou pronta.

Bronwyn piscou para Belle e fez um joinha entusiasmado, como uma mãe animada assistindo à peça escolar da filha. O ratinho em seu bolso se ajeitou para ter uma visão melhor do tribunal, com a cauda escapando pela borda da roupa.

— Vamos continuar de onde paramos, certo, pessoal? Não há necessidade de repetir as partes chatas — disse Bronwyn ao júri, que murmurou em aprovação. Morena parecia decepcionada por sua fala sobre morte iminente não exigir uma retomada. Bronwyn bateu palmas duas vezes, mais uma vez fazendo as luzes diminuírem e o pêndulo pausar languidamente. Belle sentia sua pulsação martelando contra as têmporas em um ritmo constante.

Reconhecendo o momento, os membros capazes do júri se levantaram com um agitar de capas e chapéus. Mãos foram erguidas em uníssono, posicionadas em formas, gestos e posturas pessoais. Belle se sentia grata por ter escolhido, de imediato, o simples gesto de apontar o dedo quinze anos atrás, sem pensar muito, atraída por sua margem mínima de erro. Outros bruxos optaram por algo mais chamativo ao receber seus poderes. Palmas das mãos abertas e levantadas, como as das irmãs Gowden, eram comuns; palmas e estalos de dedos, como os de Rune, também eram escolhas populares, mas qualquer gesto era uma opção, de forma a acomodar todas as capacidades físicas. Contrações de nariz já tiveram sua época, olhares significativos eram uma jogada de poder, varinhas ainda agradavam os tradicionalistas, mas eram amplamente consideradas pouco práticas na era moderna da magia. Belle ouvira falar de um bruxo que conjurava sua magia através de arrotos, o que parecia divertido para um garoto de 15 anos, mas uma escolha da qual um homem adulto certamente se arrependeria.

Falando em uníssono, o coven começou a entoar palavras que invadiram Belle como uma onda de magia. Ela fechou os olhos.

Nossas avós aguardam a verdade surgir,
Existências equidistantes, segredos a se abrir.
Dez, nove, cinquenta dias, três décadas a contar,
Transcender limitações e assim será.
Experiência, ação, percepção e verdade.
Este coven te acolhe, para sempre, de verdade.

Por um momento, nada aconteceu.

Belle ousou espiar por um olho enquanto mantinha o outro firmemente fechado, meio que esperando que tudo ao seu redor tivesse desaparecido. Que acordasse, de repente, segura em sua cama.

Em vez disso, viu todos os presentes no tribunal perfeitamente imóveis, sob o mesmo transe. Com os olhos fechados, o único movimento era de fios de cabelo em uma brisa suave e de respirações constantes e tranquilas que parecia acontecer em um ritmo mais lento do que o normal. Tudo à vista estava parado. Congelado no tempo.

— Ai, meu Deus. — Belle se remexeu no lugar, segurando as bordas do banquinho. — Por favor, que eles não tenham morrido. Por favor, por favor, que eles não tenham morrido.

Bronwyn permanecia em paz, com um sorriso agradável no rosto. Morena, imóvel como a morte, poderia ser confundida com um cadáver glamoroso. Belle arriscou um olhar para Rune, esperando que de alguma forma ele fosse imune, mas ele também estava completamente imóvel, mas ainda impecavelmente inclinado no banco de madeira, com a mão no bolso. O pânico interior de Belle estava atingindo novos e interessantes níveis caóticos. Afinal, como seria possível escapar de um covil subterrâneo cheio de bruxas e bruxos mortos de forma misteriosa, sem nenhuma saída conhecida ou disponível? Nem todos os documentários de *true crime* do mundo poderiam ajudá-la a encobrir aquilo.

O chão sob seus pés começou a sacudir com um tremor gigantesco. Ela agarrou a aba do chapéu, perdendo o equilíbrio. Um estrondo enorme e ensurdecedor — que só podia ser um trovão — ecoou tão alto que Belle sentiu o impacto reverberar, subindo por suas pernas e peito, até o teto abobadado. As paredes sacudiram tanto com o barulho que os livros caíram das prateleiras. As lareiras que ardiam em cada extremidade do cômodo se apagaram instantaneamente.

O teto do tribunal começou a desaparecer de vista enquanto camadas espessas de nuvens cinzentas e opacas surgiam das sombras, tecendo-se densamente umas às outras. A vários metros abaixo de Londres, uma tempestade se formava sobre a Casa de Hécate.

Três raios intensamente brilhantes cortaram o ar com uma luz branca ofuscante, enviando uma corrente elétrica viva e faiscante que percorreu o pêndulo. Durante todo o caos e a cacofonia, o júri e as irmãs Gowden permaneceram absolutamente imóveis, congelados e flutuando no tempo.

E então veio a chuva. Torrentes e mais torrentes, caindo implacavelmente das nuvens que haviam se formado ali dentro. Os céus — ou seja onde ela estivesse no dia do seu aniversário — se abriram, e Belle, instintivamente, apontou o dedo para conjurar um guarda-chuva.

Mas não foi necessário. Em vez de encharcá-la da cabeça aos pés, a chuva escorreu por cima dela. Era como um lençol de seda fria e macia, a água deslizando sobre as roupas e pele, sem deixar vestígios. Ainda assim, a chuva se acumulava aos seus pés em poças translúcidas, refletindo as cores do arco-íris como uma mancha de óleo. A água da chuva ondulava como um tecido translúcido e perolado no chão, enquanto as faíscas e as descargas dos raios ricocheteavam e estalavam pelo ar, caindo como uma nevasca. Porém, ao contrário da neve, as faíscas não se acumulavam, mas pairavam no ar sobre as poças, transformando-se de flocos de neve em vaga-lumes. Era de tirar o fôlego, os resquícios dos raios refletindo na chuva. Belle não conseguia desviar o olhar. Era lindo e assustador ao mesmo tempo.

Tão repentinamente quanto a tempestade chegou, ela passou. Um último estrondo grandioso sacudiu a sala e pareceu quebrar o feitiço. A chuva parou em um instante. As nuvens acima se abriram e se dissolveram até desaparecer completamente, como algodão-doce desfazendo-se na água. A enchente iridescente permaneceu acumulada no chão, e os vaga-lumes de raios continuaram flutuando.

Todo o júri despertou do sono ao mesmo tempo, como se tivessem cochilando e fossem acordados de repente. As irmãs Gowden retomaram a consciência com um movimento brusco; Bronwyn, de tão surpresa com seu retorno à sala, despencou da cadeira como um saco de batatas, soltando um ronco abafado. Morena simplesmente sacudiu a cabeça com elegância, como se afastasse teias de aranha, e retomou a postura impecável em um instante.

— Bravo, pessoal! Bravo! Tudo bem aí atrás? — gritou Bronwyn alegremente enquanto sacudia a poeira dela mesma.

A pergunta foi respondida por um murmúrio do júri, que não parecia convencido de que estava, de fato, tudo bem. Alguns pareciam meio cambaleantes, como se tivessem bebido demais. Uma senhora cobriu a boca em pânico, tentando não vomitar. Outra pessoa tentava tirar água imaginária dos ouvidos. Caspar simplesmente ajustou as lapelas do blazer. Rune penteou o cabelo para trás com os dedos, casualmente, e olhou na direção de Belle.

— Ah, não é lindo? — comentou Bronwyn, gesticulando para o espiralar de estrelas e chuva diante deles. — Bem, essa foi a parte fácil.

— A parte fácil? Achei que todos vocês tivessem morrido! — exclamou Belle, qualquer resquício de compostura há muito perdido. Bronwyn, verificando se o ratinho em seu bolso havia sobrevivido aos acontecimentos, parecia não ter ouvido.

— E agora continuemos com... o que é que vem agora mesmo? Ah, sim, as nove manifestações de Belle Blackthorn. Essa é você, querida — disse Bronwyn.

As irmãs desviaram o olhar da bruxa em questão e se viraram para encarar o pêndulo, cuja enorme estrutura de latão refletia o chão alagado.

— Iniciemos as manifestações de Belladonna Blackthorn. Trovões, raios e chuva, unam-se à magia do Selcouth — declarou Morena em uma voz firme e clara.

Ela estendeu as mãos, que pairaram sobre as enchentes iridescentes de água da tempestade ao redor do púlpito, refletindo as cores do arco-íris. Com suas palavras, faíscas de magia voaram de forma magnética das palmas de Morena, unindo-se às milhares de pequenas faíscas de raios. Em um redemoinho furioso, a magia e os raios começaram a girar em grandes espirais. Belle só pôde assistir, maravilhada, enquanto o mar de água da tempestade se erguia para encontrá-los, formando uma imensa onda que pairava sobre todos. Faíscas e respingos voavam descontrolados em um ciclone conjunto enquanto as palmas de Morena conduziam o feitiço. Juntas, as forças começaram a tomar forma. Criar um padrão. Delinear uma imagem.

— Isso... sou eu?

Belle estava boquiaberta. Com uma elegância caótica, os elementos formaram o que era inegavelmente uma imagem, uma espécie de retrato vivo, ponto a ponto, feito de magia e água em cascata, de sua versão mais jovem. Bronwyn se virou de volta para ela, assentindo animadamente, mas levando um dedo aos lábios, para que ela ficasse em silêncio.

1

Belle reconheceu o momento quase instantaneamente. Era o seu aniversário de 15 anos, e ela estava ao redor de um caldeirão grande, tamanho família, com a mãe e a avó. As três estavam descabeladas e sujas, após terem passado o dia na estufa de Bonnie colhendo flora para o primeiro feitiço de caldeirão de Belle. Decidiram por algo simples, uma poção reconfortante de *Solatium Quies* para ajudar Belle a se sentir bem com os recém-adquiridos poderes. Era uma de suas memórias mais preciosas, as três juntas escolhendo as flores, ervas e cogumelos certos. Ela se lembrava da poção, que era como a versão líquida do sentimento de sair em um dia quente e sentir os raios do sol na pele. Seu coração quase explodiu de alegria ao ouvir a risada das três mulheres em um coro harmonioso, o tilintar de garrafas e frascos criando uma melodia equilibrada. De repente, ela sentiu uma saudade desesperadora da mãe e a dor familiar do luto pela perda da avó, que, mesmo agora, ainda surgia como um visitante cansado em busca de abrigo para passar a noite.

— Comovente. A magia é tão natural para as Blackthorn. Indiscutivelmente verdadeiro — disse Caspar.

— O poder da magia de mãe e filha, triplicado, ainda por cima — comentou outro membro do júri, com pequenos coques coloridos no cabelo, aplaudindo com uma alegria pura. Todos pareciam profundamente satisfeitos com a primeira manifestação. Após alguns momentos que Belle desejou que tivessem durado mais, as faíscas e respingos voltaram a cair, enviando ondulações profundas pelo chão, e então se ergueram outra vez em uma onda.

2

Desta vez, fundiram-se para formar a imagem de Belle no final da adolescência, quando seus cabelos eram mais longos e seus jeans, sinceramente, terríveis. Ela estava sentada de pernas cruzadas em frente à sua cama de solteiro e a um espelho de corpo inteiro, praticando magia. Uma gatinha minúscula, Jinx, aconchegava-se em seu queixo enquanto Belle folheava um livro apoiado no colo. Ela estava tentando (falhando, mas ainda assim tentando) dominar um feitiço básico de levitação diretamente do grimório, sem a supervisão de Bonnie. Ela conseguiu erguer a gata desavisada do chão por alguns segundos, mas não avançou muito além disso. Persistiu por horas, para a confusão de sua amiga peluda flutuante, até finalmente conseguir uma levitação contínua.

Um murmúrio baixo de risadas carinhosas do júri, ao ver a gatinha flutuando e mexendo as patinhas, deu a Belle um pouco de confiança. Até agora, surpreendentemente, tudo estava indo bem. Um momento sentimental com a mãe e a avó bruxas muito queridas, seguido por um exemplo de dedicação ao aprendizado de sua arte e uma afinidade com seu familiar. Esses momentos não eram apenas preciosos de reviver, mas também estavam fazendo com que ela ganhasse pontos com os críticos rígidos do coven. Ela sorriu enquanto sua própria manifestação pegava Jinx no ombro e fazia carinho entre as orelhas dela, recebendo uma esfregada carinhosa de focinho em troca.

— Veja só, Mor. Um familiar natural e leal. O sinal de uma bruxa nata. — Bronwyn apontou para a irmã com uma expressão de “eu avisei”.

Morena revirou os olhos, certamente pela centésima vez naquele dia.

— Ah, por favor. Qualquer um pode ter um maldito gato, Bron.

3

A imagem voltou a se dissolver na água e os elementos se uniram novamente em uma dança triunfante para formar a terceira manifestação. Desta vez, mostravam Belle ao lado de outra pessoa.

— Ariadne!

Belle pensou que elas provavelmente tinham por volta dos 17 anos enquanto tentava reconhecer a cena que aos poucos tomava forma nos pontinhos mágicos. As faíscas formaram a imagem das duas na época do colégio, muitos anos atrás, quando eram o verdadeiro significado da palavra inseparáveis. Ariadne havia levado um fora de um garoto particularmente desprezível (Belle já nem conseguia se lembrar do nome dele) e estava inconsolável.

Naquele dia cinzento que a manifestação arrancara do passado, elas tinham matado aula e estacionado o carro de segunda mão de Ariadne em frente ao rio, lamentando o coração partido dela. Para tentar animar a melhor amiga, Belle lançou um feitiço que esperava estampar um sorriso no rosto de Ari. Improvisou uma magia de invocação da natureza, sem muita fé de que funcionaria, mas, depois de jogar o conteúdo da garrafa pela janela do carro, acabou atraindo toda a fauna selvagem em um raio de quinze quilômetros. As garotas observavam incrédulas enquanto cervos, coelhos, texugos, lebres e raposas emergiam das moitas e da floresta em si — até mesmo focas e lontras se aproximaram pelo rio. Ariadne jurava ter visto um unicórnio. Belle tentou convencê-la de que era apenas um cachorro com um graveto. As risadas histéricas e os gritos delirantes daquela memória ecoaram pelo tribunal. Com a alegria da magia, Belle conseguiu, naquele dia, devolver um sorriso ao rosto de Ari, mesmo que por alguns minutos, e ao assistir à cena novamente, lembrou-se do prazer de usar a magia pelo simples prazer de fazê-lo. Cada novo animal, representado como marionetes de sombras na magia, arrancava suspiros e elogios do júri.

— Maravilhoso, maravilhoso! — Bronwyn aplaudiu. — Uma magia belíssima. Eu me lembro da minha primeira invocação de fauna, não há nada como isso. Apesar de eu ter acabado levando um dragão ao posto de combustível de Donnington, foi uma confusão e tanto...

Para Belle, era como assistir a um filme que ela não queria que terminasse. Os momentos traziam uma saudade que apertava o seu peito, ao mesmo tempo cheio e vazio. Outrora, a magia já brilhara dentro dela, com um amor genuíno e o desejo sincero de tornar a vida mais maravilhosa.

4

Ariadne permaneceu em cena para a quarta manifestação, a imagem retorcendo-se e transformando-se em um novo padrão de estrelas.

As duas estavam juntas, ombro a ombro, os rabos de cavalo balançando em um canto da faculdade. Folhas de papel estavam alinhadas metodicamente sobre as mesas, e ambas estenderam as mãos para pegar aquela com seus nomes escritos em adesivos quadrados e impecáveis. Os envelopes marrons continham o que na época parecera ser tudo ou nada: os resultados das provas finais e os vereditos das universidades. Ariadne havia ficado frenética a manhã inteira, mastigando as pontas dos cabelos e parando para vomitar em um bueiro no caminho. Ela sabia que tinha ido mal na prova de matemática avançada no início do verão e, desde então, vinha sendo consumida por uma constante culpa, ciente de que isso arruinaria suas chances de seguir o caminho que havia traçado. Belle, sem um plano fixo em mente, estava mais nervosa pelos resultados de Ariadne do que pelos próprios. Incapaz de lidar com meses de espera, finalmente não aguentou mais e recorreu à bola de cristal de Bonnie no meio da noite. Seu estômago deu um nó quando as nuvens atrás do vidro revelaram o nome da segunda opção de universidade de Ariadne estampado com destaque no papel. Ela chorou por Ari e pelos sonhos despedaçados de sua amiga aos 18 anos.

Belle assistiu enquanto as mãos de sua manifestação trabalhavam sem que ninguém notasse. Ela se lembrava vagamente de ter recorrido ao grimório em busca de um feitiço transformativo, algo capaz de alterar as letras digitadas na página dentro do envelope. Nada mais do que Ariadne merecia.

— Uma atitude bastante atenciosa — comentou um jurado que usava um suéter com estampa de sapos.

— Ajudar amigos em necessidade é uma parte feliz da nossa posição. Esperamos ver a magia sendo compartilhada com sensatez para os não bruxos que precisam e merecem — disse Caspar. O júri pareceu satisfeito.

— Também poderia ser chamado de intromissão — comentou Rune, passando o polegar pela linha do maxilar, apoiando-se languidamente no banco enquanto desviava o olhar da manifestação para Belle. Ela poderia jurar que um pequeno sorriso de escárnio se formou rapidamente nos lábios dele. Um rubor ardente tomou conta do rosto de Belle, furiosa com ele. Ela devolveu um olhar indignado.

— Bem, eu…

Alguém interveio.

— Por sua vez, foi a srta. Blackthorn quem se beneficiou do resultado de enfeitiçar o futuro da amiga. Foi ela quem não conseguiu encarar a realidade. Até onde sabemos, a garota não bruxa poderia ter lidado muito bem com a situação. Poderia ter sido um ponto de virada em sua vida.

— Na verdade, esse feitiço alterou completamente a trajetória de vida da amiga — comentou uma bruxa loira.

— E nós certamente nunca incentivamos trapaça — acrescentou a mulher da sopa, Elspeth. — Isto é, a utilização da magia nos outros para benefício próprio ou vantagens injustas.

— Calma aí — interveio Belle, levantando-se de seu assento. — Eu não iria tão longe. Vocês não a conhecem… Ari é praticamente um gênio. Não foi "trapaça". Ela não funciona sob pressão demais, e isso não é justo. Eu só estava corrigindo uma injustiça óbvia.

— Com licença, srta. Blackthorn. — Morena elevou a voz com firmeza. — Interrupções não são bem-vindas. Terá a oportunidade de defender seu caso quando as nove manifestações forem apresentadas.

Belle imediatamente se calou, sentindo-se como uma criança repreendida. Rune pelo menos teve a decência de lhe dirigir um olhar envergonhado assim que seus olhares se cruzaram novamente, murmurando um discreto "foi mal". Ela apenas semicerrou os olhos em reprovação. Para um bruxo carismático e "estrela em ascensão", o homem tinha um talento especial para meter os pés pelas mãos sem querer.

5

Como acabou ficando claro, o feitiço lançado para Ariadne, há doze anos, pareceu ter sido um catalisador involuntário para a magia de Belle perder sua firmeza. A cada elegante impacto das ondas e faíscas de raios, o medo crescia cada vez mais dentro dela.

Em seguida veio a quinta manifestação, um momento de uma noite universitária totalmente constrangedor de testemunhar. Revivê-lo diante de um júri de feiticeiros respeitáveis parecia crueldade pura. Belle havia chegado tarde em casa, ou cedo, mais precisamente, e falhara miseravelmente em ler os textos para o seminário daquela manhã. Ela já tinha passado o semestre inteiro se sentindo a pessoa menos competente em todos os ambientes que frequentava, passando de notas consistentemente altas e elogios para alguém claramente medíocre em todos os seus trabalhos. A manifestação revelou sua tentativa de preparar uma poção desleixada, um feitiço desesperado de *Brevis Eruditio* no improviso, na pia de seu pequeno dormitório. Algumas ervas que ela havia colhido pelo campus, que pareciam da cor certa, e ingredientes de cozinha substitutos, apenas um pouco fora da validade. O feitiço apressado teve, como era de se esperar, um sucesso limitado: um falatório incontrolável sobre Shakespeare para seu professor e, pior ainda, uma conversa incessante sobre John Donne em uma festa depois disso. Tempos depois, ela descobriu que, até se formar, as pessoas a conheciam como a "fã fervorosa do Renascimento".

Esse episódio atraiu olhares horrorizados.

— *Jamais* devemos beber e conjurar — disse uma bruxa com veemente desaprovação, como se sua decisão já tivesse sido tomada.

— E a magia nunca deve substituir o esforço. Não deve ser transformada em atalhos tortuosos por pura preguiça! — exclamou outra bruxa mais velha. Vários olhares gélidos foram trocados. Belle corou, incapaz de se defender, mesmo que fosse permitido.

6

Belle sentiu uma dor física ao assistir a sexta manifestação revelar um momento — um entre incontáveis momentos de desespero — em que ela tentou usar magia para mudar a si mesma.

Alterando roupas e combinações várias vezes durante um mesmo dia naquela época, cortes e cores de cabelo, ajudando a pele a se comportar quando ela se recusava. Mais do que isso. Com Ari do outro lado do país, ela estava intensamente solitária, desesperada por um amigo de verdade. Um só. À medida que a solidão na universidade crescia e às vezes parecia avassaladora, quando ela deveria estar debruçada sobre os livros ou fazendo novos amigos em festas, por muitas noites ela se isolava por vergonha, culpando o próprio corpo em vez de qualquer outra coisa. Como o tecido das roupas marcava alguns locais específicos, como sua silhueta era desse jeito em vez de outro. Como todo mundo ao redor parecia estar exatamente onde deveria estar aos 21 anos, enquanto ela se sentia intrinsecamente errada de todas as formas possíveis. Em noites sombrias e desesperadas, após comida, lágrimas e solidão, ela se tornou obcecada em tentar, sem sucesso, criar uma magia que a fizesse menor. Que a fizesse ocupar menos espaço, encolher o máximo possível. Contrariando o próprio cerne de sua identidade como bruxa, perdendo todo o orgulho de sua singularidade.

As palavras complicadas dos feitiços, ditas desesperadamente entre lágrimas e soluços, não tiveram nenhum resultado além da destruição de vários jeans e de fazer os ossos e a garganta doerem, enquanto sua autoestima afundava em níveis que pareciam irrecuperáveis. Uma década de bondade e gentileza, aprimoradas aos poucos, lhe ensinara que até a magia não poderia resolver algo tão profundamente enraizado sob a pele.

— Milhares de anos de magia ao seu alcance e você decide usá-la com o único propósito de alimentar uma vaidade insignificante? — disparou um bruxo mais velho, de sobrancelhas espessas.

— Obviamente, você nunca esteve em guerra com seu próprio corpo. Naquela época, nada mais importava — respondeu Belle baixinho.

7

A sétima manifestação recriou o dia em que ela preparou uma bela de uma virose estomacal para Christopher, que a havia tratado com ainda mais condescendência do que de costume na frente de todo mundo na Lunar, provocando-a durante uma sessão lotada de perguntas e respostas de um autor, dizendo que Belle estava "fazendo uma tempestade em copo d'água" por causa da popular série de romance com *banshees*. A satisfação de vê-lo correndo para o banheiro, agarrando o traseiro, foi incomparável.

Ela permaneceu de cabeça erguida.

— Não vou me desculpar por essa — disse ela.

— Madames Sábias, eu já vi tudo o que precisava ver aqui. E imagino que muitos outros concordem. Egoísmo, atalhos, superficialidade. Strix, você não pode permitir que isso continue — declamou um bruxo com um lenço floral amarrado sob o chapéu do coven.

— A vingança jamais deveria alimentar a magia — suspirou Caspar, assentimento lentamente e com relutância. Belle não conseguiu se obrigar a olhar nos olhos dele.

— É disso que o futuro do nosso coven depende? Incrivelmente decepcionante — bufou uma senhora mais velha, furiosa. O júri começou a debater entre si.

— Não podemos negar que existe magia verdadeira aqui. Ela é uma Blackthorn.

— Um sobrenome não é tudo.

— Mas este júri não pode ignorar outras qualidades. Experiência? A magia dela continua em grande parte inexplorada, na maioria das vezes completamente ignorada.

— E quanto às ações? Dificilmente aceitáveis. Esta bruxa nem sequer se deu ao trabalho de imaginar do que ela é capaz.

— Até mesmo a percepção é questionável. Não se pode afirmar com confiança que essas manifestações são fruto de uma magia inteiramente altruísta.

8

Assim que a próxima cena começou a se desenrolar, a chuva e os raios a transportaram de volta no tempo. Como todos já haviam testemunhado em glorioso tecnicolor, Belle usara magia para tentar mudar a si mesma de várias formas, mas sempre em aspectos relacionados à sua aparência. Desta vez em particular, ela havia decidido que a magia poderia mudar suas características que ninguém mais via, aquelas contra as quais ela lutava sozinha.

A primeira oferta de Violet a pegara de surpresa, anos atrás, quando ela tinha 27 anos. O medo era grande demais. A curiosidade e a empolgação foram ofuscadas pelo pavor do que poderia acontecer se ela ousasse dar esse passo. Ela quase se ressentia de sua chefe por colocá-la naquela posição. Não era o momento certo para mudanças. Nunca era. Ela não conseguia confiar em si mesma para fazer aquilo. E não sentia que merecia.

A poção que ela havia criado para se tornar mais corajosa e destemida, para se sentir firme e confiante, ardia em seu peito. Enquanto tentava engolir a mistura repulsiva, recitando encantamento após encantamento para manipular quem ela era, ficou claro que a magia não poderia mudar isso. Poções de confiança e tônicos para os nervos eram uma magia complexa, embora válida, mas algo que mudasse suas características intrínsecas, sua essência mais profunda, estava muito além de sua capacidade. Ela não estava pronta para ser corajosa, nem mesmo com a ajuda da magia. Então, permaneceu com medo, recusou a oportunidade e assistiu enquanto ela passava para as mãos ávidas de outra pessoa.

— Ela começou com tanto potencial...

— Decisões movidas pelo medo, o tempo todo. Não consigo respeitar isso.

— Superficial e egoísta.

Os ombros de Belle estavam tão tensos que pareciam colados às orelhas, a aba de seu chapéu puxado tão para baixo que ela mal conseguia enxergar mais nada. Ela se sentia extremamente exposta, como se um holofote estivesse iluminando os cantos mais sombrios de sua história mágica. Tudo parecia tão injusto, mas talvez o destino não tivesse como escolher opções melhores para suas manifestações. Aquilo era, essencialmente, um retrato fiel de seu potencial. Ela havia permanecido estagnada, vivendo de forma limitada. Sua magia definhava, esvaindo-se com o passar dos anos.

As faíscas dançantes e os respingos perderam toda a beleza que tiveram antes. Causaram-lhe um nó no estômago enquanto retratavam uma última imagem.

9

Ela viu duas pessoas lado a lado novamente e, de início, não conseguiu compreender o que estava acontecendo. Entretanto, logo se deu conta que não poderia haver um momento pior e mais íntimo para o Selcouth testemunhar. Era uma memória de muito tempo atrás.

Incapaz de guardar o segredo por mais tempo, Belle havia se aventurado, timidamente, a iniciar uma conversa e revelar sua magia a uma alma não bruxa. E, insensatamente, a escolhida não tinha sido Ariadne. Envolta na ternura de sua primeira paixão, estava orgulhada e animada em compartilhar aquilo.

— Você acredita em magia? — perguntou ela, nervosa, dobrando o canto de uma página entre os dedos enquanto folheava um livro de bolso.

Em resposta, ele zombou dela.

— Não me diga que está entrando nessa. Qualquer um que se envolve com essas coisas é ridículo.

— Você não acredita nem um pouco?

— Essas coisas não existem, é óbvio.

— Mas nem tudo é preto no branco, então certamente deve existir algo do tipo — arriscou ela, já acostumada a ter que justificar as coisas que a alegravam para ele.

— Não, não existe. E é meio patético acreditar nisso.

— Mas...

— Por que está me perguntando isso? Pare de ser esquisita.

Apesar de ela, no fundo, já saber que deveria esperar por isso, a resposta dele a atingiu como um soco no estômago, fazendo-a se retrair, fechando-se como uma concha. Desde que a novidade inicial do contato dos dois passou, ele passou a sentir repulsa pela curiosidade e ingenuidade dela, que aprendeu a manter essas partes de si mesma escondidas. Aquela foi a primeira e última vez que tentou compartilhar sua magia com um não bruxo.

A manifestação mostrava o que aconteceu depois daquela conversa. Um tanto desconcertada com a própria estupidez e estranheza, ela tentou algo com o caldeirão. Seu objetivo era selar os próprios poderes. Algo inimaginável agora, mas que, naquela época, pareceu a única resposta possível. A magia tinha se mostrado mais uma maldição do que uma bênção, e a resposta dele apenas confirmava tudo o que ela já suspeitava sobre si mesma.

Mas ela tinha apressado as coisas, pulado etapas, desesperada para que sua magia nunca tivesse existido, desesperada para eliminar aquele elemento de estranheza que parecia ser o culpado de tudo. Logo após um primeiro gole antinatural, o encantamento apressado a lançou para trás com tanta força que ela ainda tinha uma cicatriz no ombro.

Tentar fugir de quem ela era de verdade também tinha deixado outra cicatriz. Uma semente de vergonha havia sido plantada naquele momento, e dela cresceu um carvalho de raízes profundas de autocrítica, que permaneceu intocado desde então. Ela era insuficiente, mas de alguma forma excessiva. Fácil de ser deixada para trás, o que a fazia se esforçar o dobro para que as pessoas continuassem a amá-la. Até hoje, isso a mantinha presa, envolvendo-a como braços sombrios e firmes em volta de sua cintura.

Belle observou enquanto a jovem manifestação de si mesma, lacrimejante e coberta de faíscas, convocava sua capa e chapéu, livros e frascos, e até mesmo sua pedra da verdade. Todos os itens voaram para suas mãos ao mesmo tempo, e ela os jogou no canto de um armário em uma pilha disforme.

Tudo o que era especial, único e raro ficou para trás. A garota em busca de maravilhas já não existia mais. E a vergonha de sua própria magia não seria perdoada.

10

Apenas visitantes

O que pareceu uma eternidade inteira se passou sem que ninguém dissesse uma palavra. Os fragmentos de raios e gotas de cristal caíram no chão pela última vez, levando consigo qualquer esperança de que Belle pudesse sair da Casa de Hécate com os poderes intactos. O pêndulo voltou a oscilar, quebrando o silêncio, e Belle colocou a cabeça entre as mãos.

Sua voz falhou de maneira frágil.

— Por favor… por favor, posso dizer algo?

— Duvido que valha a pena — respondeu Morena.

— Mor, agora não é a hora de jogar sal na ferida — repreendeu Bronwyn. — Tenha um pouco de compaixão, pelo amor às trevas. A garota merece uma chance de falar sua verdade. — Bronwyn parecia significativamente menos animada do que antes.

— Acho que já vimos o suficiente da *verdade* dela, irmã. E não é algo que eu deseje ver novamente. Ela já desperdiçou tempo demais, os últimos quinze anos, inclusive. Nunca vi nada parecido — disse Morena. — Amargamente decepcionante. Ela não usou seus poderes, mal tocou neles. Pior ainda, ela tem vergonha de sua magia.

A condenação de Morena foi recebida com murmúrios de concordância por muitos membros do júri. Mas as defesas de Belle se ergueram instantaneamente.

— Com todo o respeito, se eu soubesse que estava sendo observada por um júri de bruxos de elite, talvez tivesse agido de maneira um pouco diferente.

Era doloroso reconhecer as memórias que tinham sido exibidas tão publicamente. A aparente determinação daquele coven de expor as partes mais profundas e vulneráveis de uma pessoa a deixava nauseada.

— Mas foram escolhas que eu fiz ao longo da vida, goste ou não delas. Nada na minha vida acabou como o que eu imaginava aos 15 anos, quando descobri minha magia. Pensar no espaço entre essas duas versões de mim mesma, entre o antes e o agora, é como estar de pé na soleira da porta, como meus avós costumavam fazer, dando adeus à infinitas versões de mim mesma, àquelas que eu planejava ser, à medida que elas partem e desaparecem na distância.

Ela pressionou a mão na base do pescoço, tentando esfriar sua pele que ardia. O broche roçou seu braço, e ela culpou a intensidade de suas emoções quando teve certeza de que sentiu um impulso vindo dele, como se fosse um sussurro, um toque em seu ombro. *Continue.*

Ela sabia que já estava começando a divagar, que estava fragilizada e na defensiva. Mas não se importava. Belle viu Morena abrir a boca para responder com escárnio, mas Bronwyn rapidamente segurou o braço dela antes que pudesse dizer qualquer coisa.

— Tentar ser uma pessoa minimamente normal no mundo não bruxo, capaz de funcionar o suficiente para lavar roupa e passar em uma avaliação de desempenho, enquanto tem todo esse potencial aterrorizante e esmagador na ponta dos dedos? Quem consegue lidar bem com isso? Você sabe que o potencial existe, mas tem medo do que isso pode significar para você, do rumo que isso pode dar à sua vida, de como seria doloroso falhar. Então, é mais fácil deixar de lado, recuar para o que parece mais simples, para o que você sempre fez antes.

Ela sentia que estava se afastando rapidamente do ponto, fosse qual fosse. O ponto parecia estar bem lá atrás, perdido no retrovisor. Ela suspirou.

— No meio desse meu caminho, não sei exatamente onde, a magia se perdeu de mim. E por um momento, eu estava pronta para aceitar que as manifestações e todos os caminhos errados que eu tomei eram capazes de me definir, mas isso não é verdade. Eu sou digna desse poder. Eu conheço o meu potencial. Talvez eu o tenha negligenciado por tempo demais, mas ele ainda existe. Precisa existir. Se puderem só me dar um pouco de tempo, posso provar isso.

Ela se virou diretamente para o júri.

— Eu passo a vida me sentindo constantemente naquele momento logo depois de o raio cair, mas antes de o trovão chegar. Quando você não sabe se ele realmente virá ou quão alto será quando acontecer. Tudo está acumulado aqui dentro, tão comprimido e tão barulhento, cheio de pressão e promessa.

Belle parou por um instante para se recompor.

— Mas a ideia de perder minha magia é infinitamente mais terrível do que a de tentar explorá-la ao máximo e falhar. Minha mãe sempre diz que feito é melhor que perfeito, e ela tem razão.

Belle se engasgou com algo entre um choro e um soluço e soltou o ar para se controlar.

— Pelo menos, desta vez, eu terei tentado. Pela primeira vez em muito tempo. Eu preciso aprender a me permitir fazer tudo, absolutamente tudo, sem medo de me decepcionar ou de ser demais, sem medo de falhar ou de ficar para trás. Eu quero que a magia guie o meu caminho novamente. Pronto. Isso é tudo o que eu tenho a dizer.

Belle abaixou a cabeça e soltou um longo e audível suspiro. Ela voltou a se afundar lentamente no banquinho, mas logo se levantou de novo abruptamente.

— Ah, só mais uma coisa. Vamos ser honestos, as primeiras manifestações foram boas. Vocês *sabem* que foram boas. Na verdade, foram ótimas, quando eu tinha tempo para me dedicar à magia. E aquela garotinha ainda está aqui dentro de mim. Mas a vida atrapalhou. Ser adulta é implacável, exaustivo e nada favorável às maravilhas da magia, mas preciso trabalhar nisso e descobrir como as duas coisas podem coexistir. Pronto, *agora* é tudo.

Ela se sentou, mas se levantou uma terceira vez.

— Além disso, eu diria que já temos um histórico ruim o suficiente envolvendo julgamentos, então talvez as coisas não deveriam mais funcionar desse modo. Da última vez que me viram, eu estava usando uma camiseta com a estampa de uma gravata, pelo amor de Deus. Só me deem mais uma chance. Por favor.

Agora era tudo. Rendendo-se ao inevitável, ela finalmente desabou em lágrimas. Daquelas incontroláveis. Ela podia ouvir o barulho dos próprios soluços ecoando pelo tribunal silencioso, um eco cruel que mais parecia um tapa na cara. Mas agora ela não se importava mais. Não havia mais nada a perder.

Uma mão gentil apertou seu ombro.

— Vamos lá, querida. Talvez uma xícara de chá para acalmar a todos nós. Tenho certeza de que podemos entrar em algum tipo de acordo. Deve haver alguma coisa no grimório que…

— Na verdade, *não* acredito que possamos entrar em um *acordo*.

O júri congelou, assim como Belle.

Morena desceu do púlpito com determinação e espalmou as mãos na bancada de madeira em frente ao júri. Um bruxo na primeira fileira, com um bigode retorcido, sobressaltou-se visivelmente em seu assento.

— Não só está claro como a luz da manhã de um solstício que este júri já chegou a um veredicto e que você, Bronwyn, e você, srta. Blackthorn, estão ativamente desafiando a decisão final do Selcouth. — Morena gesticulou para as fileiras de bruxos e bruxas, cada um demonstrando diferentes níveis de concordância, discordância e exasperação. — Como também me parece que estão sugerindo que permitamos que esta bruxa, aparentemente incapaz dos feitiços mais básicos...

— Isso me parece um pouco... — Belle tentou interromper o discurso inflamado, mas Morena ergueu uma das mãos com firmeza para silenciá-la. Nada a impediria.

— ...que esta bruxa, deixe-me conferir minhas anotações. Ah, sim, que esta bruxa quebre todas as regras e tradições que este coven histórico manteve de pé desde o início da magia em si. As próprias fundações sobre as quais o Selcouth foi construído, a importância de preservar a magia digna e de não a deixar apodrecer dentro de pessoas que insistem em desperdiçar as próprias maravilhas. Perdi alguma coisa? Ou devo acreditar que este é o caminho legítimo que você está seguindo neste julgamento, irmã?

Ela ajustou o elegante cacho vitoriano sob o chapéu, que estava começando a se desfazer à medida que sua fúria crescia.

— Assim seja! — Alguns murmúrios indignados dos membros do júri que claramente estavam do lado de Morena ecoaram atrás das irmãs Gowden.

— Mor — respondeu Bronwyn calmamente, virando-se para se dirigir à sala. — Estimada irmã e estimado júri, estou apenas especulando que talvez uma abordagem alternativa, uma... brecha! Isso mesmo, uma brecha. Tenho certeza de que uma brecha...

— Não tolerarei isso! Eu já disse, Bronwyn...

— Mas, Mor...

— Já chega. — Caspar, como a maioria dos presentes na sala, parecia ter perdido a vontade de viver.

O equilibrador do coven ergueu as mãos para silenciar as discussões e assumiu o controle do ambiente com facilidade. Belle não conseguiu evitar observar Morena, que dirigia um olhar fulminante para Bronwyn. As irmãs travavam uma batalha silenciosa. Morena abriu a boca, mas a fechou rapidamente quando Caspar lhe dirigiu um olhar significativo, como se desafiando-a a falar.

— Em todos os meus anos neste coven, nunca presenciei um debate tão polarizado, talvez nunca tenha havido um. A energia neste tribunal está, sem dúvidas, carregada. Como equilibrador, declaro esta audiência encerrada para que a harmonia na Casa de Hécate seja restaurada com urgência. Não quero ouvir mais nenhuma palavra sobre o assunto.

Fez-se um momento de silêncio, ninguém sabendo ao certo como reagir. Foi Morena quem o quebrou.

— Então, o que acontece com a magia dela?

Bronwyn ajustou as longas saias e subiu novamente ao púlpito, o ratinho em seu bolso subindo ao ombro como se pressentisse a importância do que ela estava prestes a dizer.

— Consultarei pessoalmente o grimório sob a lua desta noite e garantirei que uma solução seja encontrada. Belle pode voltar para casa com sua magia intacta até lá.

— Mas… — interveio Morena, com um tom cortante e estridente.

— Não estamos preparadas para isso. Minha decisão é final — disse Bronwyn, com uma solenidade pouco habitual. Ela falou diretamente com Morena. Era como se tivessem esquecido que havia outras pessoas presentes na sala; a tensão entre elas era tão palpável que não parecia totalmente impossível que o próprio ar pegasse fogo.

Morena dirigiu um olhar venenoso para Belle, os punhos cerrados ao lado do corpo.

— Você não sabe o que acabou de fazer.

Antes que Belle pudesse retrucar, perguntar por que exatamente Morena decidira odiá-la desde o momento em que se conheceram, ou sequer ajeitar o chapéu, a Sábia deu meia-volta e atravessou o tribunal com a capa esvoaçando atrás de si.

Ela subiu ao púlpito e, enquanto Bronwyn gritava para que ela esperasse, Morena bateu o martelo de madeira com uma força furiosa.

☾

Belle pestanejou ao abrir os olhos diante da própria porta de entrada. Um brilho suave dos postes de rua iluminava os pequenos painéis de vidro e a caixa de correio de latão.

Será que ela tinha perdido o juízo? Talvez o sushi do almoço do dia anterior estivesse estragado. Ou será que tinha sido um delírio febril? Será que o excesso de cafeína finalmente a empurrara para a insanidade? Seus joelhos perderam a força e ela caiu com um baque contra a porta da frente. O chapéu do coven ainda estava na sua cabeça, a capa ainda presa ao pescoço. Apressadamente, ela arrancou o chapéu e o enfiou no fundo da mochila, esforçando-se para abrir o fecho da capa antes que algum vizinho aparecesse e a encontrasse com um traje completo de bruxa. Foi então que Belle notou as manchas escuras de tinta na altura das coxas do seu vestido.

Tudo *realmente* tinha acontecido, por mais desconexo que parecesse, como um sonho do qual ela tentava desesperadamente se lembrar. A furiosa batida do martelo a transportara de volta para casa em menos de um instante. Ela mal tinha sentido os pés deixarem o chão da Casa de Hécate.

— Já vou, só um segundo, desculpa, espera aí! Não leve embora os pacotes!

O desajeitado impacto de Belle contra a madeira deve ter soado como uma batida. Ela ouviu o grito de Ariadne acompanhado de passos apressados enquanto ela corria para atender à porta.

— Ah, pelo amor... Pare, Jinx...

Ari abriu a porta do apartamento, posicionando o tornozelo estrategicamente para impedir que a gata disparasse para fora. Já fazia anos que tinham omitido a existência de Jinx no contrato com o proprietário e, desde então, haviam se tornado mestres na arte de esconder a colega de apartamento ilegal.

— Belle! Graças a Deus! Onde diabos você estava? — sussurrou Ari pelo vão da porta. — Estou literalmente o dia inteiro tentando falar com você. Achei que você… Jinx, por favor, dá para esperar um segundo?

Enquanto Ari se distraía com as quatro patas ágeis atrás dela, Belle aproveitou a oportunidade para enfiar a ponta do chapéu o mais fundo possível dentro da mochila, antes de cambalear para dentro do apartamento.

— Ari, eu sinto muito, muito mesmo. Foi… um dia daqueles.

— Ah, vou precisar de mais detalhes do que isso — respondeu Ari, irritada. — Monica e Jim me disseram que você não apareceu na loja, tenho quase certeza de que agora acham que sou maluca, então sei que mentiu sobre isso. E sua mãe só ficou falando sem parar por meia hora sobre a viagem dela para a Ilha de Skye. Super útil.

— Para ser justa, essa parte não é minha culpa. Foi você quem teve a ideia de ligar para minha mãe. — Belle suspirou, desabando imediatamente no sofá, afundando o rosto no abraço seguro das almofadas.

Conforme se aninhava nos estofados um tanto disformes, já se sentia um pouco aliviada. Ari sempre deixava o aquecedor ligado. As velas estavam acesas em cima da lareira, e sobre ela também estavam cordões de luzes de fada. Uma reprise de sua série de TV favorita estava passando na televisão. Era um cenário familiar e reconfortante, depois do dia mais longo de sua vida em que tudo tinha dado distinta e extremamente errado.

— Achei que você tivesse sido sequestrada, traficada, brutalmente assassinada, mantida refém, jogada em um canal ou algo do tipo. Eu estava pronta para a batalha. Achei que acabaria como uma daquelas pessoas dos noticiários, segurando uma foto sua na televisão, o que já seria motivo o suficiente para morrer de vergonha, mesmo que você ainda não tivesse sido assassinada.

Belle abriu os braços ao máximo enquanto Ari a encarava com um olhar incrédulo. Ela revirou os olhos dramaticamente e, a contragosto, mergulhou no abraço, jogando-se em cima da amiga com uma força bruta implacável. Quando Belle se rendeu, insistindo que não conseguia respirar, acabaram sentadas lado a lado sob um cobertor.

— Obrigada por se preocupar com a minha morte e por se preparar para me vingar. Eu tive que... encontrar uma pessoa para falar sobre... uma coisa. Estou bem.

— Aaah, uma pessoa sobre uma coisa — disse Ari, fazendo um joinha sarcástico.

— Sério, não é nada. Quer dizer, é alguma coisa, ou eu não teria sumido o dia inteiro e perdido os planos do meu aniversário, mas... Ari, eu queria poder te contar. Você sabe que eu contaria, se pudesse. E eu vou contar, em algum momento. É só que, agora, não posso.

Belle fez uma careta para a própria falta de explicações. Ari parecia ainda menos convencida, sua sobrancelha direita estava arqueada em um ângulo tão dramático e agudo que poderia ser usada como uma arma.

— Você está envolvida em uma guerra mortal de drogas?

— Nada de drogas.

— Vivendo uma vida dupla com um empresário milionário?

— Quem me dera.

— Então o que é?

Belle se agarrou a uma saída fácil, como sempre fazia.

— É um... contrato de sigilo. No trabalho. Contratos, acordos e reuniões secretas com editores, sabe como é. E eu não vou voltar para a prisão de novo, Ari, eles não podem me obrigar!

Ela agarrou Ari pela camisa e fingiu sacudi-la. Na verdade, a parte sobre contratos, acordos e reuniões secretas não estava muito distante da realidade. E a piada deu certo. Ari soltou uma risadinha pelo nariz e parecia já ter perdido o interesse no interrogatório.

— Tá bem. Quer torrada de aniversário?

— Minha linguagem do amor. Duas fatias, por favor. — Belle juntou as mãos em um gesto de agradecimento, de repente percebendo que seu estômago parecia estar devorando a si mesmo. — Estou praticamente morrendo de fome... Sobrou comida do piquenique?

— Ali, pode pegar o que quiser, mas a bebida acabou. A pavlova teve um triste fim no parque envolvendo o jack russell de alguém. Pelo menos o cachorro aproveitou seu aniversário.

Belle foi até a cozinha descalça. Começou a remexer nos potes de Tupperware com os restos do seu piquenique de aniversário que aconteceu sem sua presença. Dois enroladinhos de salsicha foram praticamente inalados por ela.

— Belle. Estou falando sério, sabe. — Ariadne se virou para encarar a amiga, mastigando um pedaço de torrada. — O que está acontecendo com você? É como se não estivesse sendo você mesma nos últimos dias, e agora nem apareceu para a própria comemoração de aniversário. Mentiu para mim dizendo que precisava trabalhar. Seja lá o que for, o problema é só você não me contar. Isso já te torna automaticamente a babaca da história. Eu te conheço como a palma da minha mão. Sei que tem alguma coisa errada. E a gente não guarda segredos. Essa sempre foi a regra.

Ela brandiu a torrada na direção de Belle de forma ameaçadora.

— Além disso, você sempre acaba explodindo de estresse, então é melhor a gente resolver isso logo e pular direto para a parte onde resolvemos tudo juntas.

Belle pegou um terceiro enroladinho de salsicha, evitando contato visual, sentindo a tentação de colocar tudo para fora de uma vez por todas. Ari revirou os olhos e gesticulou dramaticamente com a torrada diante da falta de resposta. Um segundo depois, ela se virou novamente no lugar, como se tivesse tido uma epifania.

— Tem homem no meio da história, não é?

— O quê? — Belle riu, olhando para a amiga como se ela fosse louca.

— Você anda se encontrando com alguém. Um homem.

Não estava totalmente errado. Ela tinha encontrado muitos homens hoje. Bruxos, mas, ainda assim. Não era *exatamente* mentira dizer que toda essa confusão envolvia, no mínimo, *um* homem. Porque envolvia. Tecnicamente.

— Sim. — Belle levantou as mãos em um gesto de rendição. — Um homem. É um homem. Estou me encontrando com um homem.

Com gratidão, ela se agarrou à mentira como um bote salva-vidas, uma saída conciliadora para o interrogatório. Por experiências passadas, ela sabia que Ariadne não pararia até obter uma resposta que fizesse sentido, então essa teria que bastar.

— E não pude ir ao piquenique hoje porque estava... resolvendo umas coisas com ele. Fazendo os arranjos necessários com ele. Com o homem. É complicado. Com o homem — acrescentou rapidamente.

— Dá pra perceber. Quando não é complicado com você? — resmungou Ari, passando uma porção generosa de manteiga em mais uma fatia de torrada. — Ele está te tratando mal? Eu acabo com ele.

— Só precisamos conversar hoje, para... garantir que estamos na mesma página. — Com cautela, Belle tentava percorrer as fissuras delicadas que conhecia tão bem, oscilando entre a verdade e omissão. Ela esfregava as meias de leve no rodapé.

— Ele não se comunica bem? Não cometa o mesmo erro. Chega de perdedores emocionalmente indisponíveis na sua coleção. Ou tem a ver com o seu aniversário? Vivo dizendo para não deixar os trinta te estressarem. Não é grande coisa. Não apresse as coisas.

— Eu sei o que eu estou fazendo... eu acho.

— Só estou dizendo que, se já está tão complicado assim no começo, não vai acabar bem. É como se ele já estivesse considerando você como algo garantido, seja lá quem ele for. Já odeio esse cara. — Ariadne deu de ombros e terminou sua última mordida, limpando os dedos cheios de migalhas na parte de trás do jeans. — E então, como é esse homem misterioso?

Belle fez uma careta.

— Diferente. Mágico?

Ariadne gargalhou alto.

— Licença que vou vomitar.

Belle não conseguiu se impedir de dar risada também. Olhar para a amiga, a personificação da familiaridade e segurança, aquecia seu coração. Mas também trazia de volta a memória da voz que ouvira nos túneis da Casa de Hécate.

Como pôde mentir para mim? Você me odeia tanto assim? Não confia em mim? Somos amigas. Melhores amigas.

Belle engoliu em seco.

— Ari?

— Hum?

— Desculpa por mentir. Deveria ter contado. Eu sempre tenho você ao meu lado.

Ari lhe dirigiu um sorriso fraco.

— Vá dormir, você está acabada. Vejo você de manhã.

Enquanto ia para o quarto com mais uma fatia de torrada na mão, Belle gritou boa noite de volta na direção da cozinha. A cama resolveria todos os seus problemas. Após fechar a porta com o quadril, Belle fez suas lentes de contato desaparecerem com um floreio de dedo e apontou para os óculos na mesinha de cabeceira. Eles flutuaram pelo ar e se acomodaram em seu nariz, deixando um rastro de faíscas delicadas como uma cauda de pipa. Ela suspirou de alívio na mesma hora, exausta. Com o resto de energia que lhe sobrava, chutou as botas dos pés, girando o dedo para desamarrá-las magicamente — atitude preguiçosa, mas necessária. Por fim, a noite pedia seu pijama mais confortável. O macio tecido xadrez se ajustou nos braços e se abotoou sozinho com um turbilhão de faíscas.

Ela encostou a testa na janela do quarto e suspirou, sentindo o toque frio da condensação úmida contra a pele. Seu hálito embaçou o vidro enquanto ela olhava para a rua lá embaixo. O caminho estava coberto por um tapete de folhas escarlates encharcadas, macias como maçãs cozidas na garoa. O sol de outono já se recolhera para seu descanso de mais uma noite, mas os postes de luz tremeluziam como velas de aniversário por trás das gotas de chuva salpicadas no vidro, suas bolhas douradas sussurrando uma canção de ninar a partir da rua. Seu lar.

Era isso. Seu trigésimo aniversário havia acabado, certamente não um para ser esquecido.

E agora, só restava esperar que o destino a encontrasse.

11

SEGURO ENTRE OS MORTOS

A lembrança do julgamento, somada ao temor pelo que ainda precisava ser decidido, deixou Belle um farrapo de nervos no dia seguinte. Nem mesmo a paz e o conforto que sempre encontrava na Livraria Lunar foram suficientes, incapazes de superar o peso de suas preocupações. Ela não conseguia se concentrar, distraindo-se a cada instante. Empurrando o pesado carrinho de latão em direção à seção de Ficção Científica e Fantasia, Belle buscou conforto no fato de que pelo menos alguém da Casa de Hécate estava ao seu lado. Bronwyn estaria fazendo todo o possível para encontrar uma solução, aparentemente determinada a garantir que ela voltasse ao coven, graças a algo que ela enxergava em Belle. Também havia Caspar, que havia demonstrado um certo carinho por ela e sua mãe, o que certamente contava para alguma coisa. Por um momento, ela se perguntou se até mesmo Rune poderia estar ajudando, mas logo descartou a ideia, corando. Ele provavelmente não veria sentido nisso, a menos que ela estivesse por perto para que ele pudesse provocá-la implacavelmente com aquele seu sorriso de lado irritante.

Ela carregou nos braços uma pilha de livros especialmente pesados que estavam voando das prateleiras com a proximidade do Halloween, algo sobre lobisomens selvagens e um grupo de mulheres que sabiam como domá-los. Lutando contra o peso, equilibrou-os sob o queixo enquanto os organizava um a um na vitrine, mas era bom fazer algo rotineiro após o mais inusitado dos aniversários. Pelo menos existia a Lunar, seu refúgio feliz, onde reinava um silêncio aconchegante e acolhedor que separava seus dois mundos e reinos de forma definitiva.

— Olá, querida.

Bronwyn apareceu atrás da pilha de livros como se tivesse surgido do nada. *Apareceu* poderia ser entendido de forma literal, assim como *do nada*. Belle ficou tão surpresa ao ver Bronwyn — *sua* Sábia Suprema, dentro de *sua* livraria em um reino definitivamente não bruxo — que deu um salto no ar, levando as mãos à boca e derrubando os livros que ainda segurava no chão com um estrondo. Cabeças se viraram em direção às duas enquanto Belle permanecia imóvel, todos os seus pensamentos desaparecendo instantaneamente da mente. Bronwyn, por sua vez, parecia alheia ao leve caos que sua chegada havia provocado.

— Que lugar adorável! E consegui sentir os maravilhosos pequenos encantamentos que você colocou pelo ambiente. Deveria ter nos contado sobre eles ontem, sua tolinha! — Bronwyn balançou o dedo para Belle, que tinha quase certeza de que seu coração havia parado assim que a bruxa deixou escapar a palavra "encantamentos" perto dos clientes.

— Ha-ha. Isso mesmo, sra. Gowden. Você está falando daquele... daquele livro de fantasia que recomendei na semana passada? Eu sabia que iria adorar. Ha — disse Belle de forma exagerada e intencional, tentando fazer Bronwyn compreender a situação. Sem sucesso.

— Fantasia? Macacos me mordam, nem pensar. Eles nunca acertam a teoria da magia e sempre complicam demais as coisas.

Sou mais chegada a romances, Belle, e quanto mais arrebatadores, melhor.

Belle levou a mão ao lugar onde seu coração deveria estar, andando atrás de Bronwyn, que permanecia completamente alheia enquanto perambulava pela Livraria Lunar.

— Ah, mas é claro que hoje se trata de assuntos oficiais do coven — continuou a Bruxa Sábia, examinando o par de orelhas de gato e a capa feita de saco de lixo que Belle tinha colocado em um pedaço de papelão na seção infantil. — O destino de sua magia e coisas do tipo. Mas me lembre de compartilhar com você um ótimo encantamento que conheço para deixar almofadas permanentemente fofinhas. Algumas dessas poltronas por aqui parecem meio pra baixo, e você realmente…

Com isso, Belle passou um braço por sobre os ombros de Bronwyn e a guiou com velocidade e precisão em direção à porta da frente. Ela desamarrou rapidamente o avental e o jogou no balcão em direção a Monica, que olhava para ela, confusa, enquanto Belle passava.

— Vou fazer uma pausa, Mon. Já volto. Segure as pontas aí.

Belle apressou Bronwyn para fora da loja, e elas passaram pelo tilintar do sino da porta e viraram a esquina em uma rua tranquila de paralelepípedos em questão de segundos.

— O que foi, querida? Você parece ter visto um fantasma, embora eu tenha informações confiáveis que garantem que eles estão em paz, pelo menos nesta parte de Londres, até o Halloween. Depois disso, bem, ninguém mais os segura…

— Bronwyn. Oi. — Belle encarou sua Bruxa Sábia, incrédula.

— Olá, Belle. É maravilhoso ver você de novo — disse Bronwyn alegremente, enrugando o nariz com uma risadinha. — Tudo isso é tão emocionante, não é mesmo? Não me considero muito uma mulher da cidade, mas aqui estou eu, aventurando-me até o outro lado de Londres! Ah, docinho, você está com uma cara horrível. Aposto que está morta de preocupação com toda essa história do EquiBruxo, não é?

— Algo do tipo — murmurou Belle. — Que tal tomarmos uma xícara de chá em vez de ficarmos aqui no frio?

Belle guiou Bronwyn por algumas ruas até o Jitter Bug, o café embaixo do apartamento dela e de Ariadne. As duas eram clientes tão assíduas que o sr. Ricci veio direto entregar o café sem nem olhar para a mesa. Ele precisou de alguns segundos para perceber que Belle estava na cabine com um sofá de couro vermelho, não com Ariadne, mas com uma senhora que parecia estar fantasiada de bruxa. Ele parou por um instante, seu bigode de morsa estremecendo de confusão.

— Obrigada, sr. Ricci. Esta é... esta é minha...

— Sou Bronwyn, querido. Líder do coven de Belle.

Ele ficou imóvel por um segundo.

— Claro que é — grunhiu ele, em seguida jogou o pano de prato sobre o ombro e voltou para o balcão.

— Chá para mim, por favor, meu bom senhor. E *crumpets*, se tiver. Se não, posso conjurar os meus — disse Bronwyn para ele enquanto o homem se afastava. Belle afundou o rosto nas mãos.

— Bronwyn, o que está fazendo aqui? Eu realmente não estava esperando notícias suas tão cedo, muito menos vê-la. Aqui. No reino não bruxo. Pedindo *crumpets*...

— Tenho notícias. Boas notícias. Ou, pelo menos, notícias interessantes.

Antes que Belle pudesse impedi-la, Bronwyn direcionou um fluxo de faíscas de sua palma para o tampo de metal prateado da mesa, e um enorme livro se materializou entre elas, fazendo o açucareiro voar pelos ares. Belle arfou, horrorizada com a demonstração flagrante de magia à plena vista, e rapidamente pegou dois cardápios de uma mesa vizinha, erguendo-os ao redor do livro como uma parede protetora. Por sorte, apenas uma criança devorando uma pilha de panquecas de mirtilo pareceu notar, parando no meio de uma mordida com a boca aberta, até que a mãe mandou que parasse de encarar.

— Bronwyn, por favor — sussurrou Belle, desesperada.

— Desculpe, docinho — disse Bronwyn com uma risadinha despreocupada. — Rune me avisou que, por essas bandas, você é uma não bruxa aos olhos de todos. Assim que seu julgamento terminou, comecei a vasculhar o grimório como uma louca. Fiquei maluca como uma caixa de rãs, procurando algo que pudéssemos usar a nosso favor...

Com grande esforço, ela abriu a grossa capa do livro que ocupava a maior parte da mesa, soltando uma tosse seca por causa da poeira enquanto virava as páginas.

— Se alguém precisa de respostas... Agora, onde diabos eu...? — murmurava ela para si mesma.

— Mas, Bronwyn, achei que as regras do EquiBruxo não dessem margem para dúvidas. Estão escritas na história do coven há gerações. Caso contrário, qual o ponto do julgamento?

— A vida é feita de brechas, querida. — Bronwyn piscou para ela. — Este livro nunca me decepcionou em nenhum momento durante todos os meus anos liderando este coven, e eu sabia que com seu caso não seria diferente. Quando se chega à minha idade, docinho, aprende-se que sempre existe um caminho. Nenhum beco é sem saída.

— Bem, Morena quer me queimar na fogueira.

— Ah, não ligue para ela. — Bronwyn dispensou o assunto com um gesto de mão. — Ela já nasceu com o pé esquerdo e nunca conseguiu colocar o direito no chão. Cuidarei disso, mas ela que vá para o inferno. Ela não sabe o que é melhor para o futuro do coven.

Belle mordiscava nervosamente uma cutícula enquanto Bronwyn examinava o livro com olhos semicerrados, lambendo o dedo de vez em quando para virar as páginas rapidamente.

— Esse é o primeiro grimório do coven? — perguntou Belle, interessada.

Bronwyn assentiu.

— O original. Sábias Supremas têm contribuído com ele e acrescentado sua sabedoria à tradição do Selcouth desde o dia em que foi criado.

— Você e Morena adicionaram coisas a ele?

— É claro. Não somos apenas rostinhos bonitos. Morena com certeza não é.

— Então vocês podem simplesmente mudar as regras da magia? Quero dizer, já que ela pode ser editada e receber acréscimos ao longo dos anos.

— Sim e não. Essa coisa tem um pouco de vida própria, por conta de encantamentos históricos complexos. Diz a lenda que as páginas do grimório do Selcouth aceitam contribuições escritas em tinta preta como as penas de um corvo, desde que sejam lições mágicas valiosas e verdadeiras em benefício do coven. O próprio grimório decide o que pode permanecer em suas páginas como conhecimento do coven, uma forma de feitiçaria antiga e distorcida que nem eu entendo por inteira, querida. Tudo aqui dentro é valioso e necessário.

— E o que eu tenho em casa? — perguntou Belle, curiosa. — A cópia que é dada a um novo membro do coven que recebe sua magia. É a mesma versão?

— É um almanaque resumido que todo mundo recebe, mas, sim. O seu se atualizará automaticamente quando este grandalhão aqui decidir que uma nova lição é válida. Isso não acontece com frequência, diga-se de passagem. Muitas de nossas sugestões foram rejeitadas ao longo dos anos. O resto de vocês fica com a versão prática, de bolso.

Belle pensou em seu próprio grimório, que exigiria o maior bolso do mundo para ser transportado a qualquer lugar.

— Meio que o básico para uma bruxa — acrescentou Bronwyn.

O sr. Ricci reapareceu com uma caneca gigante de chá com leite e dois pratos de *crumpets* cobertos com geleia de amora reluzente. Ele entregou o pedido sem cerimônia e olhou de soslaio para o enorme livro que os cardápios de Belle tentavam disfarçar.

— Não vou nem perguntar — resmungou ele, com seu forte e adorável sotaque, e então se afastou no mesmo instante. Belle lhe dirigiu um sorriso fraco, ao mesmo tempo de desculpa e agradecimento.

As páginas do grimório eram caóticas, sujas e muito manuseadas, dobradas de todas as formas possíveis. Algumas nem estavam presas à lombada, e todas estavam cheias de anotações, rabiscos apressados e pensamentos de bruxas do passado, conectadas através do tempo. As bordas da encadernação estavam desfiadas, o dourado em relevo da capa há muito desgastado e lascado em pequenos fragmentos. As palavras nas páginas originais estavam escritas em uma caligrafia complexa e detalhada, quase indecifrável para um leitor moderno. Belle se perguntou se aquilo era sequer uma língua conhecida. As margens eram ricamente decoradas com bordas de cores de pedras preciosas, lado a lado com ilustrações que lembravam os estudos anatômicos de Da Vinci — sombrios, mas ainda assim belos.

— Certamente o grimório só vai nos dizer o que já sabemos sobre o desastre que foi meu julgamento, não é? Se eu tivesse tirado um coelho da cartola gritando "Abracadabra!" daria no mesmo.

— Abra o quê, meu bem? Ah, caldeirões malditos, onde está isso?

Bronwyn mal estava ouvindo, distraída com a tentativa de decifrar a confusão de rabiscos desordenados e folhas soltas de papel, procurando por algo em específico. Belle deixou seu *crumpet* cair quando a Sábia soltou um grito repentino.

— Gladíolos e sepulturas! Pelas danças do diabo. Eu sabia que não estava imaginando. Eu disse! Eu sabia que tinha visto algo. Veja só, Belle. Ha-ha-ha! — A bruxa suprema ficou de pé em um pulo e fez uma pequena dança em comemoração, alternando os pés.

Belle se jogou sobre a mesa em direção a um trecho de tinta finíssima que, por algum motivo, Bronwyn parecia tão animada por ter descoberto. Em uma escrita minúscula, quase ilegível e rabiscada nas margens como uma nota de rodapé, havia um trecho que parecia ser um pensamento de última hora. Uma adição apressada, mas escrita com tinta preta como as penas de um corvo e, evidentemente, aceita pelo onipotente livro.

Nas extraordinárias circunstâncias em que um júri permaneça dividido quanto ao desfecho de um julgamento Equi-Bruxo, os praticantes de magia favoráveis à preservação da filiação poderão propor um mentor adequado e imparcial, selecionado a partir dos veneráveis arquivos guardados na Casa de Hécate, caso o referido julgamento ocorra no sagrado mês de Invernício (outubro).

Durante este período, até a chegada do Halloween, o mentor designado poderá preparar o pupilo para a realização de seis desafios, concebidos pelo estimado grimório do coven como forma de compensação. Todos os seis desafios, representando as especialidades fundamentais da magia, devem ser completados de maneira satisfatória conforme os critérios do grimório. O sucesso em cada especialidade será indicado ao pupilo e mentor quando a alegoria correspondente no grimório irradiar um brilho âmbar. Uma nova audiência será realizada, e um veredicto final será proferido na noite de Halloween, determinando se a pessoa conservará ou não suas habilidades mágicas negligenciadas ou maltratadas.

Para verificar os arquivos disponíveis, consulte o Ossuário da Casa de Hécate.

As duas bruxas se entreolharam, uma com confusão e a outra com um inconfundível ar de triunfo.

— Para todo problema há uma solução — murmurou Bronwyn, os olhos brilhando.

— Um mentor para outubro? Até o Halloween? — Belle arregalou os olhos. — Isso é… Bem, na verdade, é perfeito. Poderia ser você? Ou pelo menos, por favor, dá pra não ser Morena?

Bronwyn deu uma risadinha enquanto fechava o livro, apoiando-se nele com os cotovelos e entrelaçando os dedos.

— Eu realmente adoraria ser sua professora, mas não posso. Como Sábia do Coven, minha posição é influente demais para ser considerada imparcial. Felizmente, o mesmo vale para Morena.

Ela pegou a mão de Belle e a apertou de forma reconfortante.

— Na verdade, isso pode acabar se tornando meio complicado — acrescentou ela, pensativa. — Qualquer membro do coven presente no seu julgamento precisa ser descartado. Eles viram suas manifestações e já devem ter opiniões formadas. Sua mãe, é claro, também não poderia ser considerada imparcial. Nos resta aqueles que estiveram ausentes, seja por doença ou algum tipo de ocupação.

Belle mordeu o interior da bochecha enquanto Bronwyn articulava os pensamentos em voz alta.

— Mas vamos dar uma olhada no registro. O tribunal estava bem cheio ontem. Mas talvez alguém tenha faltado por indisposição, ou até mesmo um resfriado. Certamente haverá algum maravilhoso bruxo a quem possamos recorrer. Vejamos, levando em consideração essa brecha, temos vinte e nove luas restantes para o período de mentoria... É claro que isso exigirá que volte comigo para a Casa de Hécate.

Belle franziu o cenho, mas logo se levantou de sua cadeira, apressada.

— Me dê cinco minutos para checar se Monica pode cobrir meu turno. Fique aqui, tome mais um pouco de chá. Por favor, não pratique magia. E, *por favor*, não beba o espresso do Jitter Bug, é forte o suficiente para deixar uma pessoa comum acelerada por uma semana, então não sei o que faria com... bem, com uma mulher como você.

Dez minutos depois, o chão desapareceu sob as botas de Belle, abrindo-se como um alçapão, e uma sensação avassaladora tomou conta de todo o seu corpo, como se ela tivesse sido sugada por um aspirador de pó.

Bronwyn as transportara instantaneamente para o que parecia ser o espaço pessoal de uma Bruxa Sábia dentro da Casa de Hécate. Enquanto o escritório de Caspar possuía uma atmosfera de luxo clássico e acadêmico, o de Bronwyn era surpreendentemente parecido com uma sala de estar: papel de parede texturizado em tons de terracota e uvas pintadas ao longo da borda; poltronas florais em tecido de chita com ousados padrões em tons de damasco e verde; prateleiras robustas de madeira repletas de suvenires mágicos, incluindo várias abóboras de plástico, outras de pelúcia com rostinhos felizes e pequenos fantasminhas de cerâmica.

O espaço de Bronwyn também abrigava uma extensa coleção de ferramentas de Clarividência, revelando sua especialidade. Espelhos de vidência com molduras douradas de diferentes estilos cobriam todas as superfícies, junto a bolas de cristal dos mais variados tamanhos, garrafas de vidro com rolhas contendo fragmentos de cristais em tons pastéis e leves vestígios de ervas. O ambiente parecia caótico, mas acolhedor em meio à sua desordem. Um tapete estampado cobria uma mesa que sustentava uma fruteira cheia de frutas frescas. O ratinho que antes repousava satisfeito no bolso de Bronwyn saltou de seu abrigo sob a capa dela e começou a mordiscar um pêssego.

— Veja só. Parece que você também é uma boa companhia para um feitiço de transferência rápida. Manter a calma durante uma transferência mágica não é para qualquer um. Embora você esteja meio verde.

— Calma? Eu estava tão calma quanto um gato tomando banho. Me sinto fora de mim. — Belle limpou o nariz de maneira um tanto feroz, os olhos lacrimejando pela força do feitiço.

— Sim, uma visita à Casa de Hécate pode acabar tendo esse efeito nos dias bons.

— Será que não dava pra alguém ter me trazido assim ontem? — perguntou Belle, sacudindo a poeira de seus jeans. Ela se lembrou das ameaças de Morena sobre atitudes tomadas pela casa em relação a trajes inadequados, e Bronwyn lhe concedeu um tempinho para invocar sua capa e chapéu. — Só para evitar a viagem de bate e volta ao inferno?

— Não somos um serviço de táxi, Belle. E, de qualquer forma, é...

— Tradição. Certo.

Bronwyn se apressou para as prateleiras, andando com dificuldade por causa do peso do grimório, e se esticou sobre suas pernas curtas para colocá-lo de volta entre um par de presas de plástico que brilhavam no escuro, ainda na embalagem, e um vampiro de mola que soltou uma risada eletrônica quando saltou para cima de Belle à medida que ela se aproximou.

Uma tosse intencional ecoou da entrada.

— Sinto muito por estragar a festa.

Morena havia se transferido. Ela sacudiu as calças sob medida após anunciar sua chegada e então adentrou o cômodo, as mãos nos quadris e a capa agitando-se atrás dela.

— Espero que tenha uma explicação adequada para seu desaparecimento repentino esta manhã, Bronwyn. — Ela dirigiu um olhar feroz para Belle.

— Não sabe que nada prende mais a atenção do público do que um ato de desaparecimento, irmã? Para o meu próximo truque, vou serrar a srta. Blackthorn ao meio dentro de uma caixa de madeira.

— Eu mesma teria grande prazer em executar essa tarefa, irmã.

A irmãs Gowden se encararam, imóveis, em um duelo silencioso de olhares. Foi Bronwyn quem quebrou o contato visual relutantemente e se voltou para Belle.

— Por favor, nos dê um momento, querida. Vá lá fora tomar um pouco de ar fresco. É melhor eu atualizar Morena sobre nossas descobertas afortunadas. Certamente ela ficará tão maravilhada quanto nós em saber que existe uma brecha perfeitamente legítima para tentarmos.

Com um aceno de cabeça e um sorriso forçado para Morena, que, sem surpresa, não retribuiu o gesto, Belle se retirou do escritório, aliviada por não precisar testemunhar a conversa.

A porta levava de volta ao átrio principal da Casa de Hécate, com as doze entradas possíveis e o teto impressionante que cintilava com um dossel de magia. O escritório de Bronwyn ficava atrás da porta de Gêmeos. A silhueta de duas bruxas de chapéus pontudos estava moldada em bronze acima da entrada — um detalhe apropriado, tanto para o signo do zodíaco, quanto para as irmãs Gowden. Belle se recostou contra a porta, fechando os olhos. Ainda conseguia ver os brilhos do teto por trás das pálpebras.

Um mentor. Era exatamente disso que ela precisava. Não podia acreditar na sorte que tivera, e enviou as melhores vibrações de gratidão a qualquer místico criativo e antigo que tinha tirado um tempinho para anotar aquela ideia casual nas margens do grimório. Agora, sua magia poderia florescer, com a ajuda de alguém que sabia o que estava fazendo. Alguém mais experiente, que pudesse mostrar a ela o caminho que deveria seguir.

Ela quase caiu para trás quando a porta se abriu, sem aviso. Morena, irradiando uma fúria palpável, passou por ela sem lhe dirigir o olhar. Atravessou o piso de azulejos decorado com luas e estrelas, a capa esvoaçando como um pássaro em pleno voo, e então desapareceu pela décima porta, sob um escorpião gigante de bronze. Também bastante apropriado — pinças afiadas, um ferrão na cauda.

Belle espiou de novo para dentro e viu Bronwyn olhando diretamente para a lareira. Seus punhos estavam cerrados com força ao lado do corpo, uma fúria de magia crepitando ao redor dos dedos. Belle pigarreou, e a bruxa mais velha imediatamente dissipou a tensão, relaxando os ombros e suavizando a expressão.

— Maravilha, maravilha! Está tudo resolvido, Belle.

Belle suspeitava que, na verdade, não estava nada maravilhoso ou resolvido, e que Bronwyn apenas se recusara a perder a discussão.

— Minha irmã foi compartilhar as novidades e fazer os arranjos necessários com quem precisa saber. Então, sem mais delongas, vamos escolher um mentor adequado para você.

Belle hesitou.

— Sinto muito por ter irritado tanto Morena. Acho que não comecei com o pé direito com ela, e não sei exatamente o motivo…

— Não leve para o lado pessoal, querida — interrompeu Bronwyn. — *Não existe* pé direito com minha irmã. Só pés esquerdos, tropeços e quedas horríveis.

Belle ousou deixar a menor gota de esperança brotar em sua mente, pensando que talvez tudo isso pudesse ser resolvido em breve. Nem tudo estava perdido.

Bronwyn colocou a capa novamente e ajustou o chapéu, como se estivesse preparando-se para sair. Belle interpretou como um convite para fazer o mesmo.

— O grimório diz que devemos consultar o glossário da Casa de Hécate para verificar os arquivos. Onde encontramos isso?

— Glossário, não, querida. É ossuário.

— Como é?

— É onde guardamos os ossos — respondeu Bronwyn.

Belle se engasgou.

— Ossos?

— Sim, querida. Ossos. Dos membros do coven que já se foram — disse ela, casualmente, como se explicasse onde o pão era guardado na cozinha. — Ora, não fique tão chocada, sua bobinha — acrescentou ela, percebendo a expressão de horror de Belle. — O aluguel em Londres não é nada barato, como deve saber bem. Um cemitério acima do solo está completamente fora do nosso orçamento, mesmo para seres sobrenaturais. O ossuário do coven significa que podemos oferecer à nossa família de bruxos e bruxas um lugar de descanso final, juntos, dentro da Casa de Hécate, se assim desejarem. Não é incomum que membros sejam expulsos de suas famílias, que amigos lhes virem as costas quando as verdades são reveladas, que amantes decidam que é demais para suportar. Este lugar se torna tanto um lar quanto um consolo quando nada mais resta.

— Lar, doce lar, na Casa de Hécate.

— Exatamente. Não é obrigatório, nem tão assustador quanto parece, especialmente quando você se lembra que metade desta maldita cidade foi construída sobre túmulos de vítimas da peste, de qualquer forma.

— E, se você tem algo precioso que deseja manter escondido de olhares curiosos, como um arquivo com os nomes e localizações dos membros do coven... — Belle começou a ligar os pontos.

— ...que poderia causar um caos revolucionário se caísse em mãos erradas — Bronwyn assentiu em concordância —, então você o mantém em segurança perto dos mortos. Eles tendem a ser os melhores em guardar segredos. Pessoas vivas têm medo demais para bisbilhotar.

— Certo. E onde fica esse ossuário?

— Na biblioteca, é claro. Tudo que é importante sempre está na biblioteca, querida.

12

Artorius Day

A biblioteca da Casa de Hécate era parecida com o tribunal, só que mais escura, sonolenta e mofada. O cheiro era uma mistura de café e chocolate, com um toque terroso, empoeirado e doce. Como a livraria, caso tivesse funcionado no subsolo por alguns séculos. Provavelmente havia milhares e milhares de livros ali dentro. Havia tão pouco espaço que mal era possível se espremer pelos corredores repletos de páginas infinitas e lombadas enceradas. Belle e Bronwyn tiveram que refazer seus passos mais de uma vez, dando um novo significado à expressão "perder-se em um bom livro". Belle observou várias pilhas tão altas que balançavam precariamente, mantendo o equilíbrio somente graças a um encantamento invisível que as prendia ao teto.

O único som era o de virar de páginas, acompanhado pelo leve crepitar das lareiras acesas. Alguns dos livros pareciam estar lendo a si mesmos, a menos que seus leitores fossem invisíveis, o que, Belle pensou, era uma possibilidade plausível.

Enquanto guiava o caminho através do labirinto de estantes, Bronwyn estendeu as palmas das mãos, cada uma emitindo um feixe de luz que iluminava como uma tocha, deixando um rastro de poeira mágica cintilando pelo caminho. Belle seguiu a trilha sobrenatural como se fossem migalhas de pão, tentando firmar os passos. Desastrada como era, seu cotovelo derrubou no chão um exemplar encadernado em tecido. Ela se abaixou para pegá-lo. *Chapelaria Digna de Merlim: Como Reinventar o Clássico Chapéu de Feiticeiro.*

— Haverá bastante tempo para explorar depois, querida. Aqui estamos, na seção de História e Recursos.

Cuidando para manter ambos os cotovelos junto ao corpo, Belle parou onde estava. Quando os olhos se ajustaram à escuridão, ela notou recantos de leitura escondidos entre as imensas estantes. Cada um deles, equipado com mesas, poltronas e lâmpadas posicionadas para ajudar no mergulho nas palavras de alguém, estava em frente a uma grande janela. Uma mostrava os campos ondulantes do interior. Outra, a cidade movimentada. A praia, o deserto, o céu noturno, o nascer do sol. Uma floresta, um vale, uma cabana, uma piscina. O passado, o presente, o futuro.

— Um truque bem engenhoso, não acha? Foi Rune quem improvisou... mais para ele mesmo do que para qualquer outro, eu acho. Não conte que eu disse isso. Essas janelas foram encantadas para transportar o leitor para onde quer que desejem ir. A magia se adapta para refletir as páginas que estão sendo lidas.

Bronwyn seguiu em frente enquanto Belle olhava, maravilhada, para a janela à sua esquerda que mostrava uma convidativa cabana na floresta, e ficou de experimentá-la por conta própria caso voltasse ali algum dia. Apressou-se para alcançar a Bruxa Sábia, que gesticulava para que ela fosse até a mesa principal, localizada no centro da biblioteca. Atrás dela estava uma mulher que Belle imaginou que só poderia viver ali há séculos e que não sentira falta do ar fresco o suficiente para sair em algum momento.

Ela estava quase dobrada ao meio por causa da idade avançada, com uma grande protuberância na coluna que se sobressaía sob o tecido da capa. Embora bordada com as constelações do coven, o brilho dos fios estava desbotado, mais apagado e tênue do que os de seus colegas mais jovens. Ela apoiava perigosamente o corpo frágil em uma bengala de madeira retorcida enquanto catalogava uma pilha de títulos em câmera lenta. Belle teve vontade de correr até ela e incliná-la para trás, evitando que tombasse para frente. Seus cabelos cinzentos como fumaça iam até os joelhos em uma grossa trança, enfeitados com flores murchas e cardos entrelaçados da cor de borras de chá. Ela parecia translúcida e frágil, como se pudesse desaparecer na frente dos seus olhos.

— Bron! — crocitou a velha bibliotecária, rangendo ao se virar, girando perigosamente sobre a bengala. — Separei uma pilha de novos romances para você. Um sobre um capitão e uma copeira e...

— Hoje, não. Obrigada, Sybil. Mas guarde esse para mim, parece muito interessante. Preciso pegar a Chave do Conhecimento com você, por favor, minha querida.

As sobrancelhas de Sybil se ergueram em surpresa, exibindo uma expressão exagerada de curiosidade. Ela falou com um forte sotaque galês:

— Toda séria hoje, hein? Ah, essa é a bruxa do EquiBruxo de quem tanto ouvi falar? A filha de Bonnie? Lagartos envernizados, como ela é parecida com Alvina! Tem o mesmo nariz e os mesmos tiques nervosos.

Sybil sorriu para Belle, revelando vários dentes faltando. Belle, instantaneamente muito consciente de si mesma, parou de mexer nas cutículas e manteve as mãos firmemente ao lado do corpo.

— Syb é bibliotecária aqui da Casa de Hécate há muito tempo. É a pessoa certa para encontrar qualquer livro que precise. Receitas de poções, escrita de encantamentos, teoria de Feitiçaria da Terra... ou até uma boa ficção. Ela sabe que eu adoro um romance com um herói aventureiro e sedutor. Passei um verão com um pirata encantador uma vez. Honestamente, nunca o superei.

— Prazer em conhecê-la — disse Belle rapidamente à bibliotecária, que continuava a examiná-la dos pés à cabeça com curiosidade.

— A Chave do Conhecimento, Syb? — lembrou Bronwyn. Enquanto ela falava com Sybil, Belle, distraída, pegou um exemplar de *Vosso Sapo Recém-Nascido*. O livro soltou um arroto úmido ao ser aberto, e, para seu horror, a capa era espantosamente viscosa ao toque.

— Samambaias e figos, a Chave do Conhecimento? Essa velharia. Onde foi que eu a vi pela última vez?

Belle refletiu silenciosamente sobre como aquelas duas eram a definição perfeita de "quem menos se espera".

— Estou te dizendo, ninguém mexe nisso há muito tempo, Bron. Não faço ideia de onde está, não vou mentir. Deixa eu pensar. Com licença, srta. Blackthorn. Muito prazer.

Belle esperava que Sybil começasse a revirar as gavetas e armários embutidos na mesa, que se curvava ao redor dela como uma lua crescente de carvalho. Mas, em vez disso, a mulher simplesmente fechou os olhos. Balançando-se perigosamente enquanto ajeitava a postura apoiada na bengala, ela passou uma palma sobre a outra. Uma pequena esfera de luz prateada surgiu em seu punho e se abriu, revelando uma chave manchada pelo tempo.

— Sabia que estava por aqui em algum lugar — murmurou Sybil para si mesma. — Não é mais tão fácil conjurar essas coisas hoje em dia.

Ela entregou a chave a Bronwyn, que envolveu ambas as mãos de Sybil, apertando-as em gratidão.

— Muito obrigada, Syb. Foi muita gentileza sua.

Houve uma pausa enquanto as bruxas mais velhas sorriam afetuosamente uma para a outra.

— Ah, Bron! Não esperava vê-la hoje. O que posso fazer por você? — Os olhos vidrados de Sybil pareceram perder o foco de repente. Ela se virou para Belle. — E quem é essa jovem? Meu Deus, você é igualzinha a...

Bronwyn deu um sorriso triste.

— Passe no meu escritório para uma xícara de chá depois do expediente, Syb.

A senhora acenou para que as duas se afastassem, já esquecendo o breve encontro.

— Velhos amigos, um dos presentes mais gentis e cruéis da vida. O calcanhar de Aquiles de qualquer um — disse Bronwyn, com tristeza. — Sinto falta dela, mesmo que ainda esteja aqui. O amor realmente nos deixa vulneráveis, caso permitamos que ele perdure.

Caminhando novamente pelos corredores intermináveis, as duas finalmente chegaram a uma intrincada estrutura de ferro mergulhada nas sombras. Um portão se estendia até o teto alto e se alargava de um lado ao outro. Suas barras de ferro eram torcidas e entrelaçadas como raízes imóveis de hera, delimitando um cômodo separado. Seus ramos se espalhavam por todo o teto acima e desciam como um gêmeo antinatural do salgueiro que ficava logo acima. O ossuário erguia-se como uma enorme gaiola, mas desprovida de qualquer vida em seu interior.

— Um feitiço de abrir fechaduras não funcionaria?

Bronwyn estava forçando uma pequena chave na fechadura grossa do portão da gaiola, girando-a com grande esforço. Ela riu alto da ideia aparentemente absurda.

— Pelos céus e sinos do inferno, garota. Guardar informações mágicas sagradas com segurança exige uma boa e velha fechadura. Qualquer bruxa ou bruxo é capaz de lançar um feitiço se pensar o suficiente. Mas a Chave do Conhecimento é única, e somente Sybil é capaz de guardá-la com segurança. Ninguém tem a mínima chance.

Com um clique satisfatório, a fechadura se abriu. A chave desapareceu das mãos de Bronwyn assim que cumpriu seu dever, deixando para trás apenas algumas minúsculas faíscas entre as pontas de seus dedos.

— Ah, de onde veio isso? — Belle ouviu Sybil do outro lado da biblioteca, a voz soando ligeiramente distante enquanto ela recebia a chave de volta.

— Infalível — murmurou Belle, maravilhada.

Quando o portão do ossuário se abriu, uma brisa fria fez os cabelos de Belle voarem para trás, e ela quase não conseguiu impedir que seu chapéu saísse voando até as estantes atrás de si. O frio tinha o cheiro do inverno: geada cristalina, chuva com neblina, agulhas de pinheiro.

Belle sentiu o ar deixar seus pulmões à medida que o ambiente se revelava. Uma camada de ossos pálidos e branqueados cobria toda a parede de trás. Havia provavelmente centenas, talvez milhares de esqueletos, todos artisticamente dispostos e posicionados com cuidado, de um jeito meio sombrio, mas inegavelmente alegre. Um lustre impressionante feito de ossos de todos os formatos pendia assustadoramente do teto, balançando levemente com a corrente de ar frio que corria por entre as guirlandas penduradas. A visão era, ao mesmo tempo, profundamente horripilante e estranhamente bela, tornando-a consciente de seu próprio esqueleto sob sua pele — uma sensação que Belle não sabia muito bem se apreciava. Apesar do sentimento que Bronwyn descrevera, de almas perdidas podendo descansar ao lado de sua família e amigos, ela não conseguiu reprimir um arrepio.

— É isso aí!

Além da decoração macabra, o ossuário também continha uma vasta coleção de baús, arcas, armários e estantes encaixados como blocos de construção. Parecia a seção de Achados e Perdidos mais amaldiçoada de todos os tempos. Apoiando os pés em várias maçanetas, puxadores e gavetas salientes, Bronwyn escalou até um armário específico. Com um suspiro, ela empurrou para o lado uma caixa transbordando de jornais, um pedestal com um caldeirão dourado e uma estátua inexplicável de uma cabeça de gato gritando. Acabando por desistir e descendo de volta, ela começou a orientar Belle com as mãos nos quadris, e a dupla trouxe para baixo algo que parecia um elaborado catálogo de fichas de biblioteca.

— Isto aqui — começou a Bruxa Sábia, enquanto puxava a primeira gaveta com um movimento mágico e imediatamente vasculhava seu conteúdo — é o registro do arquivo do coven. Na verdade, faz tempo que não é atualizado. Mas tenho certeza de que há algumas pessoas aqui que serão fortes candidatas para sua mentoria, querida.

Belle franziu a testa.

— E se não houver?

— Então imagino que partiremos para o plano B. Mas, na verdade, *este* provavelmente já deveria ser considerado o plano B. O plano A era você passar na sua audiência e sair para comemorar seu aniversário. Acho que já descartamos esse. O plano C ainda não foi elaborado, docinho.

Ela respondeu animadamente, como se os poderes de Belle não estivessem por um fio. Bronwyn continuou a remexer nas gavetas, tirando de cada compartimento de formatos peculiares uma pilha do que pareciam antigos cartões-postais em sépia, com um toque holográfico na superfície.

— Nesse arquivo está cada membro deste coven, do passado e do presente, que, de diferentes formas e circunstâncias ao longo dos séculos, provaram possuir os traços característicos da lendária magia do Selcouth. Como a nota no grimório deixava claro, todos eles seriam mentores dignos.

Bronwyn começou a olhar afetuosamente para cada um dos cartões.

— Você poderia colocar tudo isso em um computador, Bronwyn. Talvez seria um pouco mais fácil de organizar — disse Belle, tentando ser útil.

— Em um o quê, querida? Ah, veja, eu adoraria que você tivesse conhecido Elagoria. Ela era fabulosa — disse Bronwyn, com carinho.

Ela tirou o cartão em questão de uma das pilhas do arquivo. Mostrava uma mulher sorridente com o chapéu de bruxa decorado com flores tropicais e algumas frutas.

— Tão gentil. Amava os animais acima de tudo. Seria uma mentora perfeita, se não tivesse tido um fim infeliz alguns anos atrás. Pobre Elagoria. É isso o que acontece quando você tenta hidratar o rabo de um dragão. Eles não gostam de ser cuidados.

Bronwyn entregou o cartão para que Belle pudesse olhar mais de perto. Havia uma linha vermelha marcante, de um tom preocupantemente parecido com o de sangue, atravessando a foto de Elagoria por completo.

Nome: Elagoria Tippleton
Última localização conhecida: Leeds, Reino Unido
Artes especiais: Afinidade animal, queima de incenso

Ao lado de "situação atual", havia uma atualização: *Falecida. Fogo de dragão.*

Bronwyn suspirou e mergulhou de volta ao arquivo, tentando a próxima gaveta.

— Arjun Christophate... — Ela mostrou a foto de um homem com olhos penetrantes e uma densa barba escura. — Quanto menos falarmos sobre o que aconteceu com ele, melhor. Tudo o que eu posso dizer, Belle, é para nunca confiar em uma sereia durante um passeio de férias. Nunca termina bem. Sua pobre esposa...

Horrorizada, Belle viu que, no final do cartão de Arjun, estava escrito: *Levado à loucura. Afogado.*

As coisas não melhoraram a partir daí. Quando eliminaram todos aqueles com algum interesse especial em sua audiência, o grupo de possíveis mentores diminuiu drasticamente. O punhado de membros restantes do Selcouth parecia ter enfrentado uma sequência de destinos terríveis. A pobre Lira Draculite sofrera uma morte horrível por algo que Bronwyn misteriosamente descreveu apenas como "a peste... mas não *aquela* peste". Ethellius Hartingham havia tentado um feitiço de translocação para o Parque do Morro do Diabo, mas, por um erro de pronúncia, foi parar no próprio inferno. Um destino particularmente cruel.

Marigold Drefus tinha caído da escada. Sua família jurava que a culpa tinha sido dos espíritos.

— Com certeza. Essa aí bebia cachaça que nem água — comentou Bronwyn com um tom crítico.

Quando finalmente chegaram ao fim do arquivo, Bronwyn tinha apenas um único cartão em mãos.

Belle estendeu a mão.

— Essa pessoa ainda está na ativa? Posso dar uma olhada?

Bronwyn apressou-se em guardar o cartão no bolso da capa.

— Este aqui deveria ter sido removido há muito tempo. Só o mantive comigo para fazer com que Sybil o retirasse de uma vez por todas.

— Quem é? — perguntou Belle.

— Acredite em mim, Belle — disse Bronwyn, com uma severidade pouco característica. — Você não quer essa pessoa como mentora. A maldita Sybil precisa atualizar as coisas mais de uma vez por século. Lembre-me de falar com ela...

— Bronwyn, por favor.

As bruxas se encararam.

— Preciso que isso dê certo — disse Belle, sua voz novamente tomada de pânico. — Caso contrário, acabou. Como você disse, não temos um plano C. Vou perder minha magia. — Foi horrível dizer isso em voz alta. — Seja lá quem for, não pode ser tão ruim assim. Se essa pessoa é membro do Selcouth e tecnicamente ainda está viva, então eu aceito. Na verdade, nem me importo tanto com essa última parte. Estou aberta aos mortos-vivos a essa altura, agora que vi o ossuário. Eles têm ótimo gosto para decoração de interiores.

A bruxa mais velha parou por um instante. Hesitou, pronta para dizer mais alguma coisa, mas algo a fez mudar de ideia. Bronwyn suspirou e tirou o cartão do bolso. Olhou demoradamente para a fotografia, examinando o rosto na imagem.

— Artorius Day.

Belle olhou para a fotografia no cartão que Bronwyn lhe entregou. Em tons sépia, havia a imagem de um jovem de olhos escuros, orelhas um pouco grandes demais e uma expressão perdida.

— Ah, é ele mesmo. Categoricamente, o bruxo mais inútil e desprezível que já colocou os pés nesse coven.

Belle ficou surpresa ao ouvir o tom duro na voz de Bronwyn. Artorius Day, como um coelho diante dos faróis de um carro, parecia encará-la diretamente da fotografia. Seus cabelos estavam desgrenhados, como se os tivesse bagunçado com os dedos no exato momento em que a câmera capturou a imagem. Seu rosto arredondado era salpicado com uma quantidade generosa de sardas. Talvez fosse a expressão perdida ou o fato de que aquele bruxo era sua última esperança, mas Belle sentiu uma imediata simpatia por ele.

— Não é quem eu escolheria em um milhão de anos, Belle. Mas, como você disse, esta pode ser sua última chance, e é isso que o universo, em sua infinita sabedoria, reservou para nós.

— O universo parece estar gostando de me manter na corda bamba ultimamente. Pode me contar mais sobre ele?

Bronwyn soltou um suspiro resignado.

— Acho que vamos precisar de mais chá.

13

Caldeirão de fogo

— O que estou prestes a lhe contar é amplamente conhecido, mas raramente discutido — disse Bronwyn.

De volta ao seu escritório, a Sábia se inclinou em direção à Belle, que estava sentada na poltrona oposta. O ratinho no bolso da bruxa mais velha saltou para o seu ombro e se escondeu atrás de uma mecha de cabelo revolta.

— É uma história que envergonhou consideravelmente este coven por muitos anos. É a mancha de tinta em nossa orgulhosa história, e há muitas pessoas por aqui — Bronwyn gesticulou em direção à porta — que não aprovariam que eu lhe contasse esses fatos. O Selcouth tenta fingir que eles nunca aconteceram, mas não se pode ignorar a história. E eu jamais permitiria que tomasse uma decisão como essa sem estar ciente de tudo, querida. A verdade sempre vem à tona neste coven.

— Eu agradeço por isso — disse Belle. O frio do ossuário a tinha deixado arrepiada, e ela inalou com satisfação o doce aroma de mel enquanto tomava um gole de chá. — Mas quão ruim ele pode ser?

— Artorius Day é um vilão. Um bruxo com sangue nas mãos.

— Bem ruim, então.

— Nada menos do que o sangue de um bruxo supremo deste coven, respeitado e muito amado. O Selcouth pode perdoar muitas coisas, mas jamais magia que carrega o mal em sua essência.

Um garoto, pequeno para os quinze anos que tinha, estava de pé entre um caldeirão, maior que ele, e o irmão mais velho, maior do que os dois. Savaric tinha mais de um metro e oitenta de altura, e o garoto chegara à conclusão de que a única explicação lógica era que ele secretamente era parte gigante. Talvez um tio desconhecido ou um avô perdido em algum ramo da árvore genealógica. Mais de uma década mais jovem que Savaric e constantemente ofuscado por suas impressionantes conquistas mágicas, o garoto caminhava na corda bamba entre a inveja e a admiração pelo irmão mais velho. Seus sentimentos oscilavam frequentemente — ódio, e então adoração. Adoração. Ódio.

— Sav, olha, olha. Está mudando, está mudando!

Com olhos castanhos e orelhas que ele ainda esperava que ficassem proporcionais ao seu rosto, o garoto se inclinou e observou, maravilhado, a complexa e intrincada poção que vinha sendo preparada há sete dias consecutivos. Os irmãos a monitoravam meticulosamente desde o início, acordando durante a noite, conforme as fases da lua, para acompanhar o progresso. Eles seguiam cada etapa com determinação inabalável para garantir que sua criação saísse exatamente como o planejado.

— Calma, Artorius. Não aproxime tanto o rosto. A mãe vai me matar se isso acabar te machucando.

Savaric se apressou até ele e mergulhou uma concha enferrujada bem fundo na mistura. Arrastou-a pela substância viscosa em movimentos laboriosos no sentido horário.

— Essa coisa vai começar a borbulhar a qualquer momento, e você não vai querer saber o que acontecerá caso isso toque sua pele. Escamas não cairiam bem em você, rapaz.

Artorius bufou, frenético e empolgado demais.

— Já está na hora? Você pode experimentar? Ah, qual é, só um gole. Vamos ver o que acontece, Sav. Não seja tão chato.

O aperto de Artorius foi tão firme que inclinou o caldeirão, derramando um pouco da mistura aos pés deles. Os garotos gritaram e pularam para trás ao mesmo tempo, escapando do líquido por um triz.

— Cuidado! Tenha calma, irmãozinho. Qualquer bruxo que se preze sabe que não se pode apressar uma boa magia, idiota.

Savaric abriu um sorriso convencido e bagunçou os cabelos claros do irmão mais novo. Artorius lhe dirigiu um olhar carrancudo, irritado com o tom condescendente dele. Ele odiava ser chamado de "idiota", "estúpido", "tolo", mas o pior de todos era "irmãozinho". Agora, ele era um bruxo. O coven havia confirmado isso oficialmente no mês passado, quando seus poderes foram reconhecidos em seu aniversário de quinze anos. Algum dia, ele seria visto como o homem da família e devolveria os insultos de Savaric com prazer.

— Amanhã, ao amanhecer — tranquilizou-o Savaric, sem perceber que seu tom gentil estava sendo a gota d'água para Artorius. Ambos os irmãos olharam para baixo, com rostos quase idênticos e cheios de sardas, um deles com um leve traço de preocupação, preparando-se para assumir responsabilidades para as quais ele não sabia ao certo se estava pronto. Em questão de semanas, ao completar trinta anos, Savaric assumiria o papel que seu pai deixara esperando por ele e se tornaria Sábio Supremo do coven Selcouth. A ideia o aterrorizava e o empolgava ao mesmo tempo, embora ele nunca admitisse o primeiro sentimento para ninguém. Nem mesmo para o irmão mais novo, que era seu aliado mais próximo, apesar das brigas constantes.

O líquido no enorme caldeirão fervia e soltava fumaça como se estivesse prestes a ganhar vida. Da cor do crepúsculo, a poção passava de um convidativo tom alaranjado, como de um pêssego, para uma tonalidade muito mais escura, da cor de sangue. Como Savaric previra, uma bolha gigantesca surgiu de repente, como uma criatura soltando um profundo suspiro sob a superfície. Ela estourou liberando um respingo lento e gelatinoso.

— Ah, qual é, Sav. Precisamos mesmo esperar mais uma noite? Quanto tempo essa coisa ainda pode levar pra fermentar?

— Eu já disse um milhão de vezes que não existe especialidade mágica mais nobre do que a Alquimia. É a combinação de paciência e arte. A verdadeira magia reside no estudo, na arte, na espera paciente para que tudo se conecte de forma apropriada.

Artorius suspirou ao ouvir a arrogância resoluta na voz do irmão mais velho.

— Tá bom, tá bom.

Savaric revirou os olhos, e então hesitou.

— Imagino que uma pitada extra de hortelã não causaria muito dano. Que tal um pouco mais de fogo, irmãozinho? Vamos fazer questão de dar um verdadeiro show para o Selcouth.

O garoto mais novo ergueu os punhos no ar, eufórico com a rara ocasião em que o irmão estava disposto a correr um risco por seu projeto secreto. Sav não teve escolha senão compartilhar seu plano quando Artorius o flagrou preparando, literalmente, uma tempestade no celeiro abandonado, a fumaça sufocante já escapando por debaixo da porta.

Seu plano de performar o mais complexo e impressionante dos feitiços para marcar o início de sua liderança no coven teve início quando Sav encontrou o feitiço no grimório de seu pai, o exemplar original do coven. Incandesco Caelestis. *Asas que se abriam no céu, escamas iridescentes e incrivelmente resistentes como armadura, e um sopro selvagem de fogo. Como um homem de cabeça equilibrada e atitudes sensatas, ele mal conseguia conter a empolgação diante da ideia de uma transformação em dragão para sua cerimônia de Sábio Supremo. Seria uma demonstração de poder perfeita e majestosa para o Selcouth, e a promessa de uma liderança firme — especialmente para aqueles que duvidavam que ele fosse capaz de seguir os passos do pai. Savaric havia feito o irmão mais novo jurar guardar o segredo, permitindo que ele ajudasse e prometendo um passeio em suas costas de dragão como recompensa por não dar com a língua nos dentes. Desde que soubera do plano, Artorius não falava de outra coisa — e nem sempre de forma discreta.*

Savaric atravessou o celeiro e vasculhou o armário de ingredientes. Segunda prateleira, atrás dos dentes-de-leão secos. Ele puxou um pote tampado com folhas de hortelã trituradas, despejou um pouco na palma da mão e passou o punhado ao irmão. Artorius imediatamente pegou uma folha para mastigar e, em seguida, jogou o restante na poção. A mistura engoliu os ramos verdes e os sugou para suas turvas profundezas.

— Vamos lá, bobalhão — disse Savaric enquanto se inclinava e apertava os ombros do irmão. — Quanto mais cedo dormirmos, mais cedo o feitiço estará pronto. Amanhã será um grande dia. Vamos precisar de energia.

Savaric riu enquanto fingia dar um chute no traseiro do irmão mais novo para apressá-lo. Artorius franziu o cenho.

— Não faça isso, Sav! Eu te odeio às vezes.

A noite caiu. Estava especialmente escura, com tantas estrelas no céu que Artorius se perguntou se cada uma delas havia aparecido só para assistir ao espetáculo sagrado de seu irmão no dia seguinte. O tordo ainda não havia começado a cantar, mas sapatos surrados apareceram à porta do celeiro mesmo assim. Pisando com cautela pelo chão desgastado, alguém se aproximou silenciosamente do armário lotado de ingredientes. Dedos sujos alcançaram o interior. Segunda prateleira, atrás dos dentes-de-leão. Hortelã, para fogo extra.

A lata de cinzas de fogueira, carbonizadas e imundas. O pote de vaga-lumes, minúsculos recipientes de chamas. A garrafa de sal preto, terroso, afiado e irregular. A combinação perfeita de ingre-

dientes para um incêndio descontrolado, reunidos e carregados com dificuldade por braços jovens e sardentos até o caldeirão. Tampas abertas e jogadas de lado, cada elemento despejado no caldeirão sem medida ou controle. Quase instantaneamente, a camada promissora de bolhas cessou e, em seu lugar, uma fumaça começou a se erguer debaixo da superfície.

— Que ele queime.

Potes e garrafas foram descartados apressadamente. A fechadura foi novamente trancada. Sapatos surrados correram como ratos de volta para a cama, e então o tordo começou a cantar.

— Ele foi queimado de dentro para fora — disse Bronwyn. — Uma poção de puro fogo, pura chama, brasa líquida e cinzas, criada enquanto Savaric dormia. Alheio às alterações, ele a tomou no dia seguinte, tirando a garrafa com rolha do bolso da capa no final de sua cerimônia de obscurecimento e de Sábio. Sem saber que Artorius havia adulterado a poção durante a noite, ignorante à sua garantia de uma morte sombria. A poção o matou sem aviso, diante de todo o coven.

Bronwyn se levantou e foi até o grimório. Dele, puxou duas folhas de papel soltas, que haviam sido colocadas entre as páginas finais para serem mantidas em segurança. Um dos recortes, pequeno, estava rasgado nas bordas, arrancado de um jornal.

ASSASSINATO MISTERIOSO
EM CASA DE CAMPO

O vilarejo de Laverlett acordou na manhã da segunda-feira em choque e luto com a confirmação do falecimento de Savaric Day, aos 30 anos, trabalhador rural. Day, popular e muito querido entre os moradores, de acordo com familiares devastados e sua namorada, "uivou de dor" e "caiu morto diante de seus olhos" em circunstâncias extremamente misteriosas. Embora o corpo de Day parecesse intacto para aqueles que testemunharam sua morte, uma autópsia posterior revelou queimaduras severas em todo o seu esqueleto e órgãos. Fontes informaram ao The Globe *que o irmão mais novo da vítima, Artorius Day, está desaparecido desde o trágico incidente. Uma investigação formal está sendo conduzida pela polícia de Laverlett.*

Belle sentiu um mal-estar profundo. Um garoto com sede de sangue; outro enfrentando uma morte horrível.

— O que aconteceu com Artorius?

— A princípio, nada. Ele nunca foi ao obscurecimento do irmão, sumiu do mapa, não foi encontrado por anos. A polícia, a comunidade não bruxa, não conseguiu ligá-lo à morte de Savaric, afinal, como poderiam? Disseram que foi um acidente bizarro. No final, culparam algo como "combustão interna", acredita? — disse Bronwyn, fazendo aspas com os dedos.

Belle se recostou na cadeira, atordoada. As duas ficaram em silêncio por alguns minutos, bebericando suas xícaras de tempos em tempos, inconscientemente buscando conforto.

— Morrer assim. E pelas mãos de um membro da família... — murmurou Belle. — Mas Artorius era só uma *criança*, não era? Ele só tinha 15 anos, quase não conhecia seus poderes. Deve ter sido um acidente. Não teria como ele saber que acabaria assim.

— Não foi um acidente, Belle. — Bronwyn balançou a cabeça com pesar. — Quando Artorius foi finalmente encontrado, três anos após a morte de Savaric, Morena e eu tínhamos acabado de descobrir o Selcouth, acabado de conhecer a história, ele estava quase morto, escondido em um galpão abandonado durante um inverso rigoroso. Vinha usando magia complexa para impedir de ser encontrado pelo coven durante todo aquele tempo, notavelmente habilidoso para sua idade, perigosamente habilidoso. Ele confessou imediatamente ter matado o irmão. Foi levado à Casa de Hécate e disse ao coven, sem rodeios, que havia cometido o assassinato. Culpado até o último fio de cabelo.

— Mas por que ele faria isso? Tudo bem que Savaric pegava no pé dele, mas matar...

— Quem sabe? Ele pesquisou no grimório do coven do seu falecido pai, reuniu todos os ingredientes que sabia que transformaria a poção na mais sombria das magias e os jogou no caldeirão com um único pensamento em mente: matar Savaric.

— Um garoto tão jovem com o desejo de matar o próprio irmão? Não faz sentido.

Bronwyn fungou, mexeu o que restava do chá e colocou a colher contra o pires com um tilintar, imersa em pensamentos.

— Vingança? Inveja? Poder? — ponderou ela. — Talvez fosse a única forma de ele se sentir poderoso, de reivindicar algo para si.

— Com certeza não, certo? Por um papel de liderança no coven?

— Liderança no coven é uma coisa curiosa, Belle. Pode parecer irrelevante quem assume o papel de Sábio. Mas a liderança errada poderia ser um desastre para nós, bruxos, e para os não bruxos. Acesso ao grimório, por exemplo. É algo extremamente poderoso.

Belle permaneceu em silêncio, os lábios formando uma linha fina.

O ratinho marrom emergiu por um momento, observou os arredores e rapidamente correu de volta para o emaranhado de cabelos sob o chapéu de Bronwyn. Ela acariciou o bichinho distraidamente.

— Nem você nem eu jamais entenderíamos uma mente como essa, Belle.

Belle se afundou contra o encosto macio da poltrona, permitindo que os ombros, tão tensos e elevados até quase tocarem suas orelhas durante toda a história, relaxassem com uma intensa sensação de alívio.

— Sinto muito por ter que compartilhar uma história dessas — disse Bronwyn com um estalar de língua. — Esse tipo de coisa não é muito do meu feitio. Se dependesse de mim, teria emprestado o romance que Sybil guardou para mim lá embaixo.

Ela deu uma risadinha e estendeu a mão para dar um tapinha no joelho de Belle.

— Mas agora você sabe da verdade. E acredito que, agora que está informada, é capaz de tomar a decisão que for melhor para você, e apenas você. Não tenho intenção de influenciá-la. Entendo que está entre a cruz e a espada.

Belle respondeu com um sorriso fraco, lembrando-se somente neste momento de que ela precisava tomar a decisão de escolher Artorius Day, que não era somente uma história. Tentou formular uma das centenas de perguntas que rodopiavam como pássaros em sua mente.

— Então, onde ele está agora? Artorius, no caso. O que o coven fez com ele quando o encontrou?

— A polícia não bruxa não conseguiu provar nada, mas a confissão dele ao coven foi suficiente. No início, ele foi mantido aqui, nas masmorras sob a Casa de Hécate. Ah, não se preocupe, minha querida — acrescentou Bronwyn apressadamente, vendo o horror no rosto de Belle. — Não são mais usadas hoje em dia, por questões de saúde e segurança. Agora usamos as masmorras para guardar o aspirador de pó e papel higiênico.

Ela pigarreou e continuou:

— Após a perda de Savaric, o Selcouth ficou praticamente desprotegido por alguns anos, e o caos reinou. Houve diversas tentativas de tomar o poder, magia roubada, golpes e cisões de covens. Foi então que Morena e eu decidimos assumir as rédeas como Sábias conjuntas. Pareceu a opção mais justa, recomeçar do zero. A votação foi unânime. E nossa decisão sobre Artorius, certa ou errada, foi mantê-lo por perto, pelo menos por um tempo.

Ela entregou a Belle o segundo pedaço de papel que havia retirado de entre as páginas do grimório. Desta vez, era uma fotografia.

— Tirada no dia de sua expulsão, para os registros do coven.

Belle quase não acreditou. Fosse pelo ato de matar ou pelo tempo passado nas masmorras, os anos desde a primeira foto de Artorius o tinham transformado completamente. Sombras profundas marcavam um rosto pálido sob maçãs do rosto salientes, com a pele esticada. Uma barba cobria o maxilar, que havia mudado de formato, de menino para um homem arruinado. Ele encarava Belle através do papel com olhos fundos, sem vida, sem esperança, tão escuros quanto o fundo de um poço.

— Nossa...

— Um longo período nas masmorras da Casa de Hécate provavelmente não ajuda muito — disse Bronwyn. — Mas o que poderíamos fazer? Nada desse tipo jamais tinha acontecido ao coven antes. Precisávamos ter certeza de que ele não voltaria a agir.

Como se não pudesse suportar olhar para a foto por mais tempo, Bronwyn a tirou rapidamente da mão de Belle e voltou ao grimório para guardá-la mais uma vez entre suas páginas.

— Decidimos pela exmagiação. Algo sem precedentes sem um julgamento EquiBruxo, mas ele ainda não tinha completado 30 anos.

Belle ergueu o olhar de repente. Uma peça indesejada do quebra-cabeça se encaixou.

— Artorius Day foi o último a falhar no obscurecimento antes de mim.

— Sim e não. Tecnicamente, ele foi destituído de seus poderes antes mesmo que seu obscurecimento pudesse acontecer.

Belle franziu as sobrancelhas.

— Será que seria seguro trabalhar com ele?

— O coven está de olho nele desde que foi banido — explicou Bronwyn. — Ele ainda está exatamente na mesma casa para onde foi mandado quando sua exmagiação foi decidida. E, em sua limitada defesa, o homem não demonstrou nenhum sinal de perigo desde a confissão. Nós reestabeleceríamos apenas o básico de sua magia para garantir que ele possa ser seu mentor, permitindo que lance feitiços simples sem alcançar grandes poderes.

Belle grunhiu.

— Não sei se conseguiria fazer isso.

— Não vai aceitar a mentoria? — perguntou Bronwyn, com as sobrancelhas erguidas.

— Bem, acho que não posso? Não depois de tudo o que você me contou. Não posso esperar que esse homem me ajude de boa-fé com qualquer coisa, muito menos com os ensinamentos da magia. Ele usou seus poderes unicamente, antes de perdê-los de vez, para assassinar o bom rapaz que todos adoravam.

Bronwyn assentiu.

— Admito que estou um pouco aliviada. Mas... sinceramente, essa não era a decisão que eu esperava de você, Belle.

Belle se sentiu na defensiva.

— Pode me culpar? Eu achava que Artorius era apenas um pouco excêntrico. Do tipo que toma umas doses a mais de uísque no café da manhã na velhice, ou algo do tipo. Não esperava que me dissesse que ele é um assassino que matou o próprio irmão. Além disso, minha mãe me mataria, mesmo que ele não o faça.

— Devo, com a melhor das intenções, pedir para que reconsidere do que está desistindo. Do que está abrindo mão, Belle. Refletindo na noite passada, enquanto analisava o grimório, percebi que quase todas as suas manifestações deram errado devido à falta de fé, à falta de autoconfiança, ao medo do que os outros poderiam pensar. Você recusou oportunidades, permitiu-se permanecer infeliz, simplesmente por medo das mudanças e até mesmo do sucesso que elas poderiam trazer.

As duas bruxas mantiveram os olhares fixos uma na outra por um longo momento de silêncio.

— Belle, que fique claro que quero que esta decisão seja inteiramente sua. Mas sei das suas capacidades, e do que você é capaz de se tornar — continuou Bronwyn, com sinceridade. — Sua magia é sua por direito, basta apenas reivindicá-la.

Belle enterrou o rosto nas mãos, com os cotovelos apoiados nas coxas, enquanto tentava se concentrar. Bronwyn riu empaticamente.

— Decisões, decisões. De início, eu fui veementemente contra a ideia Belle, de verdade. Mas confesso que, depois da nossa conversa, comecei a refletir... Artorius está impotente agora. Ele não detém nenhuma magia que possa ser usada para machucar ou fazer mal a você de alguma forma sem que o coven fique sabendo antes mesmo de acontecer.

Belle olhou para ela, surpresa pela mudança de postura.

— Além disso, ele é um descendente dos Day, uma das famílias mágicas mais antigas registradas na biblioteca. Ele e o irmão eram conhecidos pelo coven como bruxos naturalmente talentosos, mesmo na adolescência, antes do obscurecimento. Ele seria um mentor competente com os poderes restritos que devolveríamos a ele para a ocasião.

Belle suspirou.

— Eu deveria ter ficado em casa, onde literalmente nada nunca acontece.

Bronwyn riu mais uma vez.

— Vou lhe dar um momento para colocar a cabeça no lugar. — Ela saiu do escritório, deixando Belle sozinha em frente à lareira.

Belle fechou os olhos por um momento, respirando fundo. O que mais poderia ser feito para salvar sua magia? Essa era sua última chance.

De repente, seus cabelos pareciam insuportáveis, caindo em seu rosto. Ela prendeu os fios apressadamente com o elástico do pulso para conseguir pensar com clareza.

— Ai!

Ela se sobressaltou. Enquanto prendia os cabelos em um rabo de cavalo, o antebraço roçou contra o broche que usava como uma espécie de talismã desde o julgamento. Ela afastou a mão rapidamente, surpresa. A pedra da verdade estava escaldante, e a fumaça pálida dentro da superfície vítrea começara a se mover. Belle agarrou o tecido da blusa para olhar mais de perto. A fumaça turva se contorcia como uma gota de tinta escura na água, um redemoinho lânguido. Estava tornando-se mais clara, despertando. Com cuidado para tocar apenas o invólucro metálico, ela retirou o broche apressadamente e o segurou com cautela na palma da mão. Enquanto observava a fumaça que serpenteava por trás do vidro, Belle se sentiu envolvida por uma sensação hipnotizante e avassaladora.

Ignorando toda a lógica e seguindo um instinto completamente diferente, ela fechou o punho com firmeza e coragem em torno do broche. Agora, em vez de queimar sua pele, o calor se espalhou instantaneamente por seu corpo, preenchendo-a dos pés à cabeça. Uma sensação poderosa e encorajadora tomou conta dela. Era como lançar um feitiço, mas em uma escala ainda maior e mais visceral. A própria essência da magia parecia fluir dela para a pedra.

Estou aqui. A pedra parecia falar. Não havia som ou voz, mas ela ouviu de novo, exatamente como no dia anterior. *Estou aqui. Siga em frente. Faça a escolha certa para você.*

Belle pensou que não havia dúvidas de que aquilo era um sinal. O mesmo tipo de sensação que teve durante o julgamento Equi-Bruxo, quando estava no fundo do poço. Um empurrão, um encorajamento, um brilho. Justamente quando ela mais precisava.

14

O GUARDIÃO

Tudo certo. Me conte o que achou do final da próxima vez que aparecer, sra. Rollings. É muito bom, acho que você vai adorar — disse Belle.

Usando as duas mãos, a jovem fechou com força a gaveta do caixa, que, como sempre, se prendeu desajeitadamente contra a moldura. Depois de anos dando conselhos para os clientes sobre o que ler em seguida e registrando as compras desses livros como resultado, ela havia dominado a técnica de fechar a gaveta da forma correta: ligeiramente para a esquerda, empurrar até parecer que está prestes a quebrar.

O sino da porta tilintou assim que o último cliente do dia deixou a Livraria Lunar. O zumbido apressado da rua principal tomou conta do ambiente e logo desapareceu. Finalmente. O dia anterior à sua primeira noite de mentoria tinha se arrastado na loja sonolenta. Mesmo em dias normais, os momentos com menos movimento faziam com que o tempo parecesse parado por entre aquelas estantes, como se a loja tivesse um pêndulo próprio escondido em algum lugar na seção de ficção.

Ela aproveitou a oportunidade para começar sua tão conhecida rotina de fechamento. Depois de recolher os exemplares da Leitura Estelar da semana, largados nas mesas erradas, Belle trancou a porta da frente com uma boa sacudida para garantir que estava fechada. Virou a plaquinha de *Aberto* para *Fechado* e diminuiu as luzes. Um rápido movimento de dedo lançou faíscas e organizou o caótico cantinho das crianças. Sua última tarefa foi inserir manualmente os valores das vendas em uma calculadora e anotar os números em um caderno pautado. A Livraria Lunar ainda não tinha chegado à modernidade, e Violet não tinha nenhuma intenção de fazer a transição tão cedo. Ela insistia que fazia parte do charme.

Belle sentiu a cabeça girar levemente e a ponta dos dedos formigar à medida que uma tontura tomava conta dela. Provavelmente o início de uma dor de cabeça ao pensar no que a esperava mais tarde naquela noite. Ela prendeu os cabelos para conseguir se concentrar e se curvou sobre o balcão, rabiscando somas sob a luz das lâmpadas de vidro colorido. Com um movimento de dedo, os números anotados a lápis dançaram pela página, organizando-se na ordem correta enquanto ela calculava o total do dia. O suave tilintar do sino da porta da frente quebrou o silêncio da loja.

— Desculpe, estamos fechados. Voltamos amanhã às dez.

Ela se desconcentrou como se alguém tivesse estalado os dedos à sua frente. Não tinha acabado de trancar a porta? Sim, com certeza tinha trancado. Belle ergueu a cabeça rapidamente. Tinha alguém ali dentro. Havia uma silhueta na penumbra, inclinada contra o batente da porta, uma das mãos estendida para tocar o sino da entrada, a outra mergulhada no bolso do casaco. A mão dela rapidamente procurou pelas chaves no balcão, querendo algum tipo de arma enquanto pensava em um feitiço.

— Estava esperando por um atendimento pós-expediente.

Ela semicerrou os olhos, tentando enxergar melhor o cliente. Será que era ele? Seu rosto emergiu das sombras com um sorriso de canto.

— Rune.

— Estou procurando por algo que eu não consiga largar. Algo que me mantenha acordado à noite. Um enredo que me deixe louco.

Belle bateu o lápis contra o balcão e colocou a mão no peito, grunhindo de alívio e frustração. Ele abriu um sorriso irônico com a reação dela.

— Com todo o desrespeito, o que *diabos* você está fazendo?

— Só dando uma olhada — respondeu Rune, inocentemente, passando os dedos pelos títulos na mesa da entrada.

— Essa foi a entrada mais assustadora que alguém já fez. Qual é o seu problema?

Rune hesitou.

— Ah. Bem, eu estava tentando ser sofisticado e misterioso.

Belle revirou os olhos, recolhendo os papéis e guardando-os na gaveta para o turno do dia seguinte.

— Acho que estava mais para aterrorizante.

A expressão maliciosa dele rapidamente se transformou em constrangimento.

— Desculpe, eu não...

— Tudo bem. Está tudo bem. Só achei que fosse me matar. E, caso não esteja sabendo das novidades, estou em alerta máximo para assassinos esta noite. Da próxima vez, por favor, só bata na porta em vez de aparecer do nada no meu local de trabalho, quando a porta está trancada e eu estou sozinha no escuro.

— Bem, quando você fala assim, me sinto um idiota.

— Ótimo.

Eles permaneceram em um silêncio tenso, encarando um ao outro.

— E então? Agora que já se revelou como um completo esquisito e me traumatizou para o resto da vida, em que posso ajudar?

— Já disse que estou procurando livros. Aquele enredo que me deixe louco?

Belle revirou os olhos mais uma vez.

— Dê uma olhada naquela seção de romances ali. Todos aqueles livros têm homens bonitos que dizem coisas tão cafonas quanto você.

— Bem, você sabe como fazer um cara se sentir especial. — Rune sorriu. — Mas aceito a parte do "bonito".

Belle franziu a testa, sentindo o rosto esquentar.

— Eu estava esperando você sair — continuou ele. — Já estava começando a achar que tinha desistido, decidido que não valia todo o esforço.

— Não, eu estava trabalhando. — Belle gesticulou ao redor. — Não posso apressar as pessoas enquanto estão escolhendo livros... Desculpe, eu perdi alguma coisa? Não sabia que tinha um encontro marcado com alguém além de Artorius esta noite.

— E eu não sabia que tinha sido convocado até esta manhã.

— Convocado?

Ele deu um passo em direção a ela.

— Dever de guardião. Parece que o dia de hoje está cheio de adoráveis surpresas para nós dois — respondeu ele calmamente, tentando, sem sucesso, conter um sorriso.

Belle se esforçou para assumir uma postura mais casual, imitando a dele. De repente, ficou consciente demais dos braços pendendo ao lado do corpo e dos pés em ângulos estranhos. Apoiou as mãos no balcão de mármore frio, só para ter onde colocá-las.

— Adoráveis surpresas — repetiu ela com ceticismo. — Então você é o braço forte do Selcouth, hein? Vai se encontrar com Artorius também para fazer uma oferta irrecusável a ele?

Dessa vez, ele riu abertamente. Seus dentes brancos reluziram e ele balançou a cabeça. Rune se aproximou do balcão e imitou a postura dela, colocando as mãos do lado oposto do balcão e inclinando-se para frente. Belle pigarreou de forma desajeitada, embaralhando os cartões de fidelidade como desculpa para desviar o olhar.

— Por que você está aqui, Rune? — A pergunta saiu mais rude do que ela pretendia. — Não que eu não aprecie sua presença aqui como... meu torcedor? Meu guarda-costas? Seja lá o que for isso — disse ela, inclinando-se para pegar sua mochila embaixo do balcão e jogando-a sobre o ombro. — Mas eu preciso ir. Tem um bruxo misterioso, e espero que melhorado, à minha espera.

Aquele sorriso irônico de novo.

— Não se preocupe, não vou ficar. Mas obrigado por uma recepção tão calorosa, como sempre. Só estou aqui para tranquilizá-la de que o coven está... ciente do seu paradeiro.

Belle franziu as sobrancelhas, desconfiada.

— Você é sempre assim tão sinistro?

— Tento ser. — Ele sorriu de novo. — Por razões desconhecidas para nós dois, as irmãs Gowden, principalmente Bronwyn — corrigiu-se ele —, decidiram que eu deveria ser o responsável por garantir que você fosse à mentoria. Honestamente — continuou ele, pegando um doce do pote perto do balcão e colocando-o na boca, chamando a atenção de Belle exatamente para onde ela não queria olhar —, acho que ela estava um pouco preocupada que você pudesse ter fugido.

Belle se irritou no mesmo instante. Se o Selcouth já tinha decidido que ela não era digna de confiança nem para se encontrar com Artorius, quais eram as chances de uma avaliação justa no futuro?

— Muita gentileza sua. Delas. Dela — gaguejou Belle. — Mas, como pode ver — ela contornou o balcão, ajustando a mochila sobre o ombro —, estou bem. Hora do show.

— E eu, por sinal, mal posso esperar para ver como tudo isso vai terminar. É quase coisa de filme. Já temos um grande drama. Reviravoltas na trama, brechas nas tradições milenares, um júri dividido, assassinos banidos... — comentou Rune em tom provocador, enumerando os pontos nos dedos enquanto a seguia pela loja.

Ela gesticulou para a porta, encorajando-o a sair enquanto a destrancava.

— Tudo bem, peguei a dica. — Ele riu suavemente. — Também não eram os meus planos para as próximas semanas, mas, gostemos ou não, Bronwyn decretou que eu sou seu. Por mais vinte e oito luas.

Belle o encarou com uma expressão de pura descrença.

— E consigo entender por que decidiram nos juntar — acrescentou ele. — A química aqui é… realmente palpável.

Esse cara é muito de contato visual, pensou Belle consigo mesma. Ela o conduziu até a saída.

— Não sou a maior fã da ideia de ter um "guardião". Me parece terrivelmente ultrapassado, como se eu devesse viver em uma torre tocando alaúde enquanto você corre por aí com uma espada. Não dá pra chamarmos de outra coisa?

— É claro. — Ele assentiu. — Que tal protetor? Guarda-costas? Tutor?

— Pensando bem, vamos manter guardião mesmo. — Belle fez uma careta. — O que exatamente você deve fazer nesse trabalho?

— Pensei que nunca fosse perguntar. Tradicionalmente, envolve derrotar algum grande mal, uma missão em nome do Selcouth. Passar o fim de semana tentando evitar o inevitável fim do próprio conceito de existência mortal. Coisas desse tipo.

Rune pigarreou quando uma mulher passeando com um cachorro terrier virou a esquina e passou por eles rapidamente, com um gesto tímido de desculpas.

— Então você saiu ganhando com essa — disse Belle. — Ser guardião de alguém como eu e cumprimentar o homem que vai me ajudar a colocar meus deveres em dia provavelmente não é a ameaça mais iminente à existência mortal.

Ela estava tentando se lembrar o que as pessoas normalmente faziam com as mãos ao falar normalmente em uma conversa normal.

— Eu não diria isso tão cedo.

— Verdade. Talvez a minha grande história de origem como vilã esteja prestes a acontecer. Ora, eu sabia que era inevitável.

Isso lhe rendeu um sorriso torto. Ela apagou as luzes, deixando somente os holofotes iluminando a vitrine propositalmente sombria que ela estava evitando retirar. As janelas emanavam um brilho contra a noite fria.

— Olhe, por mais que eu aprecie sua visita inesperada, mais uma vez, apesar de eu ter literalmente implorado para você nunca mais aparecer aqui... Eu não preciso de um "guardião" — disse Belle, com aspas enfáticas no ar. — Na verdade, eu realmente odeio essa ideia.

— Também não sou um grande fã, acredite. Tem um milhão e meio de outras coisas que eu poderia estar fazendo com meu tempo.

— Tipo o quê? Se remoendo nas sombras de algum covil subterrâneo de vampiros? Ou seja lá onde você passa as noites?

— Eu não moro em um covil — resmungou ele. — Se quer saber, é mais uma toca.

— Ah, bom.

— Você não vai me ver muito. A maioria das tarefas de um guardião é feita da Casa de Hécate. Estou aqui mais para indicar a direção certa — tranquilizou-a Rune, com a voz ligeiramente mais suave e sincera. — Só queria que soubesse que pode contar comigo. Tudo o que precisa fazer é pedir.

— Acho que seu complexo de herói está dando as caras — zombou Belle.

Sim, talvez ela estivesse um pouco na defensiva, ainda lambendo as feridas depois do julgamento EquiBruxo, mas nunca tinha contado com ninguém para nada — muito menos com um homem. Agora, do nada, ela se encontrava dependente da ajuda de *dois* deles para manter intacta a magia que era dela por direito. Seu orgulho ardia como uma queimadura de sol.

Mas, por mais frustrante que fosse, se o coven achava que ela precisava de uma *dupla* ajuda extra, a parte razoável de sua mente argumentava que não faria mal que essa ajuda fosse de alguém como Rune. Um dos bruxos mais promissores do coven, galgando posições rapidamente e especializando-se em magia de proteção. A ideia de tê-lo de olho nela era desconfortável, estranha, mas talvez prática. Seria tolice não aceitar toda a ajuda que pudesse obter.

— Dá para ver que você não está muito convencida, e estou tentando não me ofender — disse Rune, como se pudesse ler sua mente. — Mas, acredite em mim, você é quem vai aprender as lições. Eu só vou estar por perto, caso precise de algo. Proteção extra, orientação, conselhos...

Belle lhe dirigiu um olhar de soslaio exageradamente dramático. Esse cara.

— Só se eu pedir?

Lá estava aquele sorriso torto de novo. Esse *cara*.

— Reservei minha agenda só para você.

— Que honra ouvir isso.

— Acredite em mim. Eu quero ajudar.

Ele parecia surpreendentemente sincero. Talvez fosse a primeira coisa realmente genuína que ele havia dito até então, sem qualquer tentativa de mistério ou bravata. Belle relaxou um pouquinho. Talvez percebendo a sutil mudança, Rune estendeu a mão para ela, que a apertou. Um crepitar de magia surgiu entre suas palmas quando se tocaram, o aperto dele quente e firme. Belle não tinha certeza, mas sentiu como se ele tivesse segurado sua mão por um segundo a mais.

— Bem, obrigada por dar uma passada e quase arrancar minha alma do corpo de susto.

— Precisando é só chamar. Agora, vou deixar que conheça o infame sr. Day. Falo com você em alguns dias. Ah, ordens das Gowden. Não se volte contra o mensageiro.

Rune ergueu ambas as mãos em uma simulação de rendição. Com um olhar rápido por sobre o ombro e para além da esquina, ele deu uma piscadela para Belle, estalou os dedos preguiçosamente e desapareceu. No lugar onde ele estava, restaram apenas algumas faíscas rebeldes de magia dançando por entre as rachaduras da calçada.

— Tchau, então — disse Belle para o ar.

Espantando qualquer pensamento persistente sobre Rune e suas covinhas irritantes, ela tirou um pequeno cartão com o endereço de Artorius do bolso. Caspar havia fornecido as informações necessárias a partir de uma segunda carta do Selcouth que chegou ao seu travesseiro naquela manhã em uma explosão de faíscas, para o azar de Jinx. Após ajustar a mochila abarrotada no ombro novamente, ela saiu cambaleando sob o peso. Não sabia ao certo o que levar para conhecer seu novo mentor, então fez o possível para levar o máximo, incluindo seu enorme grimório, que tinha o peso de uma pedra.

Ela dobrou a esquina em uma rua ladeada por árvores altas. As folhas de um vermelho flamejante eram como uma pintura outonal. Confetes de tons marrom amanteigado, amêndoa, âmbar, castanha e chocolate. As cores formavam um dossel sobre sua cabeça, pendendo contra um céu vespertino de roxos e azuis misturados.

Era assim que as próximas noites seriam. Ela já se sentia exausta após horas de pé na Lunar, mas noites de carboidratos e cochilos no sofá estavam fora de cogitação por um tempo. Especificamente, por mais vinte e oito luas.

As folhas que estalavam sob seus pés lembravam Belle das caminhadas que fazia na floresta com a mãe quando era pequena. Um vão profundo entre duas árvores específicas se enchia de folhas todos os anos, e elas o chamavam de "tigela de cereais". Escolhiam meticulosamente os tons mais perfeitos de laranja e marrom, de todos os tipos, para levar para a coleção de flora de Bonnie e, mais tarde, jogavam-nas nas poções de sorte e orientação que estavam constantemente fervendo no fogão.

Espantando a memória, Belle suspirou aliviada ao avistar uma placa antiga, preta e branca, com letras grandes e desbotadas que diziam: Quill Lane. Artorius morava no número 8.

Por trás das árvores, erguiam-se majestosas casas georgianas em tijolos alaranjados e com janelas em sacada. Jardins impecáveis adornavam cada uma delas, com as últimas rosas do verão ainda resistindo. Abóboras cuidadosamente esculpidas, de todos os tamanhos e formatos — obviamente criadas por pais perfeccionistas depois que as crianças se cansavam de retirar as sementes — estavam dispostas orgulhosamente nas varandas.

Ela parou. O número 10 da Quill Lane agora estava à sua esquerda. Não era nem uma casa — era uma mansão. O número 6 da Quill Lane ficava um pouco mais adiante no seu campo de visão — mais uma bela construção, com arbustos perfeitamente aparados, tão impecáveis que Belle poderia apostar que foram cortados com um instrumento de precisão apoiado no topo.

O número 8 da Quill Lane estava isolado.

Era como se as outras casas tivessem dado um passo para longe, como se percebessem algo estranho. A casa era a moeda suja no fundo do cofrinho brilhante da rua, parecendo se inclinar para longe da rua, desesperada para se esconder nas trevas. Provavelmente já havia sido bonita um dia, mas há muito andava negligenciada e abandonada à própria sorte. O lugar parecia uma memória desbotada, esquecida, uma sombra do que já fora. Ainda que alta como as demais, a casa de Day parecia frágil e incerta, com uma janela redonda e encardida sob um teto pontiagudo, indicando um sótão precariamente empoleirado no topo. Cortinas de renda amareladas pendiam das janelas, e musgo brotava em cada fenda das molduras.

— É claro que a dele seria a única cheia de espíritos dos condenados — murmurou Belle para si mesma.

Ela deu alguns passos cautelosos em direção à casa. Uma resina âmbar de árvores estava espalhada pelo caminho, e ferrugem da mesma tonalidade revestia o portão como uma camada de glacê laranja-escuro. Hastes marrons, ressecadas e quebradiças, haviam brotado do chão, serpenteando em direção à porta, enquanto um tapete de ervas daninhas preenchia as rachaduras das lajes quebradas da entrada.

Apreensiva e questionando sua decisão de seguir com a mentoria, Belle pensou novamente na mãe. Tinha ligado para Bonnie para contar todas as novidades, relatando todos os eventos do dia (exceto a voz nos túneis), e teve vontade de se revirar do avesso de tanta culpa. Não que Bonnie tivesse *tentado* fazê-la se sentir mal. Pelo contrário, fez de tudo para tranquilizar a filha, garantindo que não estava desapontada com a evidente falta de habilidade mágica de Belle e que, no fim, daria tudo certo (senão, não era o fim). Mas a garota estava tão desanimada que não conseguiu se sentir muito reconfortada com as palavras de encorajamento.

—Vamos lá. Se controle.

Com determinação, Belle estendeu a mão para o portão. O metal soltou um ruído estridente, absurdamente alto na tranquila rua durante o entardecer, e Belle estremeceu, arrastando ferrugem contra ferrugem enquanto o portão se fechava com um baque atrás dela. A foto que Bronwyn mostrara de Day antes do julgamento estava gravada em sua memória: a expressão assombrada no rosto, o olhar vazio nos olhos. Agora ela estava prestes a conhecer esse homem. Um arrepio de medo percorreu sua espinha, fazendo-a congelar no lugar.

Ela se forçou a caminhar até a entrada. Diante de uma porta azul-marinho, com a tinta descascando em lascas como pele se desprendendo, Belle estendeu a mão para a pesada aldrava de latão e bateu três vezes. De repente, desejou que ninguém estivesse em casa.

Uma segunda luz fraca se acendeu através dos painéis de vidro fosco da porta. Ouviu-se o som de uma corrente e maçaneta sendo mexidas. Um ranger pesado de dobradiças antigas. E então...

— Ah, minha querida. Bem-vinda!

15

Quill Lane

Olá… o sr. Day está em casa? — perguntou Belle.

— Ah, sim, sou eu.

A surpresa deixou a mente de Belle em branco. A mão que segurava a borda da porta da frente era pálida e ossuda, com uma pele fina e manchada esticada sobre os tendões como papel seda.

Artorius, vários centímetros mais baixo que Belle, usava um casaco bege pelo menos dois tamanhos maior do que seu corpo frágil. Calças cinza e uma camisa listrada abotoada que tinham o mesmo (mau) caimento do casaco, como se o homem dentro dos trajes tivesse encolhido consideravelmente. Nos pés, ele calçava um par de chinelos xadrez, surrados e gastos. Os óculos grossos sobre o nariz ampliavam seus olhos castanhos, tornando seu olhar sorridente e dócil, como o de um filhote. Mechas acinzentadas apontavam em todas as direções sobre orelhas que ainda eram incomumente grandes. Mas talvez a parte mais inesperada de sua aparência fosse o gorro de lã rosa-pastel enfiado em sua cabeça.

Não é possível. É?

— Ah! — balbuciou ela, e então se recompôs. — Certo. Olá. Oi. Bem, eu estou... aqui para ser sua aluna, eu acho.

— É claro, Belladonna! Sim, olá, olá. Eu estava à sua espera, muito ansioso pelo nosso encontro. É um grande prazer recebê-la. Espero que não tenha passado muito frio lá fora.

O homem mais velho abriu a porta da frente com o que pareceu um grande esforço. Ele olhou para a nova aluna com um ar caloroso e ansioso.

— Pode entrar, Belladonna. Há uma xícara de chá esperando, especialmente por você.

Belle entrou na casa, ainda completamente perplexa.

— Por favor, me chame de Belle.

— Como preferir.

Pelo visto, Bronwyn omitira um pequeno, mas crucial detalhe sobre quando a história de Artorius acontecera. Bronwyn tinha contado como se tivesse sido algo ainda recente e doloroso, mas, pelo que Belle podia ver do homem à sua frente, provavelmente ocorreu há umas seis décadas e algumas gerações antes do que ela imaginara.

Artorius seguiu pelo corredor comprido com um andar vacilante, os chinelos xadrez gastos arrastando-se pelo carpete estampado enquanto ele cantarolava uma melodia suave.

As paredes eram revestidas com um papel de parede floral, que parecia ter desistido de grudar onde deveria. Retratos e fotografias antigas estavam pendurados de forma tão desajeitada que também pareciam ter desistido. Mas, apesar da aparência desgastada, a casa tinha um ar inegavelmente acolhedor. Pequenos enfeites e bugigangas estavam espalhados por todas as superfícies, cada cômodo banhado por uma luz quente e pelo doce e nostálgico cheiro da idade, misturado ao aroma de pão recém-assado. Apesar das aparências, era evidente que aquele era um lar muito amado.

— Já jantou, Belle? Infelizmente eu já fiz minha refeição. O pão ainda não está pronto, mas com certeza há alguns bolinhos de fada em um desses armários que você pode pegar — disse Artorius. — Talvez estejam um pouco velhos, mas o que pode dar tão errado com um pouco de farinha e cobertura, não é mesmo?

Na cozinha, revestida de armários de madeira escura e azulejos com pequenas frutas coloridas, o homem mais velho pegou um banquinho dobrável. Ele subiu, quase perdendo o equilíbrio, para alcançar uma prateleira alta acima do fogão, esticando-se para pegar uma lata. Belle correu para ajudá-lo.

— Deixe que eu pego isso para você.

Artorius riu baixinho.

— Obrigado. Vai ser útil ter alguém com braços compridos por aqui. Pode até espanar para mim enquanto estiver por aqui.

Belle sorriu gentilmente.

— É claro. Sou muito grata por ter aceitado uma aluna, especialmente assim, de repente.

Mais uma pequena risada.

— Bem, sim, estive bastante atarefado esta semana, tive que refazer vários planos. Três festas canceladas, um ou dois encontros românticos, várias reuniões importantes de negócios, tudo por água abaixo — lamentou-se Artorius. — Estou brincando, é claro. Sobre a limpeza também. Acho que seria necessário um pouco mais do que um espanador para dar um jeito neste lugar. Não sou mais tão ágil quanto antes, sabe, e a casa é bem grande para que eu possa cuidar de tudo sozinho. Mas prometo que vai encontrá-la limpa o suficiente e, pelo menos, acolhedora.

Belle lhe dirigiu mais um sorriso, hesitando diante da conexão instantânea que sentiu com aquele homem.

— Que tal se sentar enquanto eu preparo o chá? — sugeriu ela.

— Pode ir afastando os livros do caminho. Há muitos deles nesta casa. As páginas me oferecem sua preciosa companhia quando o vazio da solidão toma conta. Duas colheres de açúcar para mim, por favor — disse Artorius, quase cantarolando.

Este não tinha como ser o homem perverso que Bronwyn havia descrito. Não era possível.

— É bom ter uma visita — continuou ele alegremente. — Não me lembro da última vez que tive motivo para tirar mais de uma caneca do armário de uma só vez. Devo dizer que fiquei bastante surpreso com o contato do Selcouth ontem. Encantado, mas surpreso, e a notícia de que eu teria a chance de assumir um papel de mentor? Estive esperando por isso há muito tempo... Jamais sonhei... Devo dizer que foi um dia e tanto.

Artorius suspirou, satisfeito enquanto se sentava com dificuldade.

— Que prazer ter uma nova amiga.

Belle atravessou a cozinha com duas canecas de chá, colocando uma diante do homem mais velho. Ela segurou a própria caneca, um brinde robusto de uma loja de artigos esportivos, e deixou-se envolver pelo calor reconfortante.

— Achei que eu tinha enlouquecido quando vi aquela carta na poltrona enquanto resolvia palavras cruzadas. Faz muito tempo desde que fui convocado pelo Selcouth, para qualquer coisa, imagine para ser confiado a transmitir conhecimento ou habilidades mágicas. Nunca pensei que esse dia chegaria... — Artorius se interrompeu enquanto bebericava sua caneca, que tinha as palavras "Bom Dia, Bonitão" impressas em letras ornamentadas.

— Não sei o quanto você ficou sabendo sobre o que aconteceu — disse Belle, com cautela. — Mas, resumindo, eu falhei no meu julgamento EquiBruxo. Tremendamente.

— E lamento ouvir isso. Essas malditas tradições... — disse Artorius com o que parecia ser uma empatia genuína.

— Obrigada. As manifestações não me favoreceram — continuou ela, estremecendo com a lembrança. — E isso teria sido o fim de tudo, mas acontece que, por ser outubro e Halloween, uma bruxa pode receber orientação na questão das especialidades mágicas para fortalecer suas habilidades. É aí que você entra. — Ela gesticulou para o senhor à sua frente, que sorriu radiante.

— Não havia muitas opções de mentores. A maioria dos candidatos teve um fim bastante trágico, infelizmente — acrescentou Belle. — Mas lá estava você. E aqui estamos nós. Tomando chá.

Artorius simplesmente assentiu. A combinação do nervosismo de Belle com a aparente falta de socialização dele fez com que os dois ficassem sentados em silêncio por um tempo. Mas já era um silêncio estranhamente confortável. Um silêncio gentil, que permitia que o outro pensasse e se ajustasse. Lá fora, começava a cair uma garoa, e as gotas tamborilavam nas vidraças finas como bolinhas de gude.

Belle se perguntou se não seria melhor se livrar logo do resto da conversa difícil. Mas não parecia certo começar com perguntas sobre assassinato, vingança e banimento. Afinal, ela estava ali por ela mesma. Talvez fosse do seu interesse manter a paz, completar a lista, cumprir todas as tarefas da forma mais rápida e indolor possível. Talvez ela não necessariamente precisasse das respostas agora. Ela estava segura. Rune tinha deixado isso claro. Sentiu-se aliviada quando Artorius tomou a iniciativa de novo.

— Primeiramente, imagino que possa estar se sentindo profundamente decepcionada com a maneira como sua audiência terminou. Mas, por mim, fico feliz que o Selcouth tenha lhe dado uma segunda chance. Às vezes, isso é tudo de que alguém precisa. — Ele olhou para ela, pensativo.

— Até mesmo uma bruxa tão inútil quanto eu? — Belle soltou uma risada curta e desconfortável.

— Ser uma bruxa é muito, muito mais do que possuir apenas habilidades técnicas. A magia está no seu espírito, Belle. Ela compõe seu corpo e sua alma, como sangue, tendões e músculos. Na minha opinião, não é algo que possa ser separado, pesado ou medido para julgamento.

Belle ficou surpresa com sua determinação.

— Antes de começarmos nossos estudos e garantirmos o resultado que você merece e tem direito, preciso insistir que não permita que a dúvida atrapalhe nossos esforços. — Ele apontou um dedo determinado para ela. — Ou, se sentir dúvida, como é inevitável nesta vida, não deve deixá-la vencer — disse Artorius, com firmeza.

Ela assentiu, tocada por suas palavras atenciosas.

— Ótimo. E, agora, vamos para a panela de doninhas que temos à mão — continuou o velho, tamborilando na mesa. — Acho que isso merece um agrado. Afinal, estamos celebrando o início de uma maravilhosa aventura. Para nós dois, tenho certeza.

Ele ergueu um braço frágil e abriu a palma. Em um instante, a lata se mexeu sozinha no balcão e voou até a mesa com alguns rangidos hesitantes, refletindo a instabilidade de sua mão.

— Deve ser bom sentir isso de volta em seu sistema — disse Belle.

— Hum?

— A magia. Ter seus poderes restaurados depois de tanto tempo.

— De volta ao meu... Ah! Sim, muito bom. Meio que uma novidade, é claro.

Artorius abriu a lata com cuidado, revelando quatro bolinhos de fada envoltos em papéis de cores pastel, todos amassados e com uma aparência meio triste.

— Peço desculpas, Belle. As fadas no fundo do jardim ficariam muito envergonhadas de mim, tratando seus doces dessa forma tão embaraçosa. — Belle conteve as perguntas que surgiam, que iam se juntando em uma pilha cada vez maior em sua mente. — Talvez estejam um pouco velhos, mas nada que um pouco de magia não resolva. — Artorius pegou um dos bolinhos na palma da mão, pairou os dedos sobre ele por um momento, e então os afastou, revelando uma versão mais fofinha e perfeita, com confeitos coloridos salpicados sobre uma cobertura pegajosa. — Fresquinhos. Saíram do forno hoje. — Ele piscou para Belle e entregou-lhe um bolinho.

— Isso, sim, é uma magia que vale a pena.

— Respeito profundamente a arte da feitiçaria poderosa, especialmente quando se trata de reviver lanches envelhecidos. —

Ele se concentrou em remover o papel com todo cuidado, como se revelasse um tesouro, e então ergueu o bolinho. — Ao seu aniversário. Aos novos amigos. E à aventura da autodescoberta.

Belle mordeu a massa leve e dourada e sentiu a doçura tomar conta da sua boca. O sabor familiar a transportou para as noites na casa de sua avó depois da escola. Açúcar, cobertores, TV e poltronas.

— Sapos e martas! O grande tour! — Artorius saltou da cadeira com uma energia surpreendente. — Estou um pouco enferrujado com essa coisa de anfitrião. Por favor, Belle, venha comigo para que eu mostre o resto da casa.

Ela seguiu Artorius enquanto ele a conduzia por seu lar. Uma sala de estar desordenada, mas aconchegante, ficava na parte da frente. Tapetes felpudos. Duas poltronas. Estofados desgastados com padrões florais chamativos que contrastavam dramaticamente com o resto do ambiente. Uma televisão pequena e quadrada que parecia nunca ser desligada, exibindo uma imagem que oscilava conforme a velocidade do vento. Todas as superfícies possíveis ostentavam uma toalhinha de crochê cor de creme, que Artorius informou com orgulho terem sido feitas por ele mesmo. Era confortável e convidativa, mas congelada no passado, mobiliada por alguém que claramente se esforçava para manter um sentido de lar. A lareira, sempre crepitando (e que Belle suspeitava ser magicamente alimentada), contribuía bastante para o aconchego.

Uma espécie de escritório ficava logo atrás. Era menos um local de trabalho e mais um bazar caótico, com meros indícios de uma mesa soterrada sob pilhas de documentos e textos descartados. Parecia a representação física precisa de todo o conhecimento dentro da mente de um velho bruxo, transbordando em uma confusão de páginas soltas e papéis rabiscados, presos sob uma variedade de pesos de papel de vidro. Belle colocou as mãos em concha contra a janela dos fundos e espiou a densa escuridão da noite londrina. Ela conseguiu distinguir o contorno de um jardim selvagem e descuidado à espreita. Espinheiros, arbustos e ervas daninhas se entrelaçavam, com gotas de chuva refletindo o luar como joias.

No andar superior, o quarto de Artorius ficava na parte de trás da casa, com vista para o jardim, ao lado de um banheiro com uma paleta de cores em tons de verde-abacate levemente inquietante. Uma segunda escada em espiral, estreita e sinuosa que, segundo Artorius, levava ao sótão, erguia-se em um canto do piso.

— É melhor visitarmos outra noite. Não suba lá sem mim. É um cômodo que pode ser um tanto... imprevisível, para dizer o mínimo.

— Parece meio sinistro.

Artorius não respondeu, ou não ouviu, ou fingiu não ouvir.

— Esta noite foi apenas para nos conhecermos, Belle. É claro que nossas luas limitadas são preciosas, mas também acredito que é importante começarmos amanhã com a mente aberta.

Artorius insistira em acompanhar Belle por metade do caminho até a saída, com a lua alta e pesada no céu. Eles precisaram parar várias vezes no percurso para ele fazer reclamações sobre plantas que surgiam pelo chão do jardim da frente e para coçar rapidamente entre as orelhas de uma raposa que parecia ser uma amiga fiel. Talvez até parte da família.

— Esta aqui aparece na maioria das noites para o jantar — explicou Artorius. — Mas devo dizer que é maravilhoso ter companhia humana novamente.

O encontro deles não poderia ter sido mais diferente do que Belle havia previsto. Parecia impossível que aquele homem, tão gentil e bondoso, fosse o mesmo de quem Bronwyn falou com tanto desprezo na voz.

— Estou ansiosa para trabalhar com você — disse ela. Algo a compelira a ser honesta, e ela sentiu a necessidade de compartilhar seus sentimentos. — Na verdade, estou com uma sensação estranhamente boa sobre isso, algo que eu não sentia há um tempo. — Ela soava tão surpresa quanto se sentia.

Artorius educadamente ergueu seu chapéu cor-de-rosa para Belle. Com um aceno de cabeça de gratidão, ela seguiu pelo restante do caminho até o portão. Quando se virou para trancá-lo, esperava que o homem mais velho já tivesse desaparecido dentro de casa. Em vez disso, encontrou-o ainda de pé no mesmo lugar, algumas faíscas rebeldes de magia flutuando ao seu redor como migalhas de biscoito, acenando com o chapéu até que ela virasse a esquina.

16

O LAR DE UM BRUXO

Belle levou uma colherada de chantilly da caneca à boca, mas errou o alvo, deixando cair uma porção em seu jeans, bem na altura da coxa. Lançando maldições entredentes (não de verdade, ela não era do tipo que brincava com isso), começou a esfregar freneticamente o tecido com um guardanapo, ao mesmo tempo em que usava o cotovelo para manter aberta a página do grimório. Ouviu o som de um banco sendo arrastado do outro lado da mesa, e Ariadne se sentou nele pesadamente, sem cerimônia.

— Enfim te encontrei. Achei que talvez tivesse saído com o sr. Mágico, já que chegou tarde ontem à noite, e hoje não consegui te achar em lugar nenhum pra poder te interrogar. Mas, é claro, livro gigante e café igualmente gigante. Eu deveria ter adivinhado.

— Hein? Ah, certo. — Belle jogou os braços sobre o grimório, rapidamente enfiando-o debaixo da jaqueta que estava no banco. Após perder o sono logo depois do amanhecer, ela havia seguido o aroma de cafeína e passado praticamente o dia inteiro enfiada na mesa de sempre, curvada sobre as páginas à sua frente, curiosa para saber se os desafios do EquiBruxo estariam no grimório. Não estavam.

— Ele prefere encontros noturnos — disse Belle. — Não nesse sentido! — continuou ela apressadamente enquanto Ariadne arqueava as sobrancelhas de forma sugestiva. — É que ele... trabalha muito.

O sr. Ricci apareceu para entregar o americano de Ariadne (com leite gelado à parte) e deslizou dois pratos que trazia equilibrado no antebraço sobre a mesa.

— Alguns rolinhos de canela para minhas melhores clientes. A maioria das pessoas sãs já deu uma pausa na cafeína a essa hora do dia. São seus, se estiverem com fome — murmurou ele, sempre em um tom ríspido, mas secretamente gentil e generoso com as sobras de confeitaria. Certa vez, ele ficou atrás do balcão por quase meia hora, enxugando canecas com um pano enquanto Belle chorava sobre não ter ideia do que estava fazendo com a própria vida, depois de um dia terrível atendendo aos caprichos de Christopher.

— Ninguém sabe, garota. Quem diz que sabe, está mentindo — dissera ele, com praticidade, empurrando um pão dinamarquês com cobertura de cereja brilhante pelo balcão para afogar as mágoas dela.

— Amo ele como se fosse meu próprio pai — disse Ariadne com sinceridade enquanto o sr. Ricci voltava para trás do balcão. Ela adicionou algumas gotas de leite da pequena jarra. — Na verdade, provavelmente até mais. Que tal aquele novo filme de Halloween hoje à noite? Vai ter uma sessão à meia-noite.

Agora, após um primeiro encontro, as aulas de Belle com Artorius começariam de verdade naquela noite. Seus nervos estavam à flor da pele, e ela vinha tentando se distrair com a leitura, mas a sensação só piorou com a cafeína. Ela já via os primeiros vestígios de uma meia-lua por entre as frestas das persianas da cafeteria, prateada e enevoada no crepúsculo. Por pura sorte, era lua nova: o momento perfeito para recomeçar, para abraçar um novo começo.

— Não posso — disse Belle, com relutância.

Ariadne lhe dirigiu um olhar de desgosto.

— Eu sabia que esse dia chegaria, mas não esperava que fosse tão cedo. Belle, você não pode me abandonar na solteirice. Eu a proíbo. Não pode me deixar sozinha na solidão das solteironas.

— Juro que não é nada disso. Juramos solenemente envelhecer juntas e nos tornarmos anciãs assombradas e rabugentas unidas, enquanto o resto do mundo encontra a felicidade em casamentos felizes e adoráveis bebês rechonchudos. Eu respeito esse juramento.

— E é melhor não se esquecer. Verrugas combinando, cabelos grisalhos até a cintura, rodas de fiar rangentes, o pacote completo.

— Foi um pacto selado com sangue — disse Belle. — Não brinco com esse tipo de coisa.

— Não sei, sinto cheiro de traição. Duas noites seguidas já me parece coisa de "ex-solteirona", sabe?

— E é exatamente por isso que você só foge de compromisso com todo mundo, menos comigo — disse Belle, partindo seu chocolate ao meio e oferecendo um pedaço, como era de costume.

— Na verdade, fico muito feliz por você. Acho que quero que você encontre alguém mais do que você mesma. Mas se o sr. Mágico está fazendo você passar todas as suas noites fora, eu deveria pelo menos saber o nome verdadeiro dele. E se ele acabar te assassinando e eu precisar vingar sua morte? — perguntou Ari, enquanto migalhas de chocolate caíam sobre a mesa.

— Por que você é tão obcecada por vingar minha morte?

— Porque estamos apaixonadas. Então, vamos lá, qual é o nome dele?

Belle mordeu o interior do lábio. Ela não podia dizer o nome de Artorius. Para começar, era agora sinônimo de um simpático senhorzinho sorridente, e isso parecia errado em muitos, muitos níveis. Além disso, era um nome que Ariadne tiraria sarro até não poder mais.

— Rune. — Não muito melhor. Ela o usou como resposta antes que pudesse pensar melhor.

— Como é? — Ariadne tentou manter uma expressão séria. — Rune? Isso não é nome, é barulho de carro.

— Você está sendo rude.

Ari bufou.

— Você está saindo com um cara... chamado Rune.

Belle assentiu, indignada, mexendo seu café na tentativa de parecer despreocupada. De onde tinha saído essa ideia? O rosto dele fora o primeiro a surgir em sua mente. Ela imediatamente se arrependeu da resposta impulsiva. Ariadne insistiu.

— Rune? Quase "runa", aquelas pedrinhas com símbolos? Tipo Rune Dune Tê. Salamê Minguê.

— É sério isso?

— Ele é parente do Rony?

— Cale a boca, por favor. — Belle cruzou os braços em cima da mesa. — Acho que é de origem alemã, ou algo do tipo — murmurou entredentes. Ela não fazia ideia de por que estava tão na defensiva.

— Não acredito que o homem que finalmente vai roubar você de mim se chama... Rune. Eu jamais vou superar isso. Espero que ele seja absurdamente gostoso. — Ariadne tinha desistido de conter o riso e gargalhava alto.

— Vai querer um rolinho de canela?

— Não mude de assunto. Onde você acha esses caras?

— Eles parecem me achar por conta própria — respondeu Belle com um ar sombrio, remexendo na bolsa à procura da carteira.

— Mas é sério, então? Com *Rune*? — Ariadne mordeu a língua, enfatizando o nome enquanto arrancava um pedaço grudento do rolinho de canela. — Você anda chegando em casa bem depois da sua hora de dormir, cancelando nossos planos por causa dele, e parece que não dorme há meses. Sem ofensas.

— Uau, muito obrigada.

— Foi mal, mas é a verdade. Você não pode continuar assim. Trabalhando o dia inteiro, passando todas as noites na casa dele, voltando para a nossa, começando tudo de novo, e repetindo. É ridículo. Por que faz todo o trabalho por ele?

Belle ergueu uma sobrancelha.

— Pode me comprar mais café, se fizer você se sentir melhor.

— Por que não chama ele para nossa casa? Prometo me comportar. Ou posso sumir por algumas horas — respondeu Ariadne ao olhar que Belle lhe dirigiu.

— Agradeço, mas está tudo bem. Eu estou bem. Vai ser só por algumas semanas.

— Já colocou um prazo de validade? Não me parece muito saudável.

— Não é isso. Decidi dar um mês e ver o que acontece. Se der certo, deu certo. Se não, não. Mas quero dar tempo o suficiente.

Ariadne suspirou.

— Só tenta se colocar em primeiro lugar, tá? Por favor? Você é péssima nisso.

— Desta vez, eu vou. Juro. É algo que preciso fazer. Agora, será que dá para falarmos de outra coisa?

— Sim, mas só porque estou vendo que está cansada e, caso contrário, vai acabar caindo no choro.

— É bem provável.

De volta ao seu quarto, Belle se sentou tão curvada que seu nariz quase tocava os tornozelos, a postura lembrando a de um camarão. O grimório estava aberto à sua frente sobre o tapete. Estava quase na hora de ir para a Quill Lane, e ela tinha apenas alguns minutos para pensar sobre a tarefa que tinha pela frente.

Com letras rebuscadas, o livro explicava o básico: as seis especialidades mágicas a serem exploradas durante seu período de mentoria, cada uma parecendo mais desafiadora e claramente passível de fracasso do que a anterior.

Felizmente, por causa da recusa de Jinx em se sentar em qualquer lugar que não fosse estendida sobre suas pernas e atualmente ronronando de maneira eufórica, Belle considerou que a primeira especialidade, Afinidade Animal, estava praticamente resolvida. A gata era parte de sua família há mais de dez anos, e o vínculo entre elas era um dos mais fortes de sua vida.

— Jinx, pensando bem, eu provavelmente deveria agradecer a você por eu não ter sido expulsa da Casa de Hécate antes — disse Belle enquanto acariciava distraidamente o queixo pequeno e macio da gata.

Feitiçaria da Terra vinha em seguida, o ponto forte e especialidade de Bonnie. Belle se sentia razoavelmente confiante de que uma revisão do ofício reacenderia sua antiga e sólida compreensão dos ingredientes naturais, do poder inerente à terra e das propriedades que ela poderia revelar nas mãos certas. Enquanto desenterrava os primeiros brotos do aprendizado escondidos nas profundezas de sua mente, foi um alívio sentir as memórias já desabrochando em pequenas folhas verdes.

Quando foi a última vez que ela realmente aprendeu algo ou desafiou a si mesma? Ela se surpreendeu ao sentir que a ideia causou um leve arrepio de empolgação em sua espinha.

Também havia os encantamentos, é claro. Feitiços, encantos, amuletos — a especialidade que ela usava diariamente, mesmo que apenas em sua forma mais humilde e pouco ousada. Ela conseguia ver o potencial ali, mas era um assunto vasto, com desafios ilimitados. De qualquer forma, três das seis especialidades não estavam sendo começadas completamente do zero. Não era uma proporção ruim.

Ela passou para a próxima página do grimório e se deparou com as especialidades que exigiriam mais de sua atenção. Alquimia, ou prática de poções. Ela mal havia arranhado a superfície dessas águas cheias de arte e, para piorar, essa especialidade trazia consigo uma... história complicada para Artorius.

A quinta era a clarividência, a conexão com a mente e o domínio de sua força. Premonição, meditação, telepatia, adivinhação, contato espiritual. Uma especialidade notoriamente desafiadora e certamente a mais visionária, mas também uma das mais recompensadoras de se dominar. Aparentemente.

Uma brisa fraca de outubro soprou pela janela aberta e passou a página. O grimório, por si só, lembrava-a da magnitude do desafio que tinha pela frente. Por fim, e em sexto lugar, o livro revelou a necromancia. Comunicação com os mortos.

A Quill Lane estava úmida e chuvosa quando Belle desceu do ônibus, pisando cuidadosamente sobre um tapete de folhas escorregadias. Ao voltar para a casa, foi surpreendida pelos detalhes mais sutis que não percebera no dia anterior. A quantidade de amoras enredadas nos arbustos que margeavam a janela da frente. A árvore de um profundo vermelho-cereja que se inclinava timidamente sobre a entrada. A raposa que havia retornado, exatamente como Artorius dissera, e estava enroscada em um círculo perfeito cor de âmbar em um canto do jardim da frente. Ela abriu um olho preguiçosamente para ver quem a havia interrompido, mas logo voltou a se aconchegar em sua cama de folhas.

Após sua chegada, que deixou Artorius completamente surpreso e empolgado ("Não sabia se a veria de novo. Passei o dia inteiro preocupado se fui um anfitrião acolhedor o suficiente."), ele lhe serviu chá e fatias de torrada com uma camada tão generosa de manteiga que poças de um amarelo brilhante se formavam sobre o pão.

Ela ficou surpresa quando, em seguida, ele a levou ao topo da casa, para o sótão "imprevisível" que, no dia anterior, ele havia especificamente advertido para que ela não entrasse.

— Fiquei nervoso e não queria mostrar a você. Mas, depois de pensar muito, acho que o melhor é mergulharmos juntos de cabeça. Como dizem por aí, é aqui que a mágica acontece. No meu caso, como deve saber, digo de forma totalmente literal.

No momento em que a palma da mão dele repousou sobre a maçaneta de latão, ela destrancou com um ruído suave e um crepitar de faíscas.

Como uma bruxa que preferia manter os próprios truques e ferramentas longe de olhares curiosos, ocorreu a Belle somente enquanto tomavam chá com torradas que a casa parecia amplamente desprovida de uma existência mágica. Fazia sentido, levando em consideração que ele fora privado de seus poderes até o momento, embora estivesse claro que ele gostava de pesquisar sua herança mágica, teoria da magia e coisas do tipo. A decoração era um tanto excêntrica e rústica, mas ela não havia notado nenhum livro de feitiços ou almanaques. Nenhuma varinha perdida ou ingredientes de poções à vista. Nenhum caldeirão equilibrado no escorredor de pratos. Apenas relógios antigos, pratos comemorativos de porcelana em suportes e uma pequena estátua de uma dançarina de flamenco com a inscrição "Minorca, 1979" na lareira.

Mas agora estava claro que tudo o que indicava que Artorius Day era de fato de inclinação sobrenatural estava armazenado neste sótão. Era um verdadeiro tesouro reluzente, banhado pela luz prateada da lua, vivo com uma profusão de ingredientes estranhos e inusitados, alinhados sob as vigas. Prateleira após prateleira de frascos, garrafas e vidros de todos os formatos, tamanhos e tonalidades compunham sua coleção. Estavam dispostos em vasto número, formando uma colcha de retalhos de vidro à medida que captavam a luz da lua e a refletiam em novas cores. Rótulos desgastados, com letras irregulares, haviam sido meticulosamente colados em todos eles. Cada recipiente bem fechado com uma rolha, uma tampa ornamentada ou, às vezes, simplesmente um pedaço de jornal amassado, improvisado às pressas.

Entre montes de livros empilhados por toda parte, havia inúmeras caixas de papelão desordenadas, todas cheias e espalhadas pelo chão, como uma promissora feira de objetos usados. Malas e baús antigos também estavam presentes, alguns repletos de caldeirões de diversos tamanhos, um dentro do outro, como bonecas russas. O maior deles estava posicionado no centro do cômodo, na frente de Artorius, que se ocupou instantaneamente com o que parecia um pote de conchas de caracol. Um belíssimo telescópio de latão estava na janela, apontando para o céu e, ao lado dele, para a admiração e espanto de Belle, havia um planetário mecânico completo, girando graciosamente em sua órbita heliocêntrica, representando o movimento dos planetas e suas luas. Ela viu coleções de cristais, potes lacrados com cera e cartas de tarô descartadas. Também o esqueleto perfeitamente preservado de algum tipo de pequena criatura alada. Havia ainda uma profusão de velas coloridas, tapeçarias espalhadas e carpetes, além de vários objetos que Belle não conseguiu identificar. Tudo ao alcance de sua visão reluzia com o suave toque da magia, como uma camada de açúcar de confeiteiro captando a tênue luz aquarelada.

— Que lindo — murmurou Belle, maravilhada.

Alguns objetos maiores estavam cobertos com lençóis empoeirados jogados sobre suas formas volumosas. Uma poltrona alta e almofadada estava posicionada ao lado de Artorius, evidentemente seu lugar preferido para reflexões. Diversos objetos zumbiam e chiavam suavemente enquanto flutuavam com tranquilidade ao seu redor, despertando todos os seus sentidos, como se o próprio cômodo estivesse vivo e cheio de possibilidades. Era uma verdadeira maravilha. Uma oficina de inventor, uma caixa de truques de mágico, um gabinete de curiosidades de um colecionador. O lar de um bruxo.

— Ah, acha mesmo? Não é grande coisa. Somente tudo o que acumulei ao longo dos anos, sem muita lógica ou razão. — Artorius se explicou rapidamente. — Não que eu pudesse usar nada disso, é claro... Mas imagino que muitas pessoas colecionam coisas que as lembrem do passado. A nostalgia é uma coisa poderosa.

— Por que você mantém tudo isso escondido aqui em cima? Poderia encher sua casa inteira com coisas maravilhosas.

— Sou um homem reservado. Não desejo atenção. E é importante que você crie espaços assim para você mesma, Belle. Não precisa ser um sótão inteiro, mas todos os bruxos precisam de um altar próprio dedicado à prática da magia. Altar soa um tanto pomposo, mas me refiro apenas a um espaço pessoal, algo que seja só seu. E este é o meu — disse Artorius, gesticulando com orgulho.

"Repito que nada disso está em uso ativo — ressaltou ele rapidamente. — São apenas meus estudos durante minha vida como não bruxo. Meras curiosidades que gosto de folhear, para me lembrar de... de toda a magia disso tudo, eu acho. — Seus olhos ficaram um pouco marejados por um momento, e então ele reassumiu a postura.

"Além disso, ouso dizer que os vizinhos já me acham louco o suficiente. A última coisa de que preciso é que um deles venha bater à porta e me encontre mexendo no pote de olhos de salamandra, procurando o mais suculento. O sr. Nuttall, que mora bem aí ao lado, já está convencido de que sou um lunático."

Belle pensou consigo mesma que o sr. Nuttall provavelmente tinha visto e ouvido algumas coisas sobre o número 8 da Quill Lane ao longo dos anos e, muito provavelmente, tinha motivos o suficiente para pensar dessa forma.

A noite avançava pelas frestas do sótão, marcando o início de sua primeira lição, e Belle se sentou em uma postura atenta enquanto Artorius dava início a uma aula de revisão sobre teoria da magia, abrangendo os princípios básicos de qualquer feitiço bem-sucedido.

— Visão, coragem, tenacidade. E benevolência, para garantir — disse Artorius, batendo com os nós dos dedos em cada uma das qualidades escritas em uma pirâmide flutuante que ele criara com magia. — E não tenha a menor dúvida de que você possui todas em abundância.

Era estranho. Há muito tempo que ela não sentia esse tipo específico de contentamento, que a lembrava de momentos passados com sua querida avó. Um amor abundante, incondicional. Confiança, apoio e admiração inabaláveis, como se ela fosse algo precioso. Já fazia anos desde que a perdera, mas aquela presença era algo que ela sentia falta todos os dias desde que Alvina se foi, sua magia retornando para o Selcouth. Os anos sem ela haviam suavizado o luto, desgastando-o até que virasse algo mais brando. Já não era mais cortante, perfurante ou severo. Era mais como um lenço de seda em volta de seu peito, permanente e sólido, mas tenro em sua existência, apertando seu peito suavemente de vez em quando, sempre que ela ouvia notícias ou histórias que gostaria de poder compartilhar.

Talvez não com a mesma intensidade, mas as palavras de Artorius reacendiam a nostalgia daquela companhia tão querida. Involuntariamente, sua mão buscou a familiaridade calorosa de sua pedra da verdade.

Como se alguém tivesse aberto a janela repentinamente, Belle sentiu um arrepio percorrer a espinha, uma corrente elétrica passando por cada uma das vértebras. Uma brisa cortante atravessou as frestas da moldura da janela. O cheiro abafado do sótão, de páginas antigas e tabaco, preencheu as narinas ao ser carregado pelo vento. Seu olhar foi imediatamente atraído pelo grimório que repousava em um suporte de partitura. As páginas começaram a voar rapidamente, agitadas pela ventania frenética que fez Belle afastar os cabelos do rosto e Artorius segurar seu chapéu cor-de-rosa. Tudo cessou tão de repente quanto começou, e o grimório pareceu ter encontrado a página que desejava. Os dois trocaram um olhar hesitante, e então Belle correu até o livro, agarrando a capa de couro com as mãos.

A página estava aberta em um trecho que ela com certeza não tinha visto antes, e se perguntou se aquilo sequer estava em seu grimório antes. Artorius a seguiu e espiou por sobre seu ombro, na ponta dos pés.

O título da página dizia simplesmente *Encantamento,* e era seguido por um parágrafo:

Firmeza em tuas palavras deves ter,
A verdade ousada deves dizer.
Crê que o bem há de prevalecer,
Destino algum a magia pode prever.
Para provar teu encantamento,
Reescreve a mente em seu tormento.
Espírito, alma e feitiço em junção,
Invoca o que há em teu coração.

— Por que a magia sempre tem que vir acompanhada de uma poesia indecifrável e inútil? — resmungou Belle.

Artorius sorriu.

— E assim está lançado o seu primeiro desafio do grimório.

17

Encantamentos

Brilhante, brilhante! Vamos para a nossa próxima tarefa. A não ser que... pelos céus, fígados e cebolas, já é quase de manhã! Belle, eu a segurei aqui por tempo demais. Você precisa descansar. Os efeitos da prática de magia nova podem ser exaustivos — comentou Artorius.

De fato, Belle se sentia exausta. A quinta lua havia sido brutal. Ela tinha chegado cansada, mas confiante por um início animador com os encantamentos. Após duas noites de sucesso em várias de suas formas, Belle aparentemente havia esgotado quase todas as opções na casa de Artorius, animando, manifestando e transferindo tanto caos que o local agora parecia um museu administrado por um lunático. Artorius, no entanto, não se incomodava com a bagunça e estava empolgado com o progresso, enquanto Belle bebia tanto café que conseguia sentir até os cílios vibrando. Um destaque pessoal e triunfante fora o notoriamente complicado encantamento de *Vividus Animo*, que dava vida a objetos inanimados. Para sua própria surpresa e alegria dele, ela conseguiu encantar a pequena dançarina de flamenco da lareira de Artorius, e também um sobretudo, que ele aproveitou como parceiro de valsa durante a pausa para o lanche. Um pequeno caos se instaurou quando a estátua começou a instruir Artorius e o sobretudo em sua própria rotina de dança flamenca.

Essa noite, a dupla enfrentou mais uma grande tarefa: transferência mágica, ou seja, teletransporte de um ponto a outro. Era uma magia que Belle esteve determinada a dominar na adolescência, mas que acabou desistindo depois de um tempo, nem a paciência nem a resistência ao enjoo de movimento eram exatamente seus pontos fortes, além de sua característica frustração ao não conseguir sucesso imediato em algo. A arte da transferência era frequentemente dolorosa e extenuante, resultando em articulações machucadas e membros tão tensionados quanto massa sovada demais.

A transferência auxiliada, segurando o braço magro de Artorius, tinha se mostrado tranquila. Ela havia conseguido executá-la de modo satisfatório para dentro e fora da Casa de Hécate. Mas isso apenas tornava uma transferência solo suave (ou a falta dela) ainda mais frustrante. Após horas de tentativas fracassadas, Belle quase conseguiu realizar uma transferência solo de ida e volta da cozinha para o sótão. Quase — mas, por algum motivo, ela não conseguia executar o encantamento mantendo os dois sapatos intactos. Agora, suas têmporas latejavam com uma pulsação constante e insuportável, e sua recém-adquirida confiança estava abalada.

— Nossa primeira dificuldade real no processo! — exclamou Artorius com um entusiasmo difícil de compreender, como se o próprio fracasso fosse um marco digno de comemoração. — Não se preocupe, Belle. Dentro de algumas luas, voltaremos a isso com ânimo e vigor renovados. Agora, como eu disse, você deveria ir para casa e descansar.

Belle, exausta pela constante presença de magia inundando seu sistema, olhou para ele com desespero.

— Vamos tentar mais uma coisa. Precisamos terminar com algo positivo — sugeriu ela, forçando os ombros para baixo na tentativa de aliviar a tensão que parecia se solidificar.

— Talvez algo um pouco mais tranquilo, mas não menos desafiador, só uma magia mais gentil e encorajadora.

— Sim, isso mesmo — disse Belle com gratidão.

— Muito bem. Enquanto planejava nossa aula de hoje, pensei que talvez a arte dos círculos de proteção pudesse ser interessante de explorar. É uma boa prática para evitar interferências, e simples o suficiente. Aquela sensação de estar em sintonia com sua magia, tenho certeza de que sabe do que estou falando. O brilho reconfortante que é como um cobertor macio, mel ou leite morno. Impossível de descrever, mas é a sensação da magia em si...

Belle assentiu, familiarizada.

— Pois bem, desenhe o círculo ao seu redor, expanda essa sensação de calor e magia. Deixe-a inundar sua mente por completo...

Belle se concentrou intensamente, sentindo o brilho, que era como um líquido derretido, percorrer seu corpo dos dedos dos pés até o topo da cabeça.

— ...Visualize essa sensação fisicamente, veja-a preencher cada centímetro desse sótão. Imagine-a ao seu redor, circulando e atravessando você. E... Ah, maravilhoso! Realmente maravilhoso. Perfeito, na verdade! — A exclamação de Artorius surpreendeu Belle.

Ela abriu os olhos e instantaneamente viu o motivo de tanta alegria. Um círculo brilhante havia se formado ao seu redor, envolvendo-a e fazendo-a levitar a poucos centímetros do chão. A simples visão daquilo fez Belle se sentir poderosa no mesmo momento. Ela se sentia segura em seu próprio corpo. Uma força que Belle nunca permitira a si mesma sentir agora transbordava dentro dela.

— Já me sinto melhor.

— A confiança faz isso por você, mas um círculo de proteção também ajuda. Isso a protegerá de entidades negativas que poderiam querer causar caos e desordem.

Belle ainda estava maravilhada com a beleza radiante ao seu redor, quando mais uma vez a pedra da verdade chamou sua atenção, quente ao toque em seu bolso. Ela a retirou. A pedra, assim como o círculo, brilhava de uma forma inacreditavelmente intensa, como um pequeno fragmento do próprio sol. Ela desviou o olhar para Artorius, perguntando-se se ele seria capaz de lhe dar alguma explicação. Seus olhos estavam arregalados, e ele parecia tão perplexo quanto ela.

— Salamandras e dedais… — murmurou ele, maravilhado. — Posso?

Belle lhe entregou a pedra para que ele a examinasse mais de perto.

— Isso acontece, às vezes. Até onde sei, não há nenhuma lógica ou razão evidente — explicou ele. O bruxo hesitou ao segurá-la entre os dedos, uma expressão de dúvida cruzando brevemente seu rosto. Era óbvio que sua mente trabalhava a mil por hora.

— Pedras da verdade são coisas curiosas. Algo como uma herança familiar entre famílias de bruxos. Algumas são mais preciosas do que outras, tão enraizadas na história que dizem ter sido forjadas no nascimento da própria magia.

— E todas elas fazem isso? Essa coisa de acender e brilhar no escuro?

— Não posso afirmar que já vi isso antes, mas já li a respeito… Diga-me, sua pedra da verdade foi um presente herdado de sua mãe?

— Da minha avó — respondeu Belle baixinho.

— *Praesentia Pretego*… — murmurou ele.

Belle o encarou, confusa.

— Como é?

Artorius se moveu com tanta velocidade e entusiasmo quanto fisicamente possível, dirigindo-se até uma das estantes abarrotadas. Ele semicerrou os olhos por cima dos óculos por um momento, e então pegou uma edição grossa com lombada preta e rachada.

— Aqui, olhe. — Ele apontou para uma definição e empurrou a página animadamente sob o nariz de Belle. — *Praesentia Pretego* é uma magia avançada e maravilhosa. É uma presença pura, incorporada em um objeto físico, que age como um escudo sempre que sentir a necessidade de guiá-la ou ajudá-la. Os bruxos, aqueles que dominam esse tipo de magia complexa, às vezes escolhem deixar um pouco de si mesmos antes de partirem, para proteger alguém que amam.

— A minha avó... está neste broche? — Belle parecia cética.

— É mais como uma essência, por assim dizer. Um sussurro, uma alma que um dia existiu. Embora a maior parte de sua magia retorne ao coven quando alguém parte, o bruxo pode solicitar que um pequeno resquício permaneça. Para fornecer orientação, lembranças de amor. A sensação de não se estar sozinho.

Belle se lembrou dos momentos em que a pedra havia se revelado, de pequenas maneiras, como algo consciente. Para guiá-la até a Casa de Hécate. Para encorajá-la a decidir encontrar Artorius. E agora, para ajudá-la a se manter protegida. O objeto parecia realmente ganhar vida nos momentos em que ela precisava de um pouco mais de segurança. Sua cabeça girava, sobrecarregada.

— É claro que, embora pedras da verdade sejam comuns, já que a maioria dos bruxos e bruxas tem uma, é extraordinariamente raro que o sistema mágico permita o *Praesentia Pretego*. Para isso, é necessário um propósito sólido.

— Então, quando a pedra brilha, quando parece ganhar vida... é ela?

— Ao menos, a presença da alma dela. Eu diria que sim. — Artorius sorriu, empolgado com a descoberta. — Realmente surpreendente. De fato, uma magia muito especial.

Ele devolveu a pedra a Belle com uma expressão encorajadora. Sentindo o calor do vidro contra a palma da mão em seu bolso, ela soltou um longo suspiro. Era maior do que a magia, era um tipo profundo de feitiçaria que não poderia ser julgada ou retirada dela pelo coven. Era como um empurrãozinho nas suas costas, guiando-a gentilmente na direção certa.

Ela engoliu em seco e rapidamente enxugou os olhos. Artorius lhe entregou um lenço branco, ligeiramente amassado, que tirou da manga do casaco, e ela o aceitou com gratidão.

— Desculpe. Não sei por que estou chorando. É só que... é tão maravilhoso. — Sua voz saiu mais como um guincho constrangedor do que como palavras de fato.

— É realmente muito maravilhoso. E agora que temos o círculo de proteção, talvez possamos...

Artorius se interrompeu, pego de surpresa. Sem aviso, o brilho dourado ao redor de Belle vacilou de repente. Sua luminosidade desvaneceu, passando de um amarelo-claro para prata, que logo virou cinza. Em seguida, dissolveu-se completamente em fumaça.

— Perdemos a concentração. Lance outro feitiço e tentaremos de novo.

Belle fechou os olhos e tentou evocar a sensação mais uma vez, antecipando o retorno do brilho dourado ao seu redor. Ele veio, mas um segundo depois aconteceu a mesma coisa. Assim que surgiu, o círculo se dissolveu em fumaça.

— Esvazie a mente novamente. Você não está pensando direito.

— Eu *estou* pensando direito.

— Tente manter a sensação. Concentre-se em preservar a presença da proteção.

— Eu *estou* concentrada — retrucou ela.

Aconteceu a mesma coisa de novo. E de novo. O círculo se dissipava, deixando Belle com uma sensação gelada e desagradável a cada vez.

— Tenho certeza de que não é nada. Embora seja um "nada" meio incomum — admitiu Artorius. — Qualquer bruxa deveria ser capaz de conjurar um encantamento de proteção para si mesma e mantê-lo firme até escolher desfazer o próprio feitiço. É quase como se... Bem, não quero fazer uma tempestade em copo d'água, mas... como se alguma coisa estivesse bloqueando sua proteção.

— Por que algo... Quer dizer, por que eu não conseguiria me proteger? — Ela estava cansada demais para pensar no assunto de forma adequada, mas não conseguiu evitar uma incômoda sensação de preocupação.

— Talvez as coisas estejam apenas um pouco fora de equilíbrio. De qualquer forma, não é um grande problema, pois, por um golpe de sorte, sua pedra da verdade parece estar agindo como protetora por conta própria, graças à sua avó. Já que esse é o caso, não devemos no preocupar demais.

18

Adicional de calor

Nove longas e penosas luas já haviam se passado, e Belle fechou a porta do número 8 da Quill Lane após a aula da noite, que havia sido muito mais teórica do que prática. Foi um tipo diferente de desafio em relação às práticas de magia física, especialmente porque fazia um tempo desde que sua mente havia sido testada com assuntos acadêmicos. Belle tinha certeza de que seu número de neurônios havia diminuído drasticamente desde a universidade. Os últimos dias, que passou mergulhada em textos densos e antigos sobre padrões astrológicos e suas propriedades reconhecíveis, quase servia de confirmação.

Seus dias, em que mal tinha tempo de respirar, ocupada tentando manter a Lunar funcionando, geralmente resolvendo as confusões causadas por Christopher, eram seguidos por noites intermináveis de estudos. Escrever, consultar referências, tomar notas. Eles mergulhavam de cabeça nos inúmeros livros da coleção de Artorius que, com seu entusiasmo de professor, insistia que o aprendizado astrológico era um ponto importante em seus estudos de Feitiçaria da Terra. Belle argumentava que, certamente, Feitiçaria da Terra deveria ser, em sua essência, sobre a terra.

Artorius insistia que a especialidade também abarcava tudo o que poderia ser observado a partir da terra, o que parecia uma ligação um tanto frágil, mas quem era ela para contestar?

O desafio do grimório para Feitiçaria da Terra infelizmente acabou sendo tão pouco esclarecedor quanto o de Encantamentos, ou até menos ainda. Belle havia lido a alegoria em voz alta tantas vezes na tentativa de decifrar o que queria que acabou decorando-a:

Sob a terra, riquezas quentes,
Mais que as chamas das bruxas ardentes.
Um brilho que o sopro faz cessar,
Afoga a mente que não aprende a pensar.
Fogo à terra, terra ao fogo,
Cria aquilo que é de teu gosto.
Água ao ar, ar à água,
Poderes à primogênita mágica.

— Sopa de letrinhas — decidiu Belle, irritada.

Sua mente nadava em um mar de estrelas. Haviam calculado calendários de constelações, ponderado previsões planetárias, refletido sobre métodos meteóricos e discutido horóscopos apressados. O planetário dourado desempenhou um papel central no aprendizado de Belle. Com as palmas estendidas, Artorius colocou a maravilhosa engenhoca em movimento enquanto ensinava a Belle tudo o que sabia. Com ela, o homem criava estrelas e luas do nada, enquanto pequenas constelações passavam em tons de azul-marinho e lavanda. Elas rodopiavam de uma formação para outra pelo sótão escurecido, e Belle aprendia a partir de seu próprio céu noturno. Era lindo, mas difícil de memorizar. No entanto, ela progredia: enquanto comiam torta com generosas porções de purê de batata aveludado que Artorius havia preparado para eles, Belle se surpreendeu ao casualmente apontar, com a boca cheia de massa, que Andrômeda podia ser vista na janela, gravada em folha de ouro contra o céu.

Ela havia aprendido mais sobre sua magia em uma semana do que em quinze anos, e sua mente latejava como um músculo sobrecarregado (junto com suas costas, mas isso não era novidade). Belle estava pronta para cair na cama de bruços e sonhar com poeira estelar.

Ela deixou Artorius cochilando em uma poltrona de chita, envolto em um de seus cobertores feitos à mão, com os pés apoiados em um pufe. Não era a única a achar a mentoria exaustiva. O homem era incorrigível. Independentemente do quanto as horas se estendessem noite adentro, ele transbordava entusiasmo. Ele a incentivava a manter a concentração até que ambos estivessem confiantes de que ela havia pelo menos dominado o básico. Houve um pequeno momento de hesitação na aula desta noite, quando Artorius notou um Vênus excepcionalmente brilhante pairando tão próximo da ponta curva da lua que, através do telescópio, era quase como se houvessem se tornado um só. Ele pareceu inquieto com a visão incomum, apontando a estranheza da cena, uma combinação que, segundo ele, associava-se a problemas vindouros. Belle, por sua vez, não estava convencida de que o céu se dedicava a emitir alertas personalizados.

Após trancar a porta da frente de Artorius atrás de si, Belle saiu para o início da manhã, tão fresca e revigorante quanto a primeira mordida em uma maçã.

O céu estava limpo (e ela se surpreendeu ao notar as estrelas Alpheratz, Mirach e Almach todas visíveis sobre a casa), mas o frio era intenso. Ela pegou o atalho para casa que descobrira na manhã anterior, um beco tranquilo que tinha parecido pacífico ontem, mas que naquela manhã possuía um ar ameaçador. As sombras das árvores pareciam maiores, projetando-se para fora de sua linha de visão. Cada curva no caminho a deixava um pouco mais inquieta. Ela argumentou consigo mesma que era apenas cansaço.

Um ruído fez Belle olhar rapidamente por sobre o ombro para verificar o que havia atrás de si.

Era apenas uma raposa, com o focinho enfiado nos sacos de lixo do vizinho, mas não era a fiel amiga de Artorius. As folhas das árvores farfalharam quando uma brisa forte soprou pelo beco, fazendo o cabelo de Belle se esvoaçar. Ela cruzou os braços sobre o peito, sua respiração formando pequenas nuvens de vapor à medida que caminhava, o som de seus passos sendo o único a romper o silêncio.

Ela acelerou o passo, tentando se acalmar. Mas não conseguia se livrar daquela sensação de inquietação. Ela sabia, podia sentir. Não estava sozinha. Mais um ruído, quase inaudível desta vez, mas ela o ouviu. Tinha alguém por perto. Ela enrijeceu e se virou rapidamente.

Ninguém. A falta de sono estava afetando-a. Esfregou os olhos cansados e se repreendeu por deixar uma sensação de inquietação virar uma paranoia boba.

— Já devo ter medo desses poderes?

Belle deu um pulo tão grande que sentiu como se sua alma tivesse deixado seu corpo.

Iluminado por um pequeno feixe de luz emitido da palma da mão, Rune saiu da sombra de um carvalho, quase invisível em seu longo casaco preto. Belle levou a mão ao coração, e dirigiu-lhe um olhar de puro ódio.

— Qual é o seu problema?! Você tem sorte por não ter levado um chute na garganta.

Rune pareceu surpreso.

— Sinto muito.

— Chute na garganta, joelhada na virilha, cotovelada no rosto. Talvez os três juntos. Você é o pior guardião do mundo. Por que insiste em ser assustador toda vez?

— Eu só estava esperando…

— Será que não aprendemos nada com a última vez que você deu uma de "misterioso nas sombras"?

— Eu não fiz nada disso — disse ele, emburrado.

— Calma aí, o que está fazendo aqui? — perguntou Belle, ainda irritada.

Ele deu um passo na direção dela, julgando que era seguro agora que sua raiva estava diminuindo.

— Me pareceu algo muito "interesse amoroso de comédia romântica adolescente" bater na porta e perguntar se eu poderia te acompanhar até em casa.

— Então achou melhor ficar me rondando pelas ruas vazias até que eu te visse espreitando debaixo de uma árvore?

Rune olhou para as próprias mãos, girando o anel no polegar.

— Acho que sim.

— Para referências futuras, prefiro o momento comédia romântica adolescente ao momento assassino à espreita na escuridão.

— Anotado. Só estava tentando não ser invasivo. Você deixou bem claro que quer espaço — respondeu ele, erguendo o olhar. — Mas a oferta para te acompanhar até em casa ainda está de pé. Se quiser. — Ele deu de ombros.

Belle olhou para ele com desconfiança.

— Qual é, não me rejeite — disse ele, com um pequeno sorriso de canto. — Eu conjuro batatinhas no caminho.

A ideia fez o estômago dela roncar.

Ela assentiu.

— Pelas batatinhas.

Belle apontou para a sua direita com o ombro, e ele assentiu rapidamente enquanto assumia o lugar ao lado dela e começavam a caminhar. Com um estalo, Rune conjurou uma caixa quente de batatas fritas para compartilhar. Ignorando as nuvens de vapor, Belle enfiou algumas na boca com impaciência e queimou a língua no mesmo instante, fazendo uma careta.

— Quente… — disse ela, envergonhada enquanto ele a observava.

— Esse já é o melhor encontro que já tive — comentou ele, irônico.

— Mas falta vinagre — retrucou ela. Ele revirou os olhos e estalou os dedos de novo.

— Fico feliz que todos esses séculos de magia que carrego comigo podem ser usados de forma tão útil.

— Ketchup também. — Com um olhar de soslaio, Belle notou que ela mordeu o lábio para não rir. — E isso *com certeza* não é um encontro.

— Um passeio romântico sob o luar, lado a lado, com jantar incluso? Me parece um encontro.

Eles caminharam em um silêncio agradável, apreciando a comida quente e o adicional de calor da companhia um do outro.

— Se vai me acompanhar até em casa no escuro, acho que devo saber um pouco mais sobre você, Rune Dunstan. Além do fato de que você é um homem que não consegue evitar uma chegada dramática nem se sua própria vida dependesse disso.

— O que exatamente você gostaria de saber?

— Talvez possamos começar pela parte dos "séculos de magia".

Ele ficou quieto por uma fração de segundo além do normal.

— Escapou sem querer.

Ela riu ironicamente enquanto mordia uma batata.

— É mesmo?

— Não sabe que é rude perguntar a idade de um bruxo?

— Acho que todas essas regras de etiqueta vão por água abaixo assim que você faz o juramento do caldeirão.

Rune fungou.

— Não precisa falar com tanto desdém.

— Não estou julgando. — Ela arrastou os pés satisfatoriamente sobre as folhas secas. — Cada um cuida da própria vida quando diz respeito a prolongar sua existência de forma sobrenatural por séculos.

— Imagino que não é algo que faça parte dos seus planos? — Rune pegou uma batata frita. — Suponho que a oportunidade ainda esteja disponível depois do EquiBruxo.

Belle balançou a cabeça, deixando escapar uma risada sarcástica.

— Nem pensar. Eu não entendo muitas coisas sobre o Selcouth, mas o juramento talvez esteja no topo da lista. Não consigo acreditar que alguém realmente o faça.

— Talvez seja porque você ainda não explorou o verdadeiro potencial da sua magia — disse Rune.

— Mesmo que, por algum milagre, minha magia se revele uma força impressionante, o mundo não merece aguentar vários séculos de Belle Blackthorn. — Ela riu. — O que impulsionou você a fazê-lo?

— É difícil de explicar. Assim que alcancei a idade para manifestar meus poderes, eles se tornaram uma força intoxicante e inspiradora para mim. Todo o resto meio que perdeu a importância em comparação. Quando chegou a hora da decisão, eu sabia que sempre iria querer mais tempo com eles, para ver o que eu poderia alcançar.

Belle assentiu em silêncio, contemplando o peso da escolha que aquele homem havia feito.

— E qual foi a melhor coisa que fez com eles até agora?

— Tenho certeza de que não ficaria impressionada.

— Tente.

Ele deu de ombros, dando a Belle a impressão de que estava claramente minimizando o próprio trabalho.

— Fiz algumas descobertas ao longo da vida, com um grande foco no limite entre o que pode ser considerado magia boa e má. Fatores-chave e ingredientes que diferenciam as duas. É uma linha tênue que gosto de examinar mais de perto, tentando encontrar o ponto de ruptura entre uma e outra.

— Bem, isso me parece… muito nobre.

— Não sei, não.

— Então a magia está realmente acima de tudo para você? Superou amigos, amantes, viu o mundo se transformar mais do que qualquer humano deveria. Tudo pela magia?

— Você faz parecer uma escolha vazia.

— E não é?

— Pelo contrário — disse ele, na defensiva. — Alguém tem que fazer o juramento, estar disposto a fazê-lo pelo coven. Depois de um tempo, você simplesmente aprende a viver uma vida mais solitária. É mais fácil assim.

Havia apenas uma pergunta que ela realmente queria fazer.

— Quanto tempo é "um tempo"?

Ele não respondeu por um momento, passando o polegar sobre a sobrancelha enquanto pensava.

— Perdi as contas, para ser sincero. Acho que quase dois séculos a essa altura.

Belle se engasgou com uma batata frita.

— Duzentos anos?

— Não pareço nem um dia mais velho, não é? — Ele riu, mas seu ar era sombrio.

Um silêncio pairou entre eles por um momento.

— E tem valido a pena?

Ele deu uma risada, como se a achasse dolorosamente ingênua.

— Não é o grande sacrifício que você está dando a entender. Só está acostumada com o padrão primitivo de tempo que os não bruxos seguem.

— Você acabou mesmo de me chamar de primitiva? — perguntou ela, arrancando mais uma risada dele.

— Só estou querendo dizer que você se esquece de que as coisas são diferentes no reino mágico. Eu vivo minha vida cercado de bruxos. Muitas pessoas à minha volta já fizeram o juramento em algum momento. É assim que somos. — Ele deu de ombros. — Para eles, você é a estranha, por não aproveitar a chance de estender seus anos de maneira adequada.

— Não posso afirmar que conheço toda a minha árvore genealógica. Provavelmente *alguém* lá no passado fez o juramento. Mas minha mãe, não, e nem minha avó. Ambas se apaixonaram por não bruxos, tiveram filhos, amaram intensamente amigos não bruxos.

Ele a olhou de soslaio.

— É o seu caso?

— Tirando o amor verdadeiro e os filhos. Até agora. Ainda assim, pode me chamar de louca, mas... quando há outras vidas e amores entrelaçados na sua, não é legal imaginar a sua própria vida estendendo-se por mais tempo do que as deles.

Rune se remexeu, inquieto.

— Como eu disse, eu soube desde o momento em que meus poderes se manifestaram. É o que eu devo fazer.

— Já pensou em desistir? — perguntou ela, sabendo que era possível, embora raro, que bruxos voltassem atrás em sua decisão.

Rune ficou em silêncio por um momento.

— Uma vez.

Ela ficou surpresa.

— Por causa de outra pessoa?

Ele assentiu, claramente sem querer entrar em detalhes.

— O que o fez mudar de ideia?

Outro silêncio.

— Apenas lembrei a mim mesmo do que é mais importante.

Belle sentiu o peso de sua resposta simples.

— E o que é?

— O coven. Garantir que a magia esteja onde precisa e que não seja mal utilizada. Manter o equilíbrio entre os mundos mágico e não mágico pelo bem de todos, em ambos. Isso é algo maior do que eu e do que qualquer pessoa por quem eu possa me afeiçoar.

Belle fez uma careta.

— Seja lá o que isso signifique.

— Significa que a magia, nas mãos erradas, seria um desastre para cada aspecto deste plano terrestre, Belle. Se não fosse por aqueles que se dedicam à bruxaria, quem sabe como o mundo estaria?

— Certo. — Ela revirou os olhos. — Só acho que, se todo mundo concordasse coletivamente em abandonar o juramento do caldeirão, então...

Ele balançou a cabeça.

— Você está sonhando.

Ela hesitou.

— Não fale assim comigo.

— Desculpe — disse Rune, parecendo realmente sincero. — Não tive a intenção de ofender.

Belle pensou nos bancos do tribunal, onde bruxas e bruxos estavam sentados lado a lado. Quantos deles tinham séculos de idade?

— Imagino que Morena e Bronwyn estão com você nessa? — perguntou ela. — Não tem como Morena ter uma aparência daquelas sem uma ajudinha.

Rune assentiu, afastando o cabelo que caía sobre seus olhos.

— Além de um punhado de anciãos do coven. Sou, de longe, o mais jovem a ter feito o juramento. Eles tentaram convencer sua mãe a fazê-lo há alguns anos, e Caspar também. Os dois seriam ótimos recursos para o futuro do Selcouth.

— Ótimos recursos — zombou Belle do tom formal dele. — Talvez os ótimos recursos sejam aqueles que não estão dispostos a assumir vidas sobrenaturalmente longas para manter seus poderes. Talvez desistir deles, deixar que a velhice e a morte venham naturalmente, permitir que os poderes sejam passados mais cedo através da árvore genealógica, seja, na verdade, a opção mais benéfica para o coven. Talvez as coisas não seriam tão arcaicas e ultrapassadas dessa forma.

— Você com certeza tem muito a dizer para alguém que não sabe do que está falando. — Ele encarou o horizonte, com o maxilar rígido.

Belle se irritou.

— Só sei que é uma mania de poder meio estranha decidir viver por centenas de anos e se agarrar à sua magia com unhas e dentes, em vez de, Deus me livre, deixá-la retornar ao éter para o próximo bruxo. Não tem por que ter tanto medo do que vem a seguir — disse ela com uma falsa gentileza, colocando a mão no braço dele.

— Diz a bruxa que tem medo demais para mudar qualquer coisa sobre o próprio futuro — retrucou ele no mesmo tom zombeteiro e exageradamente alegre.

Belle parou no meio do caminho. Ele se virou para encará-la.

— Não me olhe assim. Você mesma disse isso no seu julgamento.

Certo, talvez ela tivesse dito.

— Pelo menos estou fazendo algo a respeito agora, não é? E ainda tenho um cara que se veste como um vampiro retrô se escondendo na escuridão e me seguindo por aí só por diversão.

A dupla caminhava em silêncio, ambos pegando batatas fritas do topo da pilha com um ar de irritação enquanto seguiam.

— Não que você se importe, já que sou tão medrosa e uma completa perda de tempo e de magia…

— Não foi isso que eu disse. — Ele revirou os olhos.

— …mas eu provavelmente deveria te contar que aconteceu uma coisa estranha envolvendo círculos de proteção. Já que você é o responsável por ficar de olho nas coisas.

— Alguma informação mais específica do que isso? — perguntou ele, gesticulando para que ela continuasse. Belle hesitou, relutante em lhe contar algo que provavelmente apenas serviria para evidenciar mais uma vez sua falta de talento.

— Artorius me fez praticar círculos de proteção na aula de Encantamentos, e eles não se mantinham. Provavelmente não é nada, mas…

— O que quer dizer com "não se mantinham"? — Rune parou de andar, puxando a manga de Belle para fazê-la parar também. Ela ergueu o olhar para encontrar o dele, que agora estava atento e preocupado.

— Eles não se mantinham. Os círculos de proteção. Eu conseguia conjurá-los por um momento, mas eles logo desapareciam. Como se algo estivesse me impedindo de proteger a mim mesma.

— E você só me conta agora? Belle, eu sou o seu maldito guardião. Por que não me contou isso assim que começamos a conversar?

— Porque eu estava ocupada tentando fazer meu coração voltar ao ritmo normal depois que você emergiu das sombras como um rato de esgoto. E aí você conjurou as batatinhas, e começamos a discutir desde então.

— Não estamos discutindo.

— Bem, eu com certeza estou. O que significa que você também.

Ele grunhiu com exasperação.

— Você é impossível. Só para referências futuras, qualquer sinal de perigo mortal, pensando bem, qualquer sinal de qualquer tipo de perigo, deve ser o primeiro tópico de nossas conversas.

— Perigo mortal? Isso é um pouco exagerado. Provavelmente é só uma falha de feitiço, mais pela minha própria falta de habilidade do que qualquer outra coisa — disse ela, incerta.

— Talvez, sim; talvez, não. E eu não vou arriscar sua segurança. Belle, normalmente eu teria percebido algo assim em um piscar de olhos. Feitiços de proteção defeituosos? Coisa básica. Consigo perceber ameaças desse tipo até dormindo. Mas não senti nada. Algo não está certo aqui. — Ele estava resmungando em um tom irritado, quase falando consigo mesmo. — Vou verificar os relatórios mais a fundo, fazer algumas perguntas na Casa de Hécate, ver se alguém tem alguma experiência anterior com falhas de proteção.

— Não vá espalhar isso por aí, hein? Não quero que todo mundo pense que estou fracassando. As coisas estão indo bem.

— Será que dá pra me dar um voto de confiança, Belle, por favor? Tudo que estou fazendo é por você.

Ela franziu a testa.

Ele pigarreou, percebendo sua escolha de palavras.

— Para ajudar você, no caso.

Belle assentiu com relutância, dirigindo-lhe um olhar astuto e percebendo que os olhos dele ainda estavam fixos nos dela. Os dois voltaram a caminhar lado a lado em silêncio, enquanto a luz do amanhecer se derramava sobre eles em tons prateados e rosados. Ela pensou em tranquilizá-lo com a notícia do encantamento *Praesentia Pretego* de sua avó, mas parecia algo pessoal demais, íntimo demais para o momento.

— Nada como a menção de um perigo mortal para acabar com o assunto — disse Belle, em vez disso.

— Perigos mortais à parte, faltam menos de três semanas para o Halloween — comentou Rune, inclinando a cabeça para olhar a lua crescente que pairava ao lado do sol que nascia. — Sente que está progredindo?

— Claro. Quer dizer, acho que sim. Tenho surpreendido a mim mesma até agora.

— Não deveria se surpreender. Você é talentosa — disse Rune, com naturalidade.

Belle ergueu as sobrancelhas, pega desprevenida.

— Obrigada, apesar de eu achar um pouco de exagero.

— Não precisa me agradecer. É mais um fato do que um elogio. Eu gostei das suas manifestações, pelo menos da maioria delas... Algumas escolhas questionáveis, mas a magia base era forte. Você é capaz de qualquer coisa que quiser.

As sombras deles se estendiam longas e finas sob o brilho dourado dos postes de luz, com folhas espalhadas pelo cenário. Ambos apertaram os casacos ao mesmo tempo.

— Além disso — disse ele depois de um tempo, voltando a falar como se desafiasse a si mesmo a continuar —, não que você se importe com a minha opinião, como deixou bem claro, mas... você não é uma decepção. Nem indigna de nada. — Sua confiança habitual vacilou, revelando algo muito mais interessante. Seus olhos permaneceram fixos à frente.

Algo perigosamente próximo de química cintilou como um raio entre eles. Fazia tempo, mas ela reconheceu o sentimento inconfundível.

— O que achou do trabalho com astrologia? — perguntou Rune, agarrando-se à oportunidade de reiniciar a conversa.

Ela sorriu para ele.

— Por que tenho a sensação de que essa pergunta é um pouco redundante, já que você obviamente tem estado de olho, guardião?

— Meio verdade, mas só sou alertado se algo der muito errado ou você estiver em perigo — disse ele. — O grimório já detalha uma melhora significativa, segundo Bronwyn. Mas eu queria ouvir de você. Parte do meu trabalho é garantir que esteja bem consigo mesma.

— Muito útil. Terapia é caro.

Rune reprimiu uma risada.

— Acho que não sou qualificado para ir tão longe, mas estou falando sério sobre essa possível ameaça, levando em consideração o bruxo envolvido nos acontecimentos.

— Ah, isso. — Ela juntou as mãos atrás das costas e chutou algumas folhas.

— Temos que presumir que ele tem algum papel no que aconteceu com seus círculos de proteção... — disse Rune, a preocupação refletida no tom pensativo de sua voz.

— Não foi ele.

— Você não sabe disso, Belle.

— Eu sei, sim.

Ela não conseguia se livrar dessa certeza. Na primeira semana juntos, ela quase se esqueceu completamente de todas as preocupações e *red flags* que originalmente estavam associadas a Artorius. Às vezes, quando ela se lembrava disso, parecia impossível relacionar o homem que conhecera àquelas ações terríveis do passado.

Belle tentou explicar:

— Todo esse tempo, todo mundo ficou martelando sobre a importância dos instintos, e algo não está batendo. Pelo jeito que Bronwyn falou dele, eu esperava um monstro. Achei que ele seria horrível, cruel e relutante em compartilhar seus conhecimentos. Achei que ele seria...

— Belle, você não pode ser ingênua em relação a esse homem — interrompeu Rune com firmeza, parando novamente.

— Eu sei disso — retrucou Belle, virando-se diretamente para Rune, decidida a defender seu ponto de vista. — Obviamente. E não estou ignorando isso, não sou idiota. Mas ele me tratou com gentileza e generosidade, nada além disso. Por enquanto, só posso julgá-lo de acordo com o que vejo.

— Não venha me dizer que você gosta dele, não quando sabe do que sabe, depois de tudo o que ele fez — disse Rune, indignado.

— Não estou dizendo que gosto ou desgosto dele. Estou dizendo que estou totalmente ciente da situação em que eu, voluntariamente, me coloquei.

Rune manteve a boca fechada, mas Belle podia jurar ter ouvido a palavra "impossível" murmurada por ele. Os dois continuaram a caminhar em um amargo silêncio.

— Falta muito? — perguntou Rune rispidamente.

— Felizmente, não — retrucou Belle.

Depois do que pareceu uma eternidade nesse silêncio tenso, eles chegaram à fileira de lojas abaixo do apartamento de Belle e Ariadne. Os trabalhadores já começavam a encher as ruas, passando apressadamente com cabeças baixas e fones de ouvido. O café abaixo estava suavemente iluminado, o sr. Ricci colocando as bandejas de pães recém-assados. O familiar cheiro de café e produtos assados da padaria pairava no ar.

— Tenho uma coisa para você — disse Rune, de forma breve, evitando contato visual. Ele estendeu a palma e, com um som suave, uma pequena garrafa verde se materializou com uma explosão de faíscas. — Achei que pudesse estar cansada, então trabalhei nisso por algumas noites. — Ele ofereceu a garrafa para Belle, que a pegou com desconfiança. — É uma poção revitalizante. Deve ajudar com a falta de sono e vai permitir que pegue mais leve na cafeína. Apesar de agora eu estar vendo que você mora, literalmente, dentro de uma cafeteria, o que faz muito sentido.

— Acima de uma cafeteria. Mas... isso foi muito atencioso. Obrigada.

— Vou ver o que consigo descobrir sobre os círculos de proteção.

— Olha, eu...

— Belle! Ei! Meu Deus, tem alguma coisa fedendo aqui, aposto que é aquela comida de gato — disse Ariadne. Ela estava jogando um grande saco preto nas lixeiras comunitárias. Após semicerrar os outros para enxergar melhor, ela congelou. — Ah, desculpa... Não sabia que estava acompanhada.

Belle se forçou a pensar rápido. Era a primeira vez que Ariadne a via com um praticamente de magia, além de Bonnie e Alvina, que eram experientes em guardar segredos.

— É... este é...

— Sou Rune — ele se apresentou com suavidade, interrompendo o gaguejar de Belle, estendendo a mão para Ari calorosamente. Conhecendo a amiga como a palma da sua mão, Belle percebeu que Ari estava tentando parecer controlada, mas, na verdade, estava explodindo de empolgação por dentro.

— É um prazer *enorme* conhecê-lo. — Ela sorriu, exageradamente animada. — Sou Ariadne, eu moro com a Belle. Querem entrar? Acabei de fazer um café fresquinho.

— Rune já estava de saída — respondeu Belle imediatamente. Não havia a menor chance de isso terminar bem. Ela dirigiu a Rune um olhar que esperava estar cheio de significado. Felizmente, ele pareceu entender o recado.

— Muito gentil da sua parte. — Ele sorriu. — Mas, infelizmente, preciso ir, os deveres me chamam. Vejo você por aí, Belle. Foi bom compartilhar batatinhas com você.

— Ótimo. Brilhante. Tchauzinho.

Tchauzinho? Dirigindo-lhe um último e enigmático sorriso, Rune deu meia-volta e voltou pelo caminho que haviam percorrido, desaparecendo em meio à multidão. Apenas os olhos de Belle notaram a transferência, um suave rastro dourado que cintilava no pavimento, fiapos de magia em seu encalço enquanto ele partia para… seja lá para onde ele fosse. Na verdade, era estranho que ele tivesse escolhido acompanhá-la a pé até em casa quando poderia ter transferido os dois em um piscar de olhos.

Belle se virou para Ariadne, apertando os olhos com força, antecipando o desastre. Ari estava com uma expressão da mais pura alegria no rosto. Ela se virou para o apartamento e chamou a amiga.

— Já vou preparar os dispositivos de tortura para extrair todos os detalhes.

19

A VOLTA DE BONNIE

— Você não vai se safar assim tão fácil — provocou Ariadne, enquanto as duas seguravam canecas de café na cozinha. Jinx perambulava por entre as pernas delas, satisfeita por estarem em casa. — Eu preciso de uma história de amor intensa para viver por tabela.

— Sou flagrada discutindo com um cara na rua e isso já vira um grande evento, enquanto sua agenda está sempre cheia de pessoas lindas te levando para jantares incríveis e ainda agradecendo pela oportunidade. Acho que você continua na vantagem.

— Tá brincando? Você, mais do que ninguém, sabe que eu só atraio gente maluca. Semana passada, passei uma noite inteira ouvindo uma mulher falar sobre o sonho da vida dela: morar na balsa que o próprio avô construiu.

— Parece um plano bem interessante. Talvez *nós* devêssemos morar em uma balsa. Navegar para bem longe e viver da terra. Uma dieta só de batatas.

— Não sei se a gata aprovaria uma vida nos sete mares.

Jinx soltou um miado alto e desaprovador, como se concordasse.

— Ainda não tem nada para contar. — Belle tentou garantir à melhor amiga mais uma vez.

Ariadne ergueu uma sobrancelha.

— Pelo menos me diga que ele está sendo bom para você.

— Está. Ele é bem… protetor.

— Me parece um eufemismo para psicopata.

— Não nesse sentido. Ele… cuida de mim?

— Não gosto de como você está sendo misteriosa sobre isso. É estranho pra gente. Você está tornando estranho.

— Não é que eu esteja sendo misteriosa. Estou tentando dar tempo ao tempo, ver onde isso vai dar. É algo que eu devo a mim mesma: tentar de verdade e me dedicar a alguma coisa, pelo menos uma vez.

Ariadne não precisava saber que Belle não estava se referindo estritamente a um relacionamento.

— Justo — respondeu Ariadne, de mau humor, olhando para o fundo da caneca.

— Eu prometo, pela lua, pelas estrelas e pelo sol, que ainda amo você mais do que qualquer coisa, para sempre, amém.

Ariadne pareceu apaziguada.

— Ele parecia legal. Cabelo sensacional, pelo menos.

Belle assentiu, admitindo que, talvez, ele realmente tivesse um ótimo cabelo.

— É, ele é legal. Só um pouco cheio de si, às vezes.

Ariadne bufou.

— Ele é enorme. É preciso muito espaço para se encher dele mesmo.

Quase duas semanas haviam se passado e ainda assim todas as seis alegorias do grimório permaneciam apagadas. A falta de sono estava começando a cobrar seu preço, então Belle se rendeu à poção revitalizante habilidosamente preparada por Rune. Ela precisava admitir: ele era um alquimista talentoso. Talvez ele não fosse *somente* um rostinho bonito, afinal. O generoso presente a trouxe de volta da beira do colapso mental e renovou sua determinação de seguir em frente. Ela estava decidida a fazer algum progresso em sua magia antes da próxima lua.

Na noite da décima terceira lua, Artorius insistiu em preparar um enorme "lanchinho" da madrugada para fortalecer Belle. Estava ficando claro que o homem acreditava no poder restaurador da comida como uma espécie de magia à parte e, para ser justa, geralmente dava certo. Naquela noite, ele a conduziu até a cozinha de braços dados, como se estivesse conduzindo-a em um salão de baile, e, com um pequeno floreio de feitiços culinários, fez surgir um banquete perfeito. Belle praticamente mergulhou de cabeça no mingau fumegante com mel e nas tigelas repletas de frutas frescas, antes de engolir o que só poderia ser descrito como um caldeirão de chocolate quente.

— Na aula de hoje, voltaremos à lição de Encantamentos. O progresso em Feitiçaria da Terra e Clarividência é satisfatório por enquanto, podemos revisá-los quando o prazo se aproximar mais. Por agora, vamos... dar uma variada, como diz você. — Ele sorriu.

— Vamos voltar para transferência, Arty — pediu Belle, pegando um *pain au raisin*. O velho bruxo andava insistindo para que ela usasse seu apelido menos formal. Belle se surpreendeu ao perceber que a informalidade parecia bem natural, e ele estava satisfeito por isso o fazer parecer "descolado".

Artorius pareceu surpreso, erguendo o olhar do enorme jornal que segurava à sua frente, com uma perna cruzada elegantemente sobre a outra. Ele espiou por cima dos óculos ao ouvir suas palavras.

— Tem certeza? Eu ia sugerir algo menos desgastante.

Belle assentiu, decidida, enquanto limpava migalhas de massa folhada de seu suéter.

— Estou tentando algo novo, acreditar um pouco mais em mim mesma. Na semana passada, quase consegui a transferência. Mais ou menos.

Artorius fechou cuidadosamente o jornal ao chegar à seção de esportes.

— Muito bem. Mas, antes, um pequeno aquecimento para começarmos a noite, srta. Blackthorn. Talvez um pouco de magia manifestativa. Amor-perfeito, panquecas, um urso-polar... embora eu desaconselhe a última ideia. As regulamentações de saúde e segurança do Selcouth em relação a mim provavelmente não aprovariam um mamífero grande. Mantenha-se no nível dos furões ou menores. Vamos para o sótão?

O homem estava totalmente confortável em seu papel de mentor, e adaptando-se a ele tão bem quanto uma coruja ao céu noturno. Ele não mais sugeria educadamente que tentassem algo. Na verdade, era bastante mandão às vezes, e já havia se desculpado em vários momentos ao perceber que estava exagerando a ponto de receber um olhar de reprovação de Belle.

Quando a magia dela estava aquecida, agradavelmente morna sob sua pele, Artorius fez um sinal com a cabeça indicando que era hora de encarar a transferência. Eles haviam concordado em começar com invocação por transferência, convidando outra pessoa a se juntar a eles antes que Belle tentasse novamente sozinha. Com a tampa da caneta entre os dentes e o caderno apoiado na coxa, ela rabiscou rapidamente o encantamento. Artorius observava com interesse e admiração, balançando-se nos calcanhares com as mãos cruzadas nas costas. Ela equilibrou a caneta atrás da orelha e examinou seu trabalho.

— Estamos ansiosamente no aguardo — encorajou Artorius.

Minha mãe, a ti vou chamar,
De onde estiver, vem me encontrar.
Companhia preciosa, amor tão forte,
Venha a mim agora, aqui é teu norte.

Belle sentiu a onda de poder percorrer suas veias, quente e fluida como magma. Ela agitou o dedo indicador. Em um piscar de olhos, Bonnie Blackthorn apareceu diante dela, em carne e osso. Ela era uma versão mais velha de Belle, como todos diziam, embora mais baixa; os cabelos eram um pouco mais claros e muito mais cacheados. Os cachos geralmente eram contidos com um lenço ou faixa de cabeça coloridos e, inevitavelmente, escondiam algum tipo de folhagem colhida em seu jardim — às vezes, intencionalmente, mas na maioria das vezes, não. Ela tinha os mesmos olhos escuros da filha e exibia a mesma expressão gentil, mas ligeiramente preocupada. Além disso, é claro, ao seu lado havia sempre o enorme lébrel irlandês. Ao chegar, Lobita trotou até Artorius para uma inspeção imediata, que foi logo seguida por lambidas de aprovação na mão.

Bonnie se apressou até a filha e segurou suas mãos desesperadamente.

— O que foi? O que aconteceu? Belle, você está machucada?

— O quê? Não foi nada, não. Estou bem, mãe.

— Está mesmo? Você está bem? Por que me invocou? — O pânico não deixava o rosto de Bonnie.

— Mãe, respire. Estou bem, veja. Está tudo bem.

Aliviada, Bonnie suspirou, demonstrando um alívio tangível.

— Achei que tivesse acontecido algo terrível. Você nunca me transferiu antes. Pensei que estivesse precisando de mim, pensei que...

— Eu estava praticando encantamentos de transferência. Precisava fazer alguém aparecer, e quem mais eu poderia ter trazido?

Ainda segurando os braços da filha, com medo, Bonnie fechou os olhos, tentando se acalmar, e afrouxou um pouco o aperto.

— Meu Deus, querida. Você me deu um baita susto.

— Desculpe. Mas veja só, magia bem-sucedida — apontou Belle como compensação. Bonnie a puxou para um abraço apertado.

— Agora que sei que você não está em perigo iminente, sim. Estou orgulhosa de você — disse Bonnie, dando um beijo na cabeça da filha. — Agora, onde exatamente nós estamos?

— Sra. Blackthorn, é uma grande honra tê-la aqui. Li muito a seu respeito. Suas habilidades em magia herbal são lendárias — disse Artorius, dando um pequeno passo à frente. Bonnie ergueu as sobrancelhas abruptamente, e sua mandíbula enrijeceu ao perceber quem estava se apresentando.

— Sr. Day. — Ela analisou o ambiente ao seu redor e fixou o olhar no homem que ali vivia.

— Mãe, este é Artorius. Tudo tem corrido bem.

— Bem, fico feliz em saber disso — respondeu Bonnie com um sorriso educado, mas em um tom incomumente seco. Ficou claro para Belle que sua mãe tinha ressalvas sobre o mentor da filha, mas as havia guardado para si até então. Elas estavam estampadas em seu rosto. — Agradeço por tudo o que está fazendo por minha filha.

— Não é incômodo algum, minha querida. É claro que estar na companhia dela me encanta. Já é perceptível que ela é uma jovem bruxa brilhante. Uma impecável transferência por invocação esta noite… Promissor, muito promissor. Estou empolgado em testemunhar seu progresso — disse Artorius com seu habitual e genuíno entusiasmo.

Belle percebeu uma mudança sutil na postura da mãe, que refletia a sua própria quando conheceu Artorius. Uma mudança de defensiva para questionadora, e então para algo como uma surpresa agradável. Ela assentiu para a mãe de forma quase imperceptível, esperando comunicar a mensagem: "acredite, ele é muito estranho, mas meio que incrível".

— Desculpe de novo por tirá-la de… seja lá o que estava fazendo, sem avisar. Como é que é a sensação disso? — perguntou Belle, franzindo a testa para Bonnie.

— Transferência por invocação? A mesma coisa. É meio como você imaginaria ser sugada por um aspirador de pó.

— Dá algum tipo de aviso? — perguntou Belle.

— É claro, requer consentimento. — Bonnie riu. — É como aceitar uma ligação a cobrar de alguém do outro lado, concordando com os custos. Caso contrário, teria bruxos aparecendo e desaparecendo inesperadamente por toda parte. É óbvio que eu queria saber por que precisava de mim; não é problema nenhum, querida.

Quando Belle abriu a boca para convidar a mãe a ficar para o chá, as luzes do sótão piscaram. Um momento depois, apagaram-se completamente, mergulhando o ambiente em uma escuridão nebulosa e intensa.

— Que coisa! Essa maldita companhia elétrica — resmungou Artorius.

A imagem de Bonnie piscou bem na frente dos olhos da filha, que ainda se acostumavam com a escuridão. Belle sacudiu a cabeça, imaginando que uma de suas lentes de contato havia saído do lugar.

Mas aconteceu de novo, naquele instante. Era como se um sinal ruim de televisão estivesse causando interferência em sua própria mãe. Bonnie aparecia e desaparecia como o flash de uma câmera.

— Mãe, você está bem?

Mas Bonnie havia sumido.

O silêncio caiu abruptamente sobre o sótão, tão repentino e opressivo que até mesmo os sons ambientes, o zumbido e os chiados do sótão, pausaram em surpresa.

— Meu feitiço... será que ele se desfez? — perguntou Belle a Artorius, sem entender o que tinha acabado de acontecer.

E então, de repente, Bonnie reapareceu. Estava de volta, como se nada tivesse acontecido.

Mas havia algo de errado. Assim que seus pés tocaram novamente o assoalho, Bonnie cambaleou. Ela estava ofegante, pálida como um fantasma no sótão mergulhado na escuridão.

— Mãe. Mãe? O que está acontecendo?! — gritou Belle, sua voz falhando. Ela estendeu a mão para segurar Bonnie, para mantê-la perto.

Antes que pudesse agarrar a manga do vestido de Bonnie, sua mãe desapareceu de novo. A mão dela se fechou em torno da escuridão.

O coração de Belle disparou, batendo forte contra as costelas. Ela se lançou para a frente repetidas vezes, tentando agarrar a mãe, mas Bonnie continuava a desaparecer na escuridão, materializando-se novamente por um segundo de desespero impotente.

— Belle — arfava Bonnie a cada vez.

— O que está acontecendo? Arty, o que está acontecendo? — A voz de Belle ficava cada vez mais alta, mais frenética. Lobita latiu, confusa.

— Eu não sei! Eu não sei, Belle! — O homem mais velho, assim como Belle, lançava-se em direção a Bonnie nos breves instantes em que ela aparecia.

Bonnie estendia a mão como uma expressão desesperada e aterrorizada, agarrando o pulso da filha por apenas um instante a cada vez. Ela puxava com tanta força que parecia estar sendo arrastada para trás, como se algo a puxasse de forma implacável. Belle se esforçava para segurar o braço da mãe, cerrando os dentes à medida que o atrito de pele contra pele queimava todo o seu antebraço.

— Por favor, mãe. Aguente firme.

Agora, Belle chorava. Lágrimas quentes escorriam por seu rosto, embaçando sua visão. Artorius se esforçava ao máximo com sua força limitada para auxiliar nas tentativas de Belle. Os dois gritavam de frustração, movidos pela adrenalina, enquanto tentavam firmemente puxar Bonnie de volta para eles.

Por um momento, pareceu que eles tinham conseguido segurá-la. Mas, extinguindo-se a força que puxava na outra direção, Belle foi lançada para trás, tropeçando nos próprios pés e colidindo com uma das prateleiras sobrecarregadas. Livros pesados caíram com estrondos ao seu redor. Um caldeirão de ferro despencou com força sobre seu ombro, e todo o seu corpo se chocou contra as vigas de madeira. Mas nada disso importava.

Ignorando a dor, Belle se levantou apressadamente e correu de volta para o lugar onde sua mãe esteve antes. Ela enxugou ferozmente os olhos molhados com as costas da mão, preparando-se para continuar a luta.

Mas agora não havia mais nada. Nenhum outro lampejo. Bonnie havia desaparecido.

20

Enredada

Belle passava uma boa parte do tempo assustada, mas nunca havia experimentado o mais puro medo antes. Não de verdade. Não como agora.

— Onde ela está?

Sua voz ecoou surpreendentemente alta no silêncio súbito. Não houve resposta. Apenas Lobita soltou um ganido baixo enquanto olhava de um lado para o outro, de Belle para o espaço vazio onde estivera Bonnie. Belle percebeu que o impulso que a jogou para trás também havia atingido Artorius.

O homem jazia deitado, cercado por garrafas quebradas, potes vazios e livros caídos, com os óculos de arame em um ângulo estranho sobre o rosto perplexo. Ele estremeceu ao mover o corpo frágil, tentando ficar de pé. Belle correu até ele, jogando para longe um abajur, um tapete enrolado carcomido por traças, e uma gaiola de hamster vazia que havia tombado no caos.

— Artorius, você está bem? Onde está minha mãe? Preciso ajudá-la.

Ele tossiu com força, sentindo o esforço reverberar em seus ossos envelhecidos.

— Belle, você se machucou?

— Estou bem, estou bem. Mas onde está minha mãe? Onde está Bonnie? — perguntou ela apressadamente.

Ele se atrapalhou com as palavras, tentando, e falhando, formar frases coerentes sobre o que haviam presenciado.

— Não posso afirmar com certeza, queria poder. É quase como se…

— Meu feitiço se desfez? Onde ela está?

— Mas é impossível. Seria contra todas as…

Artorius murmurava para si mesmo, levantando hipóteses que apenas ele parecia compreender.

— Como eu a trago de volta? Onde ela está, Arty? — perguntou Belle novamente, cada vez mais desesperada, enquanto torcia as mãos uma na outra.

Artorius voltou os olhos turvos para Belle.

— …*Subfuror Incantare.*

— Não preciso de definições em latim, Artorius. Preciso encontrar minha mãe.

— É claro, Belle, é claro. Pode me ajudar a levantar?

Os dois se ergueram juntos, cambaleando um pouco. Belle respirou fundo para se acalmar e incentivou Artorius a fazer o mesmo. O velho senhor parecia confuso, atordoado. Ela colocou uma das mãos no ombro dele, de forma tranquilizadora, o que pareceu ajudar.

— *Subfuror Incantare*… é um fenômeno raro, muito raro — começou ele. — E por um bom motivo. Vai contra todas as leis existentes no sistema mágico. Com o *Subfuror Incantare* em jogo, todo o equilíbrio é perdido, toda a justiça desaparece. O poder ganha mais poder… — divagava ele, andando em círculos enquanto seus pensamentos escapavam.

— Artorius, eu não faço ideia do que está falando — disse Belle, esfregando o rosto.

— É a arte… "arte" é a palavra errada para algo tão abominável… o *ato* de sobrepujar os poderes de outro bruxo para fins próprios, de roubar o feitiço de outrem sem seu conhecimento ou consentimento. Uma manipulação da magia.

Belle pestanejou, tentando desesperadamente entender.

— Meu feitiço? Alguém o distorceu?

— Suspeito que, sob o *Subfuror Incantare*, alguém estava manipulando o seu feitiço. Alguém estava tentando sobrepujá-lo, tomar a intenção por trás dele e torná-lo seu.

— Mas por que alguém iria querer minha magia? Tenho quase certeza de que já provei que não é algo que valha muito a pena.

— Pelo contrário, mocinha. A magia, em todas as suas formas, é invejada por aqueles que pensam não possuir o suficiente. Você pode pensar que não é nada especial, mas tudo o que testemunhei até agora sugere o oposto. E parece que mais alguém está ciente disso. Alguém quer tomar sua magia de você.

— Alguém pode fazer isso? Simplesmente… tomá-la?

— Infelizmente, é de fato possível. Até que o julgamento EquiBruxo seja concluído, sua magia não está totalmente protegida pelo coven. Até lá, ela está vulnerável.

— Mesmo que isso seja verdade, o *Subfu*… sei lá o quê. O que isso tem a ver com minha mãe?

— Belle, nós dois sabemos que sua mãe é uma bruxa brilhante. Talvez alguém tema o que vocês duas poderiam alcançar juntas, o potencial que isso poderia criar se for devidamente cultivado? Seja qual for o motivo, essa pessoa não queria Bonnie aqui com você.

— Precisamos encontrá-la.

Artorius parecia consumido pela culpa.

— Sinto dizer que não há nada que possamos fazer no momento. Uma bruxa enredada no *Subfuror Incantare* só é capaz de resistir ao controle invocando suas próprias habilidades, sua própria presença de espírito para lutar contra ele. Cabe à sua mãe escapar disso sozinha.

Ao perceber a imediata expressão de horror no rosto de Belle, Artorius continuou apressadamente:

— Mas nós dois sabemos que não existe bruxa mais capaz do que sua mãe, Belle — disse ele enfaticamente. — Ela é renomada pela destreza de seus poderes. A magia dela rivaliza com a das irmãs Gowden. Ela é a nata dos praticantes de magia.

— Mas... eu não posso simplesmente ficar sentada aqui esperando para ver o que acontece! Preciso ajudá-la.

— Belle, como seu mentor, preciso insistir que é exatamente isso que deve fazer. Se dá valor à sua magia ou, mais importante, ao bem-estar de sua mãe. Não fazemos ideia de como sua própria magia poderia ser usada contra você ou contra ela neste momento. Imploro que compreenda que não é seguro.

Belle ficou imóvel, incrédula.

— Sua mãe priorizaria sua segurança acima de tudo.

Ela passou os dedos pelos cabelos, sentindo-se sufocada. Não fazer nada ia contra todos os seus instintos.

Mas a parte racional de sua mente dizia que Artorius jamais a havia conduzido de maneira equivocada. Ela estendeu a mão para procurar pela única coisa que sabia que poderia guiá-la.

A pedra da verdade estava acesa, brilhando intensamente em dourado. Em todos os seus recentes momentos de necessidade e dúvida, a pedra havia ganhado vida. Não apenas a tranquilizava, mas, como ela agora sabia, a protegia. Ela percebeu que a pedra estava clareando sua mente, silenciando-a, fornecendo respostas para as decisões que ela não confiava plenamente em si mesma para tomar. A visão de seu brilho era tranquilizadora, uma calmaria em meio ao caos.

— Então esperamos.

Artorius assentiu uma única vez, aliviado.

— Esperamos.

Belle se recusou a deixar o sótão. Segundo Artorius, fazia mais sentido que, quando (palavra cuidadosamente selecionada em vez de "se") Bonnie conseguisse se libertar do vínculo, ela voltasse para o lugar de onde havia desaparecido. Permanecendo fielmente ao seu lado até as primeiras horas da manhã, Lobita estava deitada com a cabeça sobre as patas dianteiras, esticada ao lado de Belle, ocasionalmente compartilhando sua aflição com um uivo estridente e lamentoso para a lua visível pela janela. Artorius desceu apenas uma vez — para preparar uma chaleira de chá e pegar seu tricô, na tentativa de passar o tempo.

Sentada no chão com as pernas cruzadas, as costas de Belle doíam, e os olhos estavam cansados de encarar o mesmo ponto. Mas ela não se mexia. Continuava ali, esfregando o rosto, mordendo o interior das bochechas, pressionando a unha do polegar nos sulcos das tábuas do assoalho. À medida que mais uma hora se passava, ela puxava um fio solto na bainha do suéter.

O luar perolado entrava pela janela redonda no beiral do sótão. Belle ajustou a postura. O peso do dia puxava todo o seu corpo para baixo, como uma âncora de ferro. Quando seus olhos começaram a se fechar, o antigo relógio de pêndulo escondido sob um lençol empoeirado soou de repente três vezes, despertando-a.

— A hora das bruxas — murmurou Artorius para si mesmo, a primeira coisa que qualquer um deles dizia em horas.

Houve um brilho contra as tábuas do chão.

Um lampejo de luz.

Mais um.

— Mãe — sussurrou Belle, mal ousando respirar.

Bonnie. Por fim, ela reapareceu, ofegante, e desabou sobre as tábuas do chão, o tecido de seu vestido agitando-se como penas. Aos olhos de Belle, tudo pareceu acontecer em câmera lenta. Lobita disparou em direção a ela. Artorius se apressou em levantar-se de sua poltrona, deixando o tricô cair no chão, as agulhas atingindo o assoalho com um baque. Belle, engolindo um soluço, cambaleou até o lado da mãe.

☾

Belle arrastou a mãe até a poltrona de Artorius, enquanto ele providenciava cobertores, biscoitos de chocolate e almofadas rendadas para apoiá-la. Por fim, quando o sol nasceu com um brilho rosado, uma cor suave retornou às bochechas de Bonnie. Inicialmente cautelosa para não a sobrecarregar, Belle agora estava cheia de perguntas que não conseguia conter.

Bonnie balançou a cabeça, fazendo uma careta com o movimento.

— Não consegui ver nada nem ninguém, querida. Só escuridão. Escuridão total. Mais escura do que a própria escuridão. Eu sabia que era magia me arrastando para longe de você e... é tão difícil descrever. Era como se eu estivesse sendo arrastada de onde eu queria estar. Eu continuava sendo puxada. Para longe de você.

Ela tomou um gole cuidadoso de chá.

— Eu mal conseguia respirar, como se uma mão estivesse me empurrando e me segurando embaixo d'água. E o som... era de alguém gritando de raiva dentro da minha própria cabeça. Quem quer que fosse, estava furioso por eu ter resistido ao que tentava fazer.

Artorius caminhava pelo sótão com seus chinelos gastos, tentando reconstruí-lo com movimentos ágeis de magia.

— *Subfuror Incantare* — murmurou, antes de se virar para as bruxas. — É incontestável. Escuridão, medo, vazio... todos os sinais apontam para magia roubada e manipulada.

Belle sentiu como se seu cérebro estivesse girando em torno do próprio eixo. Ela segurou a cabeça com as duas mãos para se estabilizar.

— Isso não pode estar acontecendo. Estamos envolvidos com algum tipo de... de vilão?

Artorius pigarreou suavemente para interromper.

— Belle, preciso confessar...

Ela sentiu um nó no estômago. Não podia ser.

— Eu estava tentando ignorar — continuou ele. — Achei que estava exagerando em minhas preocupações. Os círculos de proteção que falharam...

— Os o quê? — interrompeu Bonnie, preocupada.

— Foi só uma coisa, mãe. — Belle afastou as preocupações da mãe com um aceno de mão.

— ...os sinais no céu, considerei tudo isso mera coincidência. Mas a magia não mente. Parece inegável que...

— Por favor, não diga isso.

— Você pode, de fato, estar em perigo.

Belle tentou forçar uma risada.

— Ah, então agora eu tenho meu próprio vilão pessoal para enfrentar?

— Srta. Blackthorn, não estou brincando. E digo isto com relutância — continuou Artorius, a preocupação evidente em sua expressão —, estamos claramente lidando com algo ou alguém que não deseja que você e sua mãe sigam juntas neste caminho. É realmente muito estranho.

Belle mordeu o interior da bochecha, pensativa.

— Então é alguém do coven?

— Possivelmente — ponderou Artorius. — Embora, neste ponto, alguém fora do Selcouth seja igualmente provável. Talvez de outro coven, mais distante. Ou praticantes independentes, por assim dizer. Pode ser qualquer pessoa.

— Maravilha. Agora sabemos exatamente onde procurar.

— Só podemos esperar que a força do feitiço tenha se esgotado, ao menos por algum tempo, por sua mãe ter lutado tão bravamente.

Bonnie lhe dirigiu um pequeno e orgulhoso sorriso. Não durou muito.

— Aqui estou eu, causando mais problemas para você, quando já tem preocupações o suficiente.

— Está tudo bem, mãe. Não precisa exagerar — disse Belle enquanto ajustava a almofada atrás da cabeça de Bonnie.

— Não faça alarde, querida. Só preciso voltar para casa, dar um jeito nas minhas coisas e pensar na melhor maneira de cuidar de você. — Bonnie tentou se levantar da poltrona.

Belle dirigiu um olhar incrédulo à mãe.

— Perdeu o juízo, mulher? Você não vai a lugar nenhum. Só pode estar de brincadeira. Mal consegue se sustentar.

— Vou ficar bem.

— Dá pra ficar sentada? Transferência está fora de questão. Sem chance.

Artorius interrompeu a pequena discussão delas.

— Será um enorme prazer recebê-la até que esteja completamente recuperada, sra. Blackthorn. E, claro, a querida Lobita também.

Bonnie assentiu com relutância.

— Há muitos quartos disponíveis — continuou ele. — São todas bem-vindas para ficar o tempo que for necessário. Afinal, quanto mais gente, mais seguro.

— Obrigada, sr. Day.

— Que nada. Será a maior honra da minha vida.

Monica foi completamente compreensiva quando Belle ligou para a Lunar para informar que sua mãe havia adoecido e que ela estaria ausente por alguns dias. Christopher, por outro lado, foi menos paciente.

— Não tem ninguém que possa assumir? Ela ficaria melhor em um hospital, e você poderia voltar para a loja. Você me deixa maluco, Blackthorn, mas as coisas vão por água abaixo sem você por aqui.

Foi uma ótima sensação dizer não para ele.

O pequeno lado positivo de todo o incidente envolvendo "mãe mergulhando no escuro abismo de *Subfuror Incantare*" foi que Belle e Artorius se viram adentrando uma especialidade mágica completamente nova mais cedo do que o esperado. Com a restauração da saúde de Bonnie agora como seu objetivo principal, a primeira prioridade de Belle se tornou dominar uma poção de cura.

A primeira página da seção de Alquimia do grimório possuía ilustrações de caldeirões robustos em tons de prata e cinza, entrelaçados com hera e um milhão de formatos diferentes de garrafas, que enfeitavam a página como joias. Belle percebeu que os próprios livros antigos de alquimia de Artorius estavam cobertos de manchas de poções em todas as tonalidades, como o livro de receitas favorito de um chef particularmente desleixado. Ele explicou que a medição e a busca por precisão na fabricação de poções era algo que ele praticava em nome da ciência ao longo dos anos, mesmo sem sua magia.

Ferve a mistura, atiça o fogo,
Uma escolha tímida atrasará o jogo.
Agarre o novo e o segure bem firme,
Considere o que brilha e deixa sua marca sublime.
Nada de recuar ou aceitar o comum,
Cardo, asclépia, beldroega, urtiga, um por um.
Com bravura siga o que chama à ação,
Três vezes infunda bondade na poção.

— Três poções benevolentes. Parece claro o suficiente — comentou Artorius, como se fosse óbvio. — Começaremos, é claro, com um elixir para estimular a cura de sua mãe, ajudando a acelerar o processo o máximo possível. É claro que a magia não faz milagres nem cura completamente qualquer enfermidade. Tal magia apenas desloca o infortúnio para outro lugar. Mas talvez um pouco de pó de raiz de gengibre, um ou dois cubos de açúcar...

Ele se afastou para examinar as prateleiras repletas de ingredientes, pegando um e outro frasco que chamassem sua atenção, enquanto simultaneamente consultava uma cópia de *Infusões e Preparações*, que apresentava uma bruxa extremamente glamorosa brandindo uma concha na capa.

— A preparação de poções exige requinte e concentração. Apesar de um toque de criatividade também não fazer mal à ciência — disse Artorius, andando de um lado para o outro, ocupado. — Cura, cura... — murmurou ele, ajeitando seus óculos remendados.

Belle lhe dirigiu um olhar de soslaio e pegou um caramelo da tigela de doces que Artorius havia preparado para a aula. Ele havia aprendido cedo que o cérebro dela funcionava melhor quando recebia um agrado de vez em quando. O papel vermelho-rubi crepitou com estática em seus dedos.

— Não tem uma receita exata que possamos seguir? Para fazer isso da maneira mais eficiente possível? — Belle avançou rapidamente para segurar um pote de vidro que estava prestes a cair de uma prateleira, enquanto Artorius descuidadamente entregava a ela um recipiente após o outro, cada um contendo algo que parecia mais desagradável que o anterior.

— Não estamos preparando um ratatouille — repreendeu ele.

— Então posso jogar qualquer coisa dentro, desde que tenha boas intenções?

Ele lhe dirigiu um olhar sério.

— Não exatamente. São requeridos ingredientes, mas suas especificidades ficam a cargo da bruxa no caldeirão. Se sua mãe geralmente recorre à natureza para curar, começaremos por aí. O familiar e o reconfortante levam à cura.

— Então vamos precisar de Earl Grey. Folhas de chá.

— O que mais? — incentivou ele. — Algo que sua mãe sempre dava a você quando estava doente, talvez?

Belle pensou em manhãs encostada em uma pilha de travesseiros, toalhas sobre o edredom e uma bacia ao lado da cama.

— Cassis? Ela também sempre me dava copos de suco morno de abóbora. Malte, para leite quente. Pão com manteiga, se isso conta como algo natural.

— Com um acréscimo de mel, para acalmar. Casca de salgueiro, para as dores. Isso está começando a me parecer uma poção.

— Ou uma poção ou o pior remédio para ressaca do mundo.

Algumas horas depois, chamas se agitavam sob o grande caldeirão no meio do sótão. Seu conteúdo começava a adquirir um intenso tom de marrom, fervendo suavemente com um aroma de nozes que parecia, ao mesmo tempo, medicinal e reconfortante. Estranhamente, quando atingiu o ponto de fervura, tinha o cheiro da casa de Bonnie, o que Belle interpretou como um sinal de que o feitiço deveria ser, no mínimo, decente.

Essa sensação foi confirmada quando o grimório brilhou com uma fraca luz âmbar, confirmando o sucesso da primeira poção benevolente, *Salutaris Medella*. Aliviada ao ver o resultado, ela serviu uma porção em uma pequena tigela de porcelana.

Belle bateu de leve na porta do quarto, viu a mãe dormindo e entrou na ponta dos pés, tentando não fazer barulho nas tábuas do assoalho. Quando chegou à mesinha de cabeceira para depositar a poção com cuidado, um prego saliente espetou seu dedo mindinho do pé, e ela soltou um palavrão violento.

Bonnie se remexeu e Belle imediatamente se desculpou.

— Desculpa, desculpa, desculpa, não queria te acordar. Meu dedinho… desculpa.

— Não tem problema, querida. O que trouxe aí?

— É uma poção de cura. Não se preocupe, o grimório aprovou, então acho que não vai acabar envenenando você.

Bonnie se remexeu sob o edredom com uma expressão desconfortável, movendo os membros doloridos para se sentar contra a cabeceira listrada. Ela pegou a tigela das mãos de Belle e tomou um pequeno gole com gratidão.

— Vamos lá, mãe. Tenho certeza de que a combinação de casca de árvore de verdade e leite maltado talhado é uma experiência gastronômica única.

— Nunca pensei que veria o dia em que seria você ao lado da cama cuidando de mim — disse Bonnie, esboçando um sorriso fraco.

— É a lição de alquimia perfeita. Na verdade, foi muita consideração de sua parte ter sido atacada por alguma força sombria.

Após esvaziar a tigela, Bonnie a colocou de volta na mesinha de cabeceira e pegou as mãos de Belle, segurando-as entre as suas.

— Fiquei tão preocupada — disse Belle, em voz baixa. — Eu não sabia para onde você... — Ele tentou falar com firmeza, mas não conseguiu fazer as palavras saírem mais altas do que um sussurro. Belle havia começado a perceber recentemente um certo sentimento que desabrochava dentro dela em relação ao bem-estar da mãe. Em um dia qualquer, sua mãe, de alguma forma, havia deixado de ser algo intocável. Sua mãe era algo passível de se quebrar. Belle sentiu a dor dessa constatação dentro de si.

— Eu sei, querida.

Bonnie envolveu a filha em um abraço, acariciando seus cabelos da raiz às pontas.

— Achei que tinha perdido você. — Belle agora estava com os olhos fechados, mas sentia as mãos da mãe em seus ombros. Ela mordeu o lábio inferior, tentando controlar o tremor na voz.

— Olhe para mim, Belle. Ouça bem isso, por favor. Vai precisar de muito mais do que *seja lá* o que foi aquilo para nos separar. Eu lutaria por você com cada fibra do meu ser.

Ela segurou o rosto da filha.

— Ah, querida. Não sei se tudo isso vai valer a pena. Não sei se é seguro. Eu estava tentando dar a Artorius o benefício da dúvida, mas...

— Mãe, não comece.

— Estou falando sério, querida. Talvez isso não tenha sido uma ideia tão boa assim. Bronwyn pode errar às vezes, assim como Morena pode ter razão. Isso não pode ser coincidência. Sob o teto dele.

Belle hesitou por uma fração de segundo, mas sua mente voltou instantaneamente ao momento do desaparecimento de Bonnie. Ao olhar no rosto de Artorius. O pânico, o desespero, a aflição que só se igualavam aos dela mesma.

— Eu sei o que parece — disse ela lentamente. — Mas ele não tem nada a ver com isso. Ele é um bom homem.

Bonnie a encarou com olhos semicerrados, então suspirou.

— Confio no seu julgamento de caráter, querida. Mas também confio no meu, e sei que há algo de estranho em tudo isso.

— Deve ser a casca de salgueiro.

— Estou falando sério, Belle. Eu abriria mão de cada gota de magia correndo no meu sangue para manter você em segurança.

— Mãe, para. As coisas ficaram meio desequilibradas desde que pus os pés na Casa de Hécate, então talvez o sistema mágico esteja um pouco instável para mim agora. Pode não haver ninguém por trás disso.

Bonnie assentiu com hesitação.

— Talvez… Por que seu guardião não entrou em contato? Ele é um bruxo impressionante. Eu me sentiria melhor sabendo que ele está cuidando disso, pelo menos.

Belle se remexeu na beira do colchão, batendo um pé contra o outro.

— Não contei a ele exatamente o que está acontecendo. Na verdade, falei para ele se afastar.

— Ah, Belle. Você precisa…

— Não preciso que ele esteja protegendo ou guardando nada. Sei me virar. — Belle deu de ombros. — Seja lá o que for, posso lidar com isso.

Bonnie revirou os olhos.

— Belle Blackthorn, você é a garota mais teimosa que eu já…

— Tá bom, tá bom. Vou contar para ele. Não que ele vá fazer alguma coisa. Só vai passar a mão no cabelo, esfregar o queixo e ficar emburrado.

Bonnie se recostou nas almofadas de olhos fechados, suas energias novamente esgotadas.

— Durma um pouco, mãe. Não estou dizendo que sou o gênio oculto da minha geração de bruxas ou algum tipo de mestre em poções, mas eu diria que já tem um pouco de cor voltando às suas bochechas.

21

Hora da verdade

Belle não sabia muito bem como realizar uma invocação entre uma bruxa e seu guardião, mas pensou nele. Tentou estabelecer um canal de comunicação limpo, esforçando-se mais do que o normal para não pensar em seus olhos penetrantes e escuros, na forma como os cabelos caíam constantemente sobre o rosto, naquele sorriso de canto de boca. Ela torcia para que fosse algum tipo de sistema telepático, um que não captasse o ritmo nada sutil de seu coração ao imaginar sua chegada.

— Me chamou? — Rune sacudiu levemente a cabeça e ajeitou a gola da camisa, desabotoada logo abaixo das clavículas.

— Oi.

— A que devo o prazer? — perguntou Rune, olhando ao redor da sala de Artorius, analisando o novo ambiente. Ele tirou o casaco e o jogou sobre o encosto de uma poltrona floral. — Sabe, é engraçado. Eu estava justamente me preparando para lhe fazer uma visita.

— Estava?

— O feitiço de guardião andou realçando uma sensação que não estava me deixando muito confortável. — Ele fez um gesto para algum ponto entre suas costelas, sob a camisa. — Bem aqui. Tenho sentido um medo real, palpável, sempre que penso em você.

Belle lhe dirigiu um olhar de soslaio do outro lado do cômodo.

— Encantador.

— Não é isso. É como se algo estivesse errado. Eu precisava checar se você estava bem dias atrás, mas fiquei indeciso sobre intervir ou não. Sei que não gosta de me ver por perto.

— Eu nunca disse que... — Ela se interrompeu. Outra hora. — Bem, você tinha razão. Contra minha própria vontade, me disseram que preciso avisar você se alguma coisa estranha estiver acontecendo, então...

A expressão dele se tornou mais séria.

— Eu tinha razão, não é? — Ele deu um passo na direção dela, diminuindo a distância entre eles como que por instinto. — Tem alguma coisa acontecendo. O que é?

— É uma longa história. — Belle hesitou. — Aceita uma bebida? Enquanto conversamos?

— Depois. Como eu disse, perigo iminente primeiro, por favor.

Belle suspirou, afastando o cabelo dos olhos.

— Muito bem, hora da verdade. Você não vai gostar nada disso. Para ser sincera, vai surtar.

— E adiar o assunto pelo maior tempo possível com certeza vai ajudar.

— *Subfuror Incantare* — soltou Belle de uma vez.

Rune arqueou uma sobrancelha.

— O que tem?

— Aconteceu.

Ele deu mais um passo na direção dela, perto o suficiente para que Belle sentisse o cheiro dele novamente: caramelo queimado e tabaco terroso.

— O que quer dizer com "aconteceu"?

— *Sub*... Não me faça dizer isso de novo. Seja lá o que for, aconteceu com a minha mãe.

O rosto dele assumiu uma expressão de profunda preocupação, os olhos se apertando em linhas finas nos cantos.

— Está falando sério?

— Não, adoro fazer piadas sobre coisas das quais não consigo nem dizer nem entender.

— Belle, dá para falar sério pelo menos uma vez na vida? Sua mãe experienciou o *Subfuror Incantare*? Quando?

Ela remexia nas franjas de uma almofada no sofá, cedendo sob a intensidade do olhar furioso dele.

— Acho que, tecnicamente, eu também experienciei. Minha magia, meu feitiço ficou sob o controle de alguma coisa ou alguém. Consegui invocar minha mãe para o sótão de Artorius, finalmente consegui uma transferência bem-sucedida de outra pessoa, e tudo deu completamente errado.

— Você está bem? Ela está bem?

— Estamos bem. Ela está lá em cima, na cama. — Belle gesticulou para o andar superior. — Está se recuperando bem.

— Quando isso aconteceu?

Belle fez uma careta.

— Há duas noites. — Ela tentou ignorar o quão tola se sentia por ter adiado essa informação enquanto ele dava meia-volta, exasperado, e começava a andar de um lado para o outro.

— Há duas noites?! Quantas vezes vou precisar dizer, Belle? — Ele se virou na direção dela. — Eu deveria estar protegendo você. Procurando sinais de magia sombria, ajudando você a se manter segura. Por que é tão absurdamente contra pedir ajuda sobre qualquer coisa?

Ela podia ver o peito dele subindo e descendo, o ritmo de seus ombros enquanto ele desabafava.

— Dá pra falar baixo? Minha mãe e Arty estão dormindo. E desculpe, estive um pouco ocupada demais trazendo minha mãe de volta da beira da morte para me preocupar com o que meu guardião particular poderia pensar disso.

— Você é completamente irritante.

As narinas dele inflaram enquanto a encarava, ambos trocando olhares em um embate defensivo. Um instante longo demais se passou em silêncio. O olhar dele se desviou quase imperceptivelmente para os lábios dela. Belle deu um passo para trás e se virou, quebrando o encanto.

— Enfim, estamos bem, obrigada pela preocupação. Precisamos trabalhar na sua abordagem, aliás. Só estou, sabe — ela hesitou —, um pouco preocupada com o que isso significa, que alguém possa estar tentando impedir o meu obscurecimento. Então, me pareceu algo que eu provavelmente deveria contar a você.

Ela respirou fundo, tentando se acalmar.

— Você deveria me contar tudo.

— Certo.

— Ótimo.

Um silêncio pairou entre eles e Belle tomou coragem para fazer a próxima pergunta.

— Então, o que isso significa? — Ela deu uma olhada por cima do ombro.

— Significa exatamente o que você disse. O círculo de proteção poderia até ser descartado como uma coincidência, um erro ou um acidente. Mas o *Subfuror Incantare* não é um acidente. Os dois juntos são um mau sinal. Alguém está tentando roubar sua magia antes que ela seja definitivamente sua.

— Por que alguém faria isso?

— Eu não sei, Belle. Não tive tempo para processar tudo ainda. De cabeça, diria talvez que alguém está se sentindo ameaçado pelo que você poderia representar para o Selcouth? Eu... eu não sei.

— Você não é o cara que deveria ter todas as respostas para os meus problemas?

— Normalmente, sim. Mas isso é um pouco mais do que eu esperava lidar. O *Subfuror Incantare* é uma magia verdadeiramente sombria, Belle.

— Ouvi dizer. — Ela soltou uma risada amarga.

— É claro que precisamos considerar a possibilidade de que Artorius esteja...

— Quantas vezes vou precisar repetir? Não é ele. — Ela ergueu a voz em um tom definitivo, cutucando o encosto do sofá com ênfase. — Eu tenho certeza disso.

— Você não tem como ter certeza. — A irritação de Rune voltou a crescer, igualando-se a dela.

— Você não o viu quando minha mãe estava... se desfazendo, literalmente se desfazendo bem na nossa frente. Foi... foi o momento mais assustador da minha vida. Ele também não sabia o que estava acontecendo. Eu tive... — Ela engoliu em seco. — Eu tive tanto medo.

Ela não conseguiu se conter. Caiu no choro. Um choro alto e infantil. Soluçava com tanta força que sacudia o peito inteiro. Enterrou o rosto nas mãos para se esconder. Antes que pudesse perceber o que estava acontecendo, dois braços a envolveram. Quentes e totalmente acolhedores, um ombro onde ela pôde afundar o rosto, que tinha o cheiro de um sonho outonal: de madeira e especiarias, de algo limpo e fumegante. Um queixo repousou no topo de sua cabeça. Ela se deixou envolver, como uma criaturinha arrependida sendo coberta por uma manta em uma chuva fria. Baixou a guarda, só por um momento. Fazia muito tempo que ninguém a abraçava assim, como se todas as partes de seu corpo estivessem envolvidas, uma muralha de segurança entre ela e o resto do mundo.

Ele soltou um "shhh" baixo e rouco nos cabelos dela. O som suave a acalmou, tranquilizante em sua profundidade.

Um rangido do assoalho no andar de cima a despertou, como um martelo quebrando vidro. Ela enrijeceu. Ele percebeu imediatamente o desconforto dela e baixou os braços no mesmo instante.

— Eu não... Isso é estranho.

— Certo. — Ele assentiu. — Pouco profissional. Desculpa, eu...

— Não, eu que peço desculpas. Foi muito gentil da sua parte. Obrigada. Desculpa. Não sei por que comecei a chorar daquele jeito. Só estou muito, muito cansada.

— Porque você passou por algo horrível. — Rune suspirou, olhando para ela como se tentasse decifrá-la. — Ninguém deveria precisar ver um ente querido enredado em magia sombria. Esse tipo de coisa... deixa marcas.

Belle olhou para ele através dos cílios úmidos.

— E dá pra parar de se desculpar o tempo todo? — continuou ele. — Principalmente por chorar. Sei que sou bem insuportável, mas não sou um monstro tão horrível assim.

Belle se recompôs, enxugando as lágrimas traiçoeiras com os pulsos. Ele ergueu o queixo dela com um dedo, examinando seu rosto até encontrar seus olhos.

— Sinto muito por não ter estado presente quando sua mãe estava em perigo, Belle. Acho que... e sei que você não vai gostar nada disso, mas só me escuta. — Ela começou a balançar a cabeça e afastá-lo, mas ele continuou mesmo assim. — Você está exausta. Me deixe assumir uma parte disso. Vou ficar mais tempo por perto, passar mais vezes aqui na Quill Lane. Estive mantendo o feitiço de guardião no nível mais baixo possível porque você não me queria por perto, mas agora preciso fazer meu trabalho direito.

— Mas...

— Qual é, Belle, me deixe fazer isso. Eu quero... eu *preciso* — corrigiu-se ele — ter certeza de que você está segura.

Ela pensou por um momento e acabou cedendo.

— Tudo bem. Mas nada de espiar meus feitiços durante as aulas, porque sei que vai rir de mim. Nada de interferir com Artorius. Certamente nada de apontar meus erros, ou eu mato você. E nada de...

— Fechado. — Ele sorriu, enquanto a lista de exigências dela se prolongava.

22

LUTAR OU FUGIR

Com a recuperação de Bonnie a passos lentos, mas firmes, Belle voltou ao trabalho na Lunar antes do planejado. Ela queria mais tempo, mas a decisão foi tomada, em grande parte, após uma ligação cuidadosamente articulada de Jim, alertando-a de que Christopher estava se aproveitando de sua ausência para arruinar todo o charme que restava da loja. Então, ela decidiu dividir suas horas desperta (e algumas de sono) entre suas duas vidas distintas, a mágica e a não mágica, o que se provou imediatamente exaustivo mais uma vez.

Belle sabia que estava se comportando como uma rabugenta com todos à sua volta, ela podia sentir as pessoas pisando em ovos ao seu redor. Mas, com pouco mais de duas semanas de mentoria, ela estava completamente exausta, física e mentalmente. Seu cabelo estava sujo e sem vida, preso em um rabo de cavalo todos os dias. Sua pele estava pálida, manchada e seca. Ao reclamar para a mãe sobre o estado de sua aparência, Bonnie explicou que não era apenas falta de sono. O esforço de drenar magia de seu corpo noite após noite estava cobrando seu preço em todas as partes do sistema de Belle, e suas habilidades estavam tensionadas e exauridas, como músculos desidratados e sobrecarregados que, mesmo sem energia, corriam maratonas. A poção revitalizante de Rune já tinha perdido o efeito há tempos, e ela era orgulhosa demais para pedir outra. Todo o seu corpo parecia machucado, sensível ao toque. Aparentemente, comprimir quinze anos de educação mágica em poucas semanas não era a decisão mais sábia que uma bruxa poderia tomar.

Ariadne também havia notado.

— Digo isso com todo o carinho do mundo, mas você está se sentindo bem? Está com uma cara terrível, meu bem.

— O quê? — respondeu Belle, irritada. A décima sexta lua da noite anterior havia terminado de forma amarga com Artorius, cujos constantes incentivos só pioravam seu cansaço enquanto ela tentava, sem sucesso, decorar os presságios do baralho de tarô.

— Não se estresse comigo. Como sua amiga, só estou dizendo que parece que você acabou de se levantar da cova — comentou Ariadne com preocupação genuína, oferecendo metade de sua banana enquanto elas vestiam os casacos para ir trabalhar.

— Quem me dera. Pelo menos eu conseguiria algumas horas de sono se estivesse morta.

— Vamos fazer máscaras faciais hoje à noite. Beber um pouco de água. Talvez comer alguns vegetais.

— Eu não quero fazer máscaras faciais — resmungou Belle. — Estou acabada. Preciso reunir toda a minha força para evitar que meus olhos caiam das órbitas.

— Você deveria tirar um dia de folga.

— Eu *não posso* tirar um dia de folga. Toda vez que fico longe da Lunar, volto e descubro que Christopher pensou em novas e maravilhosas maneiras de estragar tudo. Ontem, descobri que ele demitiu o animador infantil, jogou fora todos os materiais de artes e trabalhos manuais *e ainda* trocou toda a seção de ficção feminina por autobiografias de homens CEOs — desabafou Belle.

— Nossa! Certo, então. — Ariadne fez uma careta, olhando para Belle com a expressão de quem está presa em uma palavra cruzada particularmente desafiadora. — Só sinto que você está me afastando. Mal te vejo esses dias, e, quando estamos juntas, parece que não consigo fazer nada certo.

Belle percebeu o quão horrível estava sendo, arrependendo-se no mesmo instante e implorando a si mesma para ficar de boca fechada. Mas não conseguiu se controlar.

— *Você* não consegue fazer nada certo? Minha mãe ainda está doente, e estou morrendo de preocupação por ela. A Lunar está desmoronando, e eu não sei como resolver isso. Rune está... bom, Rune está sendo Rune. Você sabe tão bem quanto eu o que está acontecendo aqui. E, como você tão gentilmente apontou, eu estou um completo desastre e... — Belle corou de vergonha, o que só alimentou ainda mais sua raiva. — E será que eu não posso só guardar algumas coisas para mim de vez em quando?

Ariadne a encarou.

— Desde quando?

— Desde sempre, provavelmente — respondeu Belle, de forma irracional. — Talvez eu não precise contar a você absolutamente tudo o que acontece na minha vida.

— Eu nunca disse que precisava. Mas era meio que subentendido. Pelo menos era o que eu achava.

— Não tenho mais me sentido dessa forma ultimamente. Tudo bem para você?

— Sim. — Ariadne engoliu em seco, sua voz muito baixa. — Claro.

— Obrigada. Muito bem. Tenha um bom dia. — Belle pegou a bolsa do gancho atrás da porta e a fechou atrás de si, deixando Ariadne sozinha no apartamento.

É claro que Belle passou o resto do dia com a sensação de que poderia vomitar a qualquer momento.

Suas mãos tremiam e ela não tinha vontade nenhuma de comer. Ela não havia feito absolutamente nada de útil na Lunar o dia inteiro, porque passou todo o tempo odiando a si mesma e preocupada que Ariadne nunca a perdoasse. Sentia-se péssima. Decidiu que compraria uma garrafa de vinho no caminho para casa, alguns daqueles doces de favo de mel dos quais Ariadne gostava, e um buquê de flores para implorar o perdão dela por ser uma idiota.

E ainda tinha a questão de Rune. Inicialmente, ela havia presumido que o fato de não conseguir parar de pensar nele era simplesmente por causa do quão irritante ele tinha sido quando eles se conheceram. Ou talvez porque o encontro com ele tivesse sido o seu primeiro com algo mágico. Mas houve muitos outros desde então e, mesmo assim… este não era um bom momento para se apaixonar por alguém, muito menos por alguém como ele. Não poderia haver uma escolha pior ou uma pessoa mais incompatível. Não que esse fosse o caso. De jeito nenhum. Com tudo o que estava acontecendo, ela não podia, e não devia nem sequer pensar *nisso*.

Belle se apoiou pesadamente na mão direita, empurrando as bochechas para cima enquanto pressionava o cotovelo no balcão. O maior desafio do dia deveria ter sido garantir que as lanternas de abóbora feitas de papel harmonizassem com as luzes de fada penduradas no teto em uma curva suave. Na verdade, o maior problema acabou sendo conseguir manter os olhos abertos. Só no terceiro café do dia ela percebeu que seu suéter estava do avesso.

— Encheu a cara na noite passada, Belle? Tô contigo, querida.

O som da voz de Christopher foi como uma marretada na cabeça, acordando Belle abruptamente de seu cochilo nada discreto. Para piorar, ele apoiou ambas as mãos em seus ombros e apertou com força. Monica não conseguiu esconder sua expressão de nojo do outro lado da loja. Belle abriu um sorriso educado e forçado, encolhendo os ombros e afastando-se dele.

— Só não tenho dormido muito bem — disse ela.

— Você não está grávida, não é? — perguntou Christopher, parecendo genuinamente preocupado por um momento. — Me avise antes de jogar uma licença-maternidade na nossa cara. Eu mesmo engravidaria por uma dessas.

Ele soltou uma gargalhada, dirigindo um olhar para Jim como quem espera apoio. Jim parecia confuso.

— Precisa de alguma coisa, Christopher? — perguntou Belle, semicerrando os olhos enquanto desfazia e amarrava novamente o laço do avental para conter o impulso de estrangulá-lo. O cansaço a fizera ser ríspida com Ariadne naquela manhã, então não podia se responsabilizar pelo que poderia acontecer com Christopher. Seus dedos coçavam para lançar algum tipo de feitiço de calvície.

— Só queria colocar o papo em dia com minha garota prodígio. Não resisto a esses jeans. — Ele piscou, fazendo a pele dela se arrepiar de nojo.

— Não tenho tempo nem energia hoje para fingir não notar o quão absurdamente ofensivo você é — respondeu Belle antes de conseguir se controlar.

Christopher ficou surpreso e sua expressão mudou. Normalmente, ele contava que ela relevasse, que risse junto ou revirasse os olhos como quem diz "você, hein..." de forma educada. Ele enxugou a testa com o antebraço, passou a língua pelos dentes e ajeitou o cabelo oleoso para trás.

— Quero todo mundo no meu escritório em dez minutos — disse ele, estalando os dedos para o resto da equipe. — Coloquem a placa de "Fechado". Quem não aparecer com um compilado de formas pelas quais está impulsionando as vendas, vai precisar me explicar em detalhes excruciantes por que é tão inútil e por que não deveria ser demitido na hora.

Ele saiu batendo os pés sem olhar para trás. Belle se balançou nos calcanhares e ficou olhando fixamente para a escada em espiral enquanto contava até dez.

— Belle...

— Não. — Ela levantou uma das mãos para Monica. — Estou cansada demais para as merdas dele. — E então imediatamente se sentiu culpada ao notar a expressão no rosto de sua colega. — Desculpa, desculpa, desculpa. Tem sido uma longa semana.

— Ele fica cada dia mais repulsivo — comentou Monica com um sorriso, oferecendo a lata de biscoitos para Belle a partir do outro lado do balcão.

Belle assentiu, reprimindo um bocejo enquanto pegava um biscoito de gotas de chocolate.

— Vocês têm alguma ideia que poderiam apresentar para ele? — perguntou ela a Monica e Jim. — Não precisa ser nada incrível, ele vai odiar tudo que dissermos, de qualquer jeito.

— Temos um montão de ideias — confirmou Jim, mastigando a ponta da caneta. — Mas ele não vai gostar de nenhuma. Para começar, são todas adoráveis e encantadoras.

— Hoje não é um dia para a alegria de criar. Só deitem no chão e deixem que ele passe por cima de nós, para podermos voltar ao que realmente precisa ser feito. Tenho tudo sob controle. Provavelmente.

Não foi nenhuma surpresa que Christopher não tivesse dado a mínima para as longas listas de afazeres deles, chegando atrasado à reunião que ele mesmo havia convocado, e em seguida iniciado um miserável discurso sobre avaliações de desempenho e veredictos sobre a Lunar ser um caos sem organização e precisar de mais “pensamento corporativo”. Ele claramente se divertia ao descartar cada uma das novas ideias apresentadas, sorrindo com uma arrogância inabalável enquanto o fazia.

— O que vocês andam fazendo ultimamente? Com certeza não tem sido trabalhar duro. Tudo o que vejo é um monte de baboseira *hipster*. Estamos tentando ganhar dinheiro aqui. — Ele bateu as costas de uma das mãos na palma da outra para dar ênfase.

— Quantas vezes vou precisar repetir — começou Belle, tentando manter a calma — que a razão de a Lunar ser a favorita da comunidade há tanto tempo é... é a magia dela? E você está acabando com cada resquício disso. O valor está nos detalhes que criamos, na sensação especial de entrar por aquela porta. Em tudo o que você despreza.

— O único valor com o qual devemos nos preocupar é o financeiro. Você já está por um fio, Blackthorn. Não me provoque. — Christopher apontou um dedo para ela.

— Christopher, as ideias são lindas e ótimos investimentos — rebateu ela. — Violet as adoraria.

— Minha mãe não está mais no comando. Eu estou.

— Estamos tentando enriquecer a maravilhosa experiência de se perder na Lunar. A ideia é provocar emoção, transportar as pessoas para outro lugar assim que pisarem aqui, fazer com que sintam...

— Blackthorn, este é o seu último aviso.

— Se ao menos você pensasse...

— Chega! — rugiu ele, ajustando os punhos da camisa apertada. — Não sei quem você pensa que é hoje, Belle, mas gostaria de lembrar que eu sou o seu chefe e que você precisa aprender a calar a boca quando eu mando.

Um silêncio se abateu sobre o cômodo. Belle apertou os lábios com força. Lágrimas quentes ardiam em seus olhos, ameaçando escorrerem na frente de todos. Ela cutucou violentamente uma cutícula para se distrair, evitando olhar para Monica e Jim, que estavam claramente tentando atrair sua atenção para oferecer algum tipo de apoio silencioso.

— De volta ao trabalho. — Ele abriu um maço de cigarros enquanto empurrava a porta da frente.

Belle caminhou rapidamente até o banheiro e, por fim, deixou-se desabar. Chorou de raiva contra a manga da roupa, pressionando as palmas das mãos contra os olhos na tentativa de conter o dilúvio. Ela ficaria bem. Só precisava jogar tudo para fora um pouquinho. Depois, ficaria bem.

Ela encostou a cabeça no rolo de papel higiênico e soltou um pequeno e exausto rugido de frustração. Por causa de Christopher, é claro, mas também por causa de si mesma, de sua briga com Ari, e deste dia particularmente horrível. Estava tão cansada que simplesmente não sabia como lidar com tudo dando errado ao seu redor, fosse no mundo mágico ou mundano. Um arrepio percorreu sua espinha e as pontas de seus dedos começaram a formigar de tanto cutucá-las durante a reunião.

Houve uma batida na porta.

— Mon, preciso de um minuto. Já estou saindo.

Ela recuperaria seu momento de solidão quando chegasse em casa. Só que não estaria em casa por horas, porque iria direto para a Quill Lane estudar Clarividência. Nada de corpo mole. Ela passou rapidamente os dedos nas inevitáveis manchas de rímel, embora fossem provavelmente da mesma cor das meias-luas escuras sob seus olhos.

— O que houve?

Rune estava sentado na pia quando ela saiu. Ele se levantou de um salto e se aproximou quando ela ergueu o olhar, expondo bochechas molhadas de lágrimas e olhos inchados. Ela percebeu que ele enrijeceu, como estivesse tentando se controlar.

Belle estava cansada demais para se perguntar por que diabos Rune estava no banheiro de seu trabalho. Ela nem sequer tinha um comentário sarcástico para fazer sobre isso. Soltou um suspiro, aceitando que, é claro, havia um bruxo guardião à toa no banheiro.

— O que você está fazendo aqui? — perguntou ela, sem emoção. Mesmo contra sua vontade, ficou feliz em vê-lo.

— Eu disse que tentaria melhorar a conexão depois do que aconteceu com sua mãe, ficando com um olhar mais atento. Eu senti que havia algo de errado.

Belle assentiu com uma aceitação indiferente e esfregou o rosto ainda úmido.

— Por que você está chorando? — perguntou ele gentilmente.

— Não é assunto mágico.

— Não importa. O que foi?

— Eu estraguei tudo. Literalmente tudo.

— Você está indo bem. — Ele estendeu a mão e enxugou uma lágrima do rosto molhado dela com o polegar. Ambos congelaram, surpresos com o gesto. Ele pigarreou, desconfortável.

— Desculpe. Não sei por que fiz isso.

Belle deixou para lá.

— É por causa do idiota do meu chefe. Ele é sempre horrível.

Rune respirou fundo, claramente tentando se conter.

— Foi ele quem fez você chorar?

— Sim. Mas não importa. Acontece com frequência.

— O que ele disse?

— O de sempre. Ele odeia tudo o que a Lunar deveria ser. Despreza tudo o que acrescentaria algo à mágica do lugar. Acha que eu sou uma idiota, mas, ao mesmo tempo, me chama para resolver qualquer coisa que precise ser resolvido para tirar o dele da reta. Acho que nunca conheci alguém tão desrespeitoso com as mulheres quanto ele, e ainda parece guardar uma dose extra de desrespeito especialmente para mim. Enfim, você precisa de alguma coisa? Preciso fazer muita coisa antes de ir para a casa de Arty. — Ela não poderia soar mais cansada de tudo, como se estivesse resignada a ficar miserável para sempre.

— Onde ele está?

— Arty?

— O seu chefe. O cara que fez você chorar. Onde ele está?

Belle o encarou, sem entender.

— Acho que ele foi fumar lá fora. Por quê?

Rune manteve o olhar fixo nela por mais um momento. Sua expressão continuava serena, mas Belle notou uma leve enrijecer de sua mandíbula. Ele flexionou os dedos e uma leve poeira de faíscas caiu da ponta de seu polegar, e então ele se virou e saiu.

— Rune?

Ele não respondeu, apenas continuou andando a passos largos pelos fundos da loja e então atravessando o salão com a barra de seu casaco esvoaçando atrás dele à medida que passava pela seção de livros de culinária e descia a escada em espiral vertiginosamente rápido.

— Rune. O que você está fazendo? Calma aí, espere um segundo. — Belle tentou alcançá-lo, parando rapidamente no caminho para pegar sua jaqueta de debaixo do balcão. Isso não tinha como ser bom. Monica e Jim ficaram olhando sua chefe correr apressada atrás de um homem extraordinariamente bonito e furioso em um longo casaco de couro, sem nenhuma explicação.

Rune empurrou a porta da frente com a palma da mão, e então parou para localizar o que procurava. Não demorou muito. Christopher estava ao telefone, rindo alto, claramente comentando sobre uma mulher a poucos passos dele, que estava sozinha em sua própria pausa do trabalho, evidentemente desconfortável. Ele fez uma pausa momentânea no riso, intrigado com a aproximação de Rune.

— Casaco irado, cara. Indo para uma sessão espírita? Ou escavar uns túmulos por aí?

Rune lhe dirigiu um sorriso forçado.

— Christopher?

Belle finalmente chegou na cena, mas recuou instintivamente e entrou em uma loja de roupas de segunda mão para se esconder. Ela se enfiou atrás de um cabideiro de casacos felpudos e observou pela vitrine, sem ousar seguir em frente, temendo que Christopher a visse e a associasse a Rune.

Christopher soltou uma risada irônica.

— Talvez. E você quem é, amigo?

Um segundo se passou como que em câmera lenta. Antes que Belle pudesse dar um único passo para detê-lo, Rune desferiu um soco limpo e sólido no lado esquerdo do rosto de Christopher, derrubando o cigarro de sua boca e acertando diretamente o osso do nariz. Ouviu-se um estalo. Os transeuntes arfaram de surpresa, apontando para a cena enquanto mantinham uma distância segura. Christopher soltou um gemido, segurando o nariz quebrado enquanto se curvava, encolhido de dor. Rune sacudiu a mão que havia desferido o soco e afastou os cabelos caídos no rosto para recuperar a compostura.

— Se *alguma vez* a fizer chorar de novo — disse ele de forma lenta e controlada —, se ousar piorar o dia dela de alguma forma... — Ele engoliu o final da frase.

Christopher assentiu freneticamente, claramente sem fazer ideia de quem Rune estava falando. Segurando os dedos ensanguentados, Rune se afastou com tranquilidade.

— Acontece que eu não faço ideia! — Belle ouviu Christopher gritar ao telefone com seu amigo. — Um maluco qualquer. Poderia ser qualquer um. — Ele engoliu em seco, limpando a boca e deixando uma mancha de sangue na manga de sua camisa cara. — Deve ser por causa de alguma mulher. Talvez aquela de ontem à noite.

Belle esperou até que Christopher se virasse para sair rapidamente, e então atravessou a rua em meio à multidão do horário de almoço e correu atrás de Rune. Ao alcançá-lo, ela o segurou pelo casaco e o virou.

— Qual é o seu *problema*? Por acaso você é completa e categoricamente insano? Você acabou de socar meu chefe.

— Ele fez você chorar — respondeu Rune, como se fosse a coisa mais óbvia do mundo.

— Muita gente me faz chorar. Eu choro o tempo todo! Chorei vendo um comercial de um santuário de burros hoje de manhã. Vai socar todo mundo que maltrata burros?

Rune arqueou uma sobrancelha, confuso.

— Eu adoraria. E ele mereceu.

— Esse não é... — Belle sacudiu a cabeça. — Esse não é o ponto.

— Eu poderia ter feito muito pior.

Verdade. Era pura sorte que Rune não tivesse decidido lançar algum tipo de maldição cruel ou feitiço nefasto em vez de um soco rápido.

— Eu deveria agradecer a você por isso? — gritou ela, incrédula. — Você não pode sair por aí simplesmente socando quem me faz chorar. Por que você se importa tanto?

— Minha função é proteger você.

— De magia sombria! Não do meu chefe quando ele me humilha na frente dos meus colegas. Isso é algo que cabe a mim resolver, somente a mim — disparou ela. — Minha vida fora da magia definitivamente não precisa de um guardião.

Rune pareceu surpreso por uma fração de segundo.

— Entendo. Claro que não precisa. — Ele estava prestes a dizer mais alguma coisa, mas desistiu. Sua expressão se tornou mais severa. — Não vai acontecer de novo.

— Certo. Não vai mesmo. — Ela assentiu. — Agora, preciso voltar para lá, retomar o trabalho e agir como se tudo estivesse normal. Ai meu Deus... — A compreensão tomou conta do rosto de Belle. — Aposto que Monica e Jim me viram correndo atrás de você.

Rune não respondeu, apenas examinou o rosto dela com o olhar.

— Você parece exausta. Vou preparar algo para ajudar de novo.

— Por que todo mundo sente a necessidade de me lembrar que eu estou acabada? Não acho que preciso mais de sua ajuda, principalmente se é assim que você costuma ajudar. — Ela gesticulou em direção a Christopher, agora dentro da loja, com dois pedaços de papel enfiados nas narinas.

Rune engoliu em seco e assentiu devagar, assumindo a derrota.

— Certo.

— Desculpe se estou sempre pedindo para me deixar em paz, mas, mais uma vez, será que poderia, por favor, me deixar em paz? Invoco você se precisar.

— Mas nós concordamos... que você não está segura.

Belle se virou para ir embora.

— Supervisione minhas aulas com Artorius, se precisar. Mas só isso, chega de envolvimento na minha vida. — Ela pensou em mais uma coisa de última hora. — E não use magia para se transferir, tem gente demais por aqui.

Rune enfiou as mãos nos bolsos e assentiu de forma rápida e sombria.

— Entendido. — Ele se afastou com a cabeça baixa.

23

FEITIÇARIA DA TERRA

Uma noite de sono tinha feito as coisas parecerem um pouco mais leves, mas o constante manto da preocupação que Belle carregava sobre os ombros ainda parecia pesado demais, difícil de carregar. O desentendimento com Ariadne passava a sensação de que tudo estava completamente errado. Isso não acontecia há anos. O vinho e os petiscos remediaram a situação de forma hesitante, mas uma estranha sensação de desconforto ainda pairava entre elas e se recusava a ir embora. Sim, ambas pediram desculpas, mas nenhuma delas realmente retirou o que havia dito. Algo tinha mudado e permanecido assim.

No trabalho, Christopher estava andando na linha um pouco mais do que o normal, mas tinha assumido o papel de vítima melosa, insistindo em comprar bandejas de sanduíches para agradecer a todos pela gentileza após o ataque sem motivo. Enquanto isso, Belle conseguiu inventar algumas desculpas para Monica e Jim, explicando que o homem que ela estava perseguindo pela loja era um fornecedor que trouxera o design de capa errado para uma festa de lançamento que se aproximava. Monica perguntou se ela tinha o número dele, porque estava pensando em convidá-lo para um *happy hour* na próxima semana.

No entanto, foi a mentoria que se destacou acima de tudo, à medida que a décima nona lua despontava, suave e leitosa, aninhando-se confortavelmente em seu lugar no céu para uma longa noite de guarda sobre tudo abaixo. Belle, com o cansaço agora firmemente estabelecido como uma característica fundamental de sua personalidade, apoiou ambas as mãos sobre a cabeça e soltou um suspiro profundo e exausto de frustração. As tábuas do sótão rangeram sob seus pés enquanto ela se balançava sobre os calcanhares.

— É literalmente impossível. Não adianta. Eu não consigo fazer isso — reclamou ela.

— Pare com isso agora mesmo. É claro que você consegue — disse Artorius, descartando a atitude derrotista dela, como fazia sempre que ela duvidava de si mesma. Eles já estavam tão acostumados à companhia um do outro que qualquer necessidade de polidez já havia deixado de existir há tempos.

Naquela noite, eles começaram um novo trabalho com Alquimia. Tinha se provado tão produtivo quanto um caldeirão de chocolate, e consideravelmente menos saboroso.

— Nós já tentamos. Diversas vezes. E veja só. — Belle gesticulou com uma indignação desesperada para o caldeirão de tamanho individual. — Ainda parece uma sopa com um punhado de porcarias dentro. Se isso é magia, então a rede de esgoto também é.

Belle deu uma espiada no caldeirão com uma pontada de esperança de que ele pudesse ter começado a fazer algo promissor.

— Sopa. — Ela fez uma careta. — Talvez devêssemos tentar uma poção diferente. Que tal uma bebida revitalizante? Algo para cansaço?

Artorius balançou a cabeça.

— Receio que não se adequaria ao seu nível de habilidade atual. Poções revitalizantes estão entre as mais exigentes. Requerem uma imensa concentração, muito cuidado e esforço por períodos prolongados. É preciso uma grande dedicação à poção para produzir algo bem-sucedido.

Belle não fazia ideia de que Rune tinha se esforçado tanto por ela. Ainda estava furiosa com ele, mas não conseguiu conter um pequeno e secreto sorriso diante daquela revelação.

— Veja só o que já conseguiu até agora. — Artorius a tranquilizou, dando um tapinha em seu braço. O bruxo apontou com entusiasmo para uma folha de papel pautado que ele havia prendido na parede. Escrevera cuidadosamente as seis especialidades mágicas e havia riscado triunfantemente, com tinta brilhante, o primeiro desafio que haviam completado.

Com uma ajudinha de Jinx, a dupla tinha conseguido riscar "Afinidade Animal" da lista de lições em questão de segundos, o que quase compensava a falta de progresso em outras áreas. O grimório havia revelado o desafio na noite anterior.

A alma nasce para encontrar seu par,
Em nós de cuidado a se enlaçar.
Na vida, há pilares a se erguer,
Com fé e amor, firmes a crescer.
Familiar do mais nobre coração,
Jamais se desfaz tal ligação.
Mamífero, réptil, ave ou anfíbio,
Magia que escapa qualquer artifício.

Era evidente que ela e Jinx formavam com naturalidade uma bela dupla de bruxa e familiar. O fato de a gata nunca ficar longe durante a prática de magia de Belle era um claro sinal disso. Jinx, que havia sido invocada para Quill Lane especialmente para a ocasião, recusava-se veementemente a deixá-los trabalhar em paz. Belle quase teve vários ataques cardíacos ao vê-la serpenteando entre os tornozelos idosos de Artorius — algo particularmente preocupante quando ele estava próximo às escadas do sótão. Belle conseguiu lançar um encantamento incrivelmente rápido para transformar os degraus de madeira em um castelo inflável, salvando-o de uma queda fatal provocada pelas patas de seu familiar carente.

Enquanto degustavam ovos cozidos com gemas douradas e torradas crocantes amanteigadas, ela contou histórias de como a gata costumava empurrar a cabeça nela carinhosamente enquanto a jovem chorava por desilusões amorosas, e de como afundar os dedos no pelo de Jinx sempre a ajudava a se sentir mais centrada. Ela explicou, ciente de que soava completamente maluca, que elas se entendiam. Não que Jinx pudesse falar ou algo do tipo — isso seria ridículo. Mas seu familiar era parte dela. Se existem mesmo almas gêmeas, era isso o que elas eram. Belle tinha certeza de que se encontrariam novamente na próxima vida, em todas as vidas. Sempre se reencontrariam. Não havia dúvida sobre isto: essa bruxa e seu familiar eram espíritos afins.

— O motivo pelo qual o obscurecimento ocorre no trigésimo aniversário é uma questão de tradição, claro. Mas também é algo além disso — explicou Artorius a Belle. — Após três décadas inteiras de vida, começa-se a identificar os relacionamentos essenciais que a vida reservou para o longo prazo. Aqueles seres preciosos que permanecem ao nosso lado através de todas as tempestades e humores. Aqueles que devem ser estimados, pois nos fazem sentir mais nós mesmos com eles do que quando estamos sozinhos. Sua mãe é um desses seres, Ariadne também, pelo que ouvi dizer. E Jinx aqui é, sem dúvida, um desses espíritos.

A alegoria brilhou assim que Belle segurou Jinx para que uma de suas patinhas almofadadas tocassem a página, e o puro alívio foi uma trégua bem-vinda. As coisas começaram a desandar quando Artorius sugeriu que mergulhassem novamente na Alquimia, desta vez com a segunda das poções benevolentes.

— Talvez faça mais sentido explorar mais Feitiçaria da Terra primeiro, para entender o que estou jogando no caldeirão, antes de começar a combinar tudo isso — disse Belle, em um tom conciliador, enquanto se virava para mexer a sopa pastosa.

— Muito bem. Tenho certeza de que sua mãe ficará encantada por estarmos explorando a especialidade dela enquanto ainda está aqui conosco. Aliás, acredito que esteja na hora de checarmos como ela está — acrescentou Artorius, desviando rapidamente o olhar para o mostrador empoeirado do relógio de pêndulo.

Bonnie havia dormido quase sem interrupção no quarto de hóspedes desde que ressurgira há uma semana, com Lobita realmente de guarda na cabeceira e Jinx juntando-se a elas quando bem entendia. Os animais se mostravam surpreendentemente amigáveis entre si, e só de vez em quando Lobita aceitava um tapa no focinho, caso agisse de uma forma não aprovada por Jinx.

Bonnie prometeu a Belle que agora estava bem o suficiente para se levantar, e se juntou a eles na sala de estar. A bruxa mais velha carregava seu próprio grimório debaixo do braço, cuja lombada desgastada parecia por um fio. Havia páginas que se projetavam em todos os ângulos possíveis, como um álbum de família querido, recheado de décadas de aprendizado celebradas, além de várias manchas circulares de chá na capa frontal.

— Não me sinto descansada assim há… bem, provavelmente há uns trinta anos, na verdade — disse Bonnie.

Artorius se levantou da poltrona estofada, dando um tapinha carinhoso no ombro de Belle.

— Vou colocar a chaleira no fogo. — Enquanto saía da sala, ele se inclinou para acariciar Lobita, que o seguiu de perto em busca de seu biscoito garantido. Assim que ele saiu de vista, Bonnie segurou Belle pelos dois braços e a puxou para o sofá.

— Tenho certeza de que você está escondendo um milhão de coisas de mim — ela falou rápido e seu tom era um pouco ansioso, examinando o rosto da filha em busca de qualquer sinal de que algo estivesse errado. — Como você está? Está tudo bem?

— Ainda sem sorte com a Alquimia. Sinto que minha magia está… me restringindo?

— Se parte de você está incerta sobre o que pode estar por vir em relação a isso, é normal que afete sua magia — disse Bonnie, pensativa.

— Mas é quase o contrário. Meu instinto realmente acredita que estou segura. Você provavelmente acha que sou louca por isso, mas sei que não corro perigo com Artorius e a magia dele.

Bonnie hesitou e, em seguida, deu um pequeno sorriso.

— Acontece que eu concordo.

— Concorda? — Belle ergueu os olhos enquanto cutucava os dedos.

— Estranhamente, sim. Eu me preocupo com você incessantemente. É meu trabalho, e tem sido por três décadas. Mas bastou um momento nesta casa para me fazer sentir que você... pertence a este lugar. O cuidado, a lealdade... são palpáveis. Esse homem não é o monstro que o Selcouth acreditava que fosse, o que é... confuso. Mas reconfortante.

Belle se sentiu instantaneamente aliviada.

— Quero dizer, como alguém poderia ter medo disso? — Ela apontou com a cabeça para a cozinha, de onde ecoavam sons de um idoso entoando uma balada emotiva, em perfeita harmonia com os uivos de Lobita.

— Toda essa situação fica mais estranha a cada dia, querida. Mas sabemos que o Selcouth está supervisionando. Sei que Cas não deixaria passar nada que não estivesse de acordo com as regras, para começar. E ainda tem aquele seu guardião.

Belle sentiu seu rosto corar no mesmo instante e tentou disfarçar o constrangimento.

— Acho que é reconfortante saber que ele está por perto.

— Rune Dunstan. Um rapaz bom... bonito — disse Bonnie, comprimindo os lábios em uma tentativa de manter o ar sério. Havia aquele brilho irritante e cúmplice nos olhos dela, que sempre surgia quando Belle mencionava alguém do sexo oposto.

— Pare. Se disser mais uma palavra, eu vou morrer bem aqui neste sofá.

— Não direi mais nada! — respondeu sua mãe, indignada, levando as mãos ao peito em sinal de rendição. Uma bandeja de chá trêmula apareceu por trás da porta.

— Senhoras, peço sinceras desculpas pela interrupção. — A cabeça de Artorius, antecedida por um gorro cor-de-rosa com um pompom, surgiu no cômodo. — Vou me retirar para o sótão e aguardá-las lá. Também preparei alguns ótimos *éclairs*, se é que serve de suborno...

— Nunca conheci alguém com um suprimento tão constante de bolos e doces em toda a minha vida. É impressionante, Arty.

— Estaremos lá em um minuto — disse Bonnie gentilmente, enquanto ele começava a subir as escadas, acompanhado por uma sinfonia de tábuas rangentes, xícaras chacoalhando e sua própria cantoria.

— Permita que sua magia guie o caminho, Belle — disse Bonnie, voltando-se para a filha com olhos que irradiavam sua característica bondade. — Sei que pode parecer um desafio antinatural e confuso quando você está tão acostumada a deixar seu lado lógico e não bruxo assumir o controle o tempo todo. Mas, só desta vez, tente se render a ela.

— Feitiçaria da Terra: estar em comunhão com a própria natureza.

Belle e Artorius estavam sentados no que se tornaram suas cadeiras habituais, enquanto Bonnie ganhava os holofotes no meio do sótão. Rune, para o total desconforto de Belle, havia se juntado à aula como planejado. Ela presumira que a discussão entre eles o teria deixado de mau humor, mas ele se transferiu exatamente como tinha dito que faria. Após trocarem um cumprimento curto e seco, Belle imediatamente se ocupou de outra coisa, enquanto ele se acomodava próximo à janela saliente depois de uma apresentação formal com Artorius, ambos igualmente cuidadosos um com o outro. Belle ficou surpresa ao perceber que Artorius talvez parecesse o mais hostil dos dois, analisando o novo conhecido com o olhar desconfiado de um pai superprotetor, mesmo sendo uns trinta centímetros mais baixo.

— Guardião, hein? — Ele espiou por cima dos óculos. — Parece estar fazendo um belo trabalho, meu jovem, cuidando da nossa garota.

— Com todo o respeito, não fazemos ideia de com o que estamos lidando. A proteção que eu consigo oferecer tem um limite…

Belle revirou os olhos.

— Ignore ele — disse ela a Rune. Artorius piscou para ela, com um sorriso travesso, e soltou uma risada sibilante.

— É sobre compreender o poder que reside em um punho cerrado — disse Bonnie em voz alta, chamando a atenção deles. — E, mais importante, manter os pés no chão, confiando que "o que tiver de ser, será", e que o próprio chão nos impulsiona adiante. Ter em mente o que realmente importa.

Ela fez um gesto de tirar uma poeira invisível das mangas da blusa e pigarreou nervosamente.

— Você preparou uma apresentação para isso? — perguntou Belle, divertindo-se com a formalidade pouca característica de sua mãe.

Bonnie lhe dirigiu um olhar de advertência.

— Como sabe, já que você é… bem, minha filha… — Ela tossiu com nervosismo. — Eu me especializo, e sempre me especializei, em magia herbal. Se querem saber, não há poder maior do que o da terra sob nossos pés. A mudança das estações, vulcões, tsunamis, imensos carvalhos, a forma como o céu segura o clima na palma de sua mão. Não se compara a nada.

Era reconfortante estar nas mãos de uma pessoa tão entusiasmada quanto familiar. E agora Belle tinha duas figuras assim em sua vida, a outra sentada ao lado dela, ouvindo com empolgação, como um avô orgulhoso. A gratidão fervia dentro de Belle.

— Já faz um tempo, meu amor, desde que praticamos esse ofício juntas. Hoje em dia eu sou mais solitária do que nunca, me acostumei à minha própria companhia quando se trata de feitiços. Então, peço desculpas de antemão se eu parecer um pouco presa demais aos meus próprios métodos — divagou Bonnie ansiosamente.

Com relutância, Belle indicou com a cabeça em direção aos restos no fundo de seu caldeirão, e sua mãe se aproximou devagar.

— Não se preocupe. Já viu as coisas que eu tentava fazer antes?

— Credo. — Bonnie olhou para dentro com uma expressão de preocupação. — O que diabos é isso?

— Já nem sei mais. Acho que beber água do Tâmisa seria mais tentador do que isso — admitiu Belle, desanimada.

Com um rápido movimento de mão, Bonnie fez os restos do caldeirão desaparecerem.

— Querida, nem todos somos bons em tudo na primeira vez. Fazer poções é uma questão de prática, prática e mais prática, o que provavelmente vai torná-la *sua* especialidade menos favorita. Mas a Feitiçaria da Terra é a base de tudo, é sobre entender os ingredientes antes de mais nada. Você não faria uma limonada sem primeiro checar se os limões estão bons, não é? E este é o seu caldeirão padrão individual, como bem sabe. Me diga o que consegue perceber sobre o formato dele — pediu Bonnie à filha.

Belle olhou para ela sem entender.

— O que quer dizer?

— O que quer dizer com o que eu quero dizer?

— O que *tem* o formato dele? Não é do formato de um caldeirão?

As duas dirigiram um olhar fulminante para Rune, que soltou uma risadinha do outro lado do cômodo. Ele estava ouvindo a conversa enquanto analisava alguns dos potes da coleção de Artorius.

— Desculpe — murmurou ele.

— Se vai ficar agindo assim, Belle…

— Assim como? Você está me fazendo perguntas idiotas, mãe. É do formato de um caldeirão.

— É redondo, Belle! Redondo, feminino, como um útero...

— Como um útero? Que conversa é essa?

— Pode me ouvir, por favor? Suas curvas e formas arredondadas são caracteristicamente femininas. É um símbolo do receptáculo onde a vida em si tem início — explicou Bonnie.

— Isso é... na verdade, bem legal — admitiu Belle, pegando um caldeirão menor de dentro de uma caixa de papelão no chão. As marcas e arranhões, as imperfeições no metal, os sinais do passado, tudo isso contava uma história. Ela tentou não pensar no próprio caldeirão negligenciado no apartamento, que no momento guardava as peças de seu espremedor de suco.

— Mensagem recebida. Respeitar o caldeirão. Mas, se algum dia eu estiver desprevenida, se quiser preparar uma poção rápida e não tiver acesso a um caldeirão de verdade, posso usar qualquer coisa...? Uma panela, uma peneira...

— Uma peneira? Sério? Um caldeirão cheio de furos é exatamente o que você precisa — zombou Rune. Belle deu de ombros, indignada.

— Belle, por favor, dá para agir com mais seriedade?

— Eu estou agindo! Foi uma pergunta séria. Morar com Ari faz com que não seja tão fácil ter caldeirões espalhados pelo apartamento. Não sei se consigo convencer ela mais uma vez de que são suportes para velas.

— Na verdade, tudo bem usar panelas — ponderou Bonnie. — Muitas bruxas preferem dessa forma, pelo menos para magia de cozinha. Mas nada de bacias de lavar, viu? Já houve alguns desastres envolvendo derretimentos que não foram nada legais.

Bonnie esvaziou o conteúdo de sua bolsa sobre uma mesa próxima. Belle pensou em Mary Poppins enquanto um monte de coisas emergia numa bagunça desordenada. Entre as quinquilharias caóticas, Belle viu um ramo de manjericão amarrado com barbante marrom, e também um potinho com algo que parecia flor de sabugueiro, alguns caules quebradiços de lavanda seca, um punhado de bagas de zimbro amassadas e uma seleção ligeiramente murcha de alecrim, heléboro e gardênias. Tudo isso, é claro, estava misturado a uma infinidade de recibos, dois estojos de óculos vazios, algumas balas de menta misturadas com petiscos soltos para cachorro e um par de sacos de emergência para fezes de animal.

— Se um dia você for levada para um hospital psiquiátrico pelo que carrega na bolsa, não vou poder dizer que não teve culpa nenhuma — disse Belle.

— Eu só gosto de ter essas coisas comigo. Nunca se sabe quando pode acabar precisando preparar algo enquanto está à toa por aí, então mantenho meus favoritos à mão no caso de emergências. Já fiquei conhecida por preparar uma poção no banheiro de uma loja de departamento em um momento de necessidade — disse Bonnie, orgulhosa.

— O quê, no banheiro mesmo? Tipo no...

— Não, na pia, sua tonta... Olha, agora me diga o que você reconhece. Agrupe os ingredientes de acordo com suas qualidades, e aí podemos começar a identificar alguns usos.

Artorius e Rune se aproximaram ao mesmo tempo, observando silenciosamente as duas bruxas em ação. Belle focou a atenção na mesa, examinando com mais cuidado tudo o que havia caído desajeitadamente da bolsa de sua mãe. O barulho de seu manuseio fez as orelhas de Jinx ficarem de pé em alerta.

— Mãe. Digo isso da forma mais gentil possível. Eu sei que isso é importante para você, mas... você não pode estar falando sério quando diz que essas coisas são capazes de curar ou de... bem, de qualquer coisa. Exceto servir de adubo.

— É claro que são. O que poderia ser mais poderoso do que a natureza? Vamos supor que você está andando por aí com esses seus jeans capri ridículos. Nunca vou entender por que você paga mais por menos tecido. Mas aí uma urtiga encosta no seu tornozelo. Coça, dói, parece que está queimando. O que você faz?

— Procuro uma folha de azedinha.

Bonnie dirigiu um olhar de triunfo e satisfação à filha.

— Exatamente. A natureza cura.

Para sua surpresa, Belle percebeu que reconhecia a maior parte do caos espalhado pela mesa, por causa de conhecimentos que estavam há muito tempo adormecidos e negligenciados. Ela começou a separar tudo em montinhos.

— Manjericão, gardênia, lavanda... fácil, todos eles estão ligados ao amor. — Belle se esforçou para resgatar os antigos conhecimentos adquiridos na estufa de Bonnie. — Cedro e flor de sabugueiro, cura. Zimbro... purificação, certo? — Ela dirigiu um olhar para a mãe, que concordou com a cabeça em encorajamento.

Algum tempo depois, tudo estava organizado de forma impecável.

— Nada mal, querida. Acertou quase tudo. No geral, há muita sobreposição de função em relação a certos ingredientes, de qualquer forma, diferentes tipos de feitiços para diferentes almas.

Belle sorriu com o elogio e percebeu como era bom ter essas três presenças encorajadoras ao seu redor.

— Agora, que tal acendermos o próximo desses malditos desafios como uma festa de réveillon, hein, meu bem?

Mais três luas se passaram com Bonnie por perto, e ainda assim o livro não emitia nenhum brilho satisfatório.

— Pode me lembrar mais uma vez o que diz o grimório? — perguntou ela pacientemente à filha.

Belle soltou um suspiro exasperado, quase como um sapo sendo esmagado. Ela sabia de cor os dizeres da Feitiçaria da Terra:

Sob a terra, riquezas quentes,
Mais que as chamas das bruxas ardentes.

Um brilho que o sopro faz cessar,
Afoga a mente que não aprende a pensar.
Fogo à terra, terra ao fogo,
Cria aquilo que é de teu gosto.
Água ao ar, ar à água,
Poderes à primogênita mágica.

Sentada em cima de um caixote velho no sótão, ela se inclinou para tocar os dedos dos pés, apoiando a cabeça entre os joelhos. Bonnie andava de um lado para o outro no cômodo, enlouquecendo Belle aos poucos com o movimento repetitivo. Artorius estava imerso em um livro de capa roxa intitulado *A Natureza da Natureza*. Rune estava no sofá no andar de baixo, depois que Belle reclamou que sua presença era perturbadora e o baniu temporariamente do sótão.

— Não estamos nem perto de resolver isso. E será que poderia, por favor, parar de andar de um lado para o outro antes que eu derrube você no chão com um ataque de rúgbi?

— Desculpe, desculpe. É o nervosismo. Estou um caos — disse Bonnie, agitando as mãos. — Já examinamos todas as plantas possíveis, ervas, árvores, arbustos, plantas de vasos, cactos. A flora e a fauna não deram em nada. Estou sem ideias.

— Concluímos que precisamos pensar além de um feitiço comum — interveio Artorius. — Por algum motivo, possivelmente pela herança do talento em Feitiçaria da Terra, o grimório determinou que este desafio específico precisaria ser mais… desafiador.

— Se eu tiver que conjurar mais um raio de sol ou emitir mais uma tempestade com as pontas dos dedos, acho que vou enlouquecer — protestou Belle. Eles vinham tentando feitiços em pequena escala envolvendo luz do sol, vento e água para acelerar o crescimento das plantas, e ela estava enfrentando dificuldades com todos eles. Era um trabalho úmido, lamacento e sujo.

Artorius soltou uma exclamação de repente, olhando para as Blackthorn com a expressão de quem havia feito uma descoberta importante.

— Vejam. — Ele apontou para uma página específica de seu livro, chamando mãe e filha para o seu lado. — *A invocação de elementos depende da crença firme de que uma bruxa é digna de uma magia tão poderosa. A dinâmica de trazer os elementos à palma da mão, um poder concedido apenas à filha primogênita, depende quase inteiramente de uma confiança inabalável em seu próprio merecimento.*

— É isso. É isso o que o grimório está pedindo. Terra, vento, água, fogo, filha primogênita... tudo está na alegoria — disse Bonnie, referindo-se novamente às palavras do desafio.

Ninguém disse nada por alguns instantes.

— Bem, como diabos eu deveria fazer isso, então? É loucura.

— Belle...

— Não, sinto muito, Arty. Ficar de bobeira com o gato, ótimo. Feito. Transferência, chegarei lá. Três poções benevolentes, desafiador, mas praticável. E agora, de repente, eu preciso dominar todos os elementos de uma vez? Esse maldito livro perdeu o juízo.

— Eu não sei por que seu primeiro instinto é sempre achar que você não consegue fazer algo — disse Artorius, visivelmente desapontado.

Belle franziu a testa em resposta.

— Eu só... só não acho que eu esteja pronta para isso.

Bonnie e Artorius trocaram olhares de lados opostos da mesa e suspiraram em uníssono.

— Voltaremos à Alquimia em outra ocasião — aceitou ele, soando desanimado.

A luz alaranjada da manhã de outubro despontava no céu como remendos dourados em cerâmica rachada. Mais uma lua se escondia timidamente, deixando Belle com apenas oito noites restantes antes de seu retorno à Casa de Hécate.

24

Uma pitada de caos

Em uma reviravolta estranha e totalmente inesperada, a vigésima quarta lua de outubro terminou com o brilho de mais uma página do grimório de Belle.

Bonnie havia finalmente decidido que precisava voltar para casa. Como não havia mais sinais de perigo e agora estava totalmente recuperada, sua pequena casa, repleta de tesouros e bugigangas encantadas, a chamava (embora ela confessasse que o *crumble* de maçã e o creme inglês aveludado de Artorius poderiam ter sido motivo suficiente para que ela se mudasse para lá permanentemente).

Após dizer um adeus relutante à mãe e à Lobita, que desapareceram noite adentro, Belle fez uma pequena pausa para o lanche com Artorius, cada um munido de uma tigela de cereal de chocolate. Belle quase se engasgou ao ver a página do grimório se acender diante deles, bem no meio de uma colherada. Evidentemente, a poção de florescimento que ela havia passado a noite anterior inteira se certificando de que chegaria ao ponto de fervura perfeito, juntamente com uma poção de arrebatamento e uma de cura que ela tinha preparado para Bonnie, tinha conseguido ultrapassar os limites do aceitável e finalmente passado a compor um trio de poções benevolentes.

O grimório irradiava a acolhedora e calorosa luz que ela quase havia esquecido que estava esperando. Ela e Artorius se abraçaram de um jeito ridículo, jogando cereal pela cozinha inteira enquanto pulavam em círculos no mesmo lugar, agarrados um ao outro e soltando gritinhos de alegria.

Artorius havia mandado Belle para casa um pouco mais cedo, pois decidiu que algumas preciosas horas de folga eram mais do que merecidas. Uma noite em casa, algo raríssimo, foi tão bem-vinda que ela quase chorou ao fechar a porta da frente atrás de si. Passou suas horas apenas na companhia de Jinx e de uma enorme tigela de macarrão. O único sabor agridoce foi a ausência de Ariadne, que havia lotado sua agenda social para se manter ocupada. Elas ainda estavam evitando passar tempo juntas, como era de costume, ambas plenamente cientes de que as coisas não haviam se resolvido. A ideia do abismo entre elas provocou uma pontada de tristeza no peito de Belle, que ela tentou reprimir.

Houve uma batida na porta. Usando seu pijama de Natal — o único que estava limpo —, Belle calçou os chinelos e se arrastou até a porta, com a gata equilibrada no ombro como um papagaio.

— Fui até a casa de Artorius, mas ele disse que você... Uau. Sem dúvida, suas melhores roupas até agora.

Belle sentiu o rosto esquentar e a não totalmente indesejável sensação de algo se revirando em seu estômago enquanto os olhos escuros de Rune a analisavam dos pés à cabeça. Ela colocou Jinx no chão, que recebeu um cafuné de Rune com a devida dignidade antes de seguir seu caminho.

— É, bem... Eu estava no espírito natalino.

— Perfeitamente justificável — disse ele, com seu tom habitual de leve divertimento.

— Não é do seu feitio bater na porta e ficar esperando pacientemente do lado de fora. Tem certeza de que não prefere entrar pela minha janela no meio da noite ou surgir no pé da minha cama sem me avisar?

— Se é isso o que você quer, é só me avisar.

Ela revirou os olhos, ainda segurando a maçaneta da porta.

— O que você quer, Rune?

— Bem, eu vim para te dar isso. — Com um rápido estalar de dedos, ele fez surgir do nada um buquê de girassóis enormes, de um amarelo amanteigado, com uma trilha de faíscas douradas pendendo dos caules como um laço. — Ouvi dizer que você passou no desafio de Alquimia e quis parabenizar a EquiBruxa. Mas, com uma recepção dessas, talvez seja melhor ver se minhas felicitações seriam mais bem-vindas em outro lugar.

— Ah... — Essa não era a resposta que ela esperava.

— Foi uma ideia idiota. Esquece. Eu vou...

— Quer entrar?

Rune se virou, arqueando as sobrancelhas, tão surpreso quanto ela pelo convite repentino.

— Você quer que eu entre?

O silêncio pairou entre eles por um momento. Belle assentiu rapidamente, o que arrancou um sutil, mas definitivo, vestígio de um sorriso dele enquanto entrava. Ele estendeu as flores para Belle.

— São lindas. Obrigada... Uau, elas têm cheiro de...

Ele deu de ombros casualmente, enfiando as mãos nos bolsos enquanto a seguia para a sala de estar.

— Maçãs caramelizadas. Nada de mais. Só um pequeno encantamento que eu fiz enquanto vinha para cá. Nem sei por que decidi fazer isso. — Ele coçou a nuca, um gesto incomum para ele, soltando uma risada envergonhada. — Onde está Ariadne?

— Ela não está em casa. Nós... tivemos uma discussão estranha.

— Sinto muito por isso.

— É. Vamos nos resolver. Está na minha lista de estragos para consertar.

— Então… — Ele olhou para todos os lados, menos para Belle, até finalmente encontrar os olhos dela. — Somos só nós dois.

— Bem, tirando a gata. Sim. Só nós dois.

Com a confirmação pairando no ar, Belle ficou intensamente ciente dos frágeis centímetros de espaço entre eles. Seria fácil diminuir essa distância.

Mas ela não conseguiu.

— Aceita uma bebida? Acho que temos vinho, cerveja, chá ou… um copo de… leite frio? Ou quente, eu acho. — Ela engoliu em seco, xingando a si mesma internamente por ser, provavelmente, a pessoa mais constrangedora a pisar na face da Terra. Reparar nos elfos bordados nas suas mangas não ajudou. Ela puxou o tecido, perguntando-se por que, entre todos os dias, tinha decidido lavar roupa hoje.

Rune caminhou até a mesinha de centro e pegou o pequeno frasco de líquido cor-de-rosa claro que Belle havia deixado ali ao voltar de Quill Lane. Havia uma camada de bolhas iridescentes cobrindo a superfície em uma efervescência esperançosa.

— Agora está fazendo poções em casa?

— Ah, eu deveria ter guardado isso. Não é nada. Faz parte do trio de poções benevolentes que o grimório finalmente considerou como um sucesso.

Rune ergueu o frasco para examiná-lo melhor, e ele reluziu de forma convidativa contra a luz das velas.

— Parece de qualidade. Onde estão as outras?

— Minha mãe terminou de beber a poção de cura antes de ir, e a poção de florescimento está bem ali. Estou guardando para um dia chuvoso — disse Belle, sentindo o coração acelerar ao vê-lo em sua sala de estar pela primeira vez, como se ali fosse o seu lugar. Como se fosse tão simples fazer as duas partes da sua vida se combinarem assim.

Belle se distraiu indo até a cozinha para preparar um café, posicionando duas xícaras em uma bandeja. Ela hesitou, e então encheu uma pequena garrafa de vidro com leite, colocou uma mini rolha como tampa e jogou um pouco de açúcar em uma tigela. Talvez uma toalha de chá artisticamente dobrada para dar um ar de sofisticação? Demais. Será que ele gostaria de um biscoito? Ela acrescentou três em um pratinho. Em que momento, exatamente, ela havia se transformado na sua mãe? Não sabia ao certo.

— Obrigado — disse Rune, abrindo um pequeno sorriso de lado. Ele estava de pé ao lado da lareira, examinando a coleção de fotos emolduradas que não combinavam entre si, de Belle, Ariadne e do círculo mais amplo de amigos delas.

— Quer... se sentar? — perguntou Belle desajeitadamente, gesticulando para o sofá enquanto colocava as bebidas em cima da mesa. Eles se sentaram de um jeito estranhamente formal e rígido, lado a lado.

— Café. Foi mal. Acontece que não temos nenhum vinho. Nem cerveja. Nem chá. Mas sempre temos café. — Belle riu, nervosa.

— Não, não. Café está ótimo — respondeu Rune, assentindo de forma exagerada, ambos fingindo que a situação em que se encontravam era perfeitamente normal. O ambiente acolhedor da sala, iluminado pelas velas que Belle tinha acendido, parecia crepitar entre eles. — Essa casa de vocês é bem legal. Gostei dos... móveis.

Belle pegou as xícaras, serviu o café e, distraída, dividiu o leite da garrafa em ambas.

— Certo. Quem não ama móveis? Somos grandes entusiastas de cobertores — murmurou ela. Seus olhares se encontraram e uma sensação quase magnética os deixou imóveis. Rune desviou o olhar de imediato, encarando qualquer outro ponto da sala. Eles bebericaram educadamente, enquanto Belle fazia questão de evitar qualquer instante de silêncio, divagando em desespero sobre o sanduíche que tinha comido no almoço, entrando em detalhes desnecessários.

— Meu Deus, isso está muito bom. Ridiculamente bom. O que é isso? — perguntou Rune, depois de drenar as últimas gotas de sua caneca.

— Só café. Mas você tem razão, estava *ridiculamente* bom. Eu não fiz nada de diferente, só...

Ela olhou para as duas canecas vazias lado a lado, tentando não se deixar levar pela sensação de normalidade e domesticidade daquela cena: os dois compartilhando xícaras de café. O açúcar que ela havia trazido, o biscoito que sobrou. A pequena garrafa de leite à direita.

Mas ela tinha acabado de usar o leite, usou tudo nas xícaras. Então por quê...? Ela levou as mãos à boca.

— Ah, não.

Enquanto a garrafa de leite permanecia cheia até a borda, Belle percebeu, em absoluto horror, que outra garrafinha, à esquerda das canecas, estava vazia. Apenas algumas gotas do líquido cor de algodão-doce, quase indistinguíveis do branco na luz baixa, ainda se agarravam ao interior do pequeno frasco.

— O que foi? — Rune fez uma pausa, então engoliu em seco, notando as duas garradas lado a lado. — Ah, não.

Belle engoliu em seco.

— É arrebatamento.

Os olhos escuros de Rune se arregalaram de forma cômica. Ele olhou para o frasco vazio e depois de volta para Belle.

— Você só pode estar... Por que você estava fazendo uma poção de arrebatamento? — Ele se levantou de súbito, e ela fez o mesmo na outra ponta do sofá.

— Artorius disse que era uma das poções mais fáceis para o meu desafio! Qualquer um pode fazer arrebatamento, dá pra conjurar praticamente do nada.

— Achei que seria uma poção de tranquilidade ou de boa sorte!

— Ah, sinto muito por não ter tornado o lugar à prova de crianças. Caso não tenha notado pelos trajes, eu não estava esperando visitas!

— Você tem ideia do quão poderosa é uma poção de arrebatamento? E você simplesmente deixa o frasco ao lado dos malditos biscoitos de chocolate?

— Eu estava distraída! Você, todo grande e imponente na minha sala, surgindo do nada com essas flores amarelas gigantes que cheiram tão... bem. Talvez se você...

— Está me dizendo que nós dois acabamos de tomar uma poção de arrebatamento?!

— É o que parece!

— Para alguém que costuma se obcecar com cada mínimo detalhe da vida...

— Você não sabe nada sobre mim!

— Sei o suficiente!

Sem perceber, eles haviam se aproximado um do outro. Seus ombros subiam e desciam em uníssono, ambos respirando pesadamente. O fogo na lareira crepitava em meio ao silêncio, e a energia entre eles ecoava o som. De repente, Rune agarrou a cintura de Belle, reduzindo ainda mais o já pequeno espaço entre eles. Ele a puxou bruscamente para si, como se fosse instintivo, como se precisasse fazê-lo, como se não conseguisse conceber a ideia de não a ter colada a ele por mais nem um segundo sequer.

Seus lábios encontraram os dela, e Belle sentiu como se fosse derreter enquanto o estômago dava cambalhotas intensas e insistentes. O beijo era avassalador, como um incêndio devastando tudo em seu caminho. Os quadris dele se encaixaram perfeitamente contra os dela, e ele os pressionou como se quisesse provar isso, emitindo um som grave e rouco do fundo da garganta.

— É a poção — sussurrou Belle. Ela sabia disso, e tentou se agarrar a algum resquício de razão ou controle, mas só encontrou o desejo enquanto os braços dele a envolviam e suas mãos deslizavam pela base das costas dela.

— Só deixa rolar. Você quer deixar rolar?

— Sim. Com certeza, sim. E você?

— Nunca quis nada quanto eu quero isso.

Belle entrelaçou os dedos nos cabelos dele enquanto o beijo se tornava mais intenso. Rune deu alguns passos desajeitados para trás em direção ao sofá, onde os dois desabaram juntos sem se separarem.

— Inclusive, eu estava errado.

— Sobre o quê? — perguntou Belle, ofegante, inclinando-se contra ele enquanto seus dedos atrapalhados puxaram a barra da camiseta dele, tentando tirá-la pela cabeça tão rápido quanto humanamente possível.

— Eu não sei o suficiente — respondeu ele com a respiração acelerada. — Eu jamais poderia saber o suficiente sobre você — acrescentou ele, deixando uma trilha de beijos lentos e famintos no pescoço dela, que pareciam arder sobre a pele. — Você é fascinante. E maravilhosa. E esquisita. E linda. E impossível. No melhor sentido que alguém poderia ser. Quero saber tudo sobre você. Tudo.

As palavras dele elevaram a confiança de Belle para além dos limites habituais. Ela passou uma perna sobre o colo dele, e o corpo de Rune respondeu imediatamente, ajustando-a para que ela se acomodasse perfeitamente montada em cima dele, sobre suas coxas e por cima de seus jeans. Belle sentia como se tivesse perdido o controle sobre o próprio corpo, como se seus instintos tivessem atingido níveis que ela nunca tinha experimentado.

— Olhe só para você.

As palavras ficaram presas na garganta dele em um rosnado, enquanto seu olhar oscilava entre uma admiração incrivelmente suave e um desejo irresistível e lânguido que ela pensou ser capaz de simplesmente matá-la. Ele a segurava firme em seu colo, com uma fricção ardente e palpável entre eles, seus polegares acariciando as curvas dela enquanto seu aperto logo abaixo de suas costelas se tornava mais possessivo. Seja lá qual magia fluía entre os dois, era uma força impossível de ignorar.

O barulho de vidro estilhaçando os despertou de seu transe como o estalo de um elástico se rompendo. Quando uma almofada caiu do sofá, o pequeno frasco que continha a poção de arrebatamento foi derrubado da mesa de centro e se espatifou em uma infinidade de pedacinhos no chão de madeira. Ambos viraram a cabeça para olhar, e foi como se tivessem despertado de um sonho, e a realidade abruptamente tomou conta da cena. Um feitiço quebrado.

O que ela estava fazendo? Se isso fosse acontecer, ela não queria que fosse por causa de um feitiço. Ela se levantou rapidamente do colo dele. Rune soltou uma risada curta e abafada.

— Que poção, hein? — disse Belle, sua voz rouca enquanto os ombros subiam e desciam, tentando recuperar o fôlego.

— Pois é. A poção — respondeu ele em um tom baixo.

— Impressionante o que um punhado de laranja sanguínea, quartzo-rosa, gengibre e extrato de baunilha podem fazer quando colocados juntos. Parecia uma mistura para bolo quando terminei de preparar. Bom saber que funciona. Eu não... não consigo acreditar no que acabou de acontecer. Dá pra acreditar? Foi a pior coisa que poderia ter acontecido. — Ela soltou uma risada forçada e nervosa, dirigindo um olhar rápido para ele, que ainda estava esparramado no sofá.

O sorriso dele havia desaparecido, substituído por sua expressão habitual de compostura, à medida que encarava fixamente as chamas na lareira. Ele vestiu de volta a camiseta.

— A pior coisa possível — concordou ele em voz baixa.

— Definitivamente não foi o nosso melhor momento — balbuciou ela, recolocando as almofadas do sofá que tinham caído no chão.

Rune analisou o rosto dela por um instante. Então balançou a cabeça, como se tentasse clarear a mente.

— Com certeza. Culpa minha. Eu não deveria...

— Não, eu que deveria ter prestado mais atenção. Tanto faz, não vamos deixar as coisas estranhas, não é? Somos adultos, está tudo bem. Vamos voltar para...

— Como era antes. Entendido.

Nenhum dos dois se moveu. Belle ficou parada, com as mãos nos quadris em seus shorts de seu pijama natalino, enquanto Rune permanecia deliberadamente focado em girar o anel no polegar. Ele abriu a boca para falar.

— Belle, eu…

O telefone da casa tocou.

— Vou atender — disse Belle, exageradamente animada e sorridente. — Alô? Belle e Ariadne. — Ela abriu um sorriso educado e rígido para Rune enquanto ele se levantava para pegar sua jaqueta.

— Belle, minha querida. Que bom que consegui falar com você antes de se retirar para dormir. Eu estava só organizando os ingredientes espalhados no sótão. Nada com que se preocupar, mas achei melhor te avisar.

— O que foi, Arty?

— A baunilha que você usou na receita de sua poção de arrebatamento. Me perdoe pelo erro, mas acontece que aquele maldito frasco está vencido há dezoito anos. Felizmente, o grimório não pareceu registrar nosso descuido, e sua conquista continua válida, provavelmente porque não foi culpa sua, mas das provisões. Porém, isso torna a poção completamente ineficaz, sem efeito algum. Não que você vá necessariamente usá-la, mas achei melhor avisar. Eu recomendaria que você testasse sua poção de florescimento, que ainda deve estar funcionando.

O rosto de Belle ficou pálido enquanto ela olhava discretamente para Rune. Seus olhares se cruzaram, e ele imediatamente desviou, passando o polegar pelo maxilar.

— Ótimo, obrigada por me avisar, Artorius. Boa noite.

Ela desligou o telefone.

— O que era? — perguntou Rune secamente, com as mãos enterradas novamente nos bolsos. Belle se lembrou de onde elas estiveram, da forma que haviam percorrido seu corpo.

Então, não tinha sido a poção. Nunca houve nenhum feitiço em ação, nenhuma mágica a culpar pela forma como seus corpos tinham acabado de se encontrar — pelo menos, não aquele tipo de mágica. A sensação de se sentir atraída por alguém de forma tão intensa, tão inegável, era algo que ela havia esquecido que poderia existir. Ela vinha se forçando a fingir, a se convencer de que era loucura pensar que poderia haver algo entre eles, mas somente porque ela tinha medo de estar errada. A conexão entre eles era algo que ela tinha medo de estragar, de tornar imperfeita.

Ela não estava imaginando.

Isso significava que havia uma conversa a ser enfrentada, uma para a qual ela não sabia se estava pronta, não com todas as outras coisas competindo por espaço em sua mente no momento. Pior ainda, e se ele tivesse mudado de ideia agora? Agora que ela tinha baixado a guarda, que tinha se permitido ser vulnerável o suficiente para deixá-lo entrar um pouco mais. Ele tinha acabado de admitir, não tinha dito que ela estava errada. Ele havia concordado quando ela disse que era a pior coisa possível.

Melhor esquecer, melhor deixar isso de lado. Ela precisava se proteger.

— Ah. Resposta de uma cruzadinha — respondeu ela.

25

Memória confiável

Belle e Rune estavam sentados juntos em um canto aconchegante da Livraria Lunar há algum tempo, apenas conversando, espremidos entre a seção de ficção científica e os mais vendidos. Eles observavam o sol nascer por entre as persianas e as abóboras decorativas na vitrine, cujas faces esculpidas irradiavam luz.

Tinham se encontrado do lado de fora do apartamento dela, enquanto o mundo se encontrava envolto em um cachecol de névoa de outubro. Ele estava encostado em um poste de luz quando ela voltou para casa depois da Quill Lane, com uma aparência cansada, e ela percebeu que ele estava lendo um livro que ela havia brevemente mencionado há algumas manhãs. Parecia íntimo demais convidá-lo para subir depois dos eventos da última vez. Ambos fingiam que aquilo nunca tinha acontecido, o que era um pouco enlouquecedor. Ela não gostava de refletir se a decisão de não contar a verdade era a certa, e menos ainda admitir que estava ficando cada vez mais apegada à companhia dele.

— Não tem muita gente por aí capaz de me fazer sentar em um pufe — disse Rune, mal-humorado.

— É isso ou as cadeiras das crianças, e uma delas é em formato de sorvete. Então, o pufe está preservando sua dignidade — respondeu Belle. Ela estava secretamente pensando que ele estava adorável, com as pernas compridas dobradas de forma que os joelhos quase alcançavam as orelhas enquanto se esparramava no pufe amarelo.

— Venho querendo te perguntar, mas sabia que você não me diria a verdade. Como você está? Quero dizer, considerando que é claramente alvo de forças sombrias e tudo mais — perguntou Rune, a preocupação evidente em seus olhos enquanto franzia a testa.

— Estou bem, especialmente quando você coloca dessa forma — respondeu ela, incerta, segurando o copo descartável que ele tinha trazido para ela. Continha um bom café, misturado com mais uma dose da poção revitalizante dele, que a tinha tirado das profundezas das trevas, fazendo-a se parecer mais com um ser humano.

— Sim, dá pra perceber — respondeu ele com uma sobrancelha arqueada, gesticulando para os dedos dela, que tinham sido tão mordidos nas últimas semanas, três deles cobertos por curativos e um sangrando no cardigã dela.

— Sinceramente, eu estou bem. Ignorando, é claro, a pequena questão dos quatro desafios do grimório que ainda não se acenderam.

— Esqueça esse maldito livro — retrucou Rune.

— Para você é fácil falar. Não vou passar por tudo isso à toa. Perdi minha melhor amiga, praticamente perdi este lugar — ela apontou com a cabeça para o ambiente tranquilo ao redor — e quase perdi minha mãe. Definitivamente perdi a sanidade, isso todos podemos concordar. E estou a caminho de perder minha magia dentro de alguns dias.

O desabafo causou um desconforto na garganta de Belle, que desceu até o fundo do estômago. Ela deu um sorriso fraco.

— Você falou com Bronwyn?

— Falei. Ela está furiosa. Principalmente comigo, por deixar você continuar depois do *Subfuror Incantare* — disse Rune. — Preciso dizer que ela está querendo tirar você da mentoria…

— Mas é claro que ninguém além de mim poderia tomar essa decisão, não é? — interrompeu Belle.

— Se puder me deixar terminar — continuou ele —, eu assegurei a ela que isso estava fora de questão, que você normalmente não é do tipo que dá ouvidos a algo tão insignificante quanto lógica ou razão. E que certamente não abriria mão dos velhos hábitos agora.

Belle mordeu o lábio para conter um sorriso.

— Obrigada por ficar ao meu lado.

— Sempre que precisar. — Rune refletiu o sorriso dela. — Acho que ela culpa a si mesma.

— Ela só quer o melhor para mim. Não tinha como saber que, seja lá o que for isso, estava à espreita nos bastidores.

— Bem, esse é o ponto. O coven *deveria* saber. O fato de que Bronwyn e Morena estão tão no escuro quanto nós é o que mais me preocupa.

Belle o encarou, incapaz de reprimir a pergunta.

— O que exatamente você acha que eu estou enfrentando?

Ele suspirou.

— Estou considerando a possibilidade de ser algo desconhecido. Quando esse tipo de coisa aconteceu no passado, o que é raro, mas já aconteceu, foi um caso de uma bruxa não registrada, tentando se fazer conhecida. Viver só com a própria magia, sem o suporte do Selcouth, deve ser opressor e assustador às vezes. Faz com que as pessoas façam coisas estranhas.

— Como encontramos essas pessoas?

— É uma tarefa complicada — admitiu ele, relutante. — Mas é minha principal prioridade, minha única prioridade. Estou me empenhando em identificar a fonte. É assim que rastreamos o surgimento de novos bruxos que não vêm de uma linhagem familiar. Existem sistemas na sede que possibilitam esse tipo de coisa, mas, até agora, não consegui fazer os feitiços expandirem seu foco para além da Casa de Hécate.

— Espero que estejam te pagando muito bem por todo esse esforço extra para garantir que eu não seja amaldiçoada com a aniquilação da existência. A menos que a aniquilação seja *all inclusive*? Até que eu gostaria de umas férias. — Ela sorriu. — Tenho certeza de que vocês têm coisas mais importantes para fazer.

Ele soltou uma risada baixa, e uma expressão de sinceridade tomou conta de seu rosto.

— Belle, não sei quantas vezes vou precisar dizer. Não há nada no mundo mais importante para mim do que você. — Ela sentiu o rosto corar e viu que o dele fazia o mesmo. — Quero dizer, pelas luas restantes. Enquanto estou a seu serviço.

O coração dela voltou ao ritmo normal.

— Certo.

— Minha prioridade é garantir que você realize toda a sua mentoria em segurança — continuou ele, cutucando o pé dela suavemente com o dele. — Mas ainda tem uma coisa que precisamos discutir com mais detalhes. Artorius. Você precisa perguntar a ele sobre seu passado. Precisa confrontá-lo.

Belle imediatamente se irritou.

— Confrontá-lo sobre o quê, exatamente?

— Sobre tudo isso. Pelo que consegui perceber, não há magia sombria sendo *criada* na casa dele, então tenho que dar esse crédito a ele. Mas, evidentemente, ela é atraída para lá. Isso não pode ser coincidência.

— Mesmo que acabe sendo culpa dele, o que não vai acontecer — interveio ela, apontando um dedo —, o que você espera de uma conversa dessas? Que ele diga algo como: "Ah, que tolice a minha! Você tem razão! Eu estava *mesmo* tentando te matar! Pego no flagra."

— Não espero uma confissão, mas isso pode fazê-lo vacilar. É uma magia árdua, complexa. Devemos fazer todo o possível para atrapalhar os esforços dele... ou de *seja lá* quem for.

Belle soltou um suspiro.

— Se eu acabar perdendo o *crumble* de maçã dele por causa disso, vai ficar me devendo uma.

Artorius se virou e começou a remexer em um conjunto de gavetas abarrotadas, cujos conteúdos saltavam animadamente assim que ele as abria.

— Onde *diabos* eu...? — Um lenço de seda voou para um lado, enquanto uma raquete quebrada de *badminton* disparou para o outro. — Achei!

Com um rápido gesto da palma, o homem mais velho lançou uma pitada de pó roxo-escuro na grade fuliginosa para preparar a aula de Clarividência; os fundamentos da magia tremulante, da piromancia e da arte de ler velas.

Belle sentiu seu estômago revirar de ansiedade. Mas era algo que precisava ser feito. Ela se preparou para dizer as próximas palavras, cerrando os punhos com força até os nós dos dedos ficarem brancos.

— Preciso te perguntar uma coisa, Arty.

Parecia surreal saber que ela estava prestes a confrontar tudo. Artorius se sentou na sua habitual poltrona surrada e estendeu a palma, trazendo de um canto empoeirado e cheio de teias de aranha um velho caixote de madeira para ela. Com outro pequeno floreio, ele produziu uma almofada para colocar em cima. O homem a encarou com as sobrancelhas arqueadas, gesticulando para que ela se sentasse.

— Por favor, srta. Blackthorn. Perguntas levam às mais fascinantes lições.

— Primeiro, eu gostaria de dizer que sou muito grata por ter me dado essa oportunidade. Por ter aberto sua casa para mim dessa forma. Mas tenho algumas perguntas sobre, bem... sobre seu passado. Sobre as coisas que o Selcouth me contou de você.

Instantaneamente, a expressão de Artorius se tornou abatida.

— Ah, sim. É claro que tem.

Ele soltou um suspiro pesado, tirando o chapéu cor-de-rosa por um momento. Começou a torcer o tecido entre os dedos nodosos, puxando um fio solto.

— E eu explicarei tudo, responderei a cada uma das perguntas que tiver. Lamento amargamente que você provavelmente tenha ficado angustiada por tanto tempo. Deveríamos ter abordado o assunto logo, mas eu também o evitei. Peço desculpas por não ter tido coragem suficiente para enfrentá-lo por conta própria. O sono tem frequentemente me evitado neste último mês devido ao arrependimento de ter convidado alguém para minha casa sem explicar minha história.

Artorius parecia menor e ainda mais frágil do que de costume. Seus ombros estavam curvados como as bordas de um papel gasto. Ele se encolheu antes de encontrar o olhar de Belle com uma expressão determinada.

— Estou certo de que o coven lhe contou por que fui banido do mundo deles há tanto tempo.

— Sim, contou. Bronwyn insistiu para que eu soubesse de toda a história por trás do seu banimento.

Artorius assentiu.

— E ela estava certa. Sem dúvida. Conhecimento é proteção.

Ele virou a cabeça apressadamente, mas não rápido o suficiente para esconder as lágrimas que se acumulavam em seus olhos. Com dificuldade, levantou-se da poltrona e caminhou vagarosamente até a janela redonda, limpando a condensação com a manga da jaqueta.

— Minha maior vergonha. Como você deve ter medo de mim.

— Eu não tenho medo de você, Arty.

Era verdade. Ela não tinha medo do homem à sua frente; nunca teve. Mas tinha medo das coisas que Bronwyn lhe contara.

Da magia que ele um dia havia criado, do desejo de vingança e do ciúme que haviam alimentado sua decisão impulsiva. Belle ponderou sobre qual verdade ela realmente queria ou precisava saber.

— Eu gostaria de ouvir a sua versão da história, se quiser me contar.

Artorius assentiu, olhando para os próprios chinelos. Ele soltou uma risada suave.

— Como eu gostaria de poder fazer isso, minha querida. Não desejaria nada mais do que ser um livro aberto. Mas receio que minha versão dos acontecimentos seja, no mínimo, vaga.

Ele voltou cuidadosamente para a cadeira em frente a Belle e apoiou as mãos nos joelhos.

— Por onde começar? — Seus olhos estavam fixos no fogo púrpura, como se as chamas estivessem lhe mostrando algo, reflexos caleidoscópicos de ametistas dançando em suas pupilas. — Como deve saber, após a morte do meu irmão, fui mantido sob interrogatório na Casa de Hécate por um bom tempo. Os dias viraram semanas, as semanas se tornaram meses, que logo se tornaram anos…

— Anos? — Belle arregalou os olhos. Ela não sabia que ele havia sido mantido na Casa de Hécate por tanto tempo.

— Foi um período sombrio. O coven não sabia o que fazer comigo. Na verdade, eu era apenas um garoto. Tinha perdido a pessoa mais importante da minha vida em circunstância terríveis e, pelo que parecia, eu era o responsável pela sua morte. — A voz dele estava suave e rouca, presa à garganta. A escolha cautelosa de palavras dele a intrigou.

— Pelo que parecia…? Você quer dizer que discorda da ideia de que matou seu irmão?

— Me disseram que eu havia assassinado Savaric. E, quando penso naquela noite fatídica, de fato vejo a mim mesmo criando a poção que o matou. Todas as noites, até hoje, vejo em minha memória minhas mãos jovens estendendo-se e adicionando os ingredientes amaldiçoados que levariam à sua morte.

A voz de Artorius mal passava de um sussurro.

— Mas é estranho... — Suas mãos pararam de mexer no chapéu cor-de-rosa. Ele olhou diretamente para Belle. — Não tenho nenhuma lembrança de realizar o ato em si, Belle. Nunca tive. Ou seja... — Ele fechou os olhos, confuso. — Eu conseguia ver a ação acontecendo na minha mente, ainda consigo. Mas nunca consegui, e ainda não consigo, de fato *me lembrar* de tê-la feito. Há uma dissonância entre as duas coisas.

— Uma dissonância? — Belle se inclinou para frente. — Como se a memória não fosse certa?

— Mas todos me disseram que tinha sido eu quem havia matado meu irmão. — Ele hesitou, confuso. — Então, eu acreditei. Eu *devo* tê-lo matado. Pude ver o exato momento em que fiz isso na minha mente.

— Não entendo — admitiu Belle. Até mesmo Artorius estava se confundindo em sua própria explicação. Ele balançou a cabeça, como se tentando dissipar as teias de aranha da idade.

— Não estou explicando muito bem, não é? É como se... Como eu posso... Ah! — Ele estalou os dedos. — Essas câmeras de vídeo modernas. Imagino que sua mãe talvez tenha uma, então talvez você já tenha assistido a momentos de sua própria infância na tela. Você não se lembra de tê-los vivido, mas os vê na televisão. Você os vê acontecendo e, mais tarde, parece que consegue se lembrar de tê-los *vivido.* Eles se fixam na sua memória. Mas, na verdade, o que você vê é apenas uma imagem que foi capturada de você. O que você realmente se lembra é da última vez que se lembrou dela. É um truque.

Belle, com surpresa hesitante, percebeu que conseguia compreender.

— Tem filmagens da minha infância que já vi tantas vezes que parecem memórias. Mas tudo o que eu fiz foi assistir às filmagens. Não me lembro do que de fato aconteceu.

Artorius assentiu.

— As verdades sobre seu passado e as memórias artificialmente construídas se tornam indistintas. O que você realmente viveu e o que você simplesmente se lembra de ter visto acontecer?

Ela insistiu.

— Você acha que talvez a memória tenha se tornado mais vaga, depois de tanto tempo? Ou está me dizendo que acredita que a morte de Savaric foi causada por... outra coisa?

Artorius suspirou, encarando intensamente o fogo. Belle sabia que ele estava se lembrando do irmão.

— Não sei dizer com certeza. E eu certamente não me ajudei, naquela época.

— O que quer dizer?

— Aquelas masmorras foram o meu lar por anos. Eu não aguentava mais ficar sozinho com meus próprios pensamentos. Certa noite, fugi das masmorras. E eu... amaldiçoei a mim mesmo.

Belle sentiu seu estômago subir até a garganta e, em seguida, despencar em queda livre.

— Eu simplesmente não conseguia mais suportar. Qualquer praticante de magia que se encontre em verdadeiro desespero pode invocar um tipo diferente de poder das profundezas de sua alma. A pessoa provavelmente nem saberá que é capaz de uma força tão sombria até de fato acontecer. É algo conhecido como *Tenebrae Obscurum*. E, na minha fuga, eu lancei um feitiço em mim mesmo. Apaguei qualquer lembrança de perder Savaric da minha mente. Reviver isso repetidamente era doloroso demais.

Belle estava congelada de horror, absorvendo cada palavra.

— Pelo menos, foi o que eu tentei fazer. É claro que o feitiço deu errado. — Sua risada habitual estava impregnada de melancolia.

— Eu era jovem. Muito mais jovem do que você, Belle. Minha magia carecia de experiência e refinamento. Minha maldição simplesmente turvou as memórias em vez de apagá-las definitivamente. Então, agora, eu consigo me lembrar dos sentimentos e da dor como se fosse ontem. Lembro-me da perda, do luto, da tristeza. Mas não tenho uma recordação verdadeira do momento em si.

Não havia nada que ela pudesse dizer. Belle percebeu que acreditava plenamente nele.

— Eu sinto muito, Artorius... Mas se você ao menos *suspeitava* de que não foi você quem matou Savaric, por que não se defendeu? Deve ter havido outra explicação. Você era tão jovem, e eles simplesmente aceitaram isso, deram o caso por encerrado. Onde estavam seus pais?

— Meu pai já havia partido; minha mãe o seguiu logo após Savaric, incapaz de suportar. Ninguém no coven estava disposto a considerar outras possibilidades. Savaric era a resposta às orações de todos do Selcouth. Ele era o futuro do coven, o bruxo talentoso e carismático que todos buscavam após anos de tumulto. O luto amargo leva a decisões precipitadas. E também selou o meu destino.

O fogo crepitou e cuspiu uma chuva de cinzas violentas e furiosas, que queimaram o assoalho antes de se extinguirem sozinhas.

— O luto também guiou minhas próprias decisões; é um conselheiro poderoso. Se significasse que meu irmão pudesse descansar em paz, eu estava disposto a aceitar a culpa. Além disso, eu não podia afirmar com certeza que não o tinha matado. Poções da verdade e feitiços de revelação foram usados para enxergar dentro da minha mente... Eu consigo ver a memória em si, então o momento fatídico pôde ser visto durante o interrogatório.

A voz de Artorius foi sumindo à medida que ele se perdia em pensamentos, lembrando e relembrando.

— Arty, precisamos contar ao coven — insistiu Belle. — Devemos contar a Bronwyn. Ela vai ouvir. — Ela se levantou, pronta para viajar direto para a Casa de Hécate com ele naquele momento. Artorius abriu um sorriso de gratidão novamente, mas balançou a cabeça.

— Muito tempo já se passou, e posso apostar que as lendas ao meu respeito só foram alimentadas ao longo dos anos. Além disso, minha maldição de memória ainda paira sobre mim. Foi uma maldição sombria e confusa. Ainda não consigo discernir a verdade dela.

— Não poderíamos reverter a maldição? — perguntou Belle, hesitante, sem fazer a menor ideia do que estava propondo. — Se pudéssemos combinar nossas magias, e eu pudesse chamar minha mãe para ajudar também, com…

Artorius ergueu as mãos para interrompê-la, agradecido, mas resoluto.

— Tenho medo de revertê-la, para ser sincero. Medo do que poderia relevar e do que poderia fazer ao meu corpo nesta idade avançada. Minhas habilidades de dança podem sugerir o contrário, mas, na verdade, eu sou um homem bem velho — disse ele, com um sorriso. — Além disso, estou satisfeito com minha vida tranquila. Há muito tempo deixei de lado a necessidade de respostas. Eu fico na minha, escuto o canto dos pássaros e aguardo a chegada da morte de braços abertos, como uma velha amiga. Quando a hora chegar, eu verei Savaric novamente, e a verdade será conhecida por nós dois.

Um silêncio pairou no sótão, ondulando entre eles como um tecido delicado. O olhar de Artorius permaneceu fixo nas chamas da lareira, que se agitavam levemente com a suave brisa noturna que entrava pelas telhas do teto.

— Preciso fazer mais uma confissão a você, Belle.

Ela ficou rígida, preparando-se para seja lá o que mais ele tivesse para compartilhar.

— Minha magia nunca me deixou.

Ela franziu a testa.

— O que quer dizer?

— Meu banimento do coven não funcionou exatamente como planejado por eles. Em minhas pesquisas desde então, descobri que isso pode ter sido resultado de um obscurecimento incompleto. Como meus poderes ainda não estavam totalmente estabelecidos, as tentativas do coven de me privar deles não funcionaram. É por isso que insisti tanto em lembrar você de que sua magia é só sua e de mais ninguém, independentemente do que o veredicto de outras pessoas possa dizer, mesmo que você a tenha negligenciado um pouco antes de nossas aventuras juntos. Eu conservei minha magia todo esse tempo e venho praticando meu ofício silenciosamente desde então.

No fundo, ela sabia disso. Tamanha habilidade e conhecimentos não poderiam vir apenas de tomos e pergaminhos. Ele havia demonstrado possuir uma imensa experiência prática de magia real, e agora tudo fazia sentido. Era doloroso pensar em como ele a havia mantido em segredo por tanto tempo.

— Sinceramente, isso não é uma grande surpresa, Arty. Eu vi as manchas nas suas páginas de Alquimia, e sabia que não eram de molho bolonhesa. — Ela soltou uma risada fraca. — Eu acredito em você, só para que saiba.

— Talvez você seja a primeira, Belle.

— Mas, por favor, me escute. Ainda acho que deveríamos falar com Bronwyn. Ela foi tão paciente e compreensiva comigo. Não consigo acreditar que ela não estaria disposta a, pelo menos, ouvir você depois de todos esses anos.

— Bobagem. Uma das Bruxas Sábias do coven mais estimado do Reino Unido? Ela tem coisas mais importantes com o que se preocupar do que um velho em desgraça que não merece uma chance. Eu não a incomodaria com isso. Agradeço sua bondade mais do que consigo expressar em palavras, mas meu tempo já passou, Belle. Agora devemos focar em você, pois este é o seu momento de brilhar.

Ele hesitou por um momento, e então falou novamente:

— Admito que, quando recebi a carta do Selcouth, informando-me sobre minha seleção para a mentoria, uma parte de mim ousou pensar que, talvez... talvez, se conseguíssemos concluir o seu obscurecimento, eles pudessem reconsiderar meu destino.

Então, Belle percebeu que isso não era apenas sobre o seu futuro, não era apenas a sua segunda chance. Também era a dele.

26

O FLORESCIMENTO DO DESTINO

Ter completado um segundo desafio em seu grimório tinha se provado uma alegria passageira para Belle. Em vez de representar uma vitória, agora parecia apenas destacar o fato de que quatro ainda permaneciam apagados, e restava apenas um punhado de luas. Ainda havia tanto a fazer, tanto a resolver. E ela continuava sentindo uma constante pontada de incerteza, como se algo estivesse distinta e completamente errado. Quando tentava racionalizar sua situação — Rune estava de guarda a todo momento, Bonnie e Artorius extremamente atentos ao seu bem-estar —, parecia que ela estava subconscientemente cutucando uma ferida, uma que cicatrizava ao longo do dia, enquanto se ocupava com outros estresses, mas se abria novamente a cada noite, quando suas preocupações vinham à tona. A mais urgente delas era a possibilidade muito real de que ela estivesse em um grande e abrangente perigo, o que, por sua vez, colocava em risco todos ao seu redor.

Ariadne permanecia como sua principal preocupação. Embora aparecer à porta do escritório dela com uma caixa de som não estivesse totalmente fora de cogitação, provavelmente deveria ser um último recurso. Apesar de, tecnicamente, elas serem amigas de novo, os sorrisos eram educados demais, as conversas rígidas demais, completamente diferentes do que costumavam ser. Quase não tinham trocado uma palavra confortável desde a briga, seu habitual idioma secreto substituído por comentários burocráticos sobre contas de aquecimento e uma torneira com vazamento. Belle havia lançado um rápido feitiço de *Exsarcio Lavatio* para o último problema, numa tentativa de fazer algo gentil por Ari, mesmo que fosse algo tão trivial quanto um rejunte. Sua determinação em tentar novamente com mais um pedido de desculpas foi frustrada por um bilhete curto e grosso na geladeira deixado por Ari (sem carinhas sorridentes ou beijos, o que dizia tudo) informando que tinha viajado para o norte para visitar a irmã. Belle não fez nenhuma ligação, pensando que talvez fosse melhor que Ari *de fato* estivesse longe por enquanto, mantida distante do perigo que Belle parecia sempre carregar consigo.

A ausência de Ariadne, embora dilacerante, tornava as coisas um pouco mais simples para Belle. Ela podia deixar sua magia fluir livremente, suaves flutuações estreladas serpenteando pelo apartamento a qualquer momento. Os não bruxos raramente notavam os traços visíveis da magia, quase sempre distraídos demais. Ari só havia percebido uma ou duas vezes ao longo dos anos, e culpou o fato de ter se levantado rápido demais, o reflexo do sol ou algo nos olhos. Mas, certamente, era mais fácil para Belle não precisar questionar seus instintos. Sozinha, sua magia saltava dos abajures, circulava os batentes das portas, acumulava-se nas quinas. Ela se agarrava a Belle em fios e irradiava de cada nervo, e era libertador ter essa abertura, um estado que Belle nunca havia experimentado antes. Após três semanas de mentoria, dedicadas a si mesma e ao seu próprio potencial, Belle notou que, embora de forma sutil, ela começava a desenvolver o mesmo brilho dourado e caloroso ao seu redor que sempre havia admirado em Bonnie. Rune também o possuía, assim como Bronwyn e Morena, e todos os membros do Selcouth. A magia de Belle estava começando a ganhar vida novamente.

Enquanto se encaminhava para sair pela porta, com as janelas iluminadas por um brilho alaranjado difuso, Belle estava enrolando um cachecol listrado grosso em volta dos ombros quando parou abruptamente. Sua poção de florescimento. Ela tinha se esquecido completamente dela, mas o pequeno frasco com a mistura iridescente e viscosa parecia piscar para ela sob a luz: uma infusão feita especificamente para conferir um brilho extra à vida, do tipo que faz com que todos ao seu redor simplesmente tenham que comentar sobre como você está radiante. Para trazer à tona a audácia e a coragem, para permitir que a confiança e o contentamento se destaquem. Um feitiço glamoroso e indulgente para fazer brilhar e irradiar uma aura estelar, ainda que por tempo limitado. Artorius havia incentivado Belle a usá-la como celebração quando a página de Alquimia declarou seu sucesso, ignorando a sugestão dela de que ele deveria ficar com a poção.

— De jeito nenhum, minha querida. Já tenho sentido o suficiente de florescimento em minha vida ultimamente. Consegui dois novos amigos, três se contarmos o rapaz, embora eu não tenha certeza de que ele admitiria ser meu camarada — dissera Artorius a ela. — Sua radiante companhia para ansiar todos os dias, o prazer de ver sua magia desabrochar de forma tão confiante. Minha sorte já me favoreceu mais do que eu poderia esperar.

Sem deixar tempo para pensar demais, Belle destampou o frasco e provou os sabores vibrantes e ensolarados de frutas cítricas, ruibarbo e creme inglês, com uma leve pitada de aventurina. A poção borbulhou ferozmente enquanto ela a bebia. Ela esperava que seus efeitos se manifestassem com força total antes de retornar à Quill Lane, para aumentar suas chances de conseguir uma terceira alegoria luminosa no grimório naquela noite — mas talvez ela pudesse ser útil antes disso também.

Mais tarde, justamente quando Belle começou a se perguntar se os ingredientes daquela poção também haviam passado do ponto há algumas décadas, seu turno na Lunar tomou um rumo desastroso. Christopher, ignorando o fato de que ela estava no meio de uma recomendação para um cliente, chamou-a ao seu escritório.

— Você está abusando da sorte, querida. Não quero ter que reportar à Violet sobre minhas suspeitas e tudo mais — disse Christopher, batendo sua caneta impacientemente contra o ficheiro sobre a mesa, com uma perna cruzada sobre a outra. — Mas tirar folga foi inaceitável. Eu esperaria isso dos garotos do fim de semana, mas achei que você fosse esperta o suficiente para não tentar me enganar. Você me deixou na mão. Tudo por causa de uma história qualquer sobre sua mãe, que agora, milagrosamente está bem, não é? Que coincidência interessante.

Belle o encarou, surpresa. Aquele homem não era normal.

— Desculpe, pode repetir isso? Por um segundo achei que estivesse me acusando de mentir sobre minha mãe quase ter morrido.

— Não é isso que eu estou dizendo, não é. Sinto muito por ela, de verdade. — Christopher ergueu as mãos em falsa inocência. — Só acho conveniente demais que tudo tenha acontecido justamente nos dias em que você sabia que eu ficaria preso aqui. Eu dou tudo de mim, faço tudo por este lugar, enquanto vocês entram e saem como querem. É como se nem se importassem com isso aqui.

Ela cerrava os punhos com tanta força que as unhas estavam cravadas nas palmas. Conseguia sentir os vestígios de magia prontos para irromper, pulsando nas linhas de suas mãos.

Firmeza em tuas palavras deves ter,
A verdade ousada deves dizer.

Algo explodiu como um fogo de artifício em sua mente. Algo floresceu, um fervor em seu peito. Sem permitir que o cérebro fizesse muitas conexões, sem que ponderasse o que estava prestes a dizer e o impacto que isso teria a partir daí, uma decisão se formou. E a verdade ousada de firmou.

— Sabe de uma coisa, Christopher? — Belle o encarou diretamente, até se permitiu uma risadinha enquanto o olhava com puro desdém. — Foi uma alegria e um prazer conhecer você e, como sempre, sua companhia me dá a sensação de que eu estou prestes a vomitar a qualquer momento.

Isso o fez erguer os olhos de seu pager.

— Mas eu me demito. É isso. Eu me demito.

Uma expressão de pura confusão surgiu no rosto suado dele.

— Acabou para nós dois — disse ela, perfeitamente calma. — Eu oficialmente cansei de ser tratada como uma criança insignificante que tem a sorte de correr atrás de você, arrumando toda a bagunça que você deixa, quando, na verdade, eu sou infinitamente mais capaz e habilidosa do que você jamais poderia sonhar em ser.

Christopher soltou um rosnado.

— Ah, é?

— É. Tenho... firmeza em tuas palavras. Quero dizer, em minhas palavras. Eu mereço mais, mereço coisa melhor. Pode esperar minha carta de demissão amanhã.

— Você não pode... — Ele soltou uma risada forçada. — Você não pode se demitir.

— Posso, sim. Com certeza eu posso — respondeu Belle, surpresa ao descobrir que, de fato, era verdade. Claro que podia. Ela daria um jeito. Sempre dava.

Crê que o bem há de prevalecer,
Destino algum a magia pode prever.

— Ou eu saio deste lugar por vontade própria, agora mesmo, ou vou me lançar ao espaço, se tiver que permanecer aqui sob sua presença repugnante e bestial por mais uma hora sequer. Então, minha demissão é de efeito imediato para não ter que fazer parte do seu plano destruidor de almas de transformar esta loja maravilhosa em um buraco infernal e desolador. Desejo a você toda a sorte do mundo em seus futuros empreendimentos como o mais exemplar e desagradável verme que já pisou na face da Terra.

Christopher cuspiu as palavras enquanto falou:

— Você não tem outro emprego em vista, então não pode se demitir. Não tem outro lugar para ir. E não espere que eu dê alguma carta de recomendação depois desse showzinho, não mesmo.

— Na verdade, eu não preciso de nada de você. Aliás, se eu fosse você, me preocuparia com meu próprio emprego. Mas, já que entramos nesse assunto, caso eu precise de uma referência, você vai me dar a recomendação mais brilhante e elogiosa que o mundo dos livros já viu, levando em consideração que fiz seu trabalho pelos últimos três anos. Caso contrário, todos com quem você já trabalhou vão saber em detalhes sobre a maneira abismal com que trata todas as mulheres que encontra, todas elas com mais talento no dedo mindinho do que você em todo o seu ser desprezível.

O rosto de Christopher assumiu um tom de vermelho tão alarmante que Belle hesitou por um segundo, perguntando-se se suas palavras desencadearam algum problema sério de saúde.

— Belle Blackthorn, se você sair por aquela porta, nunca mais colocará os pés aqui de novo, não enquanto eu tiver alguma coisa a ver com isso.

— Felizmente, não conto que vai ter alguma coisa a ver com isso por muito tempo. Tchauzinho!

Foi só quando cruzou a soleira da porta dele e voltou para o salão da Livraria Lunar que Belle sentiu o peso do que tinha acabado de fazer.

— Belle, você está bem? Acho melhor se sentar… — Monica engoliu em seco, esticando o pescoço ao redor da prateleira das

Leituras Estelares enquanto a colega cambaleava no lugar, com a mão na testa repentinamente muito suada.

— Acho que vou vomitar — disse Belle.

A ideia de deixar a Lunar para trás, de vê-la se apagar como o último lampejo de um vaga-lume, era demais para ela. Mas havia outra maneira, se ela conseguisse se agarrar a essa coragem recém-descoberta. Ela poderia manter o vaga-lume seguro em seu bolso, trazê-lo de volta à vida, se apenas se permitisse tentar.

— Vi, sou eu. Acho que chegou a hora. Quero dizer, eu sei que chegou a hora. Quero comprar a Livraria Lunar, como você sempre disse que eu deveria. Você tinha razão. Nós devemos fazer isso. *Eu* devo fazer isso. Tenho tantas ideias… Vai ser… Bem, me liga quando ouvir isso. Certo, tchau. Estou animada. Tchau. Tchau, tchau, tchau.

Belle deixou a mensagem confusa e caótica na secretária eletrônica de Violet e imediatamente mordeu o fio do telefone como um cão selvagem, ainda sentindo a adrenalina pulsar através dela. Junto com a poção de florescimento, que provavelmente ainda estava correndo em suas veias; caso contrário, ela jamais teria dado o salto no escuro que deu hoje.

Mas… Belle encostou o telefone no queixo enquanto um pensamento confuso surgia em sua mente. Ela já havia tentado magia para coragem e ousadia antes, todas as versões possíveis quando era mais jovem. Aqueles momentos até apareceram em suas manifestações para o Selcouth — como ela havia terminado ferida e exausta após tentativas desesperadas de mudar quem ela era, tentando apressar algo que simplesmente não era para acontecer. E elas nunca, nunca funcionavam. Eram apenas um lembrete de tudo o que ela achava que deveria ser, mas que nunca poderia. Então, o que tornava esse feitiço diferente?

É claro que ela havia aprendido muito mais sobre teoria da magia desde então, e essa poção tinha sido feita sob a orientação especializada de Artorius. Mas poções não podiam mudar fundamentalmente uma pessoa, ela supunha. A magia não podia manipular a essência de alguém ou transformar quem uma pessoa realmente era — isso era impossível.

A diferença era que, desta vez, ela estava pronta. Pronta para recebê-la, para ser ousada e florescer por conta própria. Na verdade, ela já vinha fazendo isso. Só precisava seguir em frente, a todo vapor e a mil por hora, e em quatro luas teria sua resposta do Selcouth.

Independentemente de qual fosse.

27

Solanácea

Em algum momento da noite, quando o céu havia assumido o seu mais profundo tom de preto, Jinx pulou do peito de Belle tão repentinamente que interrompeu seu sono profundo. Ela puxou os cobertores até o nariz. Suas pálpebras pesadas se fecharam novamente, mas foi acordada mais uma vez quando a gata soltou um miado baixo, quase um rosnado, um som cheio de inquietação. Belle resmungou com irritação, apoiando-se sobre os cotovelos para ver o que estava causando tanto alvoroço. Provavelmente um episódio de pico de energia. Estava um breu tão grande lá fora, com Londres envolta em uma densa camada de escuridão, que ela teve que apertar os olhos para conseguir distinguir o pelo de Jinx no escuro. Sua irritação deu lugar ao desânimo quando viu as costas da gata arqueadas de forma drástica e o rabo completamente eriçado, sinal de alerta máximo.

— Jinx? O que você tem aí? — perguntou Belle com a voz impregnada de sono. — Por favor, que não seja outro rato. Não consigo lidar com isso de novo. — Ela havia desistido de tentar pegar o último rato quando ele se escondeu em algum lugar atrás da lava-louças e da máquina de lavar.

Belle acendeu o abajur e deu um pulo quando a luz projetou uma sombra disforme na parede. Era apenas um truque de luz. Não havia nada ali, mas Jinx permaneceu em um arco tenso e assustado. Belle esfregou os olhos.

— Jinxy? — chamou ela. A gata continuava soltando um silvo baixo, o olhar fixo no absoluto nada, encarando a parede. Às vezes, parecia que a gata conseguia sentir coisas que Belle não conseguia, o que sempre lhe causava arrepios. Ela revirou os olhos em um descontentamento sonolento, apagou a luz de novo e se enfiou debaixo das cobertas, virando-se para o outro lado. Mas, segundos depois, Jinx voltou a rosnar, o som fraco ficando cada vez mais agudo, soando tenso e defensivo contra o silêncio. A garota soltou um som exasperado, à beira de perder o sono de vez, quando o que ela mais precisava era de uma boa noite de sono.

— Jinx. Cala. A. Boca. — Ela acendeu a luz de novo.

Uma sensação de formigamento percorreu sua nuca. Ela ergueu a mão para coçar, mas a sensação se espalhou como água gelada deslizando por suas escápulas. O frio percorreu seus braços e peito, ao mesmo tempo gelado e ardente. Ela chutou os cobertores, que de repente se tornaram insuportáveis, e esticou a mão para o interruptor, mas percebeu que já tinha feito isso. Estava sem energia. Ela ouviu as garras de Jinx arranharem o chão enquanto a gata disparava quarto afora.

Ela sentiu o estômago se contrair dolorosamente, uma pontada ardente e aguda. Arrepios quentes cobriram todo o corpo, e a respiração acelerou enquanto encostava as costas da mão na testa e sentia o suor começando a escorrer pelas têmporas. Belle tentou se levantar, arrastar-se até o banheiro para passar uma água no rosto, mas uma força esmagadora a puxava para o sono, como um punho apertado em volta dela.

Ela se deixou afundar de volta contra os travesseiros, tentando não entrar em pânico à medida que sua respiração ficava cada vez mais rasa. E então, de repente, ela sentiu uma pressão. Contra o esterno e as clavículas. Tentava com todas as forças fazer as pernas chutarem e os braços empurrarem, mas seu corpo não respondia à sua vontade. Algo pressionava firmemente seu peito, tão pesado que ela pensou que as costelas poderiam se quebrar.

Um vulto, de alguma forma mais escuro do que a própria escuridão. Sem rosto, sem forma, uma presença que se fundia com as sombras, delineada apenas pelo toque mais sutil do luar, observava ao pé da cama. O borrão de sombras a prendia no colchão, esmagando-a, impondo controle sobre cada parte de seu corpo, exceto sua mente. Um gosto encheu sua boca, de escuridão, de terra e de poeira, sufocando-a; uma sensação de engasgo enquanto ela mastigava sombras. Ela sentiu aquilo se aninhar em sua caixa torácica, instalando-se como se nunca fosse embora, e ela respirou uma última e desesperada vez antes de se render.

Um clarão de faíscas, tão ofuscante que Belle sentiu como se tivesse queimado os olhos.

A pressão começou a ceder. Foi se dissipando de forma lenta e controlada, a escuridão escorrendo por seu corpo e deslizando para longe. A energia voltou e a luz ao seu lado se acendeu.

Ela arfou, levantando-se em um movimento convulsivo. Seus olhos estavam marejados e as lágrimas escorriam por seu rosto.

Belle começou a recuperar o foco e ajustar a visão, voltando a registrar a realidade.

Rune estava lá. De pé ao lado dela, com o peito inflado e uma das mãos firmemente fechada em torno de um pote de vidro. Dentro, com a tampa bem apertada, havia um redemoinho escuro de alguma substância espessa e revolta — como nuvens de tempestade ou melaço — que parecia lutar contra o vidro para escapar.

Após um momento, dando-lhe tempo para recuperar o controle, limpar o rosto no edredom e jogar as pernas para fora da cama, ele falou com calma.

— Está tudo bem. Calma, não se levante.

— O que foi aquilo? — balbuciou ela, a voz impregnada de medo.

— Terror noturno — respondeu ele de forma suave, mas objetiva, apenas sentando-se na poltrona em frente à cama quando percebeu que ela começava a se acalmar um pouco.

— Não. Não foi só um pesadelo — disse Belle. — Aquilo foi real.

— Eu nunca disse que não foi real. — Rune tinha acabado de recuperar o fôlego, e se jogou na cadeira, parecendo abalado. — Eu vim assim que senti. Achei que não fosse dar tempo. Vi aquela visão pairando sobre você, uma nuvem escura, uma mancha de tinta, um... Por um momento, achei que eu não chegaria a tempo. — O guardião exalou para conter o pânico quase frenético em sua voz. Ele franziu a testa enquanto desviava o olhar para dentro do sonho aprisionado no vidro, evidentemente desapontado consigo mesmo por não ter desvendado o estranho feitiço mais rápido. Guardou o jarro escuro no bolso interno do casaco, fazendo-o desaparecer rapidamente.

— Eu consegui sentir. Consegui sentir aquela coisa sentada no meu peito. Jinx sabia, ela...

— Eu sei, eu sei. Eu juro que vim assim que senti. Foi tão difícil de desfazer. Retirar sonhos deveria ser brincadeira de criança. Ei, calma, tudo bem? Respire um pouco.

Belle se estabilizou e pegou o copo d'água que Rune tinha conjurado para ela. Bebeu um longo e profundo gole, sentindo a água suavizar sua voz áspera. Ao colocar o copo na mesinha de cabeceira, ele fez um leve barulho ao esbarrar em uma caneca vazia.

— Seu consumo de café é preocupante — disse Rune com um sorriso torto, apontando com a cabeça para a caneca.

— Para sua informação, tomei um chocolate quente antes de dormir — disse Belle, indignada, esfregando os dedos contra a garganta machucada enquanto engolia. — Artorius me fez ler auras a noite inteira. Eu precisava de mini marshmallows. E aí...

Rune a encarou.

— E aí o quê?

— Eu adicionei as últimas gotas da poção de florescimento.

Rune semicerrou os olhos para ela.

— Posso dar uma olhada? — Ele se levantou, deu um passo para mais perto e hesitou por um segundo, questionando se aquela proximidade seria apropriada.

— Está tudo bem. Não se preocupe. — Belle fez um gesto para que ele se aproximasse. Pela primeira vez, ela se sentiu realmente grata pela proteção que ele oferecia. Rune pegou a bebida da mesa de cabeceira dela, posicionando-a perto do abajur para ver melhor. Levou-a ao nariz e imediatamente fez uma careta.

— Bem, isso explica o pesadelo. Belle, o que diabos é isso? — Ele parecia confuso. — Está falando sério? Poderia ter se matado.

— O que foi? — Ela arrancou a caneca das mãos dele. Havia um cheiro fraco, mas que fez o estômago dela revirar assim que percebeu. Era excessivamente doce, já virando uma substância podre e espessa, uma combinação pútrida, quase como carniça. — Meu Deus… o que é *isso*?

— Veneno, repousando graciosamente na sua mesa de cabeceira. O suficiente para você ir até o inferno e voltar, perdida em alucinações, para literalmente matar você de medo.

Belle arregalou os olhos.

— Solanácea, se não me engano. Erva-moura. Ironicamente, também conhecida como *belladonna*. Você realmente bebeu isso? Não é à toa que foi dominada tão intensamente — disse ele, incrédulo.

— Sim, mas… Rune, eu juro, não foi essa a poção que eu preparei. Não pode ter sido. Eu tomei a maior parte dela hoje de manhã e estava boa. Funcionou. Até o grimório disse isso.

— Então é *Subfuror Incantare*. Interferência na sua magia à distância, de novo. É pior do que eu imaginava. Você tem muita sorte de ter bebido a maior parte antes que tivesse sido adulterada. — Ele soava totalmente incrédulo, como se aquilo não pudesse ser real. — Sua própria poção adulterada, com ingredientes extras adicionados por transferência. Isso é altamente ilegal, contra todas as regras imagináveis do Selcouth, é simplesmente... Quem fez isso?

— Bem, eu não sei, não é? Talvez tenha sido Christopher. — Ela forçou um sorriso.

— Dá pra parar de transformar tudo em piada como uma tentativa de me distrair do fato de que você está com medo? Como se aquele idiota pudesse ter alguma coisa a ver com isso. — Ele estava visivelmente mais agitado, começando a andar de um lado para o outro ao lado da cama enquanto tentava pensar.

— Ah, por favor, não comece a passar a mão no cabelo *com raiva* agora.

— Você foi envenenada, Belle! Pela sua própria magia, ainda por cima. Que foi manipulada por outra pessoa!

Um silêncio momentâneo pairou entre eles. Quando a quietude permitiu que ela pudesse pensar mais claramente, Belle soube o que precisava dizer.

— Acho que não consigo fazer isso — disse ela, com a voz fraca. Seus ombros estavam caídos, exaustos. — Achei que conseguiria, mas não consigo.

Rune suspirou.

— Desculpa. Desculpa. Eu só... Eu deveria ser capaz de ver exatamente o que é essa força. Exatamente quem está machucando você. Não conseguir impedir isso está me deixando louco. Estou me esforçando ao máximo para proteger você. Não estou dormindo, estou trabalhando sem parar e, ainda assim, nada.

— Não importa. Quem quer que seja, o que quer que seja, acabou de conseguir seja lá o que está querendo tanto. Eu desisto.

— Belle, você está tão perto.

— Só que não estou, não é? Arty e minha mãe vivem dizendo esse tipo de coisa para tentar me animar, mas não é verdade. Ainda tenho quatro desafios incompletos no grimório. Quatro, e só restam quatro dias. Nem eu sou tão iludida a ponto de achar que isso é possível. Mas não importa mais. Não posso continuar me submetendo a isso.

— Mas sua magia…

— Eu amo ser uma bruxa, amo minha magia. As últimas semanas me trouxeram algumas das maiores alegrias da minha vida, vendo-a renascer. Achei que as coisas tivessem mudado hoje, achei que eu tivesse virado a página, mas… não vale a pena. Estou enlouquecendo. Todo dia parece que eu perco um pouco de mim mesma.

— Posso? — Rune apontou para a cama e se sentou no colchão quando ela assentiu.

— Se Ariadne estivesse aqui esta noite — continuou ela —, imagine o que poderia ter acontecido. Provavelmente estou colocando você em perigo, Artorius, minha mãe, até mesmo o próprio coven… — Ela sentiu o lábio inferior tremer, o que a fazia se sentir como uma criança.

— O coven não é sua responsabilidade.

— Mas é, se sou eu quem está trazendo o perigo até a porta dele. — Belle afastou o cabelo do rosto, que ainda estava grudado por causa do suor que tinha se acumulado em suas têmporas. Rune estendeu a mão e gentilmente colocou os fios atrás da orelha dela. Ela suspirou, de olhos fechados.

— Eu já me decidi.

Rune ficou pensativo por um momento, analisando o rosto dela.

— Meu lado guardião quer dizer a você que, sinceramente, talvez essa seja a melhor decisão. Pelo menos a mais sensata.

Os olhos escuros dele estavam fixos nos dela, tentando decifrá-la.

— Mas, como seu… amigo, que tem testemunhado sua magia desabrochar, apesar de tudo isso, não posso apoiar sua desistência. Você nasceu para isso.

Por um instante, ela hesitou. Mas não durou.

— Sinto muito, mas não preciso do seu apoio. Eu escolho proteger a todos. É óbvio. Vou falar com Artorius pela manhã e contar a ele, e acho que terei que informar à Casa de Hécate para renunciar oficialmente aos meus poderes. Não era pra ser.

Jinx enfiou a cabeça para espiar pela porta. Percebendo que o caminho estava livre de qualquer forma sombria ameaçadora, ela se enroscou de volta no edredom, satisfeita, embora parecesse claramente desapontada com o fato de um homem grande estar ocupando o seu lugar habitual aos pés da cama.

— Que grande ajuda você foi, ó corajosa gata guardiã — disse Belle.

Uma ideia lhe ocorreu.

— Minha pedra oracular. Ela parece gostar de me avisar se minhas decisões são boas ou más. Sempre brilha quando está querendo me encorajar em uma ou outra decisão. Ela pode decidir por mim. Talvez estivesse tentando me proteger de...

Ela abriu a gaveta da mesa de cabeceira e começou a vasculhá-la, deslizando cartelas de analgésico, marcadores de livro, uma embalagem de biscoito. Belle franziu a testa. Ela invocou uma luz com o dedo, guiando o facho pela escuridão, verificando atrás da mesa e embaixo dela. Olhou de volta para Rune.

— Não está aqui.

28

ADIVINHAÇÃO SEM LAMENTAÇÃO

Contar a Artorius que ela pretendia encerrar seu obscurecimento foi, sem sombra de dúvida, um dos piores momentos da vida de Belle. Ela jamais esqueceria a expressão no rosto dele.

Ela e Rune discutiram obstinadamente sobre o assunto durante a maior parte da manhã. Sem conseguir voltar a dormir, Belle cedeu à insistência de Rune em acompanhá-la até Quill Lane. Ele preparou café da maneira não bruxa tradicional enquanto ela tomava banho e se vestia, em uma tentativa de colocar a cabeça no lugar. Para sua surpresa, ela descobriu que a companhia tranquila e silenciosa de Rune era, de fato, muito reconfortante. Entretanto, ele se recusou terminantemente a pegar o ônibus como ela costumava fazer, completamente horrorizado com a ideia. Em vez disso, segurou a mão dela para uma transferência instantânea diretamente até a porta da casa da Quill Lane, e Belle percebeu que ele a soltou somente quando Artorius abriu a porta.

— Belle, eu imploro para que reconsidere. Até agora, em nosso tempo juntos, sua magia brilhou de mais formas do que sou capaz de expressar — lamentou o velho bruxo. — É com o maior dos pesares que eu penso em sua magia sendo entregue ao Selcouth, especialmente depois que você foi injustamente encurralada pelo medo.

De fato, Belle concordava que era injusto, assim como Rune. O clima rapidamente ficou ainda mais pesado com a notícia de que sua pedra oracular havia desaparecido, levando consigo a proteção que havia garantido até o momento.

Artorius segurou as mãos de Belle entre as dele, apertando-as levemente.

— Eu imploro, não desista de si mesma.

Ela notou que lágrimas brotavam nos olhos castanhos dele, e a visão fez seus próprios olhos lacrimejarem quase que instantaneamente. Aquele homem, por quem ela havia nutrido tanto carinho durante o tempo que passaram juntos, tinha uma fé inabalável nela. O tipo de fé que ela reconhecia como a que sua própria avó depositava nela. O sentimento mexeu com Belle, quase fazendo-a mudar de ideia.

— Artorius, eu... eu simplesmente não consigo. Você viu o que aconteceu com minha mãe. Estou colocando todos que amo em perigo. E agora que minha pedra se foi, não há nada me protegendo de seja lá qual força está em ação.

— Suas afinidades, seus encantamentos, suas intuições, suas leituras... e mais do que isso, sua natureza. Belle, você nasceu para a magia — insistiu o homem mais velho.

Mas não era verdade, não mais. Ela não era mais todas aquelas coisas brilhantes que haviam visto nela. Os feitos notáveis não eram para ela.

— Eu não consigo, Arty. Estou esgotada. A magia não está mais aqui.

Artorius ficou em silêncio. Ele deu um leve tapinha em suas mãos, seu toque dos mais gentis, sua pele fina e enrugada contra a dela.

— A decisão é sua, minha querida. Mas me conceda uma coisa. Só mais uma aula, só mais uma. — Ele continuou antes que Belle pudesse protestar. — Passei a noite inteira decifrando o desafio de Clarividência do grimório, e acho que posso ter resolvido. Permita-me esta última chance de ensinar a você mais uma lição antes que sua magia a deixe.

— Eu não… — começou Belle.

— Confie em mim — insistiu Artorius. — Acho que você encontrará uma espécie genuína de magia nisso.

Após muita persuasão do velho bruxo, e também de Rune, que a encorajou e piorou as coisas ao mesmo tempo, ao lembrar a ela que não tinha mais nada a perder, Belle concordou em participar de uma última aula. Ela insistiu que não havia sentido nisso, que seria a pior de todas. No entanto, Artorius lhe garantiu que sempre valia a pena tentar e que ela só precisava confiar nele. E é claro que, a essa altura, ela confiava.

Ele a conduziu até um pequeno quarto de hóspedes, um espaço que ela só havia espiado brevemente, por curiosidade. O ambiente continha apenas uma cama de armação de ferro com uma colcha florida e algumas almofadas de crochê. A única outra mobília era uma pequena penteadeira, surpreendentemente ornamentada, com gavetas entalhadas e pequenos puxadores de vidro. Sobre ela, repousava um espelho de mesa empoeirado em uma moldura com detalhes dourados desgastados que se contorciam para formar pequenas rosas.

Belle se sentou diante do espelho, conforme instruído. Artorius colocou o grimório ao lado dele e abriu o pesado livro na página que revelava o desafio de Clarividência. O papel tinha uma textura fantasmagórica, com estranhas ilustrações de relógios e rostos que pareciam se misturar uns aos outros, como se tivessem uma inquietante vontade própria.

Aquilo que ficou deve repousar,
Esquecido, enterrado, solo a se degradar.
Embora o tempo seja um truque cruel,
O passado é farol ao qual se apega o fiel.

Refina os sentidos para a missão,
Proclama a paz em tua conexão.
Acalma o infante com leite sereno,
Pois o que virá desdobra-se ameno.

— Adivinhação. Uma técnica de distorção da mente e meditação para alterar a consciência. Tudo o que você precisa fazer é recitar o encantamento e concentrar sua mente logo além da superfície do espelho. Se tudo correr bem, você deve ser transportada para outro lugar. Não há nada a temer — explicou Artorius, inclinando-se para apoiar uma das mãos em seu ombro, de forma tranquilizadora.

— Tipo uma mentalidade de "adivinhação sem lamentação"? — perguntou ela, com um suspiro relutante.

— Boa sorte, Belle — disse ele suavemente, saindo do quarto e fechando a porta atrás de si com um clique.

Ela releu a alegoria, as engrenagens em seu cérebro cansado começando a funcionar. Somente quando chegou ao fim da página, passou para a próxima e voltou para a anterior, foi que ela notou um punhado de palavras rabiscadas apressadamente na caligrafia quase ilegível do velho bruxo.

Mihipte Solacium. Meu próprio consolo.

Ele havia deixado o encantamento e a tradução para ela. Belle pronunciou as palavras em voz alta.

Nada aconteceu. Ela se inclinou na direção do espelho de adivinhação, vislumbrando a si mesma através da espessa camada de poeira que o cobria. Rapidamente o limpou com a manga da blusa, e a poeira se juntou e caiu sobre a mesa como neve. Agora ela podia ver seu rosto claramente, avermelhado pelas lágrimas da noite anterior, sombreado pelo cansaço que se acumulava desde o seu aniversário. Mas, além de tudo isso, ela viu somente a si mesma.

— *Mihipte Solacium* — repetiu ela, desta vez um pouco mais alto e confiante, tentando pronunciar o encantamento da melhor forma possível enquanto seu olhar começava a vagar para algo mais distante, mais profundo.

A superfície do espelho ondulou, projetando arco-íris iridescentes tão brilhantes que Belle precisou proteger os olhos contra o vidro. Assim que baixou a mão, a imagem mudou. Ela ainda reconhecia o reflexo, mas era de uma pessoa que ela não via há muito tempo.

Belle encarava uma versão mais jovem de si mesma. Com certeza não tinha mais do que 16 anos, levando em consideração o corte de cabelo duvidoso, o delineador preto e a aparência jovial de seu rosto. Na verdade, ela reconheceu o momento com precisão, porque era um que ela havia revivido recentemente. Uma das primeiras de suas manifestações exibidas durante o julgamento na Casa de Hécate, semanas atrás, quando praticou levitação leve pela primeira vez com Jinx. Havia um espelho à sua frente enquanto ela se sentava de pernas cruzadas no chão, e agora lá estava ela, observando do outro lado do vidro. Ela tentou se lembrar daquele momento e teve vagas memórias de uma conversa rápida ter interrompido sua prática. A lembrança era como fragmentos de vidro estilhaçado; ela não conseguia se lembrar de com quem havia falado. Mas sabia que, na época, isso tinha lhe dado força.

Sua versão mais jovem desviou o olhar desconfortavelmente, sem conseguir iniciar a conversa. Belle sabia que precisava tomar a iniciativa, mas mal conseguia dizer uma palavra.

Proclama a paz em tua conexão.

— Oi.

— Olá — respondeu sua versão mais jovem timidamente, tirando o cabelo de trás das orelhas, deixando-o cair ao redor do rosto, como uma camada extra de proteção entre ela e o mundo. O coração de Belle disparou. Elas conseguiam se comunicar.

— Uau, isso é... isso é muito estranho. Você... sabe quem eu sou?

— Você sou eu, daqui a tipo, trinta anos — respondeu a adolescente, dando de ombros, como se fosse o cenário mais óbvio do mundo.

Belle tentou não se sentir ofendida.

— Daqui a uns quinze anos. Mas, sim, eu sou você. E você sou eu.

— Certo. — O reflexo mexeu no amontoado de pulseiras no braço.

— Eu... — Belle engoliu em seco. — Como você está?

Sua versão mais jovem franziu a testa.

— Bem. Você deveria saber como estou, não é?

— Acho que sim. Embora pareça que foi há muito tempo. Mas eu me lembro. — Elas se olharam nervosamente através do espelho. A Belle mais velha acrescentou: — Acho que estou aqui para contar a você como vão as coisas para nós agora. Você não vai se lembrar disso mais tarde, já que o conhecimento obtido a partir de feitiços que dobram o tempo não permanece no passado, mas...

— Acho que não quero saber se for ruim. É ruim?

Belle balançou a cabeça.

— Não é ruim — respondeu suavemente.

Ver sua versão mais jovem olhar diretamente para ela, cheia de apreensão sobre o futuro, foi avassalador. Ela sentiu uma vontade irreprimível de proteger a garota à sua frente, um desejo profundo de fazê-la acreditar que ela realmente estava bem. Queria dizer que ela já era tudo, absolutamente tudo o que precisava ser. Belle sentiu a voz falhar.

— Você está pronta para o mundo — sussurrou.

Sua versão mais jovem franziu a testa novamente.

— Você não está fazendo um trabalho muito bom em me garantir que tudo vai dar certo, se é isso que veio fazer. Achei que adivinhação fosse ser algo místico e divertido.

— Desculpe, desculpe. Isso não é algo para mim. É para você — disse Belle. — O que quer saber? Pode me perguntar qualquer coisa, e eu serei honesta.

— Hum, o que é que nós fazemos?

— Como assim?

— Bem, acabamos fazendo algo legal da vida, né? Todo mundo só fala disso comigo. O que eu quero fazer, o que eu vou ser. Então, espero que o plano tenha dado certo.

Belle tentou se lembrar qual era o "plano", mas não conseguia recordar de ao menos já ter tido um. Provavelmente tinha havido um, em algum momento.

— Nós temos uma livraria. Quase. Espero. É pequena, mas aconchegante e coberta de glicínias no verão, e as folhas ficam de um laranja intenso no outono. Fica em Londres.

— A gente mora em Londres?! — Sua versão mais jovem arfou, a primeira reação de claro e puro entusiasmo, rompendo a fachada de indiferença exagerada.

— Certo, eu deveria ter começado com isso. — Belle riu consigo mesma. — Sim, talvez não seja tão glamoroso quanto parece para você agora, mas, sim. Essa parte nós conseguimos, e moramos com Ariadne.

— Que legal. E o resto?

Belle abriu a boca para responder, mas percebeu que não sabia muito bem o que dizer. Talvez a maior parte fosse melhor não contar. Ao olhar para a garota à sua frente agora, havia apenas uma coisa que sentia que precisava dizer.

— Acho que não devo contar a você tudo o que está acontecendo, não parece certo. Mas o que eu vou dizer, o que sinto que preciso dizer a você, é que eu sinto muito.

A garota a encarou.

— Pelo quê?

— Acho que acabei decepcionando você. Sinto muito por não ter feito nenhuma das coisas que você queria fazer.

Sua versão mais jovem pareceu surpresa.

— Tipo o quê?

— Bem... Eu não sou casada. Nem sequer tenho namorado. Não tenho filhos. Não sou exatamente "bem-sucedida", seja lá o que isso realmente signifique. E, definitivamente, não sou rica nem famosa.

Seu reflexo ficou em silêncio por um momento, mordendo o interior da bochecha, cutucando uma cutícula.

— Mas... somos felizes? Não quero dizer agora. Obviamente, você não está muito feliz agora, está chorando pra caramba — disse ela, novamente desconfortável. — Mas somos... somos felizes? E somos... somos amadas?

Belle sentiu um calor no peito, expandindo-se contra suas costelas. E nem hesitou em dar uma resposta honesta. Ela assentiu.

— Somos muito amadas.

— Temos pessoas ao nosso redor que também amamos?

Belle assentiu novamente.

— E Ariadne?

— Continua aqui. Continua sendo nossa pessoa favorita — respondeu Belle.

— Então tudo vai ficar bem? — perguntou seu reflexo.

Belle respirou fundo, soltando um longo suspiro para se acalmar.

— Tudo vai ficar bem. Eu prometo.

Seu reflexo sorriu timidamente.

— E como vai a magia? O que fizemos com ela?

— Engraçado você perguntar. É uma longa história, mas hoje é meu último dia como bruxa.

— O quê?! Como você pôde? Minha magia é a única coisa boa em mim!

— Como é? Está de brincadeira? Belle, uau, isso é estranho. Mas, Belle, me escute. Tem *tantas* coisas boas em você. Está sempre dando o seu melhor, literalmente o tempo todo. Está sempre pensando nos outros e tentando fazer todo mundo feliz. Isso é tão gentil da sua parte, sabia? Está colocando uma pressão insuportável em si mesma para ser perfeita, impressionante e incrível o tempo todo, e ainda assim você segura as pontas. Você é uma pessoa tão boa.

— Não sou — respondeu seu reflexo baixinho, voltando a cutucar a pele dos dedos. — Nada do que eu faço é bom o suficiente. Todo mundo está na minha frente, todo mundo está fazendo coisas melhores.

Belle suspirou, sentindo uma dor no coração ao perceber que a voz de sua versão mais jovem ainda era tão presente. Ela ainda sentia as mesmas coisas, mesmo agora. Queria desesperadamente abraçar aquela garota, fazê-la se sentir o suficiente para qualquer pessoa que realmente importasse.

— Me escute. Você se saiu muito bem, querida — continuou ela. — Ainda está se saindo muito bem. Haverá coisas que não conseguiremos fazer. Haverá coisas que esperamos e que não vão acontecer. Não temos como fazer tudo, o tempo todo, de uma vez só. Mas sempre acaba dando certo, e você não é uma decepção. A felicidade está esperando por você, eu prometo.

Sua versão mais jovem olhou de volta para ela com desconfiança, mas, depois de um momento, assentiu.

— Posso pedir mais uma coisa?

— Claro.

— Por favor, dá pra tentar manter nossa magia?

Belle engoliu em seco, empurrando para baixo o que parecia uma pedra no meio da garganta.

— Ela é tão linda. — Sua versão mais jovem riu enquanto a gatinha Jinx se levantava em seu colo e empurrava a cabeça contra seu queixo. — Eu não queria perdê-la.

Ela tinha razão. Como ela poderia deixar sua magia ir embora para sempre?

— Eu vou tentar. Por você. Por mim.

Sua versão mais jovem assentiu, satisfeita com a resposta. Belle assentiu de volta, do mesmo jeito e, antes que pudesse dizer mais alguma coisa, o reflexo voltou a ser apenas um vidro coberto de poeira. Voltou a refletir somente ela mesma, no presente.

Ela não havia deixado aquela versão de si para trás. Seus medos ainda eram profundos, mas sua magia também.

Ela se sobressaltou. Uma luz repentina surgiu sob seu pulso esquerdo, que estava apoiado sobre a página aberta do grimório enquanto ele emanava uma luz dourada. As palavras da alegoria reluziam sob seu braço, como se a própria luz do sol tivesse vindo para guiá-la pelo caminho certo. O grimório declarou que o desafio da Clarividência havia sido seu terceiro sucesso. Ela tinha obtido o que precisava com o feitiço — mais do que jamais poderia ter imaginado precisar.

Ela abriu a porta do quarto e encontrou Artorius e Rune esperando, um em cada extremidade do corredor. Artorius deu um salto para trás, muito claramente afastando-se da porta onde havia pressionado o ouvido, ainda segurando um copo na mão, como um detetive do século passado.

Ela o encarou com desconfiança.

— Você sabia que isso iria acontecer, não é? Que minha versão mais jovem me convenceria.

Artorius deu de ombros, esfregando as pontas dos chinelos uma na outra.

— Talvez eu tenha suspeitado.

Ela revirou os olhos e se virou para Rune.

— Ele contou a você sobre esse plano espertinho?

Rune abriu um sorriso de lado.

— Nós dois tínhamos a sensação de que você, teimosa como é, só poderia ser convencida por si mesma.

29

Só nós duas

Artorius abordou as últimas especialidades em aulas tão entusiasmadas que pareceram deixar até ele mesmo surpreso. O comportamento dele lembrava Belle de uma criança deixada sozinha com uma sacola cheia de doces. Restavam três desafios, assim como três luas, incluindo a noite de Halloween. Parecia quase impossível. Apesar de estarem plenamente cientes de que o grimório permanecia em um silêncio frustrante em relação às alegorias da Feitiçaria da Terra e dos Encantamentos, havia ainda uma especialidade mágica que eles não haviam abordado: a Necromancia.

A arte de se comunicar com os mortos era a especialidade que Belle, de forma compreensível, mais temia. Rune logo se certificou, só por garantia, de que ela não estava confundindo com necrofilia, o que seria algo totalmente diferente. Belle deixou claro que simplesmente não conseguia afastar imagens que imediatamente vinham à mente: olhos de zumbis caindo das órbitas, chapéus de piratas desintegrando-se em crânios com ossos cruzados, bruxas realizando atos inomináveis em cemitérios (algo muito próximo da realidade). Artorius fez o possível para convencê-la de que essas suposições eram meras influências de Hollywood.

— Você está sendo ridícula, mocinha. Sabe tão bem quanto eu que qualquer forma de necromancia reanimadora, ressurreição, armamento dos mortos etc., foi completamente banida do código há umas cem gerações.

— Armamento dos...? Que saudades da livraria — disse Belle em voz baixa.

— Tem certeza de que não tem planos secretos de convocar um exército de mortos? — perguntou Rune, ocupando-se com algum tipo de papelada do Selcouth que ele havia conjurado para resolver enquanto Belle e Artorius mergulhavam em sua vigésima nona lua de estudos.

— Talvez semana que vem — respondeu ela.

— É frustrante como a cultura pop tende a jogar todos os tipos de arte da necromancia no mesmo saco hoje em dia. É sempre zumbi assassino pra cá, contato com presenças demoníacas pra lá. Deus me livre que algum dia volte a ser considerada uma arte astral, ou pior ainda, uma magia simpática... — murmurou Rune ironicamente.

— Pode continuar, vovô, fale mais sobre os bons e velhos tempos — retrucou Belle.

— Vá até o escritório e pegue minhas anotações sobre magia da morte, por favor, Belle — pediu Artorius. — Estão no meio daquela pequena pilha na minha mesa.

Ela desceu até o escritório, sabendo muito bem que a "pequena pilha" a que ele se referia era, na verdade, uma confusão caótica de páginas soltas, anotações rabiscadas e cadernos meio preenchidos cobrindo todo o cômodo, quase sem nenhum sistema de organização. Ela começou a remexer os papéis, procurando qualquer coisa que pudesse fazer referência a trocar uma ideia com almas conjuradas ou bater um papinho com os mortos. Ela notou as palavras "...sob o termo guarda-chuva 'espírito'...", e levantou um pequeno peso de papel que estava em cima de uma grande pilha de arquivos para alcançar o manuscrito.

Ela congelou. Em sua mão estava um pequeno seixo de cristal, como um fragmento de vitral. Dentro do peso de papel, cores escuras se moviam e giravam lentamente, como fumaça por trás de um vidro, como pequenas nuvens de tempestade se formando.

Por um momento, um sentimento de pavor pesou em seu peito. Por que sua pedra oracular desaparecida estava no escritório de Artorius? Ela a pegou rapidamente, examinando-a tão de perto que sentiu seus olhos ficarem vesgos. Não, não era a sua pedra oracular; alguma coisa não era exatamente igual. Era quase idêntica em formato e estilo, mas as intricadas gravações eram invertidas, talhadas na direção oposta à sua própria pedra. As cores por trás do vidro eram as mesmas, e o movimento era quase igual, só que um reflexo.

— Se perdeu no caminho? — perguntou Rune, aparecendo à porta. — O que é isso? — Belle girou no lugar para encará-lo. — É o que eu acho que é?

Rune estendeu a mão para pegar a pedra. Ele a examinou de perto, virando-a na palma da mão.

— Uma pedra oracular — disse ele. — Eu não sabia que o velho bruxo tinha uma. Engraçado, parece até...

— A minha?

Rune assentiu, parecendo tão confuso quanto Belle.

— Estava bem ali, ao lado do porta-lápis dele, sendo usada como um maldito peso de papel. Mas é óbvio, não é? É uma pedra oracular. Ou será que eu finalmente perdi o juízo de vez?

— Se você perdeu, então eu também perdi. É óbvio demais. Essa pedra oracular é a outra metade da sua. Existem pedras oraculares de algumas famílias mágicas que estão conectadas, feitas a partir do mesmo pedaço de vidro, por exemplo, ou gravadas com desenhos entrelaçados que se completam quando colocadas juntas. Muitas vezes, não dá nem pra perceber a conexão, a não ser que elas sejam examinadas lado a lado. É um padrão engenhoso.

Belle assentiu.

— Já notei antes que os padrões na minha pedra são parecidos com os da pedra da minha mãe. E agora... Artorius tem uma terceira pedra da família Blackthorn? O que isso quer dizer?

— Não tenho como ter certeza — disse Rune, balançando a cabeça. — Infelizmente, acho que o feitiço de memória defeituoso do velho bruxo pode atrapalhar nossa investigação.

Belle arqueou as sobrancelhas, surpresa.

— Você sabe alguma coisa sobre isso?

— Tive uma conversa com ele ontem à noite, enquanto você estava no meio do encantamento de Clarividência. Eu o pressionei para que ele me contasse caso soubesse de alguma coisa, qualquer coisa, sobre os problemas que você anda enfrentando. Começamos do começo.

Belle ficou surpresa com a honestidade de Artorius com Rune, mas logo percebeu que ele estava disposto a compartilhar sua história com qualquer um que quisesse perguntar. Talvez, até recentemente, ninguém tivesse realmente se importado em perguntar.

— Ele queria que eu soubesse de tudo para que pudéssemos ajudar você da melhor forma, juntos. Infelizmente, com o estado da mente dele agora...

Rune tinha razão. Não havia nenhuma chance de que Artorius, com suas memórias reduzidas a uma pilha de cinzas e poeira por causa de um feitiço, tivesse qualquer resposta sobre como uma pedra oracular da família Blackthorn foi parar em sua mesa.

— O estado da mente dele agora... Interessante...

Ela disparou escada acima, subindo dois degraus por vez. Rune correu atrás dela, ainda segurando a pedra.

— Artorius! — gritou Belle, tentando recuperar o fôlego. — *Mihipte Solacium*!

O velho bruxo nem sequer ergueu os olhos da página.

— Hum? — perguntou ele, voltando o queixo na direção de Belle, que estava parada na porta do sótão, mas continuando a leitura.

— *Mihipte Solacium*! Consolo para si mesmo! Você precisa entrar em contato com seu eu mais jovem. Antes que fosse dominado pela maldição. A conexão com o jovem Artorius pode nos dar as respostas de que precisamos.

Com relutância, ele deixou o livro de lado.

— Belle, eu já lhe disse quando falamos sobre isso. Há muito tempo renunciei à necessidade de buscar respostas para o meu passado. Encontrarei tais respostas na próxima vida.

— E o *meu* passado? — perguntou ela com firmeza.

Isso chamou sua atenção. Ele virou a cabeça enquanto Belle pegava a pedra de Rune e a estendia para ele na palma da mão. Com dificuldade, as articulações rangendo, Artorius se levantou e arrastou os pés na direção deles.

— Por que você trouxe essa velharia para cá?

— Não percebe? Não percebe o que é isso? Artorius, esta é uma pedra oracular quase idêntica à minha. Deve ter vindo da mesma coleção familiar que a minha. Por que você tem isso? Onde a encontrou?

Artorius a encarou com admiração, estendendo a mão para pegá-la de Belle. A pedra reagiu de imediato ao seu toque, e a fumaça dentro dela assumiu novas formas. Ele ofegou.

— Eu não… Eu não… Eu…

— Artorius, você tem uma pedra da família Blackthorn. Ou será que eu tenho uma pedra da família Day? Tanto faz. Seja como for, precisamos descobrir o motivo. Precisamos perguntar ao seu passado. Já está na hora de todos nós conseguirmos algumas respostas.

☾

Ao compreender que participar do encantamento de Clarividência seria benéfico para Belle, Artorius concordou de imediato, mas não sem antes insistir em preparar o jantar para eles. Belle, que já o conhecia bem, conseguia perceber um leve traço de medo em sua voz, o preparo de batatas assadas agindo como uma distração para mascarar qualquer abalo em sua alegria habitual.

— Tem certeza de que não se importa de estarmos aqui durante esse momento? A experiência de ontem me pareceu bastante íntima — disse ela, quando ele já não podia mais se esquivar da tarefa à sua frente.

O velho bruxo tentou manter seu entusiasmo de sempre sobre a situação.

— Belle, você sabe como são minha mente e minha memória. Se vamos descobrir alguma coisa sob o *Mihipte Solacium*, é melhor que haja outras testemunhas. É claro que não podemos saber ao certo o que o feitiço nos mostrará. A adivinhação é uma forma de arte imprevisível. As palavras *Mihipte*, "para mim mesmo", e *Solacium*, "conforto, alívio, consolo", não são indicativos de que a experiência será a mesma para cada bruxo — explicou Artorius.

— Como combinamos, sr. Day, caso ache qualquer coisa perturbadora ou difícil de ver, basta sinalizar e eu desfaço o feitiço — acrescentou Rune, que observava à distância.

— Quando estiver pronto, Arty — disse Belle de forma encorajadora. Ela deu um tapinha no ombro do homem mais velho e ele apoiou a mão sobre a dela em resposta.

— *Mihipte Solacium.*

Assim como tinha acontecido com Belle, o espelho ondulou e fervilhou com uma incandescência, uma força, como uma onda projetando-se sobre Belle e Artorius, que estavam sentados lado a lado na penteadeira. Enquanto uma única silhueta havia aparecido no espelho para Belle, desta vez eles observaram à medida que toda uma cena se formava, emergindo do vidro ondulante em formas que aos poucos se tornaram identificáveis. Os reflexos de luz giraram em redemoinhos e, finalmente, estabilizaram-se em uma imagem.

Dois garotos estavam sentados frente a frente em uma mesa de jantar de madeira, feita de forma rudimentar com tábuas lascadas. O ambiente era uma sala de jantar modesta: sete cadeiras ao redor da mesa, as últimas brasas na lareira, cortinas costuradas à mão penduradas, vestígios de vidas compartilhadas espalhados pelo cômodo.

— Você é tão sortudo, Sav.

— Não é sorte, irmãozinho. Há uma razão divina para eu ter nascido primeiro. Minha própria alma foi manifestada para este propósito, antes mesmo de eu chegar a este plano terreno. O destino quis assim.

Belle desviou o olhar para o homem ao seu lado, para checar se ele estava bem. Ele soltou um "Oh!" baixinho, maravilhado pela cena dentro do espelho, seus olhos já se enchendo de lágrimas iridescentes. Sua mão frágil se estendeu alguns centímetros, como se estivesse desesperado para retornar à cena que continha seu irmão mais velho, vivo e bem.

— Acho que o destino cometeu um erro. Por que não eu? Eu conseguiria.

Savaric riu.

— Porque, Arty, o destino quis que você fosse o meu irmãozinho. E que eu liderasse todo o Selcouth e passasse adiante o legado de nosso pai. Talvez eu até pudesse melhorá-lo, para falar a verdade. Também há um lugar para você, é claro. Tenho inúmeras ideias para o coven. Como aumentar nossa força, como expandir ainda mais nossa magia.

— Parece chato.

— Chato? — O irmão mais velho se balançou na cadeira, equilibrando seu peso nas duas pernas de trás. — E o que você faria?

Artorius deu de ombros.

— Sei lá. Algo travesso, algo divertido. Decretar que nossa casa teria que ser um castelo, com um fosso e uma ponte levadiça. Garantir que só poderá ser aceito no Selcouth quem conseguir conjurar a torta de melaço perfeita. Transformar todos os bruxos em dragões.

— Não sei sobre o resto, mas gostei da ideia dos dragões. — O garoto mais velho se inclinou ainda mais para trás, apoiando os pés em cima da mesa e cruzando os braços.

A cena mudou. Belle ficou surpresa ao perceber que já a tinha visitado antes, mas somente através das palavras. A história que Bronwyn havia lhe contado: os irmãos Day reunidos em torno de um caldeirão, preparando a poção que logo levaria à trágica morte de Savaric. Ela ouviu um soluço suave vindo do homem ao seu lado e gentilmente passou um braço em volta de seus ombros ossudos para confortá-lo.

— Não consigo... Não consigo assistir.

— Artorius, olhe. Está tudo bem. — Belle o encorajou a voltar os olhos para a cena no espelho, que mostrava Savaric e sua versão mais jovem saindo de perto do caldeirão borbulhante e fechando a porta do celeiro atrás deles.

— Sr. Day, não se esqueça de que é um feitiço benevolente. Não vai mostrar o... o momento em que você perdeu seu irmão. Ele oferece apenas conforto ou as respostas que está buscando — disse Rune suavemente, observando à distância com discrição. Belle lhe dirigiu um olhar agradecido por cima do ombro.

Artorius controlou a respiração e assentiu, voltando o olhar para o espelho bem a tempo de ver as cores se agitarem e mudarem novamente.

Belle se preparou para o pior, para ver um jovem Artorius consumido pela raiva e pela inveja, despejando hortelã, cinzas, vaga-lumes e sal negro no caldeirão, sem nenhum cuidado ou consideração. Ela poderia ter estado errada todo esse tempo, ter sido enganada mais uma vez.

Mas isso nunca aconteceu.

Em vez disso, duas garotas entraram em cena. Belle ofegou.

Uma era mais velha, cerca de 25 anos, bonita, com os cabelos trançados e um lenço. A outra era um pouco mais jovem, desajeitada e levemente desengonçada, embora com cachos impecáveis. A mais velha se esforçava desesperadamente para consolar a mais nova, tentando, sem sucesso, abraçá-la, mas apenas provocando mais fúria em resposta.

— Saia de perto de mim! Não vê? Tudo está destruído, tudo está acabado.

A mais velha avançou novamente.

— Ainda somos uma família. Você e eu podemos reconstruir para os outros, vamos tomar conta deles. Temos que cuidar uma da outra agora. Caso contrário, nunca superaremos essa perda.

— Você sempre diz isso, que temos que ficar juntas e cuidar uma da outra, mas isso nunca acontece. Ninguém nunca cuida de mim. Nosso pai está morto. E agora Sav também. Nossa mãe praticamente já se foi também. Ela nunca, jamais, vai superar isso. Nenhuma de nós vai.

— Por isso é ainda mais importante que fiquemos juntas.

— Eu odeio você. Odeio todo mundo. Sempre sobra pra nós duas limpar a bagunça que os outros causaram. Essa maldita magia, é por causa dela que tudo está arruinado.

A fúria cessou por um momento. A garota mais jovem flexionou os dedos ao lado do corpo. De forma quase imperceptível, um pequeno feixe de faíscas saltou de suas palmas.

— O que... O que está fazendo? — A bruxa mais velha hesitou, percebendo a magia acumulando-se como uma corrente elétrica assustadora, como se a outra mal conseguisse mantê-la sob controle. — Espere, não, querida. Não pode fazer isso.

— *Tenebrae Obscurum.*

Um grito, e a cena mudou novamente.

☾

— Eu não... Não sei se entendi. Não conheço aquelas garotas — gaguejou Artorius. Por um momento, nem Rune nem Belle disseram uma palavra.

— Acho que eu conheço — sussurrou Belle, de punhos cerrados e tremendo de raiva. — Aquela era a minha avó.

Artorius empalideceu.

— Sua...

Belle assentiu lentamente.

— A garota mais velha era a minha avó. Alvina Blackthorn. Temos álbuns e mais álbuns de fotos. Eu a reconheceria em qualquer lugar.

— Mas o que ela tem a ver com Savaric? — perguntou Rune.

— Ou comigo, a propósito? — acrescentou Artorius.

Antes que ele pudesse dizer mais alguma coisa, a imagem no espelho ganhou foco. A garota mais jovem de antes reapareceu em arco-íris ondulantes. Desta vez, ela pairava, imponente, sobre um garoto. Lá estava o jovem Artorius novamente, recuando para um canto no chão enquanto ela avançava em sua direção, como um gato implacavelmente perseguindo sua presa, com as mãos estendidas, faíscas ameaçadoras de magia formando-se em suas palmas.

— A ideia foi sua! A culpa é toda sua!

— Não foi, a ideia não foi minha. Não pode ter sido. Sav estava...

— Você o incentivou a tentar o feitiço! Você o encorajou a lançá-lo!

— Sim, sim! Mas não disse para ele adicionar mais ingredientes à poção. Não disse para ele fazer mais fogo. Nós estávamos fazendo tudo certo, seguimos o livro ao pé da letra. Não pode ter sido culpa minha. Não pode ter sido. — Ele se engasgava entre soluços, sufocado pelo medo infantil.

— A culpa é toda sua. — A garota cuspia fúria em meio às lágrimas. — Se você nunca tivesse sugerido o feitiço em primeiro lugar, ela nunca teria... ela não estaria...

— Por favor, Morena.

— NÃO!

— Precisamos cuidar uns dos outros agora. Nós precisamos cuidar da nossa mãe e da Alvina, e...

— *Nós* não precisamos fazer nada — disse ela com determinação. — Sinto muito, Artorius. É a única maneira.

— Por favor, por favor, não. Morena, pare!

— *Tenebrae Obscurum.*

A jovem Morena ergueu a mão, criando um redemoinho de magia ao redor do garoto. O feitiço o envolveu por inteiro, atingindo seu corpo magro de todos os ângulos, com tanta força que ele desmaiou ao bater a cabeça no chão de terra do celeiro.

— Artorius é o culpado. Que assim seja. — Ainda soluçando, Morena pronunciou as palavras para o feitiço, e as faíscas mágicas se assentaram no chão, afundando na própria terra.

Belle se levantou abruptamente da cadeira, recuando lentamente para longe do espelho.

— Isso não pode estar acontecendo. — Ela mal conseguia respirar, e puxou a gola do vestido, que de repente parecia sufocante e apertado. Artorius olhou para ela, perplexo.

— Morena é sua irmã — disse Rune, a surpresa evidente em sua voz.

— Mas aquela era a minha avó. Morena a machucou. Fez alguma coisa com ela.

— *Tenebrae Obscurum* — sussurrou Artorius. — A mesma maldição de memória que eu tentei infligir em mim mesmo nas profundezas da Casa de Hécate. Não é de se admirar que a magia sombria não tenha funcionado como eu pretendia. Ela já tinha sido conjurada em mim anos antes por Morena. E ela a usou em sua avó também...

— Minha avó... é sua irmã? — A voz de Belle mal passava de um sussurro.

— Minha mente está funcionando em um ritmo mais acelerado do que consigo acompanhar. Mas certamente isso também significa que eu tinha... na verdade, que eu *tenho*...

— Três irmãs — completou Rune.

— Bronwyn — sussurrou Belle.

Como se reagindo ao nome, a imagem no espelho mudou de novo.

Agora, sem sombra de dúvida, já que Belle sabia, a adolescente era claramente Morena. A mesma expressão contraída e sofrida instantaneamente reconhecível. As mesmas maçãs do rosto altas e bem definidas.

E outra garota. Pequena, ela não tinha mais de 11 anos. Nariz sardento. Cabelos ruivos cor de palha. Olhos verde-claros.

Tão claro quanto o dia: as irmãs Gowden.

— Ele mereceu. Você mesma disse, Mor. Ele estava muito cheio de si. — A jovem Bronwyn riu.

— Sim, Bron! Eu disse! Mas como você pode achar que isso era uma justificativa plausível para *matá-lo*?

— Bem... — Pela primeira vez, Bronwyn hesitou. — Digamos que eu não queria exatamente... Talvez eu tenha me empolgado. Talvez eu me arrependa, pelo menos um pouco. Mas o que está feito, está feito. — Ela dispensou a reação da irmã com um aceno.

— Ele era nosso irmão! Era um bom homem! — Morena limpou o nariz com a ponta da manga, disfarçando um soluço. Ela estava jogando roupas em uma bolsa, pegando itens de gavetas de madeira de forma descuidada e enfiando dentro.

A pequena Bronwyn revirou os olhos, balançando as pernas na beira da cama.

— Todo mundo está sempre falando sobre bom e ruim. Ninguém é um ou outro. Todos são uma mistura dos dois.

— Ele merecia ser…

— Ele não merecia nada! — interrompeu Bronwyn, aos gritos. — Ele era um bruxo inútil e arrogante. Ele não merecia ser importante ou poderoso. Minha magia o faria parecer um amador, e eu tenho metade da idade dele. Não é justo. Só porque…

— Você está louca!

— Só porque ele era o filho mais velho. É absurdo. Quando eu estiver no comando, vou…

— Você nunca vai estar no comando! Não agora! Não entende? Nós temos que ir embora. Temos que fugir e nunca, jamais, voltar. Se ficarmos, vão nos separar, e nunca mais nos veremos.

A garota mais jovem hesitou.

— O que quer dizer?

— Bron, em que mundo você está? Você nem deveria ter magia por mais quatro anos. E agora isso?! Você é uma anomalia, e o Selcouth não gosta de anomalias. Eles vão nos jogar nas masmorras por não termos contado que sua magia despertou antes do tempo.

— Então, para onde vamos? — Pela primeira vez, a confiança da garotinha vacilou.

— Para longe. Eu não sei, mas para longe — disse Morena, de forma direta. Ela se recompôs enquanto fechava a bolsa.

— E Arty? E Vina? Eles poderiam vir com a gente.

— Você está no mundo da lua, irmã. Eu já fragmentei as memórias de Vina e Arty e impus uma verdade sobre a terra. Eles serão culpados pela morte de Sav, mas ele é um garoto e já tem seus poderes, então será acolhido pelo coven e ficará bem. Provavelmente determinarão que foi um acidente. Ele provavelmente vai assumir a liderança quando atingir a maioridade. — A voz dela tremia, como se estivesse tentando se convencer da ideia.

— Mas isso não é justo! — gritou Bronwyn. — Ele é metade da bruxa que eu sou! A mãe e o pai sempre disseram que eu sou excepcional. Ele é um idiota. Nem vai conseguir se esconder direito quando estiver sendo procurado.

Morena agarrou a irmã pela gola com raiva.

— Quer que fiquemos juntas ou não? — Bronwyn pestanejou, surpresa, mas hesitantemente assentiu.

— Então esqueça o coven. Esqueça o Selcouth. Esqueça a mãe, Vina e Arty. Somos só nós duas agora. Temos que recomeçar.

30

Luz estelar e prata

Precisamos ir para a Casa de Hécate. Agora mesmo. Pode nos transferir? — Belle já estava descendo as escadas, pegando a jaqueta do corrimão e vestindo-a às pressas.

— Dá pra se acalmar por um minuto? Belle, pelo amor de… — Rune disparou atrás dela e a segurou pelo ombro, virando-a para ele.

— Tá de brincadeira? Não acabou de ver a mesma coisa que eu? — Ela tirou o cabelo de dentro da gola com uma das mãos enquanto quase perdia o equilíbrio ao calçar um sapato com a outra.

— Eu vi. Mas não podemos simplesmente ir até lá lançando feitiços e acusar as líderes do coven de…

— Faça sua escolha, Rune. — Ela o afastou. — Acusar de quê? De cometerem e encobrirem o assassinato do próprio irmão? De colocar a culpa de toda essa coisa horrível no outro irmão, completamente inocente? De lançar maldições proibidas na terceira irmã, minha própria avó, de modificar memórias, de mudar toda a trajetória do sistema mágico? Estou esquecendo de alguma coisa? Ah, que tal ainda de construir todo o legado do coven com base em uma mentira egoísta e cruel e em uma obsessão por tradição, tudo por benefício próprio?

Rune pousou delicadamente uma mão em cada um dos ombros dela, tentando trazê-la de volta à realidade.

— Só pense no que você está dizendo, por um segundo. Você está falando de algo que está prestes a abalar o mundo bruxo, não só no Selcouth, mas além.

A paciência de Belle se esgotou.

— Não me importo com eles. Agora, tudo o que importa é a minha família e Arty. Você viu como ele ficou destruído assistindo àquilo acontecer. Ele viveu a vida inteira sozinho, atormentado pela culpa por causa das escolhas de Morena e das ações de Bronwyn. E aquelas duas megeras, de alguma forma, acabaram no topo, deixando nada além de destruição em seu rastro.

— Belle, por favor. Pense nisso. Pense na sua mentoria, nos desafios do grimório, você ainda tem…

— Eu não dou a mínima. Nunca mais quero ver aquele livro. Todo o Selcouth está sob o domínio de duas bruxas que farão de tudo para obter mais poder e encobrir seus rastros.

Rune esfregou o rosto, coçando o queixo.

— Eu sei, eu sei. Só estou tentando pensar com racionalidade.

— Receio que já passamos do ponto da racionalidade e já estamos adentrando o território delirante da vingança cega.

Belle estendeu a mão para a maçaneta da porta e deslizou a corrente para abri-la. Mas a porta rapidamente se trancou novamente, sozinha. Ela se virou e viu Artorius no topo da escada com a mão estendida, mantendo-a fechada com sua magia.

— Rune tem razão, Belle. Não permitirei que se coloque em perigo por minha causa. Você já passou por muita coisa, e isso foi apenas a ponta do iceberg do que as irmãs Gowden são capazes.

Ele desceu lentamente as escadas, apoiando-se no corrimão enquanto continuava.

— Você está com tanta pressa por pensar na sua avó e em mim, pelo que sou profundamente grato. Mas está deixando de lado outras consequências dessa nova informação — prosseguiu Artorius. — Pense por um momento.

Belle finalmente percebeu.

— Morena e Bronwyn. São elas, não é? Que estão sabotando minhas lições. Elas querem se livrar de mim a qualquer custo.

— Imagino que isso explique por que Morena estava tão relutante desde o início em permitir que você sequer tivesse uma chance de concluir seu obscurecimento — apontou Artorius.

— Mas então por que Bronwyn incentivou a mentoria? — perguntou Rune.

— Que saudades do tempo em que minha rotina não envolvia pensar sobre armadilhas de magia sombria e bruxas assassinas — disse Belle, mais para si mesma do que para qualquer outra pessoa.

— Bronwyn, evidentemente, tinha segundas intenções ao nos unir. Ela pode ter presumido que seria mais fácil nos derrubar com um só golpe. Ela sabia que seu fracasso garantiria o meu próprio. O coven fecharia suas portas para mim para sempre se eu falhasse em proporcionar uma mentoria adequada para você. Ela subestimou a nós dois em muitos aspectos. E, é claro, tivemos uma mão amiga ao longo do caminho.

Ele cuidadosamente desceu até o final das escadas e continuou.

— Você não disse que foi a sua pedra oracular que a encorajou a aceitar a mentoria? Que parecia estar guiando você em direção a algo durante todo esse tempo?

Belle hesitou.

— Disse.

— Me dói ter que concordar com ele em vez de com você. — Artorius revirou os olhos na direção de Rune, que murmurou algo sobre se perguntar por que ainda se dava ao trabalho. — Mas receio que o sr. Dunstan tenha razão. Ainda não devemos correr para a Casa de Hécate. Pode ser que precisemos falar com uma última bruxa primeiro. E um último desafio pela frente.

Belle olhou para o teto e suspirou pesadamente.

— Se você está prestes a sugerir que o próximo passo lógico é se comunicar com a minha avó morta...

— O grimório não poderia ser mais claro quanto a isso — respondeu Artorius, lembrando-se da alegoria da Necromancia.

Sono eterno, presença em paz,
Quando a morte vem e tudo desfaz.
Um outro quarto do outro lado,
Nunca distante de quem foi deixado.
Chama com o coração para despertar,
Olhos turvos, o torpor a afastar.
Parte de ti, alma fragmentada,
Intacta desde o sino, a badalada.

— Está pedindo para que você se comunique com alguém que já partiu, alguém que fazia parte de você, uma alma fragmentada.

— Só pode ser ela, Belle — concordou Rune. — Sua pedra, o feitiço de proteção dela, as Gowden, Artorius, tudo o que acabamos de ver no espelho, sua avó é a peça que falta em tudo isso.

— Mas a maldição de memória de Morena... Ela não vai se lembrar de nada.

— Magias excepcionais se dissipam quando a morte vem buscar uma bruxa. Ela deve ter voltado ao ser verdadeiro eu no momento em que seus olhos se fecharam para o descanso eterno — disse Artorius suavemente.

Quando a trigésima lua de outubro pairava baixa e encantada no céu escuro como breu, parecendo intrigada com os esforços deles, Artorius ofereceu o braço a Belle. Conjurar o espírito de Alvina Blackthorn não era algo que Belle tivesse imaginado em suas listas de afazeres para o mês de outubro, mas, estranhamente, parecia um desfecho perfeitamente apropriado para um mês de caos ininterrupto, tanto em sua vida mágica quanto na não mágica.

— O fato de ser manhã de Samhain certamente será um trunfo a nosso favor. O véu que separa o mundo dos vivos do mundo dos mortos é mais fino durante o Halloween — explicou Artorius enquanto os três amigos improváveis afastavam os móveis para liberar espaço no chão da sala. Depois que as poltronas foram afastadas e a bagunça foi empilhada contra as paredes, Belle, Rune e Artorius se sentaram juntos em um círculo, de pernas cruzadas (o velho bruxo teve alguma dificuldade nessa parte).

— Essa magia é nova para mim e para você, Belle. Não posso oferecer nenhuma experiência prévia. Rune, suspeito que você já tenha se aventurado na arte da necromancia uma ou duas vezes? Você tem cara disso.

— O que quer dizer com isso?

— Acho que é o casaco — disse Belle, apontando para o característico casaco longo e de couro dele.

— Ora, parem com isso, vocês dois. — Arty os repreendeu enquanto posicionava uma variedade de velas pretas, brancas e azul-marinho ao redor deles.

No colo de Belle havia uma pequena pilha de itens aparentemente aleatórios, mas cada um carregava um significado importante. Ela tinha cortado um punhado de rosas do jardim, que sempre foram as favoritas da avó e estavam sempre florescendo nas treliças antes que Alvina tivesse ficado debilitada demais para cuidar delas. Havia uma delicada xícara de porcelana sobre a qual sua avó sempre fora particularmente exigente, nunca bebendo chá em algo tão grosseiro quanto uma caneca. Belle a havia convocado da penteadeira de sua mãe em casa, torcendo para que Bonnie não percebesse até que ela pudesse fornecer explicações adequadas. Um tubo de batom dourado, que ela guardara quando limparam a casa de Alvina. E, por fim, os óculos da avó, que Belle não sabia exatamente por que tivera tanta necessidade de guardar. Eles pareciam ser uma parte intrínseca demais da avó para que ela pudesse se desfazer deles.

— Algum último conselho? — perguntou Belle, alongando o pescoço e soltando os ombros, ajustando sua posição sentada.

— Preze pela simplicidade. Esse tipo de magia depende muito mais do coração do que da mente. Relembre aquele feitiço de invocação que você lançou nas lições de Encantamentos para evitar complicações. Esse funciona sob os mesmos princípios, especialmente em um momento em que o véu está fino como papel.

— Eu vou simplesmente poder... falar com ela, como se ela estivesse aqui?

— Se tudo der certo, sim. É claro que isso depende de a falecida querer estar presente, mas podemos presumir com segurança, considerando os experimentos de sua avó com *Praesentia Pretego*, que ela estará.

— Como sabemos que isso não vai acabar em uma reviravolta terrível? — perguntou Rune, cético. — Recentemente, qualquer coisa importante em que você usou sua magia acabou enfrentando... interferências, para dizer o mínimo.

Artorius balançou a cabeça.

— Esse tipo de magia é acompanhado de um certo grau de privacidade. Elas... as irmãs, quero dizer... nem saberão que isso está acontecendo. Não terão tempo ou discernimento para intervir.

Era uma notícia tranquilizadora.

— Na verdade, acredito que terá mais sucesso ao encarar essa missão sozinha, minha querida. Venha, rapaz.

— Se não se importa, acho que seria melhor eu supervisionar...

— Ainda tenho um pouco de xerez — interrompeu Artorius com um aceno, ignorando a resposta de Rune e se levantando com dificuldade. — Pode me falar sobre suas intenções em relação a Belladonna enquanto brindamos.

Funcionou como mágica.

— Intenções? Artorius, você tem uma coragem desgraçada... — Rune se levantou de um salto e saiu rapidamente do cômodo atrás do velho bruxo para defender seu ponto, fechando a porta atrás de si com um estrondo.

Ela estava sozinha. Belle prendeu a respiração enquanto apontava um dedo para a seleção de velas que Artorius havia deixado, acendendo-as em um clarão de pequenas chamas. Não se permitiu pensar demais, nem questionar as possibilidades. Ela nunca tinha precisado tanto de alguma coisa quanto naquele momento.

Belle entoou em um sussurro baixo, com apenas alguns ajustes, as palavras da transferência que ela já havia realizado, que lhe ocorrem naturalmente. Sobrenaturalmente.

Minha avó, a ti vou chamar,
De onde estiver, vem me encontrar.
Companhia preciosa, amor tão forte,
Venha a mim agora, aqui é teu norte.

E, antes que pudesse se conter, ela acrescentou, para a brisa silenciosa que ondulava as cortinas:

— Por favor, por favor, vovó. Preciso de você. Está aí?

O ar oscilou com um movimento espectral e prateado, como um sopro quente no ar frio da noite, tão suave que Belle esfregou as pálpebras. Cintilações etéreas, uma aparição quase inexistente se esgueirou pela superfície de sua consciência e visão. E então, lá estava ela, sua avó. A silhueta de um véu tão delicado e incrivelmente frágil que lembrava a mais fina seda.

— Olá, meu amor.

Ela estava exatamente como Belle gostava de se lembrar. Como na infância dela, que as havia unido tão profundamente, caminhando juntas até o parque, fazendo panquecas e brincando de cavalinho com um edredom enrolado. Os cachos sempre impecáveis, independentemente da hora do dia. Um cardigã lilás tricotado por ela própria com uma blusa de colarinho floral bem passada por baixo. Unhas pintadas de rosa-claro. E o perfume. Foi a primeira coisa que Belle sentiu quando o espírito de Alvina apareceu, antes mesmo de registrar que a estava vendo e que estava ali com ela. O aroma de jacintos e roupa recém-lavada, flores suaves que sempre pareciam acompanhá-la do jardim. Belle levou uma das mãos à boca e colocou a outra por cima. Sentiu seu coração se partir e se curar um milhão de vezes ao mesmo tempo.

— Ah, querida, não chore. Seja uma boa menina. Aqui, seque essas lágrimas, florzinha.

O espírito de Alvina estendeu um delicado lenço com bordas rendadas para que ela enxugasse as lágrimas. Belle hesitou, com medo de descobrir que, ao tentar tocar a mão da avó, encontraria somente o frio ou o vazio. Mas, quando seus dedos se fecharam ao redor do tecido, ele parecia tão real, tão tangível e sólido quanto os objetos que ela já segurava firmemente em sua mão.

— Consigo sentir... Isso significa que posso te abraçar?

Alvina riu suavemente. Era o som que Belle se lembrava.

— Claro, querida. Como senti falta de abraçar minha menina.

Belle lançou os braços ao redor da avó e se sentiu acolhida pela primeira vez em tantos anos. O calor, a textura do cabelo dela contra o seu rosto, o perfume, a maciez das roupas. Tudo era igual. Exatamente como havia sido durante toda a sua vida.

— Sinto saudade. Sinto tanta saudade. — Ela se esforçou para falar o máximo que pôde, mas sua voz falhou. Era avassalador, uma mistura crua de tristeza e uma nostalgia maravilhosa e intoxicante, segurando-a em braços amorosos.

— Ah, eu também sinto sua falta, Belle. Sinto falta de você e de sua mãe. Mas eu estou aqui, sempre estou aqui.

— Você está bem?

— Que pergunta engraçada. — Alvina riu. — É claro que estou bem. É tranquilo. Não tão diferente, só que mais feliz. E não tão longe. É como quando você brincava no jardim enquanto eu te observava da janela da cozinha. Agora eu observo enquanto você se ocupa em construir sua vida, fazendo coisas maravilhosas acontecerem.

Algo dizia a Belle que ela não precisava saber mais do que isso sobre o que vinha depois. A ideia já era reconfortante o suficiente.

— Querida, não temos muito tempo. Esse tipo de feitiço não dura muito, nem mesmo no Halloween. Mas estou tão orgulhosa de você, Belle. Olhe só para você, com sua magia na palma da mão.

Belle riu em meio às lágrimas, agarrando as mãos da avó e sentindo novamente a maciez delas em suas palmas. Os nós dos dedos, as saliências, as unhas pintadas, a aliança simples de casamento.

— Eu vi tudo — disse Belle. — Estou com seu irmão, Artorius, e nós vimos tudo. Usamos o espelho de adivinhação e vimos o que ela fez com você. O que Morena fez. E o que Bronwyn fez com Savaric.

— Eu sei, querida. Estive esperando que você me encontrasse neste momento. Eu estava tentando guiar você até a verdade, mas havia tantos passos para chegar até aqui, até as respostas de que você precisava, e estou tão orgulhosa de você por tê-las encontrado.

— Por que ela fez isso? Por que Morena amaldiçoou você e Arty daquele jeito?

— É complicado, querida. — Alvina balançou a cabeça com um leve ar de piedade. — Família sempre é complicada. Dizem que o sangue é mais espesso que a água, mas a magia é mais espessa que o sangue. Morena sempre foi profundamente leal a Bronwyn. Elas sempre foram mais próximas do que o resto de nós.

— Então ela escolheu Bronwyn em vez de todos vocês? Mesmo depois do que ela fez com Savaric?

— Acho que ela sempre viu alguma coisa em Bronwyn, que ela podia sentir que a magia dela talvez fosse a mais poderosa de todos nós. Ah, não me olhe assim, querida. Você sabe tão bem quanto eu que Bron é uma força a ser reconhecida. Sempre foi. Mesmo quando era uma garotinha. Todos nós sabíamos, desde o momento em que ela nasceu, que ela teria uma mina de ouro de magia nas mãos, e Morena sabia disso melhor do que ninguém. Elas compartilhavam muitos segredos enquanto cresciam. Morena foi mais uma guardiã para Bron do que nossos próprios pais, uma lealdade protetora de irmã mais velha difícil de entender. Muitas vezes me senti um pouco excluída, para ser honesta. — Alvina riu com um suspiro. — Antes que ela pudesse perceber, aquela lealdade feroz que Morena sempre sentiu pela mais jovem de nós havia saído de controle, transformando-se em algo que a aprisionou em mentiras, até que ela estivesse envolvida demais nos erros de Bronwyn para voltar atrás.

— O que aconteceu com elas entre o dia em que fugiram e sua ascensão no Selcouth? Como conseguiram?

Alvina suspirou, balançando a cabeça.

— Essa é uma história cuja versão completa eu nunca soube. Não sei se existe alguém que saiba, além de Morena e Bronwyn. Como você viu no espelho, ambas recorreram às magias complexas e sombrias para encobrir seus rastros. Mas aprendi desde então, por meio de sussurros do outro lado, que as mentiras delas fugiram do controle e assumiram um tamanho muito maior do que jamais imaginaram. Morena impôs uma verdade sobre a terra de forma a moldar o que o coven sabia sobre nossa família, uma magia profundamente manipulada que é altamente proibida. Como resultado, o Selcouth perdeu a história sobre os cinco irmãos Day, e elas puderam fugir como irmãs esquecidas. Fui deixada sozinha para recomeçar tudo. Elas só existiam na minha mente como lacunas incertas que eu não conseguia preencher. Mas acabei conhecendo seu avô, e por fim deixei minhas perguntas para trás.

— Sinto muito, vovó. Gostaria de ter ficado sabendo de tudo pelo que você passou. Gostaria que tivéssemos conversado sobre isso.

— Nem eu sabia, Belle! Foi só depois que parti que os feitiços de Morena foram quebrados e eu pude ver o que realmente aconteceu. No final das contas, nada disso importava muito. Além disso, eu vivi uma boa vida. A melhor. Eu criei minha própria felicidade.

Alvina acariciou o rosto de Belle com delicadeza.

— O que eu faço, vovó? Como eu lido com tudo isso?

— Só depende de você, querida. Tudo o que quero é que você seja feliz e que fique segura. Eu vi tudo o que aconteceu recentemente.

— Você não pode só me dizer exatamente o que fazer? — perguntou Belle com um tom quase suplicante. — Você deve ter algum tipo de sabedoria todo-poderosa para compartilhar.

— Claro. Tudo o que você precisa fazer, a instrução precisa que deve seguir, é... confiar em seus instintos — respondeu Alvina com uma piscadela.

Belle revirou os olhos e riu.

— Isso não ajuda em nada, vovó. Depois desse último mês, meus instintos estão em frangalhos. Não sei mais o que pensar.

— O que posso dizer é que existem mais segredos na Casa de Hécate, Belle. O que você viu no espelho não é o fim de tudo isso. Na verdade, pode ser apenas o começo.

Belle grunhiu.

— Eu já deveria saber que você diria isso. — De repente, ela se lembrou da confissão que precisava fazer. — E eu perdi minha pedra, vovó. Ou ela foi roubada. Meus feitiços de invocação não conseguem encontrá-la.

Alvina deu um leve sorriso para ela.

— Não se preocupe. Coisas preciosas que se perdem sempre reaparecem quando mais precisamos delas. — Ela fez uma pausa por um momento e segurou o rosto de Belle em sua mão, acariciando a bochecha dela com o polegar. — O que quer que decida fazer, será a decisão certa.

— Se eu tivesse usado minha magia da forma certa desde o início, se eu não a tivesse deixado escapar de mim, tudo isso teria sido…

— Provavelmente a mesma coisa — interrompeu Alvina, rindo baixinho. — O destino não pode ser distorcido e moldado de acordo com sua vontade, Belle. O que é para ser seu, será. Independentemente da direção que tome ou dos desafios que enfrente, você sempre encontrará o caminho que é seu por destino. Querida, deixe de lado as escolhas que fez ou as que acabou por não fazer. Deixe todas essas possibilidades diferentes de vida para trás e faça as pazes com o fato de que esta é a certa. Diga a si mesma: este é o rumo que a minha história deve seguir, mas sou eu quem a escreve como ela realmente deve ser.

Belle repousou a cabeça no ombro iridescente da avó, saboreando a paz de estar ao lado dela novamente.

— E se essa história envolver salvar sua magia e corrigir alguns erros pelo caminho, melhor ainda — acrescentou Alvina, virando-se para beijar a testa da neta. — Diga a Artorius que eu sinto muito, pode ser?

— Ele não vai querer que diga isso.

— Diga mesmo assim — respondeu Alvina suavemente. — Eu o amei muito, antes de tudo aquilo.

Ela sorriu para Belle com ternura.

— Você está se saindo tão bem, querida.

Belle sentiu um calor no peito que só poderia ser descrito como uma explosão de raios de sol, um amor incondicional, que a envolvia por inteiro. Ela se deleitou com a sensação, que era como raios de sol em seu rosto. Então, a sensação de uma presença tangível e sólida ao lado dela desapareceu como uma sombra com a mudança da luz. As mãos que seguravam as suas se desvaneceram.

O feitiço se desfez e os vestígios de uma delicada silhueta nebulosa de luz estelar e prata flutuaram sobre as velas, levados por uma brisa que extinguiu as chamas com seu sopro.

31

PONTAS SOLTAS

Foi com grande apreensão e uma longa ligação telefônica explicando que estava tudo bem, só que não tão bem assim, que Belle relutantemente concordou em trazer a mãe de volta para Quill Lane através de uma transferência.

Ela teria preferido que Bonnie dirigisse até lá, por segurança, mas eles tinham somente algumas horas para elaborar um plano antes da lua de Halloween. E, como em muitos aspectos de sua vida, Belle não conseguia decidir nada sem a opinião da mãe sobre o assunto.

A conversa foi longa e complicada. Belle tentou explicar o problema com muitos rodeios, tomando cuidado para não perturbar a mãe com os detalhes chocantes, incluindo a pequena visita da avó materna, falecida há muito tempo. Bonnie, como era seu costume, constantemente desviava a conversa para assuntos completamente diferentes, atualizações sobre a cachorra, o restaurante que ela visitou na semana passada, fofocas sobre a vizinhança. O telefone foi prontamente passado para Artorius, que fez progressos ligeiramente melhores. Ele só vacilou quando Bonnie, ainda sem compreender a gravidade da situação, lembrou-se de que precisava pedir a receita dos bolinhos dele. Assim que Belle ouviu uma menção a uvas-passas, agarrou o telefone e o entregou a Rune como último recurso. Surpreendentemente, ele foi o que se saiu melhor dos três.

— Então, como pode ver, sra. Blackthorn, é por isso que realmente precisamos que venha a Londres assim que tiver um tempinho — disse Rune, tentando simultaneamente permanecer educado e atencioso enquanto Belle sussurrava diversas informações soltas adicionais conforme surgiam em sua cabeça para que ele interpretasse.

— Convença ela a vir aqui o mais rápido possível — murmurou Belle. — Na verdade, não. Tem algo que eu preciso fazer antes de irmos causar o caos total na estrutura mágica deste país.

Rune fez uma expressão indignada e revirou os olhos, mas começou a transmitir a mensagem.

— Na verdade, não — começou ela novamente, pensando em voz alta. — Será que ela poderia nos encontrar aqui hoje à noite? Para que possamos viajar até a Casa de Hécate juntos. Como vamos saber onde a Casa está manifestada para o Halloween? É mais provável que tenhamos problemas se estivermos separados.

Rune respirou fundo, mas assentiu novamente e murmurou "faz sentido" quase sem emitir som, sugerindo o novo plano sempre que tinha a oportunidade entre os momentos em que Bonnie comentava algo sobre precisar levar Lobita para passear. Mas, sim, isso daria certo.

— Calma aí. Novo plano. Rune, até onde *elas* sabem, *você* não sabe nada do que *nós* sabemos. Certo? — Os olhos de Belle estavam tão arregalados que parecia que a velocidade em que seu cérebro funcionava estava fazendo-o inchar contra seu crânio.

— Do que você...? Com licença, sra. Blackthorn, só um instante. — Ele cobriu o receptor com a palma da mão. — *Do que* você está falando?

— As Gowden. Elas não fazem a menor ideia de que você estava com a gente na adivinhação. E o feitiço de Necromancia foi magia privada. Que tal você ir até a Casa de Hécate, agir como se tudo estivesse perfeito antes do meu novo julgamento, e descobrir a localização da nova materialização para que possamos nos encontrar lá? Hoje à noite, ao pôr do sol.

Rune esfregou o polegar na testa, tentando ao máximo acompanhar o raciocínio.

— Acho que entendi. Mas vocês não vão conseguir entrar pela entrada principal da Casa de Hécate de qualquer forma. Elas vão ficar sabendo assim que passarem pela porta. — Ele ponderou por um momento. — Deixa comigo.

Ele entregou o telefone para Belle e a segurou pelos braços enquanto a movia para o lado, e ela o sentiu dar um aperto quase imperceptível enquanto fazia isso. Rune se transferiu com a promessa de entrar em contato trazendo respostas assim que possível.

O plano, ou o mais parecido possível com um plano que uma bruxa altamente inexperiente, um bruxo idoso banido e uma bruxa hesitante em algum lugar do norte conseguiram elaborar, era vago. Tudo o que sabiam era que o Selcouth precisava conhecer a verdade e que as irmãs Gowden tinham alcançado suas posições de poder por meios traiçoeiros. Sem mencionar que era altamente provável que elas estivessem por trás do fracasso da mentoria de Belle, de forma que pudessem controlar as admissões no coven para benefício próprio. Elas poderiam estar manipulando membros em potencial do Selcouth, o próprio futuro da magia, por décadas.

Mas havia outra questão crucial que Belle precisava resolver primeiro, antes mesmo de considerar a possibilidade da Casa de Hécate.

Ela explicou a Artorius que Rune ou Bonnie se transfeririam com ele para onde quer que precisassem estar naquela noite, assim que Rune tivesse coletado algumas informações. Artorius apontou que era um plano vago, e que na verdade mal poderia ser considerado um plano, ao que Belle educadamente o incentivou a sugerir algo melhor, caso tivesse alguma ideia.

— Bem, é melhor do que nada — respondeu ele animadamente. — O que já é um começo.

☾

— Tudo certo? — resmungou Ariadne, cutucando um prato de palitos de peixe enquanto folheava uma revista. Ela havia voltado da casa da irmã na noite anterior. Belle suspeitava que Ariadne tinha pegado a revista apressadamente assim que ouviu a porta se abrir, já que estava de cabeça para baixo e ela não parecia ter notado.

— Você voltou. Que bom. — Belle fechou a porta com um estrondo e andou a passos firmes até a amiga sentada à mesa.

— É o que parece — respondeu Ariadne, encarando com determinação uma página de cabeça para baixo como se fosse a matéria de jornalismo mais fascinante já escrita.

— Olha, eu não tenho tempo para ficarmos nos tratando assim — disse Belle, arrancando a revista das mãos de Ariadne e jogando-a por cima do ombro. — Eu te amo. Eu te amo de verdade. — Ela puxou a outra cadeira da mesa e se sentou diretamente na frente de Ariadne. — Eu jogaria palavras-cruzadas com você todos os dias em um asilo daqui a uns cinquenta anos, até a gente ficar tão pirada que acharíamos estar em outro lugar. Eu moraria de verdade em uma balsa improvisada com você, se quisesse. Eu faria qualquer coisa para que ficássemos bem de novo.

Ariadne bufou com uma risadinha, mas imediatamente voltou a adotar uma expressão altiva e desinteressada.

Belle suspirou.

— Eu sou uma megera horrível e detestável pelo jeito que tratei você.

Ariadne empinou o nariz.

— Pior que é mesmo.

— Não justifica, mas tenho lidado com mais coisas do que uma adolescente de 30 anos deveria ter que lidar sozinha.

— Você não deveria lidar com isso sozinha, garota. — Ariadne girou sua cadeira para encarar Belle. — Esse é o ponto. A nossa amizade é sobre nos revezarmos na insanidade. Você deveria despejar tudo em mim, e eu deveria despejar tudo em você e, no fim, tudo se resolve. Você é péssima em pedir ajuda, e isso é enlouquecedor.

— Eu sei, eu sei — respondeu Belle desesperadamente. — E eu vou te contar tudo, prometo. Se eu sobreviver a hoje à noite. Eu prometo.

Ariadne ergueu as sobrancelhas.

— Sobreviver a hoje à noite? E o que vai acontecer hoje à noite?

Belle acenou as mãos, fazendo pouco-caso da pergunta.

— Eu só preciso ir conversar com um coven sobre um possível golpe, porque suspeito que as duas líderes mágicas e nefastas de enorme influência talvez estejam tentando me matar. Matar minha mãe e eu. Então antes eu só precisava voltar aqui para me certificar de que você é minha amiga de novo. Preciso que seja minha amiga para sempre. Caso contrário, terei que voltar como um fantasma para te assombrar até que você me perdoe, e eu simplesmente não tenho paciência para isso. Parece muito trabalhoso.

— Do que você está falando? Uau.

Belle agarrou os braços de Ariadne, que estavam cruzados, e a puxou para um abraço tão apertado que deixou ambas sem ar.

— Diga que me perdoa.

— Nunca vou dizer isso.

— Diga.

— Nunca…

— Diga!

— Eu te perdoo, sua lunática descontrolada. — Ariadne riu, apertando Belle com igual força. — Calma aí, eu realmente não consigo respirar. — Elas se soltaram. — Se é que vale de alguma coisa, eu também sinto muito por não ter te dado espaço quando percebi que você precisava. Eu deveria ter simplesmente recuado e esperado até que você estivesse pronta para falar comigo sobre o que está acontecendo. Que, no caso, realmente envolve um coven? E algum assassinato e seja lá mais o que você acabou de dizer?

— Vou te dar um momento para refletir sobre como eu poderia inventar algo assim se não fosse realmente verdade — gritou Belle enquanto pegava uma toalha e seguia para o banheiro. — Eu nunca precisei tanto de um banho em meus 30 anos de existência.

No ônibus de volta para o apartamento, com a cabeça encostada na janela, Belle chegou à conclusão de que seu maior erro de todos tinha sido não confiar em Ariadne. Não contar tudo para ela, desde o começo. É claro que ela deveria ter compartilhado tudo naquela primeira noite de seu aniversário de 15 anos, no meio da maratona de filmes, quando tudo parecia um fardo grande e assustador demais para uma garota carregar sozinha. Aquela voz crítica e desconfiada que ela tinha ouvido na entrada Casa de Hécate poderia até ter soado como Ariadne, mas não era ela, jamais poderia ser.

Chegou o momento de revelar o segredo, de expô-lo por inteiro e libertar-se do poder que ele tinha exercido sobre ela por tanto tempo. Se ela conseguisse voltar para casa, contaria tudo para Ariadne.

— Ah, tinha mensagens na secretária eletrônica quando cheguei. Muitas — disse Ariadne quando Belle saiu do chuveiro. — Estou presumindo que você estava na casa de Rune, porque Violet tentou falar com você umas cem vezes.

— Estou indo ver ela agora mesmo. O que me lembra que você ainda não sabe da novidade. Eu me demiti da Lunar.

Ariadne parou no caminho para a cozinha.

— Você se demitiu?

— Em grande estilo — respondeu Belle, gritando de seu quarto enquanto prendia o cabelo. — Com direito a pontes queimadas, tiros e uma disparada a cavalo rumo ao horizonte.

— Finalmente pirou, hein?

— Acho que, na verdade, eu encontrei alguma coisa. Então agora vou implorar pela minha própria vidinha insignificante para Violet e dizer que ainda quero comprar a loja, se ela permitir.

Ariadne pestanejou, surpresa.

— O que foi exatamente que eu perdi? Passei uma semana no norte e você enlouqueceu. De um jeito bom.

Depois de vestir uma meia-calça limpa, uma saia de veludo e uma blusa com mangas bufantes e esvoaçantes que a faziam sentir como se tivesse sua vida sob controle, Belle marchou rapidamente até a Livraria Lunar. Encarar tudo a mil por hora era a única maneira de manter sua determinação sem vacilar.

— Vi? — Ela irrompeu pela porta da livraria, e o som familiar do sino ressoou à sua chegada.

— Nos fundos — respondeu Monica, ficando na ponta dos pés para colocar alguns livros em uma prateleira alta. — Ela está muito brava com você, e eu também.

Belle fez uma careta, tirando o casaco e arrastando as botas contra o capacho em forma de livro.

— Obrigada, Mon. Vamos conversar, eu prometo. Não me odeie. Eu tenho um plano. Mais ou menos.

Ela cruzou a loja às pressas, acenando discretamente e distribuindo sorrisos educados enquanto se esgueirava pelos clientes habituais. Com alívio, ela notou que não havia nenhum sinal de Christopher. Cruzou a porta do depósito e entrou no espaço onde havia confrontado Rune cara a cara, o que já parecia fazer muito tempo. Violet, que estava enfiando uma carta na máquina de fax, virou-se com sua bengala na direção de Belle.

— Vi, cheguei. Sinto muitíssimo por ter perdido suas ligações.

— Ah, ela está viva, afinal. Cancele as buscas, Jim. — Ele estava curvado sobre uma revista em quadrinhos, mordiscando uma maçã na cadeira bamba reservada para as pausas. — Nos dê um minutinho, pode ser? — acrescentou, apontando para a porta com a bengala.

Ele suspirou e jogou o caroço da maçã no lixo enquanto se levantava.

— Será que um cara não pode mais ler *Homem-Aranha* em paz?

— Não quando eu sei que esse cara tem duas caixas inteiras de encomendas para organizar nas prateleiras de ficção antes de bater o ponto — respondeu Vi. Ela o cutucou nas costas com a bengala enquanto ele saía, e ele fingiu tropeçar feio para arrancar uma risada dela. Sempre funcionava com Vi.

— A que devo o prazer? — perguntou Violet, digitando os números na máquina de fax para deixar claro que estava ocupada demais para aquela conversa.

— Você sabe que eu nunca teria ignorado suas mensagens de propósito. Recebi um chamado urgente e tive uma semana daquelas, você nem imagina. — Belle suspirou, arrumando instintivamente uma pequena pilha de cópias de prova. — Mas isso não é desculpa. Eu sinto muito. E entendo completamente se a oferta não estiver mais de pé.

Violet se virou para ela com um sorriso impecável e satisfeito.

— Não há mais oferta, Belle.

O chão sumiu sob os pés dela.

Acabou. O sonho se foi de vez. Como ela ousou pensar que isso não aconteceria?

Mas havia um brilho nos olhos claros de Violet.

— Não há oferta, porque está confirmado. A Livraria Lunar é sua.

Belle levou a mão ao peito.

— É sério?

— É sério. Isso aqui, na verdade, são instruções para que meu advogado possa dar início ao processo. — Violet gesticulou para o fax. — Vai demorar um pouco para lidar com as questões legais, mas estou pronta para entregar este lugar nas mãos de alguém que eu sei que realmente ama e cuida dele, que tem tempo e energia para manter todo o seu charme neste mundo moderno maluco.

O sorriso de Belle se transformou em uma careta de preocupação por um instante.

— E... e Christopher?

— Graças aos seus veneráveis colegas lá fora, que finalmente decidiram, depois que você saiu, que a sinceridade seria de fato a melhor política, em vez de sua abordagem bem-intencionada, mas ridícula, de me salvar da verdade, agora estou bem ciente de que meu filho não é a pessoa certa. Tivemos uma conversa. Ele foi tirado do negócio, e agora é responsabilidade dele sustentar seu próprio estilo de vida. E não posso acreditar que ele não gostou daquela vitrine fabulosa. A vitrine fabulosa fica.

Belle não pôde conter uma risada incrédula.

— Eu tentei te avisar...

— Bem, deveria ter tentado mais. Mas eu estava errada em acreditar cegamente que ele sabia o que era melhor. Eu deveria ter me lembrado de que, como sempre foi, toda a magia da Lunar vem de você.

Belle sorriu.

— Vamos realmente fazer isso?

— Eu conheço você há tempo o suficiente, Belle. Eu sei que você não me ignoraria de propósito. Sei que este lugar é uma parte de você. Conheço seu coração.

— Não vou te decepcionar, Vi.

— Eu sei que não, querida.

Violet deixou Belle com uma pilha grossa de documentos e insistiu para que ela ao menos desse uma olhada antes de sair. Violet não poderia ficar. Tinha sua reunião mensal de mulheres, da qual Belle nunca soubera muito, além do fato de que um seleto grupo de mulheres ricas e idosas parecia gostar de se reunir para reclamar dos maridos ricos e idosos, o que deixava Violet furiosa, porque todas eram tão entediantes.

Agora não era o momento ideal para documentos legais importantes, parágrafos densos sobre escrituras, posse, direitos de propriedade e arrendamentos. Mas ela fez uma anotação rápida aqui e ali, e passou um marca-texto sobre alguns parágrafos para que Violet visse que ela estava ao menos tentando. Ela esperava que passasse a impressão de que ela estava mais distraída com a loja em si. Sua mente estava completamente em outro lugar. Apesar de estar completamente aliviada por não ter perdido a chance de ter sua própria livraria, agora tudo o que Belle conseguia pensar era no que estava por vir.

A noite de Halloween estava prestes a começar.

Ela passou um marca-texto cor-de-rosa em algo relacionado a impermeabilização que parecia importante, mas sua atenção foi atraída para o final da página. Uma linha começou a surgir como nota de rodapé, as letras se formando sozinhas, escritas à mão com tinta preta. Elas brilharam enquanto Belle lia, e logo em seguida desapareceu como fumaça.

Círculo de carvalhos do Queens Wood. Vejo vocês às 18h. Não se esqueçam dos uniformes.

Rune.

Belle já tinha visto fotos do Queens Wood antes, com sua clareira quase sobrenatural de árvores bem no centro, um espaço cercado por carvalhos em um círculo quase perfeito que lembrava o átrio da Casa de Hécate.

Belle olhou para o relógio na parede dos fundos. Eram 17h40. Típico de Rune avisar em cima da hora. Ela teria que correr para casa, pegar a capa e o chapéu, pegar um trem quase imediatamente...

A não ser que ela arriscasse. A não ser que acreditasse em si mesma o suficiente para lançar, pela primeira vez, um feitiço de transferência bem-sucedido. Ousando acreditar nisso, inconscientemente uma fagulha de faíscas surgiu na ponta de seu dedo. Como Artorius sempre dizia, qual seria o *melhor* que poderia acontecer?

Belle deixou a Lunar, dando uma batidinha na porta da frente para atrair sorte enquanto saía, como se estivesse tranquilizando a loja, sua loja, de que voltaria em breve.

A rua principal pulsava sob o brilho da noite, com multidões de pais de crianças vestidas com fantasias de Halloween feitas à mão. Ela avistou capas de vampiro hilárias e adoráveis por toda parte, um rastro de papel higiênico deixado por uma pequena múmia e, o melhor de tudo, grupos de bruxinhas infantis, todas com suas melhores capas e chapéus, celebrando sua própria atração ao universo mágico. Elas seguravam pequenas vassouras, carregavam minúsculos caldeirões e irradiavam sorrisos largos enquanto saltitavam de mãos dadas.

Belle se esgueirou pela mesma esquina para onde havia levado Bronwyn, tantas luas atrás, quando ela chegou para compartilhar a notícia sobre a mentoria. Bronwyn, que tinha parecido tão gentil há trinta luas, com as melhores e mais altruístas das intenções. Belle se sentiu desconfortável, tentando se dar um pouco de crédito por ter caído nessa. Jamais poderia imaginar o que estava por vir. Ela se escondeu atrás de duas grandes latas de lixo e tentou ignorar o cheiro. O ar estava frio e fresco, tingido pelo último brilho alaranjado que emanava da fileira de lojas. Flexionou o dedo, sentindo o calor daquele brilho recompensador, da sua magia ganhando vida.

— Me leve para casa — sussurrou ela.

☾

Ela sentiu o estômago dar inúmeras cambalhotas, como se tivesse despencado até os pés. A sensação era como cair do topo de uma montanha-russa, um mergulho em queda livre a uma velocidade tão extrema que ela sentia a pele se recolher para envolver a terminação nervosa do corpo. Sua língua pressionou o céu da boca com força, e os cabelos voaram para cima, pegos por uma corrente de ar. E então, acabou. Ela sentiu o chão firme sob os dedos dos pés. O cheiro das velas favoritas de Ariadne foi a primeira coisa que notou. Ela abriu um olho. Sua sala de estar.

— O que diabos foi isso?

O pequeno, e agora muito óbvio, problema, era que ela tinha acabado de se transferir para a sala onde Ariadne estava, esparramada no sofá. Belle nunca a tinha visto se mover tão rápido. Ela se sentou de repente, com tanto ímpeto que parecia ter levado um choque elétrico. Belle fez uma careta. Ela contaria tudo para Ariadne, mas talvez essa não fosse a forma mais sutil de introduzir a amiga não bruxa ao fenômeno da magia real.

E ela tinha que chegar no Queens Wood.

— Desculpe. Me ignore. Eu não estou aqui — cantarolou Belle, indo direto para o quarto para pegar a capa e o chapéu do Selcouth na pilha de roupas em cima da poltrona. Ariadne, em estado quase histérico, levantou-se do sofá.

— Eu perdi alguma coisa? De onde você surgiu? Você acabou de sair. Eu pensei que... O que está vestindo?

— Eu sei, o chapéu é terrível — disse Belle, ajustando a ponta.

— Ou você tem um colapso nervoso, ou eu tenho. Não podemos ter um ao mesmo tempo.

— Não é um colapso nervoso. Isso está acontecendo. Acabei lidando com isso da pior forma possível, mas agora você já está envolvida até o pescoço, e vou precisar que continue segurando as pontas só por mais algumas horas enquanto eu resolvo algumas coisas. — Belle estava tagarelando a uma velocidade que ela nem sabia ser possível, segurando sua amiga pelos antebraços. — Por favor, não perca a cabeça de vez até eu voltar para casa. Eu sei que esse tipo de coisa já levou gente à loucura antes, mas somos mulheres fortes e modernas. Já vimos coisas mais estranhas do que isso. É só o sobrenatural. Tem gente que acredita na bolsa de valores, na internet, em extraterrestres... Vou precisar que acredite nisso. Você consegue segurar as pontas, certo?

Ari fez um som que estava entre um suspiro confuso e uma risada irônica.

— Ótimo. Eu já volto — disse Belle apressadamente, e então estendeu o dedo e se transferiu diretamente para o que ela esperava que sua magia soubesse ser o círculo de carvalhos.

32

O DESAFIO FINAL

— Demorou, hein — comentou Rune.

— São literalmente dezoito horas e seis minutos — disse Belle, encontrando-se impacientemente à espera ao lado de sua mãe.

— Exatamente. Eu falei para ser pontual — disse Rune com firmeza, esticando as mangas de sua jaqueta enquanto ela surgia no Queens Wood.

— Acabei de deixar minha amiga não bruxa questionando se ela deveria estar internada em um hospital psiquiátrico depois de me transferir bem na frente dela. Acho que mereço três minutinhos de tolerância — retrucou Belle.

— Ariadne presenciou magia? — perguntou Bonnie, arfando e segurando seu colar.

— Só estou dizendo que — interveio Rune —, por acaso, estou em um estado de alerta máximo em relação à segurança. Já estava começando a pensar que você poderia ter se metido em algum problema.

Belle refletiu por um momento.

— Tudo bem — disse ela relutantemente. — Até que é bem atencioso da sua parte.

— Transferência bem-sucedida, pelo menos — comentou ele, parecendo impressionado.

— Belle, e Ariadne…

— Está tudo bem, mãe. Só a cereja no topo do caldeirão. — Belle se forçou a relaxar. — Vai ficar tudo bem. Aliás, oi. — Ela deu um abraço em sua mãe. — Temos tanta coisa para conversar.

— Não temos tempo para isso agora. Rune me colocou a par, sei de todos os detalhes. Rune, gostaria de fazer as honras com o sr. Day ou eu faço? Ele estava um pouco ansioso para vir sozinho.

— Vou buscar ele — respondeu Rune, desaparecendo por alguns segundos e retornando com Artorius segurando seu antebraço, parecendo incrivelmente pequeno e frágil ao lado da altura imponente de Rune. Eles aterrissaram no chão seco e terroso da clareira da floresta em meio a um turbilhão de faíscas, levantando poeira marrom enquanto se materializavam.

— Bem, isso não ficou mais agradável com o passar dos anos, não é mesmo? É de se pensar que, nos dias de hoje, poderíamos ter refinado um pouco o processo — disse Artorius, parecendo um pouco pálido. Ele se apoiou nas coxas por um momento, depois olhou para cima. — E onde estamos, exatamente?

— Este é um portal perpétuo para a Casa de Hécate, independentemente de onde ela se materialize. Ao sair do pátio pelas estátuas de pedra, você sempre acaba neste círculo de carvalhos aqui. No entanto, passei a maior parte do dia desativando alguns feitiços ao redor do local que normalmente alertariam a Casa de Hécate sobre a nossa chegada. Deve ser o suficiente para conseguirmos entrar sem sermos notados.

Belle, pela primeira vez, prestou atenção nos arredores. Com o crepúsculo se instalando e as enormes e imponentes copas dos carvalhos, o ar estava escuro, quase roxo, conferindo ao ambiente uma sensação ondulante e sobrenatural. Ela imediatamente percebeu seus sentidos se aguçarem, como os de um animal, sua percepção afiada como uma navalha. A magia estava no ar. A brisa agitava as folhas amarronzadas acima, e os galhos finos e sem folhas soavam como sussurros frenéticos de todos os lados.

— Não temos muito tempo. Mas todos estão aqui, praticamente todo o coven, se eu não estiver enganada — disse Bonnie, reunindo os outros três o mais próximo possível dela para que pudesse falar baixo. — Sua cerimônia de obscurecimento está prestes a começar, querida.

— Por aqui. — Rune gesticulou para a passagem entre dois imponentes carvalhos. Ela esperava que ele os guiasse mais para dentro da floresta, talvez para mais uma porta escondida. Mas, ao passar por entre as árvores, Rune se dissolveu em nada, como se tivesse entrado atrás de uma cachoeira invisível, sua presença inteira desvanecendo-se no próprio ar. A parte de cima do seu corpo surgiu do nada e de lugar nenhum.

— Eu provavelmente deveria ter explicado. É um glamour, um feitiço de manipulação para esconder a entrada lateral do pátio. Não é possível encontrá-la, a não ser que esteja procurando por ela. Vamos.

Ele desapareceu novamente. Bonnie incentivou Belle a passar primeiro, seguida por Artorius, e ficou por último checando por cima do ombro para ver se alguém tinha acabado perdido por ali a tempo de ver três bruxos desaparecendo no nada.

Ao passar para o outro lado do glamour, os arredores mudaram.

— É isso? Nenhum teste ou provação? — perguntou Belle, assombrada.

— Eu disse a você. É uma entrada dos fundos — disse Rune, tirando a poeira das roupas. — Normalmente, haveria um labirinto de feitiços guardando o lugar, mas felizmente você tem a mim do seu lado. — Ele sorriu para ela de forma deslumbrante, bem ao estilo sr. Mágico.

— Está me dizendo que eu passei por todo aquele inferno, encarei meus piores pesadelos e quase me afoguei em areia movediça quando eu poderia simplesmente ter decidido dar um passeio tranquilo pela floresta como *A Noviça Rebelde*?

— Quem?

— Deixa pra lá — murmurou Belle, irritada. O novo espaço ao redor deles era um pátio sombreado, mas exuberante, com a vegetação cuidadosamente podada em um tom de verde-escuro impecável. O som de água corrente ecoava pelas paredes de pedra, todas cobertas por musgo que serpenteava pela estrutura de forma tão perfeita que parecia ter sido colocado ali por mágica. Havia fontes espalhadas a intervalos regulares ao longo de caminhos de pedrinhas, e um céu noturno de um azul-marinho brilhante, salpicado de estrelas, pairava acima deles. O ambiente era tranquilo e sonolento, de um jeito gótico e lânguido. E, como Rune havia mencionado, eles entraram por entre duas grandes estátuas de pedra de Hécate, que ocupavam o lugar de duas árvores de carvalho.

— Lugar maneiro, hein, moça — murmurou Belle para as estátuas. — Obrigada pela hospitalidade.

— Você é muito estranha — comentou Rune, levemente intrigado, mas, como Belle notou, com uma afeição evidente na voz.

— E agora, para onde? — perguntou Bonnie.

— Para o tribunal — respondeu Rune. — Provavelmente bem a tempo de ver Morena se deleitar com sua própria grandiosidade e encerrar o obscurecimento de Belle, tudo em nome do Halloween.

Eles seguiram Rune enquanto ele os guiava pelo pátio, o céu acima desaparecendo conforme adentravam um dossel mais denso de folhas exuberantes, por fim chegando a uma porta embutida na parede mais distante. Ele a abriu com dificuldade, a madeira pesada e inchada pela umidade arrastando-se desajeitadamente pelo chão de pedra do pátio.

Eles chegaram ao átrio sob uma vasta representação da criatura mítica de Capricórnio, semelhante a uma cabra com enormes chifres. Do outro lado do cômodo ficava o escritório de

Bronwyn, com a gigantesca silhueta metálica de duas bruxas pendendo acima da porta.

Bonnie arfou com tanto ímpeto e horror que a reação instantânea de Belle foi presumir que a mãe estava ferida. Ela se virou rapidamente, mas encontrou os olhos de Bonnie fixos no teto, cobrindo a boca com uma das mãos. Rune também parecia atordoado, encarando o teto abobadado com descrença, os olhos castanhos arregalados. Só então Belle também percebeu. O que costumava ser um manto de brilho, a camada espessa de magia física que cobria toda a extensão da cúpula, havia desaparecido. Tudo o que restava era o próprio teto, um vazio oco e bege, desprovido de qualquer coisa além de sombras.

— Elas roubaram tudo — sussurrou Bonnie.

Belle raramente via a mãe com raiva. Não era uma emoção que Bonnie costumava demonstrar com frequência, mas, naquele momento, uma fúria tomou conta do rosto dela de forma palpável, irradiando a partir dela. Sem aviso, Bonnie correu em direção à porta de Libra, arremessando-a das dobradiças com um movimento da palma. Todos correram atrás dela.

Belle ficou estática por um momento. Era como se tivesse voltado no tempo, para o exato momento em que estivera naquela sala pela última vez. Como se a mesma cena torturante de suas manifestações ainda estivesse acontecendo. As Bruxas Sábias estavam ambas no alto do pódio no centro, as pontas de seus chapéus agitando-se no alto. Todo o júri estava em seus lugares, exatamente como antes, preenchendo ambos os lados dos longos bancos que se estendiam até o nexus. Todos possuíam os olhos fechados, imóveis naquela mesma quietude impecável de antes. E o grande pêndulo estava parado da mesma forma que estivera quando a tempestade irrompeu para desencadear suas manifestações. As Gowden estavam com os braços estendidos, a magia irrompendo ao seu redor com a mesma força avassaladora que Belle havia testemunhado, só que agora havia mais. Muito mais.

Estavam cercadas por ela, uma verdadeira fortaleza de magia incandescente envolvendo-as por inteiro.

Belle voltou sua atenção para o júri, e avistou Caspar primeiro. Sob o transe, sua graça e elegância usuais haviam desaparecido. Ele estava encurvado, sua respiração difícil, o tom vivo de sua pele reduzido a um cinza pálido e doentio. As cavidades de seu rosto estavam acentuadas, como entalhes, e seus olhos alojavam-se profundamente em covas esqueléticas. O mesmo acontecia com todos os membros do coven. Todos pareciam estar desaparecendo, como uma memória que se esvaía. Em algum lugar do seu subconsciente, Belle conseguiu ouvir Artorius tropeçar em choque e viu a mãe correr em direção a Caspar, tentando segurá-lo enquanto ele oscilava em sua debilidade inconsciente.

— Eu não faria isso se fosse você, Bonnie. — Bronwyn falou com seu doce tom habitual, que agora parecia enjoativo com o peso do que tinham descoberto. — Eu já te levei ao limite uma vez, posso fazer de novo.

— Liberte todos eles! — gritou Bonnie, furiosa. — O que é isso?

— Imaginei que teria esse evento marcado na sua agenda, Bonnie. O novo julgamento da sua própria filha? — resmungou Morena com desdém. — Todos estão reunidos aqui por ela. Todos estavam esperando por você, Belle.

Belle se sentiu vazia, enjoada. Elas haviam aproveitado o seu novo julgamento, depois de alinhar as luas com sua mentoria, como desculpa para reunir todos ali. Para garantir que todos estivessem na Casa de Hécate na noite de Halloween.

— Vocês enganaram todo o coven! Isso nunca teve a ver comigo. Só precisavam de todos aqui, agora, enquanto o véu está o mais fino possível. Para que não falhassem em… seja lá o que estão tentando fazer.

— Ah, Belle, pobrezinha. Não é das mais brilhantes, não é, minha querida? Não é óbvio? — Bronwyn sorriu. — Estamos recomeçando. Ouso dizer que já esperamos tempo demais. —

Ela riu e juntou as mãos. — Um novo coven. Moldado para o sucesso e a força. Chega de esconderijos. Afinal, o Selcouth sempre concordou unanimemente que minha irmã e eu somos as mais dignas detentoras da magia. Infelizmente, todos os outros acabaram estragando o que poderia ser tão perfeito. Nada mais justo do que recomeçar, tomar a magia para nós e fazer dela o que julgarmos adequado. Quando tivermos reunido toda a magia compartilhada pelo Selcouth, tiraremos nossas próprias conclusões sobre a quem ela realmente pertence. Bruxas e bruxos que não a mancharão e não deixarão que se perca.

— Vocês não podem fazer isso. — Artorius deu um passo à frente da forma mais corajosa que pôde, e Belle sentiu um aperto no coração ao ver seu amigo idoso e frágil, de quem ela havia se tornado tão dependente, parecendo tão pequeno diante do cenário opressor. Ele protegeu os olhos da intensidade da magia, hesitando diante do que acontecia bem na sua frente.

Bronwyn soltou sua risada característica novamente; parecia impossível para Belle que ela já tivesse achado aquilo adorável.

— Ora, olhe só para você, Arty. Ainda agarrando-se aos últimos resquícios de esperança de que será parte do grupo novamente? — Ela riu. — Que pena. Receio que você seja uma parte tão importante do futuro do Selcouth quanto foi do seu passado. Você simplesmente não é bom o bastante, entende? — Ela torceu o nariz de uma maneira monstruosamente doce.

— Irmãs... por quê? — perguntou ele, parecendo extraordinariamente triste. — De onde veio esse veneno? Vocês não são mais as garotas que foram um dia.

— Espero que não — continuou Bronwyn. — Aquelas garotas eram deploráveis. Deveriam ter defendido sua posição desde o início. Em vez de deixar nosso pai nos dizer quem era e quem não era digno em nossa família. Especialmente aquele tolo do Savaric. Retirá-lo da equação foi a melhor coisa que eu poderia ter feito. Nunca me arrependi disso, nem por um momento.

Belle se surpreendeu ao ver Morena hesitar de maneira quase imperceptível, a magia emitida de suas palmas vacilando por apenas um momento. Ela rapidamente voltou à sua postura firme e controlada. Talvez Belle tivesse imaginado.

— E não é exatamente o que vocês estão fazendo agora? O que têm feito todos esses anos? Ditar quem é e quem não é digno de fazer parte de tudo isso? — gritou Belle, enfurecida pela hipocrisia.

— Cale-se, seu desperdício absoluto de magia preciosa — retrucou Morena. — Como ousa se incluir nisso?! Isso é muito maior do que uma tola como você seria capaz de entender.

— Nunca mais. Se atreva. A falar assim com minha filha — rugiu Bonnie, sua raiva tomando conta da sala. Antes que Belle pudesse impedi-la, Bonnie ergueu a palma direita em direção ao céu e, com um gesto enérgico, fez uma onda de magia da fonte das Gowden cair na direção delas, quebrando a barricada com um estrondo. O choque foi tão súbito que quase derrubou as duas.

Morena se recompôs rapidamente e enviou uma onda de volta, a força do impacto tão grande que Belle sentiu o som vibrar em seus pulmões ao ser atingida. Outra onda foi enviada com força na direção das Gowden, mas não veio de Bonnie. Belle virou a cabeça na hora certa para ver a magia de Rune se abater sobre o tribunal, tão poderosa que o pêndulo estremeceu com o som que ressoou no bronze.

— Que adorável! — Bronwyn riu, apesar de seus olhos transparecerem um humor tempestuoso, rachando sua fachada. Ela reuniu a magia ao seu redor, como se trançasse um fio entre as palmas das mãos. — Um espetáculo envolvendo mãe e filha, um ajudante velho e inútil, e um herói bonitão e desamparado? Eu não poderia ter escrito nada melhor.

— E o que isso torna vocês duas? As vilãs? Ou apenas uma dupla de bruxas velhas, amargas e arrogantes, que se coroaram superiores a todos os outros para se sentirem poderosas? Você mesma disse, Bronwyn: a verdade sempre vem à tona neste coven.

— Me chame de bruxa velha mais uma vez, garota — rosnou Morena.

Foi só então que Belle notou o pingente pendurado no pescoço de Morena, sobre a capa. Uma pedra oracular. Mas a de Morena ainda estava incrustada no anel que ela usava. Quando os olhos de Belle pousaram na joia, outrora envolta em um delicado broche de madrepérola, ela passou de cinza a um dourado radiante, conectando-se a ela. Sua própria pedra oracular roubada. Ela quase explodiu com a raiva ardente dentro dela.

— Que tal todos respirarem fundo? — interveio Artorius. — Isso vai acabar em...

— Já chega de você, irmãozinho! Você continua um indesejado, mesmo agora. — Bronwyn ergueu a mão especificamente em direção a Arty. Seu feitiço o arremessou pelo ar a uma velocidade quase impossível, e ele caiu após atingir a parede do tribunal. Seu pequeno corpo não se mexeu.

— Não! — gritou Belle. Ela correu até ele, um amontoado de jaqueta grande demais, óculos caídos no chão.

— Arty, você está bem? Pode me ouvir? — Belle rapidamente conjurou um travesseiro para colocar sob sua cabeça, o melhor que conseguiu fazer naquele momento, e fez um pedido silencioso para seja lá qual entidade as bruxas deveriam acreditar. Ela se virou bem a tempo de ver a mãe lançar mais um golpe em resposta, o esforço estampado em seu rosto o suficiente para causar um aperto no coração de Belle. Uma tempestade caótica de magia se espalhou por todo o tribunal, ricocheteando no pêndulo de bronze. O barulho era ensurdecedor: estrondos de trovão, explosões do que Belle imaginava que só poderia ser a própria atmosfera sendo rasgada, à medida que os poderes das mulheres rompiam as barreiras normais da velocidade da luz. O cheiro de queimado estava impregnado no ar. Ela gritou o mais alto que pôde, tentando se fazer ouvir sobre o caos.

— Rune, fique aqui! Mantenha todos em segurança. Faça o que for preciso — gritou Belle, esforçando-se para se levantar e correr até ele, desviando-se dos raios de magia que cortavam o ar. — Minha mãe e eu lidaremos com essas duas.

— Tem certeza? — gritou ele de volta, manipulando uma esfera de magia sólida com as mãos, que lançou em disparada em direção ao nexus. — Vou derrubar o pêndulo. Toda a magia é atraída por ele como um ímã. Se ele cair, deve quebrar o feitiço que elas lançaram sobre o coven, pelo menos temporariamente. Vai ser um caos, mas…

— É isso aí — gritou Belle, sem nem tentar compreender o que ele tinha acabado de dizer. Provavelmente era uma boa ideia.

— E, Belle, eu não quis dizer aquilo. — Ele engoliu em seco, sustentando o olhar dela. — Você estava errada.

Ela revirou os olhos.

— Só para variar. Acha mesmo que é hora pra isso?

— Não é isso… Quero dizer, *eu* estava errado em concordar com você quando disse que não deveríamos ter nos beijado. Foi a melhor coisa possível. *Você* é a melhor coisa possível.

O coração dela disparou.

— Tome cuidado.

Sem pensar, ela agarrou uma das mãos dele e a segurou por apenas uma fração de segundo. Suas palmas roçaram uma na outra, a estática da magia estalando entre eles quando se separaram. Belle se apressou para o lado da mãe, protegendo os olhos o melhor que pôde enquanto Bonnie voltava a atacar as Gowden com ondas de magia.

— Mãe! — gritou ela, forçando a voz. — Precisamos tirá-las do tribunal e levá-las até o átrio, afastar toda essa magia. Rune vai proteger os membros do coven.

— Parece que você tem um plano, querida. — Elas gritavam a plenos pulmões, mas ainda assim mal conseguiam se ouvir enquanto a sala começava a desmoronar ao seu redor, incapaz de suportar a força de cinco bruxos em guerra, a liberação descontrolada de magia. Enormes pedaços do teto, das paredes, das estantes e da lareira despencavam, livros voavam para todos os lados, pedras rachavam e espalhavam uma poeira densa e sufocante no ar.

— Quando é que eu tenho um plano? — respondeu Belle. — Tudo que sei é que quando Rune derrubar o pêndulo, nós corremos. Elas vão nos seguir. É pessoal. Estão obcecadas com isso.

— Adoro nossos momentos de garotas unidas, Belle — gritou Bonnie de volta sarcasticamente, no momento em que uma enorme pedra passou a centímetros de sua cabeça.

— Está caindo! — berrou Rune, puxando o pêndulo em sua direção, arrancando-o do suporte. — Saiam daqui!

Bronwyn soltou um grito agudo.

— Rune, não...

O pêndulo despencou, arrancando pedaços da sala com ele. Belle lançou um último olhar a Rune, esperando que ele entendesse tudo o que ela não tinha conseguido dizer. Então agarrou a mãe pela capa e correu em disparada pelas portas do tribunal, em direção ao átrio. Como haviam previsto, Bronwyn e Morena partiram atrás delas imediatamente, sem nem sequer trocarem um olhar. As Blackthorn eram seus alvos principais, isso estava mais do que claro.

— Isso é porque, seguindo as regras ao pé da letra, ele é nosso — gritou Bonnie para a filha, do outro lado do imenso piso celestial, enquanto mantinham suas posições. Nuvens densas de poeira do tribunal destruído já se espalhavam por todo o átrio.

— O que é nosso?

— O coven deveria ter sido passado para sua avó quando Savaric foi morto. Artorius não tinha idade suficiente para o obscurecimento, então o direito seria dela. Mas, para a sorte das Gowden, ela nunca teve o menor interesse em reivindicá-lo — explicou Bonnie.

— Aquela votação unânime do coven, quando elas apareceram anos depois, agora me parece bem conveniente — acrescentou Belle.

Bronwyn e Morena irromperam pela enorme porta de Libra, escalando os escombros, enquanto os pratos da balança de bronze acima batiam contra a parede com um clangor metálico ensurdecedor.

— Você está tornando isso muito mais difícil do que precisa ser, Bonnie — disse Bronwyn, erguendo as mãos para puxar a magia do tribunal atrás dela, deixando um enorme rastro de estrelas. — Rune não vai sobreviver lá dentro, tentando restaurar tantas bruxas e bruxos à sua forma plena. Todos eles tiveram sua magia drenada. O esforço vai consumir a dele antes que consiga reviver sequer uma dúzia. Que desperdício terrível.

Belle sentiu a raiva e o medo por Rune incendiarem seu peito. Bronwyn ergueu muralhas de magia imponentes e densas ao redor de si e de Morena enquanto assumiam posição diante das Blackthorn.

— E vocês duas estarão mortas em questão de minutos — continuou ela casualmente.

— E qual é o seu plano, afinal? — gritou Belle. — Eliminar cada membro deste coven? Não acha que vai parecer um pouco suspeito?

— Acidentes estranhos podem acontecer quando se trata de magia. Reconheço que algo dessa magnitude não é visto há bastante tempo, mas...

— E depois? Começar tudo de novo, reconstruir um coven apenas com os bruxos que vocês consideram dignos? Ou manter tudo só para vocês? Porque onde pretendem encontrar alguém à altura, pessoas como Bonnie Blackthorn, Rune Dunstan, Caspar Strix, Artorius Day... que estão sacrificando agora, bem atrás de vocês? — Belle já estava gritando, tomada por uma paixão que inflamava suas veias tão rapidamente que ela podia sentir fisicamente sua temperatura aumentando sob sua pele. — Quem vocês acham que são para ditar se a magia de alguém é digna ou não?

— Eu sou a única bruxa digna! — berrou Bronwyn tão alto que Belle se sobressaltou. Ela viu Morena hesitar de novo, soltando parte da magia e dirigindo um olhar incerto para a irmã.

— Trinta anos de idade e você não sabe nem a coisa mais básica sobre magia. Você não sabe de nada, garota. Você não é *nada* — gritou Bronwyn em um tom agudo.

— Não mais — rugiu Belle, sua voz áspera e tensa, a raiva transformando-se em certeza. — Minha magia é minha. E é mais poderosa do que você jamais saberá.

Ela não sabia se aquilo funcionaria, ou sequer o que aconteceria caso desse certo. Mas, naquele instante, tinha confiança em si mesma. Sabia que era digna de sua magia. Que era boa o suficiente para aqueles que importavam. E valia a pena tentar.

— *Vividus Animo.* — Uma de suas primeiras lições.

Bonnie lançou um olhar para a filha, franzindo o cenho, compreendendo de imediato.

— *Vividus Animo* — repetiu ela, pousando as mãos sobre as de Belle, unindo suas magias para duplicar sua força. O chão tremeu. Um terremoto sob seus pés, as paredes estremecendo como se a própria Casa de Hécate temesse o que estava prestes a acontecer.

Isso não poderia estar acontecendo. Uma magia como essa não poderia ter funcionado para ela. Poderia? Pelo canto do olho, Belle percebeu Touro primeiro. O imenso touro de bronze golpeou uma pata dianteira contra a traseira, afiando seus chifres impossivelmente afiados contra sua própria morada. Então, saltou para o chão, tão real quanto qualquer animal que Belle já tivesse visto, só que cinco vezes maior.

Depois veio Câncer, o gigantesco caranguejo de pinças afiadas como lâminas, arranhando as paredes de pedra do átrio enquanto avançava sob a magia das Blackthorn em direção às irmãs Gowden. Todos os doze signos do zodíaco, esculpidos sobre cada uma das portas da Casa de Hécate, seguiram o exemplo, ganhando vida em um piscar de olhos e sendo atraídos, furiosos, para as duas irmãs que comandavam a força mágica em cascata que estava reduzindo sua morada milenar a escombros.

O ferrão do escorpião, afiado como uma espada. A mandíbula cruel do leão. A flecha certeira do centauro de Sagitário, que girou em pleno ar e disparou diretamente contra Bronwyn, que foi impiedosa em sua defesa. Até as bruxas irmãs de Gêmeos se voltaram contra suas contrapartes humanas. Juntos, todos os signos do zodíaco investiram contra as Bruxas Sábias em frenesi. As irmãs trocaram um olhar frenético e não tiveram escolha a não ser desviar sua atenção das Blackthorn. Tentaram, em vão, destruir todo o zodíaco com feitiços rápidos. Mas, à medida que uma criatura era lançada para trás, outra ocupava seu lugar, atacando-as ininterruptamente com uma fúria descontrolada.

Mas não era o suficiente. Belle e Bonnie trocaram um olhar apreensivo, esforçando-se para manter o feitiço coeso. Por ora, os escombros as mantinham separadas, mas logo as irmãs venceriam o zodíaco. Era apenas uma questão de tempo até que seu suprimento aparentemente infinito de magia roubada, um extra à sua própria força natural, sobrepujasse Belle e Bonnie. Tinha que haver mais alguma coisa, algo dentro da própria Casa de Hécate. Assentado sobre as linhas de energia mágica, o próprio nexus.

— Fogo à terra, terra ao fogo... — murmurou Belle para si mesma. — Cria aquilo que é de teu gosto.

A alegoria da Feitiçaria da Terra.

— O quê, querida? — Bonnie mal conseguia ouvi-la em meio ao caos.

— Água ao ar, ar à água. Poderes à primogênita mágica. Mãe, é isso — gritou Belle, atônita. — Meu desafio, os elementos. É isso!

Os elementos sempre estiveram presentes em suas manifestações. E estavam todos ali, no nexus, o ponto onde tudo convergia. Artorius tinha razão, o grimório vinha deixando pistas o tempo todo, como migalhas de pão.

Ela começou devagar. Aquele brilho cálido do sol na palma da mão que ela tinha praticado na estufa. As minúsculas gotas de chuva que tinha conseguido fazer escorrer dos dedos. O sopro de ar que tinha aprendido a manipular, apenas o suficiente para atravessar o jardim e curvar a grama à sua vontade. O fogo era fácil, o arroz com feijão de uma bruxa. E elas estavam tão, tão abaixo da superfície. A terra estava por toda parte. Ela só precisava invocar todos eles de uma só vez. Tinha acontecido no túnel de entrada, quando seu coração tinha precisado, mas ela não fazia ideia de como conseguira. Estava dentro dela o tempo inteiro, e a Casa de Hécate responderia ao seu chamado.

Contra a cacofonia que as cercava, Belle fechou os olhos e tentou invocar um pequeno momento de foco e paz, enquanto Bonnie e o zodíaco a protegiam da melhor forma possível. Lembrando-se de tudo o que aprendera durante tantas luas. Precisando, mais do que nunca, confiar em si mesma, confiar em seus instintos, confiar em sua magia.

Mas nada aconteceu. O ar, a água, a terra e o fogo permaneceram pequenos dentro de suas palmas.

Bonnie continuava travada no combate contra Morena, mas Bronwyn irrompeu como um raio pelo campo de batalha, disparando dois feixes de magia diretamente em direção ao enorme par de Peixes, cada um do tamanho de baleias, debatendo-se violentamente. Eles foram atingidos bem no torso, e as criaturas de bronze emitiram um som animal estrangulado e moribundo, ao que Belle imediatamente tapou os ouvidos.

— Desista, Belladonna. Você não é nada. — Bronwyn parecia possuída, a loucura ditando cada um de seus movimentos à medida que ela avançava. — Somente uma única magia merece sobreviver a esta noite: a minha. Você não vai arruinar isso depois de eu ter esperado tanto tempo.

— Você não pode, não pode... — Lágrimas começaram a surgir enquanto Belle desejava que os elementos fizessem alguma coisa, qualquer coisa, sob seu comando.

— Você não deveria ter sobrevivido tanto tempo, essa decepção insignificante que você é. É um milagre que tenha vencido alguma coisa, meu bloqueio de proteção, minhas manipulações astrais, meu *Subfuror Incantare*, até o veneno e o roubo daquela sua maldita pedra... Você sabe até onde eu fui, os limites que superei com os meus poderes para evitar que chegássemos a este ponto? — Bronwyn se aproximou mais, combatendo as investidas de magia enquanto caminhava. — Eu só queria te fazer enxergar que nada disso é realmente para você. Te assustar o suficiente para que fosse forçada a abandonar esse mundo para sempre. Pensei estar fazendo só o necessário para *provar* a você, de uma vez por todas, que você não merece isso. Que a magia não é para você.

Ela cuspiu essas últimas palavras. Sem tirar os olhos de Belle, Bronwyn jogou o centauro de Sagitário ricocheteando contra a parede, quebrando o arco e flecha de suas mãos. Belle levou os braços ao rosto para se proteger dos estilhaços de bronze que voavam pelo ar.

— Eu deveria ter simplesmente deixado você falhar no EquiBruxo e ter acabado com isso de uma vez por todas, como Morena queria. Deveria ter confiado que aquele feitiço bobo dela para desviar sua carta de convocação seria o suficiente para garantir que você não aparecesse. Mas eu não podia correr esse risco. Então suas primeiras manifestações se mostraram perigosamente promissoras, memórias de poder e habilidade que poderiam ter sido suficientes para te convencer algum dia de que você era digna. Foi quando me ocorreu que eu poderia matar dois coelhos com uma cajadada só. Fazer você fracassar com meu irmão idiota garantiria que não houvesse dúvida na segunda vez. Um segundo fracasso sem precedentes no EquiBruxo jamais poderia ser contestado. Você não seria mais uma ameaça à nossa liderança. E garantiria que não houvesse mais qualquer debate posterior sobre o passado, o presente ou o futuro de Arty.

"Mas você simplesmente continuou passando nos desafios. O grimório deveria garantir que você não conseguisse... — A descrença de Bronwyn era audível. — Não era para ter chegado a isso. A dupla de idiotas, recusando-se a reconhecer os sinais de alerta. Eu tive que tomar providências... Não tive escolha. — Belle pensou ter visto a Bruxa Sábia vacilar em sua convicção, de maneira quase imperceptível.

"Você me deu um baita trabalho, garota. E o que ganhamos com isso? O que mais falta acontecer? Todos os seus entes queridos estão presos aqui, a um passo da morte. Na verdade, olha só, que cabeça a minha... — Ela riu, mas sua risada habitual agora parecia distorcida e sombria. — Nem *todos* os seus entes queridos. Erro meu. No calor do momento, quase me esqueci. Alguém ficou de fora, não é?"

Com um simples movimento da mão, Bronwyn criou um vórtice de magia bem no meio da sala.

Através do redemoinho desfocado, Ariadne se materializou por entre as faíscas, vestindo seu pijama — trazida diretamente para o meio de um campo de batalha onde não deveria estar. Ela semicerrou os olhos contra o brilho ofuscante das forças mágicas, olhando ao redor, completamente atordoada, até que avistou a melhor amiga.

— Belle?

— Ari!

— O que mais vai ser preciso, Belle? Mais quantas pessoas você vai colocar em perigo? Renuncie à sua magia! — gritou Bronwyn por sobre o caos que reinava no átrio.

— Pare! Mande-a de volta! Isso não é justo! Ela não tem nada a ver com isso!

— Abra mão da sua magia!

— Não posso! Eu...

— Então saiba que a culpa é sua. Eu te avisei semanas atrás: o amor só nos deixa vulneráveis, se permitirmos que ele perdure.

Bronwyn se moveu tão rápido que Belle precisou de um segundo para perceber de onde tinha vindo a explosão de magia. O chão sob os pés de Ariadne, exatamente onde o sol astrológico se entrelaçava com a lua caprichosa no deslumbrante mosaico cercado por estrelas em tons de dourado, cedeu, estilhaçando-se quando Bronwyn desferiu um último e gigantesco golpe de magia roubada, esgotando tudo o que tinha, a qualquer custo. Na fúria, Ariadne foi arremessada para o alto como uma boneca de pano, até o topo da cúpula. Então despencou em queda livre.

Belle a viu cair em câmera lenta.

Sua chama gêmea, a alma espelhada que ela sempre juraria ter sido um fragmento da sua própria. Ela viu tudo enquanto Ariadne caía. Os momentos que riram até sentir o rosto doer, os momentos que já sentia falta antes mesmo de terminarem, porque sabia que eram preciosos demais para durar o suficiente. Era tudo o que ela conseguia enxergar.

Ela abriu os braços, como se algo invisível estivesse arrancando suas entranhas, cada tendão e fibra muscular latejando com o esforço de sentir tudo ao mesmo tempo. De ser o suficiente para todos que amava. Lá estava ela de novo. A sensação de que seus ossos estavam prestes a se partir. De que sua pele estava prestes a se romper.

Então veio a magia.

Primeiro, a investida de uma onda gigantesca, que as lançou para longe com tanta força que Belle mal conseguia respirar, engolida por golfadas de espuma branca e revolta. Depois, um vento feroz varreu a sala como um tornado, arrastando tudo e todos consigo, assim como destroços e poeira. Uma explosão de fogo irrompeu da ponta de seus dedos, queimando sua pele, mas a dor era tão intensa e bruta que ela mal conseguiu percebê-la. O chão sob seus pés, as paredes e o teto estremeceram violentamente, tremores reverberando por todo o espaço, como se a própria terra estivesse se curvando à sua magia.

E então, por fim, uma explosão ofuscante de luz. Grande o suficiente para consumir tudo ao redor. Dourada e quente contra seu rosto. O sol havia chegado. As nuvens haviam partido.

Seu último pensamento foi Ariadne. Como aquilo não era justo. Como ela não deveria sofrer ali, em meio a todo aquele caos sombrio e desolador, criado por algo contra o qual ela não tinha defesa. Algo indigno dela. Algo que Belle jamais poderia associar à sua melhor amiga.

O crânio de Belle reverberava, os ombros estavam dilacerados e os membros pesados como chumbo. Mas, de algum lugar das profundezas de seu instinto mágico, ela a invocou. Transferiu Ariadne para seus braços, para se certificar de que ela estava tão segura quanto Belle poderia mantê-la.

E então, tudo parou. O sol desapareceu, e a escuridão tomou conta.

33

Magia

Ao longo de seus 30 anos (mais trinta e tantas luas agora, mas ela já não precisava mais contá-las), Belle já havia enfrentado ressacas terríveis. Especialmente a partir dos 26, quando seu corpo decidiu que mais de uma ou duas taças de vinho era uma péssima ideia e que dançar de salto já não era a arte natural que um dia tinha sido. Mas essa superava todas. A ressaca de uma batalha entre bruxas era outro nível.

— Pare de chamar de ressaca, sua tola — disse Rune, mordendo o lábio para conter o riso. — Está se desvalorizando um pouco.

— Chamar do que realmente foi parece um tanto... exagerado — respondeu ela, tentando se sentar na cama, mas logo percebendo que não era uma boa ideia. Sua cabeça latejou e os braços fraquejaram sob seu próprio peso.

— Calma aí, fera — murmurou ele suavemente. — De volta aos travesseiros, por favor. Como estão esses cortes?

Rune prendeu a respiração ao afastar o edredom de uma das pernas dela para ver o emaranhado de feridas e hematomas que cobriam quase toda a extensão de seu corpo. Desde que a resgatara dos escombros da Casa de Hécate, ele ainda não havia saído do seu lado. Embora ambos tivessem sofrido sua cota de ferimentos, os danos que ele e Bonnie haviam enfrentado não chegavam aos pés dos de Belle — afinal, eles conseguiram erguer seus círculos de proteção a tempo de tudo desabar. Belle, por outro lado, estava preocupada demais em salvar Ariadne da queda para pensar em si mesma.

— Ei, ainda estou linda. — Belle riu, sentindo-se tudo, menos linda naquele momento e, provavelmente, ainda menos cheirosa.

— Quem foi que te disse isso? — Rune abriu um sorriso irônico. Seus olhares se encontraram, e ele engoliu em seco antes de desviar o olhar, ajeitando o edredom mais uma vez.

— Talvez a gente deveria tentar um banho de novo — sugeriu Belle. — Calma aí, eu não quis dizer "a gente" no sentido de "a gente deveria tomar um banho juntos". Quero dizer, a gente deveria tentar um banho, especificamente para mim. Tipo...

— Acho que você bateu a cabeça — murmurou Rune, encostando as costas da mão na testa dela para checar a temperatura pela milésima vez naquele dia.

Dois dias atrás, eles haviam tentado, com grande dificuldade, que Belle tomasse um banho. Depois de muitas idas e vindas desconfortáveis, Rune venceu a discussão, dizendo que Belle não tinha força, nem física nem mágica, para lavar o próprio cabelo. Meio de brincadeira (ou talvez nem tanto), ela disse que ele teria que fazer isso por ela. E, surpreendentemente, ele concordou de um jeito muito cavalheiro. Nenhum dos dois mencionou o fato de que um feitiço poderia ter resolvido a situação. Para preservar a dignidade, muitas bolhas mágicas foram envolvidas, e Rune foi incrivelmente delicado. Por mais que ele sempre bancasse o convencido com ela, com suas frases prontas e seus flertes dissimulados, ele pareceu mais tímido do que nunca naquele momento.

— Na verdade, você está com lesões em toda parte — continuou ele. — Você invocou os elementos, todos juntos, de uma vez só. Salvou todos nós: sua mãe, Ariadne, eu, Artorius... Sem falar no coven inteiro, que, e eu não deveria estar te contando isso, mas sei que você odiaria a surpresa, está organizando uma celebração em sua homenagem por ter salvado o Selcouth.

— Essa parte foi você, não eu.

— Nem de longe. — Rune soltou uma risada sarcástica. — Tudo o que fiz foi reunir a magia depois que Bronwyn e Morena desapareceram e devolvê-la aos seus legítimos donos. Basicamente, fui o burocrata glorificado da situação. Você fez todo o trabalho pesado. E por trabalho pesado, quero dizer colocar o lugar inteiro abaixo.

Belle franziu a testa.

— Ainda não acredito que aquelas megeras escaparam.

Ele acariciou o rosto dela com um toque quase imperceptível.

— Não temos certeza disso. O lugar ficou em ruínas, o coven ainda está tentando organizar a bagunça. Mesmo que tenham conseguido fugir, não saíram ilesas. O juramento do caldeirão terminou quando o Selcouth as baniu. Elas se foram — disse ele com firmeza.

Belle aceitou a resposta a contragosto, passando os dedos pelo tecido do edredom.

— E como está Ariadne hoje?

— Totalmente recuperada, graças a você, que amortizou a queda dela com aquele feitiço de transferência. E, como era de se esperar, está me deixando maluco com tantas perguntas. Não faço ideia de como você aguenta dividir um apartamento com ela.

— Melhores amigas, né? Não dá pra viver com elas, não dá pra viver sem elas — disse Belle, forçando péssimo um sotaque do interior.

— Você é louca — afirmou Rune, tentando conter um sorriso. — Consegue se vestir? Tem alguém esperando por você na Lunar. Três chances para adivinhar quem. Ele tem uma coisa que você precisa ver. — Algo no rosto de Rune indicava que ele sabia exatamente quem era.

— Se for aquele álbum de fotos da viagem dele para Minorca de novo, eu juro que...

Ela se levantou da cama com a ajuda de Rune, que apoiou as mãos delicadamente em sua cintura, erguendo-a e aliviando a pressão em seus músculos. Tudo doía enquanto ela se movia, mas com a ajuda de algumas poções de cura, estava começando a ficar mais suportável.

— Tire os olhos, Dunstan.

— É um feitiço transformador instantâneo. Não vou ver nada — disse ele indignado, revirando os olhos e se virando de repente para encarar a parede, cruzando os braços.

Requeria muito mais esforço do que o habitual, mas, com um movimento de dedo em direção ao guarda-roupa, Belle fez com que uma roupa adequada deslizasse de dentro. Ela ainda não havia contado a Bonnie, Rune ou Artorius que cada um deles, individualmente, tinha estragado a surpresa da celebração da Casa de Hécate durante suas visitas a ela. Não era um obscurecimento, mas um gesto de congratulação. Ela só sentia alívio por saber que, desta vez, a carta de convocação deles não desencadearia uma crise existencial. Chega de medo.

O coven, tendo sido resgatado da morte iminente e, além disso, percebendo que toda a sua história recente era baseada em mentiras vergonhosas, estava, em geral, bastante grato. Não apenas a Belle, mas também a Bonnie e Rune. Eles também haviam concedido uma anistia imediata e um pedido de desculpas a Artorius, há somente algumas horas, depois que cada membro do Selcouth recebeu uma carta coassinada por Bonnie e Caspar, narrando detalhadamente suas descobertas.

Com mais um movimento de dedo, Belle se limpou e transformou seu pijama no vestido com estampa celestial que o feitiço havia selecionado. Era uma pena que uma roupa tão bonita tivesse que ser acompanhada por um amontoado de hematomas cor de ameixa, mas pelo menos ela não teria que explicar de onde tinham vindo. Todo mundo sabia. Literalmente todo mundo. Até mesmo Violet, Monica e Jim, embora a versão deles dos acontecimentos envolvesse menos anarquia no mundo dos bruxos e mais queda de um lance inteiro das escadas da estação de metrô.

— Esse aqui é novo na coleção — disse Rune, gesticulando para um hematoma em formato de pétala que florescia em tons lilás e roxo-azulado sobre sua clavícula.

— Eles não param mesmo de surgir, não é? — respondeu Belle, olhando para o hematoma.

Após lhe dirigir um olhar furtivo, Rune se inclinou para frente e depositou o mais suave dos beijos diretamente sobre o novo machucado. Em seguida, com uma gentileza impossível, segurou o queixo dela entre o polegar e o indicador, os mesmos dedos que usava para conjurar sua magia, e a beijou. Belle agarrou as lapelas de sua jaqueta para trazê-lo mais perto, e sentiu os joelhos quase cederem, mas desta vez não era por causa das lesões.

— Você parece melhor — disse ele, ainda abraçando-a. — Quer alguma coisa?

— Um café, por favor. Dos grandes — disse Belle, tentando sorrir, mas fazendo uma careta enquanto as partes cortadas de dentro de sua bochecha ardiam.

— Pode deixar.

A passos pequenos e tímidos, ainda não completamente convencida sobre a sua capacidade de equilíbrio, Belle cruzou o curto caminho até a Livraria Lunar, uma jornada que ambos já conheciam bem a essa altura, só que desta vez o espaço entre eles era menor, a mão dela confortavelmente aconchegada na de Rune, o que ela jurava ser o encaixe perfeito. Eles semicerraram os olhos contra a manhã rosada de novembro, o ar frio castigando seus rostos sob um dossel de árvores que começavam a mudar de um laranja cítrico para tons intensos de marrom.

— Caspar conseguiu encontrar o grimório do Selcouth? — perguntou ela. Enquanto Belle se recuperava, Rune estivera trabalhando de perto com Caspar e Bonnie, vasculhando os intermináveis papéis de pesquisa de Artorius para encontrar as respostas restantes.

— Conseguiu. E a brecha ainda estava lá. Esperávamos que tivesse desaparecido, que tivesse sido algum tipo de magia complexa de glamour que ela havia criado para te enganar. Mas não, ainda estava lá, com tinta preta como as penas de um corvo e tudo. Como Bronwyn conseguiu fazer uma adição ao livro se era para benefício próprio, e não para o bem do coven?

Belle deu de ombros.

— Não sei se você está realmente querendo uma resposta ou se só está fazendo aquele seu suspense misterioso para me fazer cair nos seus encantos.

Ele riu.

— Segunda opção. Como estou indo?

— Não muito mal.

Rune parou e se virou para ela, suas sombras fundindo-se aos seus pés.

— Bronwyn pode ter pretendido que a brecha levasse à sua queda, mas o grimório a aceitou como sabedoria porque o destino sabia que isso resultaria em você ficando no Selcouth. Tudo o que aconteceu foi para o bem do coven. *Você* foi para o bem do coven.

Ele ergueu o queixo dela para encontrar seus olhos de novo.

— Mas principalmente para mim.

Belle chegou à Lunar ao som familiar e acolhedor do sino pendurado acima da porta, e inspirou o aroma convidativo de doces frescos misturado ao de livros novos que se espalhava mais uma vez por toda a loja. Sua loja. Diversos tipos de pães e bolos, doces e salgados, estavam prontos e esperando em fileiras de glacê dourado no carrinho ao lado da nova e brilhante máquina de café. Uma das primeiras decisões de Belle para a Lunar havia sido trazer de volta o fornecimento constante de rolinhos de canela e cappuccinos, e o sr. Ricci tinha ficado mais do que satisfeito em se unir à ideia, fornecendo tudo logo cedo pela manhã, todos os dias, e já trazendo uma nova leva de clientes a caminho do trabalho como resultado.

— Não são para você. — Belle revirou os olhos ao encontrar Ariadne desembrulhando um rolinho de canela para o café da manhã enquanto conversava com Artorius, ambos empoleirados nos braços opostos de uma poltrona. Bonnie estava andando de um lado para o outro da loja, ligando as luminárias de mesa com uma pequena faísca de magia enquanto passava, enquanto Lobita dormia tranquilamente no tapete em frente ao caixa. Jinx também tinha sido trazida para a ocasião desta vez, e estava fazendo o possível em sua batalha contra a ponta de um cordão de luzes de fada pendurado em um carrinho de livros.

— Tem que haver algum benefício em ser amiga da chefe. — Ariadne deu de ombros, sacudindo os grãos de açúcar de seus dedos. A mãe de Belle e sua melhor amiga tinham se revezado para chegar à Lunar bem cedo todas as manhãs enquanto Belle descansava e se recuperava, para receber as entregas da padaria e passar as instruções de uma Belle ligeiramente delirante e adormecida para Monica e Jim.

— Então, se pensar bem — continuou Artorius, chamando a atenção de Ari —, uma especialidade não mágica do coven poderia ser bastante útil para você, se tiver interesse em tal empreitada.

Ariadne parecia majoritariamente perplexa, mas estava levando tudo numa boa. Bonnie e Belle tentaram explicar da melhor forma que puderam durante os poucos dias desde o confronto, mas até agora as explicações se pareciam mais com um esboço a lápis do que com uma obra-prima completamente finalizada. Para seu crédito, Ari havia aceitado surpreendentemente rápido a existência da própria magia. O fato de Belle não ter conjurado uma vida perfeita de fama e riquezas para as duas era sua maior ressalva até agora.

— Obrigada pela oferta, sr. Day. Vou pensar com carinho…

— Oi, Arty — disse Belle, aproximando-se deles a uma velocidade que até ele teria superado. Ela jogou sua bolsa na mesa ao lado do caixa e se apoiou no tampo de carvalho.

O velho bruxo tinha escapado da Casa de Hécate relativamente ileso depois de ter sido arremessado de um canto a outro do tribunal, apenas alguns hematomas e um pulso fraturado, que agora estava imobilizado em uma tipoia cor-de-rosa para combinar com seu chapéu. Belle ficou maravilhada com o milagre da sobrevivência dele quando recuperou a consciência, pois, assim que acordou, estava certa de que o tinha perdido. Mas as coisas fizeram um pouco mais de sentido quando Rune relatou ter encontrado a pedra oracular dela, ainda presa ao colar de Morena, jogada no chão perto do corpo caído do homem mais velho. O *Praesentia Pretego* de Alvina também tinha funcionado para o irmão mais novo, a reconstrução do vínculo dos irmãos Day, embora a interessante questão de como o objeto chegou ali ainda permanecesse.

— Belle, é maravilhoso vê-la de pé, minha querida! — exclamou Artorius, esforçando-se para se levantar e cumprimentá-la.

— Não se levante. Ouvi dizer que você tem uma surpresa para mim — disse ela, esperando vislumbrar o álbum de fotos na bolsa dele. Em vez disso, o estômago dela deu um nó ao ver um canto inconfundível de seu grimório à espreita. — Não sei se estou pronta para isso.

Apesar de tudo o que havia acontecido, apesar da maravilha da magia elementar que conseguiu conjurar no momento, Belle ainda não conseguia deixar de sentir que tinha decepcionado a si mesma. Ela sabia que era tolice se importar com desafios ultrapassados depois de tudo o que havia conquistado, mas era impossível ignorar. Naturalmente, ela não conseguia evitar prestar atenção aos pequenos pontos negativos em meio às enormes alegrias. Esse seria o último sonho que ela permitira escorrer por entre seus dedos.

A magia elementar certamente teria sido suficiente para agradar a alegoria da Feitiçaria da Terra. Isso significava que apenas uma alegoria tinha permanecido apagada quando o relógio bateu meia-noite do Halloween e novembro teve início. Ela havia perdido sua chance de obscurecimento por causa de um único desafio de Encantamentos.

Não que o coven estivesse planejando seguir as regras que as Gowden haviam estabelecido para seu obscurecimento, de qualquer forma. Todo o processo estava prestes a ser atualizado, mas ainda assim. Era quase como se ela tivesse decepcionado o grimório, que sempre lhe disseram ser a verdadeira medida do valor de uma bruxa.

Artorius abriu um sorriso para ela.

— Devo insistir em devolvê-lo a você. Por segurança. Você sabe tão bem quanto eu que nada naquele meu sótão é fácil de encontrar depois que é colocado lá. Aquele lugar tem vida própria. Dê uma olhada.

Ele entregou o grande livro encadernado em couro a ela, seu peso um desafio para os braços fracos e cobertos de bandagens de Belle, mas, ao mesmo tempo, era estranhamente reconfortante tê-lo de volta em sua posse. O livro se abriu na primeira página, exibindo as palavras a lápis que ela havia rabiscado quando era uma bruxa recém-iniciada.

> *Como bruxo, o que você espera que esta nova bênção signifique para você?*
> *Ser especial. Gostar de mim mesma e ser confiante.*
> *Ser feliz.*

Ela sorriu.

— O que exatamente estou procurando?

Artorius abriu um sorriso radiante e, com um pequeno gesto de mão, passou as páginas até encontrar seja lá o que o interessava tanto. A alegoria dos Encantamentos. Quando o livro parou na página certa, Belle arfou, quase deixando-o cair. As letras em caligrafia rebuscada tinham mudado de uma tinta preta como a pena de um corvo para um brilho âmbar quente. A página parecia iluminada por dentro, como se cada palavra escondesse uma pequena chama.

— Não entendo — balbuciou ela, mal atrevendo-se a acreditar.

Bonnie riu.

— Ariadne. Você a invocou.

Belle estava perplexa. Isso era provavelmente um erro administrativo. Será que grimórios cometiam erros administrativos?

— O quê? Quando?

— Logo depois que Bronwyn, aquela górgona, levou-a até a Casa de Hécate sem nenhuma razão aparente além de se deliciar com a desgraça alheia — disse Bonnie, com amargura.

— Pouco antes de ela cair no chão, você a invocou para si. Amorteceu a queda dela e recebeu a maior parte do impacto quando ambas caíram juntas — acrescentou Rune orgulhosamente.

Belle olhou para Ariadne, que sorria com um ar presunçoso.

Para provar teu encantamento,
Reescreve a mente em seu tormento.
Espírito, alma e feitiço em junção,
Invoca o que há em teu coração.

— Você me ama, sua idiota — disse Ariadne. — O que há em seu coração sou eu.

Belle soltou uma risada histérica, alta demais, quase como um engasgo.

— Só porque eu achava que todo mundo já estava morto. Ai. — Ela levou uma das mãos às costelas. — Não me faça rir. Por favor.

Bonnie estava com um sorriso de orelha a orelha.

— Você passou, querida. Você invocou Ariadne pouco antes da meia-noite no Halloween. O grimório se acendeu a tempo. Você conseguiu. — Ela jogou os braços ao redor de Belle, abraçando-a apertado, e então se lembrou que a filha era um mosaico de ferimentos.

— Se a gente já não tivesse motivo suficiente para celebrar, agora com certeza temos — disse Ariadne, andando graciosamente até o cabide para pegar seu cachecol e chapéu. — Vamos lá, Jim já vai chegar para abrir a loja, e não quero ter que explicar ao pobre homem por que tem um lébrel irlandês enorme aqui dentro.

— Você nem sabe do que se trata tudo isso! — disse Belle, esforçando-se para pegar sua jaqueta que voava pelo ar enquanto Ariadne arremessava coisas sem critério.

— Você pode me contar no caminho para a sua festa.

Bonnie jogou as mãos para o alto e revirou os olhos.

— Era para ser uma surpresa.

— Eu dirijo, por assim dizer — disse Rune em seu tom calmo habitual, levantando a gola do casaco.

— Ótimo, ótimo — murmurou Artorius alegremente, pegando Jinx no colo.

— Está pronta, querida? — perguntou Bonnie, ajudando a filha a se posicionar ao lado deles.

Belle segurou as mãos deles, e os cinco (mais a gata e a cachorra) formaram uma corrente para viajar sob a transferência de Rune. Jinx ronronava a um volume quase sobrenatural. Ariadne, à direita de Belle, perguntava a Rune se ele consideraria um casaco alternativo para os meses de inverno, algo que ele imediatamente descartou. Rune, à ponta, olhava para Belle como se jamais desejasse olhar para mais nada. Sua mãe, à esquerda, segurava sua mão com uma expressão de quem não poderia estar mais orgulhosa, sem jamais impor pressão ou expectativas, mas somente oferecendo um amor intensamente verdadeiro e infinito, sob qualquer circunstância. E Artorius, à ponta ao lado de Bonnie, estendia educadamente o braço para ela. Um homem que esteve sozinho por tanto tempo, agora acolhido em um círculo de amizade e família, algo que ele havia desejado por tanto tempo, um outro avô que Belle havia, por um feliz acaso, encontrado para si.

Tudo isso sob o brilho das luzes de fada, envoltos nas páginas da Livraria Lunar.

O brilho de sua pedra oracular aquecia seu peito, uma sensação da qual ela jamais se cansaria. Uma presença sempre amorosa.

— Estou pronta.

Tudo isso era imperfeito, mas dela. Aquela chama de potencial, que antes parecia infinita, mas que depois se apagou como que por um sopro do vento, agora ardia intensamente mais uma vez. Ela podia sentir. Colocar a si mesma em primeiro lugar havia trazido essa chama de volta, juntamente com tudo o que ela precisava, e reafirmado o que sempre tinha sido seu. Ela havia descoberto a verdadeira magia, e se agarraria a ela com todas as suas forças.

Agradecimentos

Há tanta magia na minha vida. Para minha família e meus amigos, minha sorte é ter todos vocês ao meu lado.

Agradeço à minha linda e mágica mãe, por incontáveis visitas à biblioteca de Bebington, pelas histórias de ninar das quais ainda me lembro vividamente e por garantir que eu sempre ouvisse que eu era capaz de tudo e qualquer coisa. Você fez um trabalho incrível. A Ed, por sempre me apoiar, e a Sam, por simplesmente ser meu irmãozinho de quase dois metros de altura. Aos meus avós, que tenho certeza de que estão em algum lugar por aí, girando a roda da fortuna a meu favor. Sinto saudade de vocês todos os dias. Uma presença sempre amorosa.

A Adam, aquele que traz magia aos meus dias. Agradeço por nossa linda vida, que acima de tudo gira em torno de risadas e amor. Nunca encontrei nada parecido com sua positividade, paciência e bondade. Você é o melhor dos melhores, e o mundinho que construímos juntos é uma magia perfeita para mim. Mal posso esperar para me casar com você.

A Flo, que praticamente escreveu metade deste livro andando com as patinhas pelo teclado. Nunca longe de mim, para sempre minha familiar.

A personagem mais fácil de escrever neste livro foi Ariadne, porque ela é uma mistura maravilhosa e insana das amizades incríveis com as quais cresci. Hannah, Emma, Steph e Bradford, é impressionante o quanto uma amizade pode ser enriquecedora quando é possível viver de sua bondade e risadas por seis meses seguidos. A nossa foi uma infância compartilhada.

Agradeço às Thundergirls, que compartilharam cada pequeno colapso emocional por causa deste livro (e da vida em geral) em alarmante e gloriosa *technicolor*. Não sei o que eu faria sem vocês e nosso grupo obsessivo de apoio emocional. Acho que isso é algo para a vida toda. E à Jenny, minha menor, mas maior e mais caótica torcedora, mesmo estando do outro lado do mundo.

À Lucy Brem, minha maravilhosa editora de aquisição. Agora estou absolutamente convencida de que algo sobrenatural nos uniu para escrever o livro mágico e aconchegante que ambas precisávamos. Agradeço pelo seu apoio inabalável desde a primeira leitura, sua paciência sem fim e suas sugestões geniais. Criamos algo tão especial. É um enorme prazer trabalhar com você, especialmente quando tiramos um seis no Dishoom.

Agradeço à minha brilhante gerente editorial, Melissa Bond, pela leitura incrivelmente cuidadosa e atenciosa. Sou tão grata pelo *Reencantada* ter passado por mãos tão seguras quanto as suas.

À Chloe Davis e Ana Taylor, agradeço a ambas pela maravilhosa habilidade mágica de colocar este estranho livrinho em destaque sempre que possível; admiro profundamente suas habilidades e dedicação.

Agradeço a toda a equipe dos sonhos da Pan Macmillan, que fez com que desejos que eu nem ousava expressar em voz alta se tornassem realidade. Agradeço a todos pelos pequenos ataques cardíacos que acompanhavam cada novo e-mail recebido.

À Charlotte, da Honey Plum Paper, pela sua arte outonal simplesmente perfeita. Talvez eu esteja sendo tendenciosa, mas tenho quase certeza de que esta é a capa de livro mais linda do mundo.

Finalmente, à minha turma online de amigos por todas as ruas, terras, céus e oceanos. Somos melhores amigos que talvez nunca se encontrem, mas temos tanto em comum e encontramos tanto apoio uns nos outros. Jamais poderei agradecer o suficiente por me fazerem sentir menos sozinha naquela época e por me concederem o privilégio de passar tanto tempo com vocês, em suas casas, ao longo desses anos. Espero que ler isto seja como uma carta de amor diretamente para vocês e que os faça se lembrar de tudo o que merecem saber sobre si mesmos, porque sempre foi para ser exatamente isso.

Este livro foi impresso nas oficinas gráficas da Editora Vozes Ltda.,
Rua Frei Luís, 100 – Petrópolis, RJ.